明
室
Lucida

照亮阅读的人

# Arabian Sands

# 阿拉伯之沙

# Wilfred Thesiger

［英］威尔弗雷德·塞西杰 著

陈晞 译

献给本·卡比纳和本·加伯沙

# 目录

导读 001
序言 016
1991年再版序言 020
前言 022

序幕 027
第一章 阿比西尼亚和苏丹 028
第二章 作为序幕的佐法尔省 055
第三章 加尼姆沙漠 072
第四章 在萨拉拉的暗中准备 096
第五章 向"空白之地"前进 125
第六章 在"空白之地"的边缘 143
第七章 第一次穿过"空白之地" 163
第八章 回到萨拉拉 188
第九章 从萨拉拉到穆卡拉 218
第十章 为第二次穿越做准备 243

| | | |
|---|---|---|
| 第十一章 | 第二次穿越"空白之地" | 265 |
| 第十二章 | 从苏莱伊勒到阿布扎比 | 287 |
| 第十三章 | 停战海岸 | 311 |
| 第十四章 | 布赖米假日 | 332 |
| 第十五章 | 乌姆塞米姆流沙区 | 351 |
| 第十六章 | 瓦希伯沙漠 | 361 |
| 第十七章 | 正在关闭的大门 | 377 |

| | |
|---|---|
| 书中植物的阿拉伯名和学名 | 390 |
| 各旅程主要参与者 | 391 |
| 译名对照表 | 394 |

# 导读

罗瑞·斯图尔特[1]

"威尔弗雷德爵士,第一次杀人时您什么感觉?"

"杀人?我从没杀过人。"

"但您的书里说……"

"噢,我明白你的意思了,当然,我从很远的地方开枪打死过人……"

"威尔弗雷德爵士,"另一名学生问,"独自前往可怕的达纳基尔地区是一种怎样的体验?尤其是您还面见了当地年轻的统治者,据说他把敌人的睾丸穿成项链挂在脖子上。"

"他看上去非常高兴,"塞西杰停顿了一下,似乎在寻找一个合适的类比,"就像赢得'第一野地标志色'

---

[1] 罗瑞·斯图尔特(1973— ),英国外交家、政治家、作家,著有《寻路阿富汗:在历史与现实之间》(*The Places in Between*),讲述了他穿越阿富汗中央山地的经历。——本书注释除特殊说明外均为译者注

那样。"

　　这是我第一次见到威尔弗雷德·塞西杰。他身高足有六英尺两英寸[1]，肩很宽，满脸皱纹，那只大鼻子在拳击比赛中断过三次。他的内心和外表一样强硬。埃塞俄比亚达纳基尔地区是出了名的危险之地。1932年，他成了第一位活着从那里走出来的欧洲人，还在旅途中绘制出当地主要水系的分布图。他在撒哈拉沙漠穿越了惊人的距离，在苏丹猎过狮子，当那些猛兽向他冲来时，他淡定地一动未动——其中一头被击毙时仅距他毫厘。早在埃塞俄比亚，塞西杰就以英勇闻名，当时他隶属温盖特[2]将军领导的基甸别动队[3]，率领两千五百名意大利士兵拿下了一座堡垒，并因此荣获杰出服役勋章（DSO）。随后，他又被编入了两个战时非常有名的作战单位，先是在特种作战部门（SOE）接受间谍训练，在开罗执行任务，然后加入特种空勤团（SAS）[4]，负责打击敌人在沙漠中的大后方。

　　第一次相遇时，他穿着粗花呢三件套，用一种过时的、上层阶级爱用的咆哮语调，为在座的学生演讲。大家被他的浮夸震惊了，很多人前来是为了一睹"阿拉伯的劳伦斯"第二的真容，想象他是一位敏锐体贴的神秘人物。旁边的听众向我小声抱怨道，他无非是"那个时代和那个阶级的产物"，

---

1　英尺和英寸是英美制长度单位，1英尺约合0.3米，1英寸约合2.54厘米。
2　此处应指奥德·温盖特（1903—1944），英国陆军高级指挥官。
3　一支由英国人和非洲人组成的特别行动队。
4　英国陆军特种部队，"二战"中在北非战线执行敌后任务。

仿佛出生在1910年的英国绅士，注定将成为纨绔贵族，或是殖民地权贵。事实是，艺术、科学、政治领域的现代主义革命在他出生前已经如火如荼。毕加索、普鲁斯特、爱因斯坦和詹姆斯·乔伊斯，算年纪已经可以当他的爸爸了。当塞西杰在苏丹猎狮子的时候，他在伊顿公学的校友乔治·奥威尔正在参加西班牙内战。而塞西杰和沼地阿拉伯人同出同入之时，另一名伊顿公学的校友奥尔德斯·赫胥黎，正在加利福尼亚追随印度上师和使用致幻剂。

如果塞西杰显得落后于时代，某种程度上是他故意为之。面对学生的问题，他有意让答案因陈腐而显得滑稽可笑。他明明知道大多数听众并不懂什么是"第一野地标志色"（在伊顿公学独有的野地游戏中，"第一野地标志色"是对最优秀球员的奖励）。他的话如同他的穿着，有些滑稽，有些紧张，有些华而不实，与他所取得的成就并置来看，显得很尴尬。这些表象常常让人们对他产生误解，无论如何，他的血气之勇是不应被怀疑的。

如《阿拉伯之沙》书中所述，1946—1948年间，威尔弗雷德·塞西杰一次又一次穿越世界上最广袤的沙漠——二十五万平方英里[1]的"空白之地"，漫游范围包括了现在的也门、沙特阿拉伯、阿联酋和阿曼地区，与此同时，世界正逢乱世，种族灭绝、殖民主义、革命和现代化此起彼伏。塞西杰选择的行旅路线受到交战部落的威胁，荒无人烟，以至于

---

[1] 英里是英美制长度单位，1英里约合1.61千米。

很多阿拉伯人都拒绝和他同行。当时他已经快四十岁了，一直以来习惯了穿鞋，却光着脚上路，在灼热沙漠中的每一步，对他的脚底板都是摧残。其中有一段旅途，他在超过七个月的时间里行走了两千英里，他和同伴每天只能摄入两品脱[1]的水，每个月的口粮必须控制在八磅[2]面粉，仅是正常状态下的三分之一。他们几乎每时每刻都在忍受饥渴，身后还有敌人的追击，而那些人无疑打算取其性命。

塞西杰把"空白之地"称为"阿拉伯探险最后的大奖"。在他之前，"空白之地"已经被穿越过两次，第一次在1931年，由伯特伦·托马斯[3]完成，第二次在1932年，由哈里·圣约翰·菲尔比[4]完成。后者的路线包括一段四百英里的无水区，比前者更困难一些。塞西杰在1947—1948年开辟了两条穿越沙漠的新路线，比菲尔比的路线难度更大。第一条是从穆格欣穿过东部沙漠抵达利瓦，第二条是从曼瓦克赫穿过西部沙漠抵达阿布扎比，中间经过莱拉。

《阿拉伯之沙》记述了上述两次穿越之旅，以及另外六次在连续五年里完成的旅程，与他一起旅行的有二十八个伙伴——来自四个不同的地区。一路只有贫瘠和荒凉，没有任何纪念物可供凭吊，日复一日。塞西杰的阿拉伯语并不流利，

---

[1] 品脱是英美制液量单位，1品脱英制约合0.57升，美制约合0.47升。

[2] 磅是英美制重量单位，1磅约合0.45千克。

[3] 伯特伦·托马斯（1892—1950），英国阿拉伯学家，穿越"空白之地"的第一位西方人。

[4] 哈里·圣约翰·菲尔比（1885—1960），英裔阿拉伯学家，探险家，曾任现代沙特阿拉伯缔造者伊本·沙特国王的顾问。

他的同伴也没接受过什么教育,谈论的话题乏善可陈,但塞西杰设法把窘困又冷漠的旅程,转变为引人入胜的故事。这些故事生动有趣,却未显得过度简化,精彩刺激又非过于戏剧性,而是极为令人信服的。

塞西杰在写作上的天分令人意外。《阿拉伯之沙》是他写的第一本书,完成时塞西杰已经快五十岁了。他曾对严肃文学毫无兴趣,在牛津大学就读期间,他夺得了拳击冠军,学业成绩却惨不忍赌,写作从未给他带来过什么乐趣。亚历山大·梅特兰在为塞西杰撰写的传记中写到,《阿拉伯之沙》花了塞西杰差不多十年时间,过程"无聊透顶",但结果大获成功。

在此之前,他写东西是给熟人看的,比如那些热情洋溢又情感细腻的家书,读者是他的母亲,还有那些自负满满、总是轻描淡写的演讲稿,听众是探险家同行。这些写作经历让他习惯以编年史家的身份,对所见所闻进行事无巨细的记录——他会仔细打量对方的衣着(他本人对穿着就挺讲究的),或者观察大家相互间的问候形式。塞西杰习惯用短句,很少有什么言外之意。他从没对为何上路详加解释,也很少引用文学或历史,颇有19世纪英国西北拓荒报告的遗风:陈述事实,忌浮夸,信息丰富且力求精确,有益于帝国发展。

《阿拉伯之沙》问世时,主流旅行文学仍秉持罗伯特·拜伦[1]遗留的传统。很少有旅行作家会说当地话,在穷乡僻壤待上一段时间,或是加入一场危险之旅。他们要不就是喜欢掉

---

[1] 罗伯特·拜伦(1901—1941),英国游记作家,著有《前往阿姆河之乡》等。

书袋,旁征博引历史典故,要不就是纯粹玩乐。书中充满滑稽的对话、矫情的描绘和异国风情的意外事件,脱不开公立学校里的贵族子弟、色彩斑斓又拥挤的公共汽车,以及面对历史遗迹的抚今追昔之类。

埃里克·纽比引领了一种新潮的写作方式,他的《走过兴都库什山脉》(*A Short Walk in the Hindu Kush*)和《阿拉伯之沙》同年出版。纽比是一名荣誉等身的特种部队老兵,曾经在战俘营成功越狱,逃亡的十八个月间,他藏在亚平宁半岛的一座农场里,做着繁重的体力劳动。1956年,纽比在阿富汗见到了塞西杰,当时他刚刚尝试完攀登一座高难度的山峰。为了营造一种喜剧效果,纽比故意把自己描绘成一个怯懦无能的业余户外爱好者,本职在伦敦从事时尚业;而塞西杰则是"高大如悬崖,凸起的地方是鼻子和浓密的眉毛,这个男人四十五岁,顽固强硬,穿着一件旧花呢外套——伊顿毕业生爱穿的那种,一条灰色的薄棉布裤子,一双麻绳编底的波斯风格便鞋,戴着一顶羊毛绒线帽"。面对恭维,塞西杰的回应将纽比和他的同伴称为"娘娘腔的一对"。

塞西杰厌恶绝大多数当代旅行文学。"如果大家想读的是那种絮絮叨叨的垃圾,我希望他们永远不会在我这儿得到满足。"他如此评价詹姆斯·莫里斯[1]那本关于阿曼的作品。他

---

[1] 詹姆斯·莫里斯(1926—2020),变性为女性后改名为简·莫里斯(Jan Morris),英国著名历史学家、旅行作家。

对弗蕾娅·斯塔克[1]的旅行同样不屑一顾，并用一种典型的老派腔调说她的旅行"没什么新鲜的，难度和公使馆的二等秘书回家探亲差不多"。

反观塞西杰，他从来不是笔调轻松的作家，也非博学多才的向导。他对考古学毫无兴趣（"一些毫无意义的破洞和壕沟"），对建筑也不感冒（"一堆破房子"），甚至对历史和政治都懒得过问。他很少表达自己对某件事的感受，也从不为了效果渲染奇闻秘史。塞西杰深知旅途中充满无聊和重复，经常表达出在路上的困惑：自己到底在做什么？

这种自觉部分反映出塞西杰的旅行经验。很多当代英国旅行家成年之后才离开家乡，塞西杰不一样，他出生在埃塞俄比亚的亚的斯亚贝巴，并在那里度过了童年时光。他更习惯身处他乡，而且很少激动于那些肤浅的"异国情调"。同时代的人中，没有人比他花更多时间和当地部落待在一起。他发现自己和那些人是如此不同，相互理解简直不可能，偏见和误解才是常态，并因这一发现而深感痛苦。塞西杰坚信他们（不是他自己的个性、学识或无聊评论）才是故事的主角。

塞西杰的写作风格和他的摄影一样，精确、巧妙、优雅。他对所见繁多的衣着打扮和问候方式一一详述，让读者敏锐体察到人与人之间的细微不同。在塞西杰的努力下，我们得以和他一起，从旁观者的角度，审视对方身上的美德。这种对品德和声誉的关注，让他的邂逅故事别有寓意：

---

[1] 弗蕾娅·斯塔克（1893—1993），英国女性探险家、旅行作家，被誉为20世纪最伟大的女性旅行家之一。

两天后，一名老者来到我们的营地。他跛着腿，瘦削的身体缠着一条破旧的腰布，头发因上了年纪呈灰白色，手中的枪不知用了多久，和本·卡比纳的一样破。腰间的子弹匣只有两个是满的，剩下六个都是空的，残破的刀鞘中插着匕首。就算以贝都人[1]的标准，他也是一个不折不扣的穷人。拉希德人拥上前向他问候："欢迎您，巴克希特。祝您健康长寿，叔叔。欢迎，热烈欢迎。"他们的热情让我惊讶。他们为老人铺了一条毛毯，并把椰枣摆在他面前，老人坐下，吃起来，他们又去忙着生火，打算做点咖啡。老人红肿着眼睛，鼻子长而挺，灰白色的头发十分浓密，凹进去的肚子上方，垂下一层层松垮的皮肤。我在心里说："他看上去就是个老乞丐，我打赌他是来要东西的。"果不其然，晚上他向我乞讨，我给了他五个里亚尔。不过我对他的看法已经改观了。本·卡比纳跟我说："他是拜特·伊玛尼人，非常有名。"我问为什么。"因为他的慷慨。"他答。"我可看不出他有什么慷慨的资本。""他现在不能了，他连老婆都没有，更别提骆驼了。他的儿子，非常优秀的男孩，两年前被达赫姆人杀了。他曾经是部落里最富有的人之一，现在只剩下几只山羊。""他的骆驼哪儿去了？被抢走了吗，还是病死了？""都不是，是他的慷慨害了他，为了招待那些

---

[1] 即贝都因人，以氏族部落为单位在沙漠和荒野地带过游牧生活的阿拉伯人。在本书中，塞西杰坚持以"贝都人"相称，他对此的解释详见第24页。

根本不会来的客人,他宰掉了骆驼。老天哪,他真是慷慨!"我从这句话中听出了嫉妒的味道。

塞西杰能隐去作者的立场,也反映出他的自制力。他选择接受英国统治阶级的行为规范约束,而这些行为规范,即使在他出生的那个年代,也大多消失不见了。无论是身体上还是精神上,他对自己的约束都远超他心目中的英雄 T. E. 劳伦斯,后者要比他年长二十多岁。举例来说,他要求自己成为一名绅士,宁愿放弃真正的性取向,他曾说:"如果出生在另一个时代,我可能成为同性恋,但在这个时代,我只能保持一种无性的身份。"他的出版商发现他"非常害怕放纵自己","非常害怕人们会说'这个人在吹牛'或是'夸大了旅程中的危险'"。

塞西杰并非孤单的异类,而是深化了英伦写作的一个分支。他把一些英国殖民地官员作为榜样,希望像他们那样完全融入当地文化,并且定期进行危险又艰苦的旅行。他的第一任领导盖伊·摩尔也是他的第一个偶像,摩尔"一战"中在伊拉克服役,和塞西杰之后屡次提及的那些人实属同类。

2003 年塞西杰去世时,我是伊拉克南部沼泽地区的英方行政长官。我把当地酋长的哀悼转达给追思会,那些头人至今铭记着他。但他并不是当地唯一流传的名字。1916 年,我在阿马拉的前任哈里·圣约翰·菲尔比是第二个穿越了"空白之地"的人。之后我被委派至济加尔省,1920 年,那里的两位行政长官分别是伯特伦·托马斯和哈罗德·迪克逊,前者首次穿越了"空白之地",后者曾为了戏弄他,假称先他完成了对沙漠的穿越。他们都是竞争心很强的人。塞西杰常引用托马斯对迪克逊的回应:"我会不惜代价成为第一个穿越'空白之地'的人,这辈子你都别想超过我了。"圣约翰·菲尔比失掉第一人头衔后"极度失望"。塞西杰不仅追随他们的脚步,完成了对"空白之地"的穿越,甚至更进一步,去了伊拉克南部的沼泽地区。那个时期,迪克逊是科威特掌握实权的人物,相当于该国总理,托马斯之于阿曼、菲尔比之于沙特阿拉伯,都是这样的关系。塞西杰一度认为自己会接替托马斯的位置,成为阿曼苏丹的首席顾问。但这件事从未发生,塞西杰也从未跻身他们的行列。

塞西杰虽然出身于大英帝国地位最显赫的家族之一(他是祖鲁战争[1]中英军总司令的孙子,印度某任总督的侄子),但他对大英帝国的官僚体系毫无好感。他厌恶文书和政治,考试挂科,仅干了两年,就辞掉了在英埃共管苏丹政治服务部[2]的全职工作。英国殖民地部门大力推行的所谓进步、商业、法规和秩序在他看来毫无价值。他选择与沙漠中最危险的匪徒为伍,自愿随他们四处劫掠。最终他不得不在"空白之地"止步,正是因为沙特、阿曼甚至英国政府,均把他和他的同伴视为对稳定和秩序的危害。

塞西杰完全痴迷于旅行本身。查尔斯·道蒂和T. E. 劳伦斯回到英国后,便着手撰写回忆录,塞西杰和他们不一样,

---

[1] 19世纪末南非祖鲁人反抗英国殖民的战争,以祖鲁王国的灭亡告终。
[2] 1899—1956年英国和埃及共管苏丹期间的政治管理部门。

他从未停止过旅行。即使已经没什么需要他再去证明，也不再需要探索新的线路，他仍然坚持自己的承诺，在异国文化的环境里过着艰辛的生活。离开"空白之地"后，他在伊拉克和沼泽地带的阿拉伯人一起生活了七年，和水牛一起住在漂浮的芦苇草垫上，与赤身裸体的渔民一道用三叉戟下水捕鱼。然后，他又去了兴都库什山脉，最后一站停在了肯尼亚北部的一处偏远之地，一直待到八十多岁。

他可能是第一个以艰苦旅行本身为自己全部使命的人，与政府、勘探、知识或写作全然无关。出于掩饰，他给自己冠以"最后的探险家"的头衔，坚称在他之后，地球上已经没有什么值得探索的了，并且特别强调，自己只靠徒步和骆驼，是因为无车可用，而且步行更适合绘制地图。塞西杰最看不上的，是那些以不必要的受苦为炫耀的旅行者。他声称自己是看到蛮荒世界的最后一人。但在现实中，努里斯坦[1]和伊拉克沼地仍然停留在原始阶段，而且对外国人来说，比塞西杰四十年前所见到的更加危险。

他坚持步行或乘骆驼，坚持席地而睡，虽然当地早已有了汽车和床垫；他还把自己扔进陌生之地，即使那片区域已经有了详尽地图。他一生的最后五十年都是在没有固定工作和收入的状态下度过的，其中有差不多四十年时间，他都如上述般四处漫游。他发现这种旅行让生命有了意义和慰藉，具体是什么，他自己也说不清楚。所以，与其说他是维多利

---

1  阿富汗省份。

亚时代的遗民，不如说他更像是在路上的第一代嬉皮士。

得益于塞西杰超强的身体耐受力，《阿拉伯之沙》从一个特别的角度，对阿拉伯人的游牧生活进行了最后的见证。查尔斯·道蒂也曾在贝都因社会中生活过，体验了贝都因人拖家带口、赶着牲畜，缓慢地从一处绿洲转场到另一处的过程，他还体验了贝都因人的饮食、贸易方式，以及酋长们是如何在帐篷里举行会议（majlis）或施行统治的。在这本书里，塞西杰从一个偏远的小部落雇了人马，深入沙漠中自然环境最恶劣的地带，进行了几场极不寻常的冒险。他们抛弃家庭，踏上一条既无牧草也无贸易机会的道路，还有来自敌对部落时刻迫近的威胁。

这样做当然有弊端。塞西杰从未见识过阿拉伯家庭的日常迁徙，他很少看到女人，小孩就更不用说了，他的体验局限在一种极端的生活方式和地理环境中。他从未和弱势群体接触过，而这群人很可能是历史变革中的受益者。他对匪徒生活的热爱，更让他坚信所有的现代化皆有害无益，现代城市是"阿拉伯的噩梦，令人失望至极"。他会显得幼稚、肤浅，甚至冒犯无礼，在自传中，他表扬了埃塞俄比亚人，因为"他们从未杂交过"。另一位伊顿毕业的探险家罗宾·汉伯里-特尼森，见识过塞西杰偏颇排外的举止和他的套装，仅凭一面之交，就得出了塞西杰"是个充满反动思想的老古董，困在了时间隧道里"的结论。很多人都是这么想的，这并不意外。

然而，塞西杰在极端环境中的自虐活动是有价值的。他得以见识到贝都因人如何对抗最恶劣的沙漠、他们的适应力以及生存技巧。而他本人对定居的蔑视和对战争冲突的热情，让他特别容易接受贝都因人在劫掠中获得的尊严、荣誉、骄傲和乐趣。在他之前，从未有人试图对本·杜艾兰（外号"猫"）这样的强盗头子施以同情，后也未见来者。在塞西杰笔下，本·杜艾兰集荣誉感、残忍、谋杀、盗窃和高贵于一身的复杂本质，让人敬佩，同时也让人深感不安。

无论是当时还是现在，很多欧美人认为传统社会难以理解，更难以尊重。在塞西杰行经的国家，从苏丹到伊拉克再到阿富汗，"国家建构"运动正在兴起，"现代国家"的组织部门——法治、公民社会、独立责任政府——替代了传统的社会结构。这种运动的初衷无可指摘，也几乎无法避免。然而，塞西杰看到了传统文化的力量、意义和对人类的安慰，并且把它们讲述出来。

在他眼中，贝都因人"并非蛮族，而是一支古老文明的子孙，在他们的社会框架中，追求的是自由和自律"。他热爱他们，因为他相信贝都因人和他一样，有能力在任何富饶的地方定居，但出于对自由的追求，不惜放弃一切。贝都因人珍视的美德，包括勇气、力量和慷慨，也是塞西杰自己一生的追求。

他在阿拉伯的同伴配得上这份赞誉。他们不懂阅读，不会因《阿拉伯之沙》这本书记住他，他们也不会记住塞西杰穿的是什么，因为他和他们穿得一样。在塞西杰的旅行结束五十年后，本·加伯沙对他的描述是："他忠诚、慷慨、无所畏惧。"

见过塞西杰第一面之后,我也花了几年时间行走了六千英里,很多地方都是塞西杰曾经走过的。什么是这种旅行中最重要的?对此他一语中的。首先,关于为什么进行这样的旅行,他认为并无令人满意的答案;其次,人比风景、建筑和历史远为有趣;第三,真正的挑战是如何描述当地人眼中的环境,而非游客眼中的风光。最后他证明了,旅行者的最高奖赏,至少有一部分是来自同伴的接纳与钦佩。作为一名外国旅人,永远无法获得跟同伴一样的生活经历。他一直是一名异乡异客。但确乎在某些时刻,尤其是长达数月的旅程接近完成之时,其中出现过的无畏和慷慨是大家共享的。你会感觉到,你和同行上路的那些人是平等的,即使这种感觉仅停留须臾。我认为,这就是塞西杰所谓的旅行是为了寻找"纯粹的友谊"。令人沮丧的是,塞西杰,还有我们大多数人,在远离家乡的地方,更容易收获这种人与人之间的平等。

塞西杰没有准确预测贝都因人的未来。和他所笃信的相反,他的同伴并没有自觉排斥物质享受,而是欣然接纳了发电机和皮卡货车。但他对事物的判断、关注和耐心的观察,充满人情味,且具有昭示意义。字里行间不仅是对一个异族社会的深入描绘,更是对思想的洞察,对现代化的思考,并一步步揭示出,他所认为的人类应该去过的生活。例如在第八章,一行人旅行已经超过一个月,当穆萨利姆逮到一只野兔时,大家已经处于饿死边缘。他们把所剩的面粉全部倒进锅里,坐好等待烹饪完毕,满心期待。这时,突然有三个阿拉伯人的身影出现在地平线上。塞西杰记述背后蕴含的道德

规范和自觉性,无法不让人充满敬意:

> 我们相互问候,打听了消息,为他们献上了咖啡,然后穆萨利姆和本·卡比纳把兔肉和面包盛到盘子里,摆在他们面前,诚心实意地说他们是客人,是安拉的安排,今日为良辰吉日,以及诸如此类的话。他们邀请我们一起吃,但大家拒绝了,一再说他们是客人。我和其他人一起,让他们确信他们的到来是安拉显灵,我希望自己看上去没有内心那么狰狞。

固然他有偏见和局限,但在这些时刻,我们知道塞西杰是重要的,无论身为作家还是一个人。

2007 年

# 序言

《阿拉伯之沙》记述了我于1945—1950年间在"空白之地"一带的旅行,当时,这里的绝大部分区域还未被欧洲人踏足。1977年,阿曼政府和阿布扎比的埃米尔[1]扎伊德邀请我重返阿拉伯半岛。

我是1950年离开阿拉伯半岛的,早在我离开前,伊拉克石油公司已经开始了在阿布扎比和迪拜的石油勘探。很快,他们发现这里石油储量巨大,也正因此,我在书中描绘的生活永远地消失了。和阿拉伯世界的其他地方一样,这里在一二十年的时间里,发生了相当于英国从中世纪早期到今日的改变。

重返阿曼前,我已知道那边的经济和政治体系发生了剧

---

[1] 阿拉伯国家的贵族头衔,也可以作为地方长官的称谓。

变。1954年，仇视外国人的阿曼伊玛目[1]穆罕默德·哈利利去世，由其子加利卜继位，阿曼苏丹赛义德[2]·赛义德·本·提穆尔趁此机会于次年侵占了加利卜的领地，并废除了伊玛目的统治。此举招致民怨载道，加利卜的弟弟塔利卜在巴尼·里扬人苏莱曼·本·哈姆亚尔和众多追随者的支持下起义。1957年，这支反叛力量被击退，撤退至易守难攻的绿山。英国特种空勤团以苏丹的名义扫荡了山区，将叛军歼灭。

1965年，在也门南部政权的煽动和支持下，佐法尔省发生叛乱。激烈的战事在加拉山区持续数年，1976年，在英国和波斯军队的介入下，叛乱终于被镇压。与此同时，卡布斯废黜了其极端保守的父王赛义德·赛义德·本·提穆尔，成为阿曼的新任苏丹。登基后，他立即着手国家发展和现代化。

我急于一睹阿拉伯半岛古老的港口马斯喀特，之前我从未去过，还想爬一爬绿山，那是我最后一次阿拉伯半岛旅行时未完成的梦想。最让我期待的，是再次见到曾陪我上路的拉希德人和拜特·卡西尔人。但我回去时满心忧虑。

我在书中记述了一次乔装打扮进入阿曼腹地的旅程，那是在1947年，我写道："我时刻做好被揭穿的准备，我意识到，这场旅行的有趣之处，不在于亲见这片地区，而是在这样一种状态下来到此地。"日复一日的艰辛和危险、时刻伴随的饥

---

[1] 伊斯兰教教职称谓，什叶派强调其宗教性，指宗教领袖，逊尼派则多用于称呼高级学者和理论奠基人。
[2] 赛义德（Sayid）是伊斯兰教教职称谓，原意为"首领""先生"，用在姓名中表示尊重或血统高贵的称号。名字中的第二个赛义德（Said）则是常见的名字，两者译法相同。

饿和口渴、长途跋涉后的精疲力竭,都是贝都式生活面对的挑战,而我一直努力做到像他们一样。友谊把我和他们团结在一起,而以上是这场友谊的根基。

　　在阿曼的三个星期中,我乘坐了飞机、直升机、汽车,竟然还有汽艇,这一次,我在一个小时内走过的距离赶得上之前几个星期的路程。刚到马斯喀特,我便转机前往萨拉拉,这里曾是我进入"空白之地"的起点。昔日萨拉拉只是毗邻苏丹王宫的小型阿拉伯村落,现在成了配置交通灯的城镇。本·卡比纳和本·加伯沙在我降落的地方迎接我。他们曾是我形影不离的伙伴,陪我度过了生命中最值得铭记的五年时光。1950年,我和他们在迪拜道别时,他们还那么年轻,现在他们胡须灰白,孩子们已经长大成人。能再次见到他们,实在令人动容,我经常会想念他们。第二天,他们去为我准备在沙漠帐篷中的筵席。而我的拜特·卡西尔人老友,在穆萨利姆·本·塔夫勒的带领下,陪我坐上了一支车队,高声鸣着喇叭,沿着高速公路驶向加拉山上的新城。他们把我请进他们现在居住的混凝土住宅,旁边就是军用机场。

　　第二天,我和一个电视摄制团队乘直升机飞到本·卡比纳在希苏尔附近的黑色帐篷宿营地。拉希德人从四方赶来,他们的汽车就停在帐篷后头,里面有不少路虎越野车。虽然一些人还在住帐篷养骆驼,但没有人再把骆驼当交通工具了。他们中很多人陪我完成过去往哈德拉毛的旅行,不过有几名老朋友已经去世,或者被杀。本·卡比纳宰了一峰骆驼,为我准备了一顿大餐,摄像机在我们进餐时一直运转着。晚上我飞回了萨拉拉,本·卡比纳和本·加伯沙一直与我同行。我们一起爬上绿山,这里同样有一座机场,喷气式飞机和直升机起起落落。我意识到,时过境迁,我们之间的关系再也不可能像以前一样。他们已经适应了这个全新的阿拉伯世界,而我还活在过去。和他们道别后,我去了阿布扎比,那里简直是一场阿拉伯噩梦,让我彻底幻灭。

对我来说,这本书仍然是对一段逝去过往的记录,也是对一个曾经伟大的民族的赞颂。

威尔弗雷德·塞西杰

## 1991年再版序言

  1977年我回到阿曼和阿布扎比,这是我1950年离开这里后第一次回来。石油的发现和开采改变了一切。我曾和拉希德人一起,用一种传统的贝都人的生活方式度过了难忘的五年时光,而这种生活方式被汽车、直升机和飞机彻底颠覆了。为此我感到幻灭和愤恨。当我抵达阿布扎比,看到了曾经空旷的沙漠中,一座座高耸的建筑和炼油厂拔地而起。这座城市代表了一切我厌恶和拒绝的东西,它呈现在我面前之日,也是我对这次重返彻底失望之时。

  1990年2月,在扎伊德酋长殿下的资助下,英国领事馆在阿布扎比组织了一场我的摄影展,我再次来到了这里。以阿联酋为代表的阿拉伯变革不可避免,在这场旅行中,我发现自己选择了和解。阿布扎比已经成为一座令人印象深刻的现代都市,人们在贫瘠的土地上创造了美景,建设出长满绿树和草地的街道。我在酋长国待了十二天,来自阿布扎比、艾因、迪拜和沙迦的热情迎接和款待，让我深受感动。

威尔弗雷德·塞西杰<br>1990 年

# 前言

在阿拉伯半岛的那些年,我从未想过有朝一日会把自己的旅行写下来。假如早有打算,我一定会尽量多做些笔记。如果这些笔记存在的话,既是对我写作的帮助,也是一种束缚。离开阿拉伯半岛七年后,我向格雷厄姆·沃森展示了一些照片,他极力鼓动我把沙漠经历写成一本书。我拒绝了,认为这将牵涉到大量工作,而且我不愿意为此在欧洲待上几年,有这几年工夫,我可以去更多有趣的地方旅行。第二天,格雷厄姆·沃森又来了,这次他带来了马克·朗文[1]。经过多番劝说,他俩终于让我同意试着写一写。现在我完成了它,并对二位的督促心怀感激。为了写作,我努力回忆经历过的每一个细节,这让那段日子在我的脑海中重新鲜活起来:和我一起旅行的贝都人,还有广袤空无的大地——我骑着骆驼穿越这片地区,

---

[1] 马克·朗文(1916—1972),朗文家族最后一位执掌朗文出版社的人。

走了超过一万英里。

我去阿拉伯半岛南部恰逢其时。其他人去那边是为了地质研究和考古，或者研究鸟类、植物、动物什么的，还有人研究阿拉伯人本身，但他们会乘车而行，且随时用无线电和外界保持联系。他们的研究成果比我的所得远为有趣，但他们无从了解这片土地的精神本质，也不会知道阿拉伯人是多么优秀。如果有人去寻找我所记述的生活方式，注定失败而归，在我之后，大量技术人员去往那里勘探石油。今日，货车在沙漠中留下的车辙宛如伤痕，我旅行过的地方丢弃着来自欧洲和美国的垃圾。与贝都人的道德败坏相比，物质上的腐化不算什么。我和他们在一起时，他们的概念中只有自己的世界。他们并非无知的野蛮人，相反，他们是一支古老文明的子孙，生活在一个追求个人自由和自律的社会框架下。现在，他们被赶出沙漠，搬进城市，曾经帮助他们主宰生活的品格不再适用。以前是不可控的干旱让他们死去，现在是另一种不可控的力量摧毁了他们的生存方式。落魄成了死亡的替代品。

离开阿拉伯半岛后，我去过喀喇昆仑山脉和兴都库什山脉、库尔德斯坦山区和伊拉克的沼泽地，都是些偏远之地，交通闭塞，传统的生活方式得以留存。我看过世界上最壮丽的景观，也曾与最鲜为人知又有趣的部落一起生活。所有这些地方，没有一处比阿拉伯半岛的沙漠更让我感动。

五十年前，"阿拉伯人"这个词大概是指生活在阿拉伯半岛上的居民，也被认为是贝都人的同义词。从阿拉伯半岛迁徙到埃及或者别的什么地方，仍然以游牧为生活方式的部族，仍被称为阿拉伯人，而那些变成农耕者或者城市人的，则失去了这一称呼。我使用"阿拉伯人"这个词，遵循了这种较为传统的理解，而非该词伴随阿拉伯民族主义兴起而产生的新义项。人们不再关注血统，只要是以阿拉伯语为母语的人，就被认为是阿拉伯人。

贝都人是饲养骆驼的游牧部落，生活在阿拉伯半岛的沙漠中。英语里常称他们为"贝都因人"，该词为贝都的双复数形式，贝都人自己却很少使用。我更喜欢贝都人这个说法，所以在整本书中都用了这个词。贝都人把他们自己统称为"阿拉伯人"，所以提及他们的时候，我有时用贝都人，有时用阿拉伯人，并无分别。

在阿拉伯语中，"贝都"是复数，单数形式叫"贝都伊"。为了简便，无论是单数还是复数，我都用了"贝都"这个词。为了不使读者迷惑，在提到部落名字时，我也使用了相同的方法：拉希德人，单数是"拉什迪人"；阿瓦米尔人，单数是"阿马里人"。

我尽量少用阿拉伯词汇。书中提及的植物大多没有英文名称，我用当地的名称而不是拉丁文学名称呼它们；对于大多数人而言，"加夫"（*ghaf*）比 *Prosopis spicigera*（牧豆树属穗序山香）更容易记，且简洁明了。在本书的最后，专门附表列出了所有提及植物的阿拉伯名和学名。

不可避免地，这本书中包含了许多对不熟悉阿拉伯半岛的人来说听起来很奇怪的名字。除了书末的大型折叠地图[1]外，我在文本中还包含了几幅地图草图，展示了每次旅程中提到的地点，并且在书末附有主要参与者的名单。

这些地图是由K. C.乔丹特别绘制的，我对他所付出的关心和努力表示感谢。他根据我在阿拉伯半岛的穿越路线，参照皇家地理学会绘制的地图编制了大型地图，并使用了从托马斯和菲尔比那里得到的部分信息。我决定不根据我离开阿拉伯半岛后完成的工作来修正或扩充这幅地图。

任何对阿拉伯词汇的音译都不能令人满意。我尽量将这种情况简单化，因此省略了通常用'表示的 *'Ain*[2] 这个阿拉伯语字母。毕竟没有几个英国人能正确发音，对于大多数读者而言，常常被这个莫名其妙的'打断，只会既困惑又恼火。对于另一个较难的字母 *Ghain*[3]，我按惯例使用了"gh"。专家说这种软腭音发音上像波斯语中的"r"。这个字母出现在本书一位主人公的名字里：本·加伯沙。

只有我知道，来自母亲的兴趣和鼓励，对我来说有多么重要。当她把我从亚的斯亚贝巴带到海边时，我只有九个月大。我的童年有过多次和驼队或骡队长途出行的经历，婴儿时的这场旅行是所有旅程的开始。在一切变得简单之前，她已经知道在非洲旅行可以如何引人入胜，所以她对我探险的爱好，从来都抱以理解和支持。

---

1　因版权原因，本书未收录原书地图和照片。——中文版编者注
2　'Ain，阿拉伯语中的第18个字母。
3　Ghain，阿拉伯语中的第19个字母。

在写作的过程中，我非常感谢瓦尔·弗伦奇·布莱克的帮助。书的第一章刚写完，他就成了第一个读者，此后他阅读了全部打印稿，不是一次，而是很多遍。他的理解和鼓励，外加一针见血的意见和批评，对我都是无价之宝。我的弟弟罗德里克也细细品读了文章，提供了很多宝贵的建议。还有约翰·弗尼和格雷厄姆·沃森，我同样欠他们一份感激，约翰·弗尼对文章提供了宝贵看法，格雷厄姆·沃森则对即将诞生的作品信心十足，也是他促成了此事。承英国地名常设委员会的 W. P. G. 汤姆森好意，书中的阿拉伯名称得以核对并批准，对此我深表感激。我还要对白厅的詹姆斯·辛克莱公司表达最深的谢意，多年来，他们为保存我的照片做了大量工作，其中的一些照片将刊载于本书上。我还想表达对英国皇家地理学会的感谢，在我踏上这些旅程之时，是他们给予了我帮助和鼓励。

虽然他们不会来读这本书，在此感谢他们似乎并无意义，显然，我最应感激的，是那些和我一起上路的贝都人。没有他们的帮助，我永远不会在"空白之地"旅行。是他们的友谊，让我度过了人生中最快乐的五年。

# 序幕

云起雨落，人活了下来；云散久旱，人就死了，动物也不例外。阿拉伯半岛南部的沙漠，没有季节的轮替，没有生机的显隐，只剩空旷荒凉，温度的变化是一年唯一的尺度。这片苦涩的大地从来不知何为舒缓或安适。人类居住在此久矣。营地旁被篝火熏黑的石头，石原上风化渐无的足迹，证明他们曾经存在。除此之外，一切足迹随风飘散。人们在这里生活，只因出生于此，只因这种方式从先辈流传下来，只因他们默许了苦难和贫穷，只因他们别无选择。劳伦斯在《智慧七柱》(*Seven Pillars of Wisdom*)中写道："即使是对生长其间的人，贝都因人的生活方式也是艰辛的；而对外来者，这种方式堪称残酷：生不如死。"经历过这种日子，没有人能全身而退。或多或少，他都会像那些游牧者一样，在身上留下沙漠的印记；他会渴望再次回到那里，或犹疑，或坚决，取决于他自己的天性。这片残酷的土地能够施展的魔力，任何气候温和的地带都无法与之相比。

第一章

# 阿比西尼亚和苏丹

我在阿比西尼亚[1]长大,在达纳基尔地区旅行,在苏丹服役。战争爆发后,我和中东蝗虫防治研究中心的领导见了一面,获得了进入"空白之地"旅行的机会。

1946年夏天,我走在汉志[2]山区,第一次意识到沙漠是如此令我着迷。几个月前,我来到"空白之地"的边缘。那是一段贝都式的日子,艰苦而无情,饥饿和口渴更是家常便饭。我的同伴自出生起就受到这种生活方式的磨炼,而我则在长时间的行进中备受折磨,跋涉在劲风似鞭的沙丘,穿行于平原之上,蒸腾的热气制造出捉摸不定的蜃景,让旅途愈加乏味。时常出没的沙漠土匪让大家神经紧绷,我们不时扫视着远处的地平线,紧握步枪,即使已经因缺乏睡眠而神情恍惚。饥饿、

---

1 埃塞俄比亚旧称,作者在文中对新旧称呼时常混用,翻译时遵从作者行文用词。
2 位于沙特阿拉伯王国西部沿海地带,得名自境内的汉志山脉。

口渴、酷热和寒冷，六个月间我遍尝所有，还要忍受长期在异族人群中生活的压力，况且这些人最鄙视软弱。不止一次，我感到身心俱疲，只想尽快逃离。

现在，我身处阿西尔省[1]，站在野橄榄和杜松环绕的山间。一条小溪沿坡流下，海拔九千英尺的溪水冰凉，和沙漠中稀少苦涩的水源形成鲜明对比。到处是野花，茉莉花、金银花、野玫瑰、石竹还有樱草花，梯田上种满大麦、小麦、葡萄藤和一丛丛蔬菜。脚下，薄雾隐去了东方的沙漠，而我的思绪正在那看不见的沙漠中飘荡，心中盘算着新的旅程，虽然我一点也想不通，驱使我再次回到那种苦日子的动力是什么。如果我现在正坐在伦敦的办公室里，满脑子自由和冒险，倒还说得通，此时此刻，我已经在之前的那段时间里获得了所冀望的一切。直觉告诉我，是沙漠中严酷的生活在呼唤我，就像人们一次又一次地回到极地、高山和海洋。

再次回到"空白之地"是我对挑战的回应，也是对我极限的考验。"空白之地"的绝大部分仍不为人所知，我是多么想在他人涉足之前亲见其真容，世界上这样的地方已经不多了。而且我的成长环境给予了我足够的训练，让我能够在沙漠中生存下去。"空白之地"让我有机会在旅行者中青史留名，但我相信这趟旅程带给我的将远不限于如此，在那一片空旷中，我将在孤独中找回平静，并和贝都人一起，在一个充满敌意的世界中寻回友情。很多人在危险的环境下，确实和同

---

[1] 沙特阿拉伯西南部的一个省，与也门接壤。

伴结下了深厚友谊，但通常发生在自己人当中，只有一小部分人在异国他乡的外族人中找到了结成这种友谊的方式——身份的差异反倒将他们紧紧绑缚在一起，就像我在贝都人中这样。如果没有了这些，这趟旅途将变为毫无意义的苦旅。

我时常回顾童年，试图寻找驱使我回到东方沙漠的动因。也许它就藏在那些记忆里：穿越阿比西尼亚沙漠的旅程；三岁时看到父亲射杀一只大羚羊的激动；对在池塘饮水的骆驼的模糊印象；炽热阳光下尘土和阿拉伯胶树散发出的味道；坐在篝火旁，听着黑暗中传来鬣狗与豺狼的合鸣。这些模糊的记忆与之后的对阿比西尼亚高原的记忆混为一团，组成我九岁前的全部时光。

这是一种不寻常的童年。我的父亲是英国驻亚的斯亚贝巴公使，而我于1910年出生在那座城市里的某座泥坯小屋，那些泥坯小屋当时还承担了公使馆的任务。当我回到英国时，已经看到过不少鲜有人知的景观。比如主显节上的祭司在约柜前和着银鼓发出的隆隆声起舞，或是身着盛装的埃塞俄比亚教会主教举行圣水礼。我看过部队开赴1916年大政变[1]的前线，一连数日，连绵不绝的队伍穿过公使馆对面的平原。我还听过，当拉斯·鲁尔·塞格德[2]的部队为阻止米卡埃尔尼

---

1　出生于埃塞俄比亚南部绍阿贵族家庭的海尔·塞拉西一世（1892—1975），在1916年的政变后拥护孟尼利克二世的女儿佐迪图担任女皇，并担任皇储兼摄政王。

2　拉斯·鲁尔·塞格德（？—1916），19世纪晚期至20世纪早期埃塞俄比亚王国的朝臣和军队指挥官。

格斯[1]而全军覆没,从四面八方传来的哭泣声。当然,我也见证过战争胜利后的狂喜。我见过从萨加莱的战场凯旋的军人,南北两军曾在那里近身搏斗了整整一天,距离亚的斯亚贝巴以北只有五十英里远。

每一位领主都被他的士兵簇拥着。战士身着简单的白衣,头领的穿戴就繁复多了,他们身披全副甲胄,戴着狮子鬃毛做成的头饰,丝绒斗篷上饰满金银装饰,绸缎长袍色彩斑斓,当然必须有雕刻精美的佩剑。所有人都举着盾牌,一些盾牌上有镀金镀银的纹样,很多人还配有步枪。无论是走在恰卡国王前面的祖鲁武士,还是在恩图曼之战挺身而出的托钵僧,其散发出的那种带有原始感的狂暴,都无法与那天经过皇宫的人潮相比。战鼓震天,号角齐鸣,这不仅仅是一场仪式,人们刚刚从战场上绝处逢生,仍然沉浸在那狂乱的几个小时中,热血沸腾。马背上挂着从死人身上剥下的衣服,血迹未干。他们如波浪般涌来,骑兵隐现在扬起的尘土和簇拥的步兵中。他们挥舞着武器,呼号着自己英勇的战绩,径直来到王座的台阶下,宫廷侍从用手中的长杖让他们退后。在他们的头顶上,闪亮的长矛尖刺间,无数的缎带迎风飘扬。我记得,一个看上去稍微比我年长的小男孩走在游行的队伍里,他亲手杀死了两个敌人。我还记得,北方之王米卡埃尔尼格斯被锁链拴着走,肩上挂着表示臣服的石头,看上去,他就是个身披黑色阿拉伯斗篷、缠着白头巾的老头。突然鼓声停息,人群静默,

---

[1] 米卡埃尔(1850—1918),原名穆罕默德·阿里,阿比西尼亚帝国贵族,军队指挥官。"尼格斯"是授予地区统治者的头衔。

那天最令人动容的时刻到来。数百名身着白色阿拉伯长袍的男子,衣衫褴褛,由一名少年引领,缓缓地穿街过巷。这名少年是拉斯·鲁尔·塞格德的儿子,陪在他身边的是他的父亲留下的残部,这支军队在战斗前曾拥有五千名精锐。

在学校的那些年,我对非洲魂牵梦绕,读了所有我能找到的关于非洲旅行或探险的书,戈登-卡明[1]、鲍德温[2]、布鲁斯[3]、塞卢斯[4],等等。我认真研读过罗兰·沃德[5]的《大猎物档案》(Records of Big Game),可以在任何关于非洲动物的测试中对答如流。与此同时,我在学校的拉丁语成绩惨不忍睹。冗长的布道时刻最适合开小差,我的脑海中浮现出童年看过的景色,视野中是连绵的群山。祖卡拉、凡塔利、武恰恰、富里、马纳加沙,这些名字就是我的乡愁。在我上学之前,除了几个兄弟外,再也没见过来自欧洲的同龄人。我发现周遭的环境充满敌意且难以理解。我对严格的学校章程视而不见,结果可想而知。当我向其他人讲述昔日见闻,马上会被冠以骗子的名号。我对与同龄人的竞争能力缺乏信心,常感孤独。幸运的是,我随后被伊顿公学录取,并对其产生了深厚而持

---

1 此处应指鲁阿林·乔治·戈登-卡明(1820—1866),苏格兰探险家,曾出版在非洲狩猎的专著。
2 此处应指威廉·查尔斯·鲍德温(1827—1903),英国探险家,曾在非洲多次狩猎并影响了后来的英国探险家塞卢斯。
3 此处应指詹姆斯·布鲁斯(1730—1794),苏格兰旅行家和作家,以对尼罗河源头的探索而闻名。
4 此处应指弗雷德里克·塞卢斯(1851—1917),英国探险家,非洲第二大禁猎区坦桑尼亚的塞卢斯禁猎区以他的名字命名。
5 罗兰·沃德(1848—1912),英国著名动物标本制作师。

## 第一章　阿比西尼亚和苏丹

久的感情。

再次回到阿比西尼亚时，我已经二十岁。海尔·塞拉西不会忘记我父亲的恩情，在大政变最危难的时刻，父亲把他还在襁褓中的儿子接到公使馆提供庇护，这名男婴已经成长为今日的皇储。以父亲长子的身份，海尔·塞拉西邀请我参加他的加冕典礼。我跟随格洛斯特[1]公爵代表团，动身前往埃塞俄比亚。飞机降落在吉布提市[2]，需要继续乘坐过夜火车去往亚的斯亚贝巴，这一夜，我感受到了前所未有的狂喜。抵达公使馆后，我发现大部分记忆已经模糊不清，就连刚刚过去的事也需要使劲儿回想。从我最后一次攀登公使馆背后的山坡到现在，竟然过去了十一年，那时的我在山坡上，凝视着蓝色的烟雾从仆人居住的下房升腾到清冷的空气中，或是听着飞翔的鸢在桉树上发出尖锐的嘶鸣。我仍然认识每一只鸟、每一株植物，甚至每一块岩石。

十天的日程排得满满当当，我参加了游行、庆典和国宴，最终亲见教宗把皇冠戴在海尔·塞拉西——这位埃塞俄比亚的王中之王——的头上。头戴皇冠、身披长袍、已经受膏的皇帝现身于他的臣民面前，所罗门王和示巴女王的诸多后裔自此又多了一位。街上挤满了部落的人，他们来自皇帝辖下的每一个省。我又看到了童年时见过的盾牌和华丽长袍，但外界文明的入侵也显而易见。我意识到，经年传承下来的传统、习俗、仪式很快就会被遗弃，那些把这里和世界其他地

---

[1] 英国西南部格洛斯特郡首府。
[2] 吉布提为非洲东北部亚丁湾西岸国家，与埃塞俄比亚接壤，首都为吉布提市。

方区别开的色彩终将消失。街上不多的几辆汽车正是社会变革的先兆。摄影记者挤到人群的最前方,以便拍下头戴皇冠的皇帝和跳舞的神父。我被其中一人推到一旁,那人嚷着"快给世界的耳目让个地儿"。

狩猎和探险是我一直以来的梦想,既然回到了非洲,我决定即刻走入荒野。步枪我都准备好了。一天,趁着加冕典礼的间隙,我站在公使馆前的台阶上询问著名的探险家奇斯曼上校[1],阿比西尼亚是否还有能够探险的地方。他告诉我,唯一未解决的问题是阿瓦什河[2]发生了什么,这条河发源于亚的斯亚贝巴西边的群山,流向达纳基尔沙漠,还没入海就干了。这段谈话让我的思绪飘到了达纳基尔地区,"猎头族"的家乡,不过他们并不把头骨作为战利品,而是收集睾丸。我计划六周后回到牛津,所剩时间不多,至少能去这个国家的边缘看一眼。家族世交桑福德上校[3]帮我准备了随从和车辆。就在我即将启程时,英国公使西德尼·巴顿爵士表示对我这次独行很不高兴,毕竟那里是无人管辖的危险之地。他建议我加入他正在组织的狩猎队伍。我感激他的慷慨,但接受他的提议意味着背叛了儿时的梦想,有违我的初衷。我口齿笨拙地向他解释为什么我一定要自己去,为什么这对我非常重要。他表示理解并祝我好运,在我离开房间的时候,他补充了一句:

---

1 此处应指罗伯特·厄内斯特·奇斯曼(1878—1962),英国探险家和鸟类学者,曾于1923年深入阿拉伯半岛腹地。
2 埃塞俄比亚的母亲河。
3 此处应指丹尼尔·桑福德(1882—1972),英国陆军军官,海尔·塞拉西的参谋之一。

第一章 阿比西尼亚和苏丹

格斯[1]而全军覆没,从四面八方传来的哭泣声。当然,我也见证过战争胜利后的狂喜。我见过从萨加莱的战场凯旋的军人,南北两军曾在那里近身搏斗了整整一天,距离亚的斯亚贝巴以北只有五十英里远。

每一位领主都被他的士兵簇拥着。战士身着简单的白衣,头领的穿戴就繁复多了,他们身披全副甲胄,戴着狮子鬃毛做成的头饰,丝绒斗篷上饰满金银装饰,绸缎长袍色彩斑斓,当然必须有雕刻精美的佩剑。所有人都举着盾牌,一些盾牌上有镀金镀银的纹样,很多人还配有步枪。无论是走在恰卡国王前面的祖鲁武士,还是在恩图曼之战挺身而出的托钵僧,其散发出的那种带有原始感的狂暴,都无法与那天经过皇宫的人潮相比。战鼓震天,号角齐鸣,这不仅仅是一场仪式,人们刚刚从战场上绝处逢生,仍然沉浸在那狂乱的几个小时中,热血沸腾。马背上挂着从死人身上剥下的衣服,血迹未干。他们如波浪般涌来,骑兵隐现在扬起的尘土和簇拥的步兵中。他们挥舞着武器,呼号着自己英勇的战绩,径直来到王座的台阶下,宫廷侍从用手中的长杖让他们退后。在他们的头顶上,闪亮的长矛尖刺间,无数的缎带迎风飘扬。我记得,一个看上去稍微比我年长的小男孩走在游行的队伍里,他亲手杀死了两个敌人。我还记得,北方之王米卡埃尔尼格斯被锁链拴着走,肩上挂着表示臣服的石头,看上去,他就是个身披黑色阿拉伯斗篷、缠着白头巾的老头。突然鼓声停息,人群静默,

---

[1] 米卡埃尔(1850—1918),原名穆罕默德·阿里,阿比西尼亚帝国贵族,军队指挥官。"尼格斯"是授予地区统治者的头衔。

那天最令人动容的时刻到来。数百名身着白色阿拉伯长袍的男子，衣衫褴褛，由一名少年引领，缓缓地穿街过巷。这名少年是拉斯·鲁尔·塞格德的儿子，陪在他身边的是他的父亲留下的残部，这支军队在战斗前曾拥有五千名精锐。

在学校的那些年，我对非洲魂牵梦绕，读了所有我能找到的关于非洲旅行或探险的书，戈登-卡明[1]、鲍德温[2]、布鲁斯[3]、塞卢斯[4]，等等。我认真研读过罗兰·沃德[5]的《大猎物档案》（*Records of Big Game*），可以在任何关于非洲动物的测试中对答如流。与此同时，我在学校的拉丁语成绩惨不忍睹。冗长的布道时刻最适合开小差，我的脑海中浮现出童年看过的景色，视野中是连绵的群山。祖卡拉、凡塔利、武恰恰、富里、马纳加沙，这些名字就是我的乡愁。在我上学之前，除了几个兄弟外，再也没见过来自欧洲的同龄人。我发现周遭的环境充满敌意且难以理解。我对严格的学校章程视而不见，结果可想而知。当我向其他人讲述昔日见闻，马上会被冠以骗子的名号。我对与同龄人的竞争能力缺乏信心，常感孤独。幸运的是，我随后被伊顿公学录取，并对其产生了深厚而持

---

1 此处应指鲁阿林·乔治·戈登-卡明（1820—1866），苏格兰探险家，曾出版在非洲狩猎的专著。
2 此处应指威廉·查尔斯·鲍德温（1827—1903），英国探险家，曾在非洲多次狩猎并影响了后来的英国探险家塞卢斯。
3 此处应指詹姆斯·布鲁斯（1730—1794），苏格兰旅行家和作家，以对尼罗河源头的探索而闻名。
4 此处应指弗雷德里克·塞卢斯（1851—1917），英国探险家，非洲第二大禁猎区坦桑尼亚的塞卢斯禁猎区以他的名字命名。
5 罗兰·沃德（1848—1912），英国著名动物标本制作师。

## 第一章 阿比西尼亚和苏丹

"注意安全,加冕典礼刚结束,如果这时候你把达纳基尔人惹毛了,影响将是致命的。"

露营的第一晚,我吃着沙丁鱼罐头,看着索马里随从把喝饱了的骆驼从河边牵到帐篷旁安置好,我知道世上所有金钱都无法让我离开此处。一个月内,我独自穿越干旱的不毛之地。没有人可以依靠,如果部落的人找我麻烦,我无人可以求助;生病也得不到及时的医治。随从信任我并听从我的指令,我对他们的安全负责。饥饿和口渴是常有的事,有时还会感到害怕和孤独,但我尝到了自由的味道,以及在别处无法感受到的生活方式。

在我的生命里,这是具有决定性意义的一个月。回到牛津后,达纳基尔之旅在我的脑海中萦绕不去。不止一次,我看到一群达纳基尔人倚靠在他们的矛上,身上只缠着一条腰布,蓬乱的头发上沾着黄油屑,瘦削的身形透出一种优雅。还有圆顶小屋组成的营地,牧群踏着夕阳归家,落日的余晖斜斜穿过它们扬起的尘灰;浑浊的河水缓缓流动,鳄鱼在沙洲上享受着日光浴;水羚从柽柳林中踱出来,去往饮水的路上;拥有一对壮观盘状羚角的扭角林羚,在余晖中以天际为背景,形成一幅漂亮的剪影。我看到,一只东奔西窜的大羚羊被射穿了心脏,秃鹫硬着翅膀滑行下来加入这场大餐,它们围着羚羊笨拙地一跳一跳,一帮狒狒坐在山崖上看着。不止一次,我感觉到热辣的阳光穿透衬衣,灼烧着肌肤,但拂晓之前又寒意逼人。我尝得出水中的骆驼尿味,听到索马里人围着篝火唱歌、骆驼负重后发出的低吟。回去探索阿瓦什河,我做出这个决定，是未知领域的吸引力而非对沙漠的爱诱惑着我，我一心想着阿比西尼亚高原，如果那里有什么未被探索的地方的话，我会首选它们而非沙漠。

三年后，我和戴维·海格-托马斯[1]一起回到阿比西尼亚，探索未知的达纳基尔。最初的两个月，我们靠骡子在阿鲁西山脉穿行，这段旅程颇为轻松，因为是用来考验一下那些随从，看他们是否做好了进入达纳基尔沙漠的准备。我们在山巅扎营，四周被巨大的石楠环绕，如果海拔再高一些，到云聚云散的地方，环绕我们的植物就变成了巨型半边莲。只有透过植物的缝隙，才能看到脚下七千英尺处的东非大裂谷。一连数日，我们穿行在森林里，由黑白相间的疣猴陪伴着，它们在苔藓满覆的树丛间任性打闹，又骑行在谢贝利河[2]源头附近起伏的平原上。这一段的山景堪称绝美。随后我们到了谢尔谢尔山脉[3]脚下，沙漠的边缘地带，暖风拂过刺槐丛，弄出沙沙的响声。当晚，索马里随从从附近牧民那里弄来一碗骆驼奶，实在让人满足。沙漠已经接纳了我，尽管我对其一无所知。

达纳基尔沙漠位于埃塞俄比亚高原和红海之间，亚的斯亚贝巴至吉布提铁路的北部，是令人胆寒的严酷之地。19世

---

[1] 戴维·海格-托马斯（1908—1944），英国探险家、鸟类学家，曾代表英国参加1932年的夏季奥运会。
[2] 非洲东部河流，流经埃塞俄比亚和索马里。
[3] 埃塞俄比亚东部高地山脉。

第一章 阿比西尼亚和苏丹

纪末,三支远征队——穆辛格[1]、朱列蒂[2]和比安奇[3]在此全军覆没。1928年,内斯比特[4]和两个朋友完成了从南至北的穿越,成为第一批从达纳基尔沙漠活着回来的欧洲人。不过,他们的三名随从在路上被杀害了。后来,内斯比特把这段传奇经历写进了《沙漠与森林》(Desert and Forest)一书。当时,他被当地充满敌意的部落禁止出现在阿瓦什河的大部分流域,未能探访奥萨苏丹国[5],也没有解开阿瓦什河消失的谜团。

达纳基尔人是一个类似索马里人的游牧民族,骆驼、绵羊、山羊和牛是达纳基尔人惯养的牲畜,富裕的部落有马,抢掠财物时用。在达纳基尔部落中,一个人声誉的高低,与其作战是否英勇成正比,衡量标准是杀伤敌人的数量。一场公平的决斗中,干掉对方并不是必须的,只要把对方的阴茎割下就好。每杀掉一个人,这名战士就有权穿戴一些特别的装饰物,比如一根别在头发上的鸵鸟羽毛或者一把梳子,一只耳环、手镯,或者带有颜色的腰布,所以一眼就能看出他杀过多少人。就连他们的坟墓也是这样,达纳基尔人的坟墓前通常会插上石块作为纪念碑。普通人的纪念碑像一个小的石头围栏,而那些声名显赫者,坟前还会有一排直挺挺的石头,

---

[1] 此处应指维尔纳·穆辛格(1832—1875),瑞士语言学家、探险家,以在阿比西尼亚的探险旅行而知名。
[2] 此处应指朱塞佩·玛丽亚·朱列蒂(1847—1881),意大利探险家。
[3] 此处应指古斯塔沃·比安奇(1845—1884),意大利探险家。
[4] 此处应指L. M. 内斯比特(1891—1935),英国探险家。
[5] 18世纪至20世纪中叶由阿法尔人统治的国家,主要范围包括今厄立特里亚南部、埃塞俄比亚东部和吉布提的部分地区。

每一块石头代表他曾杀死的一个人。整个地区到处都有这种不祥的纪念碑，有些纪念碑的石头多达二十块。每当有达纳基尔人盯着我，我就感到惶惑不安，觉得他正考虑我是不是值得成为他的刀下魂，就像我研究一群大羚羊，试图找到拥有最长羊角的那几只一样。

戴维·海格-托马斯在山区得了严重的喉炎，无法陪我前往达纳基尔沙漠。12月1日，我把他留在阿瓦什车站，与四十名全副武装的阿比西尼亚人和索马里人一起出发。我们的实力显然不足以径直穿过达纳基尔沙漠，但希望目前的威慑力足以打消那些突袭我们的念头。我们带了十八峰负责运输物资的骆驼，计划沿河而行，应当不会有缺水之虞。埃塞俄比亚政府正打算阻止这趟旅行，我们要尽快启程。

两周后，我们抵达了巴都地区的边缘。这里一直不太平静，我们落脚的村庄两天前刚遭劫掠，几个人被杀了，现场一片狼藉。达纳基尔人分成两部分，阿萨伊马拉和阿达伊马拉。阿萨伊马拉人实力强大，住在巴都和奥萨，我们经过的部落无不对巴都战士闻风丧胆。阿达伊马拉人警告我们，如果我们执意进入巴都地区，绝无生还的希望。巴都的南部凭借一条险路把守，路的一侧是悬崖，另一侧是沼泽。我们在黎明时分设置了岗哨，趁阿萨伊马拉人还没回过神穿过了险路，然后停下队伍，用剩余物资和驼鞍摆出了一道营地的边界，边界的一侧是保证我们不会腹背受敌的河水。很快，一群兴奋的达纳基尔武装分子把我们团团围住，大部分人都配有步枪。就在三年前，两名希腊人和他们的随从在此被屠杀。

第一章　阿比西尼亚和苏丹

预计到可能的攻击，我们严阵以待。第二天，我们费尽口舌，终于说动了一名瘦削且几近全盲的老者，他在巴都地区很有影响力，答应为我们提供向导以及保证我们安全的人质。一切问题解决在即，就在太阳将要落山之前，一封来自政府的信件打破了一切。信件经过了一位位酋长的手，才传到我们这里。达纳基尔部落的老酋长召集了一大群人，这封信的到来引得人群一阵骚动。信由阿姆哈拉语[1]写成，我只能求助翻译，这意味着信件内容无从隐瞒。由于爆发了部落冲突，政府要求我立即返回，尤其不要尝试进入巴都地区，也就是我此刻踏足之地。一半人坚持要回去，另一半人说由我决定。我明白，如果带着一半人执意前行，没有活着走出来的希望。我必须返回，未能完成计划的苦涩只能自己咽下，尤其是我们已经克服了旅程中最大的困难，成功进入巴都地区。

返回路上，我们经过了一座大的阿达伊马拉村庄，村庄已成废墟。不久前，一个由七名阿萨伊马拉老者组成的代表团来到这里，和阿达伊马拉人就牧场问题进行了激烈的辩论和争吵。阿达伊马拉人先是款待了代表团，然后趁夜色发动袭击。只有一个人逃了出来，是我为他在巴都做了医疗处理。随后阿萨伊马拉人实施报复，洗劫了阿达伊马拉村庄，并杀死对方六十一人。这就是信中提到的引发部落冲突的事件。

我在亚的斯亚贝巴用了六周时间，说服政府同意我重返

---

[1] 埃塞俄比亚的联邦工作语言。

巴都地区，前提是不对我的安全问题负责，为此我还写了保证书。然后，我又去重新召集队伍，那时阿瓦什河沿岸正在流行一种热病，很多人都病倒了，士气很低落，一些人坚持让我先付清工钱。保证书让政府很满意，作为回报，政府释放了一名叫米拉·穆罕默德的老者，他是巴都部落的大酋长，将一路陪我到巴都。这名老者几个月前作为人质被政府扣押，为的是让他的部落守规矩。我在巴都的时候，正是他向政府表态，拒绝让他的族人保证我的安全，我才被一纸召回。这次有了他的陪同，我们在巴都受到热情款待，至少能认识一下奥萨的苏丹。

回到巴都，我一连数日待在一位年轻酋长哈姆杜·乌加的村中。哈姆杜·乌加拥有迷人的微笑和得体的举止，我很享受和他做伴的时光。虽然看上去还是个大男孩，但他不久前才在法属索马里兰边境手刃了三个人。我们抵达村庄的时候，村民正为此办一场宴席。他头上插着象征荣誉的鸵鸟羽毛，有一种莫名的喜感。我们离开后的第三天，哈姆杜·乌加的村子遭遇了另一个部落的突袭，听说他被杀了。

六周后，我在奥萨边界的加里非哥扎营。营地旁是一片茂密的森林，绿草丰茂，高大的树木被藤蔓缠绕，阳光透不进我的帐篷。这里和黄褐色调的平原简直是两个世界，我们从平原经过的时候，满眼是饥渴的多刺灌丛和裂开的黑石。内斯比特就是在这里见到苏丹穆罕默德·雅尤的。内斯比特拿到了旅行许可，他的目标是一路往北，穿过熔岩荒漠（lava desert）[1]地区，并不是进入富饶的奥萨平原。穆罕默德·雅尤如他的父亲一样，对所有欧洲人都心存畏惧和不信任。这并不奇怪，他亲眼看到法国人和意大利人瓜分了沿海地区，尽管那里只有熔岩平原（lava-field）[2]和盐盘（salt-pan）[3]。他因此相信，一旦欧洲人得知丰美的奥萨的存在，一定会觊觎这片土地。在内斯比特之前，从没有欧洲人得到过来自苏丹的安全通行许可，最终的结局只能是被杀。来到奥萨前，我面临的危险主要来自混乱的部落，但到了这里，全部危险来自一个独裁者，他的话在这里就是法律。如果我们死在这里，一定是由于他的命令，而非中了部落战士的伏击。

我被命令待在加里非哥，营地流言四起。第三天傍晚的时候，远处传来号角声。太阳正在落下，满月即将升起，暮色中的森林显得异常幽暗。不一会儿，一名信使来到营地，告知苏丹正在等着接见我。我们跟着他沿着七扭八拐的林间小道走向森林深处，来到一片空地前。空地远端待着约四百名战士，个个配有步枪，腰带上别满子弹。他们还带着匕首，白色的缠腰布十分洁净，在月光下熠熠生辉。没有一个人说话。他们前面的凳子上，坐着一个皮肤黝黑的矮个子男人，他圆盘脸，一袭白袍，一块披巾搭在肩膀上，腰中别着一把银色刀柄的匕首。我用阿拉伯语向他问候，他起身，示意我可以

---

[1] 由大量冷却后的熔岩流覆盖的广阔地区，表面崎岖不平，植被稀少，与沙漠环境相似。
[2] 火山喷发的熔岩凝固后形成的平原地貌。
[3] 覆盖着盐或其他矿物质的平坦土地，常见于沙漠地带。在地名中，常用"盐沼"或"盐湖"指代。

坐在另一张凳子上，然后挥挥手，让手下退下。战士们退到空地的边上，不发一言地蹲坐着休息。

这次见面将决定我们这群人的生死，我从未经历过这样的时刻。苏丹说话很轻，我队伍中的索马里头人负责翻译。先是礼节性的客套话，然后他问我旅程如何。他从不笑，话也很少，交谈中常出现长时间的静默。从他的言谈中可以看出，他敏感、骄傲、专横，但绝非残忍之人。他提到一名为政府工作的欧洲人，最近在铁路沿线被部落族人杀害。后来我才知道，那是一名德国人，在埃塞俄比亚边境委员会任职。大约一个小时后，他决定于第二日清晨再次和我见面，和我旅程计划有关的话题一个字都没提。回到营地，我不知道等待我们的命运是什么。第二天早晨，我们在同一地点再次见面。阳光下，前一晚的危险气息烟消云散。

苏丹问我的目的地，我告诉他，计划是走到河流的尽头。他又问了我一连串的问题，包括我为什么来，或是在寻找什么，以及我是否在为政府工作。向这个疑心重重的暴君解释我对探险的热爱，实在不是件容易事，何况还隔着一层翻译。我的头人和从巴都跟随我而来的达纳基尔人都被喊去问话。最终，苏丹同意了。为什么此前从没有欧洲人获得过他的许可？我不知道。

两天后我爬上山，俯瞰奥萨。想来也是奇怪，就在五十年前，非洲的大部分还处于未知状态；今天，旅行者、传教士、商人和政府职员渗透到非洲的几乎每个角落。我眼前的这块

第一章　阿比西尼亚和苏丹

土地是最后几个未知的角落之一。这片近乎正方形的平原方圆大概各宽三十英里，四周被贫瘠的山脉围得死死的。东边的悬崖直入长达十五英里的阿杜巴达湖[1]。平原北部是茂密的森林，林间有大片的空地，饲养着牛羊。南端是一大片沼泽和水塘，再远处是一排火山。

我们沿着阿瓦什河走，穿过森林，经过湖泊和沼泽，向奥萨的腹地前进。奥萨令人着迷，在这里待上几周我都乐意，但陪同我们的当地人不这么想，一直催着赶路。苏丹准许我们穿过他的国境，并没有准许我们在境内游荡。阿瓦什河绕过吉拉火山，重新流入沙漠，在阿贝盐湖[2]停下了脚步。这条从阿卡基平原出发的河流，日夜奔腾，却终结于死寂，而我正是为此而来。红色水藻如腐败的血液，漂浮在三百平方英里的苦涩湖水上。黏胶似的泥巴为湖水镶了一道黑边，被缓慢移动的水浪一遍遍冲刷着。玄武岩石缝隙中渗出的热水点点滴滴注入湖中。这里有阴影却不足以提供阴凉，一旦光线猛掷下来，马上会遭到烤焦的岩石无情的回击。仅有的水鸟只会增加盐湖的寂寥，它们鸣叫着掠过沙洲，是随时可以离开的过客。鳄鱼生活的咸水甚至影响了它们的发育，它们的体形比正常的小很多，喜欢用从不眨眼的黄色眼球盯着我们。我想，这简直是此地核心精神的绝妙象征。同行的达纳基尔人告诉我，他们的父辈如何在这里摧毁了土耳其军队，并把收缴来的枪全部扔进湖中。毫无疑问，此地也是1875年穆辛

---

[1] 阿瓦什河注入的湖泊之一，由塞西杰命名为Adobada，意为"白湖"。
[2] 埃塞俄比亚和吉布提的边境湖。

格探险远征队的坟墓。

我穿过法属索马里兰的边境线,在伯纳德上尉指挥的迪基勒[1]要塞待了一阵子。仅仅几个月后,他和手下大部分人马遭到奥萨人的伏击,死于非命。从迪基勒去往海边的塔朱拉要穿过熔岩荒漠。之前当地部落一直是我们的麻烦,现在自然环境成了我们最大的敌人。一路上没有任何生命的迹象,植被全无。连续的地壳变动喷吐出的熔融物灼伤了地球表面,留下一片混乱扭曲的岩石废墟。此情此景是这片死寂之地的末世预言。整整十二天,我们和尖利的岩石搏斗,穿山过峡,征服火山。我们绕过阿萨勒盆地[2],它的最低点低于海平面四百英尺。被盐层覆盖的荒原环抱着黑蓝的湖水,如冰原一般洁白平坦,成群的山脉拔地而起,山坡上的熔岩呈现出黑色与铁锈红色。我们很幸运,前些日子的降雨填满了地面的水坑,但在我们抵达塔朱拉之前,十八峰骆驼中有十四峰死于饥饿。

我坐卧不安。这场旅行我准备了三年,如今一朝结束,未来只剩空虚。我害怕回到文明社会,经历了八个月的历险后,那里将加倍无聊。在吉布提市的时候,我曾闪过一念,想买下德·蒙弗雷[3]的单桅三角帆船。他写就的《海的探险》(*Aventures de Mer*)和《红海之密》(*Secrets de la Mer*

---

[1] 吉布提西南部城镇。
[2] 吉布提的一座火山湖。
[3] 此处应指亨利·德·蒙弗雷(1879—1974),法国探险家、作家。

## 第一章　阿比西尼亚和苏丹

*Rouge*）启发了我，其追求自由生活的态度令我着迷，为此我特意与曾伴他航海的达纳基尔人交流过。

最终我还是回到英国，加入了苏丹政治服务部，1935年初前往喀土穆就职。当时我二十四岁，生命中有一半的时间待在非洲，但喀土穆就像北牛津郊区在苏丹的翻版，和我熟悉的非洲一点也不像。我烦透了那些访问和牌局，憎恶排列齐整的别墅、柏油马路，恩图曼经过精细规划的街道、路牌和公共厕所。我渴望的是混乱、散发着不明味道、毫无章法的亚的斯亚贝巴市场。我需要野性为生活带来的色彩，需要品味艰苦和冒险。至于我将走马上任的地方，毫无疑问，只会让我郁闷。我盘算着几个月内离开苏丹，但达尔富尔省[1]的长官夏尔·迪普伊看穿了我的心思，问我想不想去他那边。于是，我转投达尔富尔省北部的库图姆，成为盖伊·摩尔的部下。"一战"结束后，这位善解人意的好人从政务长官的职位上卸任，离开伊拉克沙漠来到这里。他喜欢大谈特谈在阿拉伯国家的那段日子，那些回忆令我印象深刻。我们俩是当地仅有的英国人，要知道这儿是苏丹最大的区，面积超过五万平方英里，这里覆盖着沙漠，人口虽少但非常多样化，居住着超过十八万人，有阿拉伯游牧部落、最正统的柏柏尔

---

1　在英埃共管苏丹时期，共有八个省（province），省下又设区（district）。苏丹独立后，经历了一系列行政区划变化。1991年起，苏丹采用联邦制，改省为州（state）。目前，苏丹共有十八个州。

人[1]、在山坡上耕种的尼格罗人[2]，往南一点，还有巴加拉人[3]和会畜养家畜的阿拉伯人。不要小瞧那些养家畜的阿拉伯人，他们可是军队中最骁勇善战的一支。

我的大部分旅行都离不开骆驼。在达纳基尔沙漠的时候，我们用骆驼驮东西；在这里，我第一次骑到它们背上。地方长官出行的时候，往往是四五峰骆驼组成一支运输队，载满帐篷、营地用具和罐头。盖伊却教我要轻装出行，还要习惯当地的饮食。我出行习惯带着三四个随从，他们一定得来自当地部落。如果经过村庄，我们可以享受村民的招待，其他时候，就简单做点粥，大家从一只共用的盘子里分享。我像他们一样幕天席地地睡在地上，并学着把他们当作旅伴而非随从。离开库图姆之前，我把能找到的好骆驼全部买下，它们都是供人骑行的强壮牲口，比我马厩里那两匹马有意思得多。我骑着其中一峰骆驼在二十三小时内走了一百一十五英里，几个月后，又是它，驮着我从麦多布山走到恩图曼，九天里行进了四百五十英里。

在苏丹的第一个冬天，我用了一个月在利比亚沙漠旅行。我计划前往纳特闰水井，沙漠中少有的几处水源之一。水井不在库图姆的辖区内，甚至不属于达尔富尔省，而官员们从未去过那里，向喀土穆申请旅行许可一点戏也没有。我决定直接去，招呼都不打。五名随从陪着我从麦多布山出发，当

---

1　西北非洲民族。
2　特指分布在非洲撒哈拉以南的黑人。
3　主要分布在苏丹西部地区游牧的阿拉伯人。

## 第一章 阿比西尼亚和苏丹

天,我们来到高处,看着荒凉铺陈到天际,不禁屏住了呼吸。抵达纳特闻水井之前,连续八天没有任何水源,而返程路线则还需要十二天。出发的前两天,还能偶遇几只白色大羚羊或鸵鸟,之后便是毫无生命迹象的不毛之地。一个小时接着一个小时、一天接着一天,眼前的景色一成不变,沙漠与天相接的地平线看上去永远那么远。此时此刻,时间和空间归于一点,只有且听风吟、远离尘世的纯净感。

我回到首府法希尔过圣诞节。饭桌上,人们谈论着意大利人如何占领了纳特闻水井,又在近日控制了欧韦纳特[1]的一小块绿洲——那里本应是苏丹-利比亚的边境,一直被认为归属苏丹。该事件已经引发了抗议和争论。我突然听到,栋古拉[2]方面向喀土穆汇报称,一些阿拉伯人在纳特闻水井发现了白人的踪影,很可能是意大利人在继续扩大侵略。为此紧急预案已经启动,飞机被转移到了瓦迪哈勒法[3]。我打断他们,说简直扯淡,我刚从纳特闻水井回来,那里只见着几个阿拉伯人。一阵缄默,随后西阿拉伯部队的长官笑着说,你应该就是那个"意大利人"。途经喀土穆离开苏丹的时候,秘书长告诫我,未征得区地方长官(D.C.)允许前,擅自闯入其他地区违背了规章,更不应该在没有征得省长准许的情况下,前往他省旅行。他很严肃,但表示了对我的理解。

---

1 该山位于埃及、利比亚、苏丹三国交界处。
2 苏丹北部边境城市,位于喀土穆以北约500千米处。
3 苏丹北部边境城市。

1937年末，我听说自己被调任至青尼罗省的瓦德迈达尼总部，那里也是实施杰济拉棉花工程的核心地区。这意味着要在非洲的某个郊区荒废至少两年时间，我被这个安排吓到了。我说服秘书长让我辞去在服务部的公职，并以签约的方式成为地方长官。我只适合待在野外，希望他能理解。这样我就拿不到养老金了，不过也无所谓，将自己剩余的盛年时光虚掷在苏丹？我怀疑我做不到。我在达尔富尔过得很开心，很享受荒野的艰苦生活带来的刺激，以及游牧式的生活方式给予的快乐。我爱上了狩猎，无论是追踪麦多布火山群中的鬣羊，还是塔迦伯山区的扭角林羚，或在利比亚沙漠边缘生活的旋角羚和大羚羊，都让我热血沸腾。更刺激的是和部落马队穿过厚厚的灌木丛，追逐一头奔跑的狮子。狮子累了，越跑越慢，我们在后面越跟越近。阿拉伯人挥舞着长矛，发出挑衅的叫喊声，围绕着狮子藏身的小块丛林区域转圈，试图辨认出它的身影。百兽之王绝望地咆哮着，甚至让人感到周遭的空气在震颤。和土著居民住久了，我对他们的喜爱与日俱增。他们身上的美好品德让人敬重，我甚至嫉妒他们能如此完整地保留着传统的生活方式。我可能并不适合当地方长官。我太执迷于过去，憎恶现在，恐惧将来，对西方世界带给他们的一切毫无信心。

再次回到苏丹后，我被调任至上尼罗省的西努埃尔区。上任之前，我去摩洛哥待了些时日。

## 第一章 阿比西尼亚和苏丹

努埃尔人[1]属于尼罗特人[2]的一支,是丁卡人[3]和希卢克人[4]的近亲,定居在苏德沼泽地带,位处白尼罗河[5]与马拉卡勒[6]南部之间。努埃尔人是优秀的牧民,拥有大片牛群,这个种族身材高大,面容俊朗,带着几分傲慢,长发用牛尿染成金黄色,全身赤裸,充满阳刚之气。直至1925年,该地区才正式被政府收编,收编前还经历了几场恶战。奇怪的是,每个遇到他们的英国人,都被其魅力深深吸引。

我和区地方长官韦德伯恩·马克斯韦尔住在一艘蒸汽轮船上。我们一无所靠,省长对我们的要求就是隔三差五寄信回去,以示自己安然无恙。通常办公桌上堆满纸张的场景这里一概没有,我们只留下几份必要的文件。此地与世隔绝,辖区内没有一条正经的路,要想来只能搭乘蒸汽船,到处走走要靠运输队,对此我们甚感欣慰。这里太有意思了。我在河岸亲见一个庞大的象群,估计有上千头,更别提随处可见的水牛、白犀牛、河马、长颈鹿和多种羚羊。豹和狮子也有不少,五年的苏丹生活中,我一共猎杀了七十头狮子。

这是我童年时在书中读到的非洲,第一眼看到喀土穆的时候,我对能在苏丹找到这样的非洲已经绝望了:平原上蜿蜒着由赤裸的搬运工排成的队伍,其间点缀着正在吃草的羚

---

[1] 古老的民族,主要生活在南苏丹和埃塞俄比亚。
[2] 非洲东部民族集团,多居住在尼罗河上游和尼罗河支流地区。
[3] 南苏丹白尼罗河流域的民族。
[4] 南苏丹民族。
[5] 尼罗河的两条主要支流之一。
[6] 今南苏丹上尼罗州首府。

羊；跟踪一群水牛的时候，我的向导从斑驳的灌木丛中轻巧地掠过；包围一头咆哮狮子的时刻，令人万分紧张，它猛冲时发出低沉的吼声；切开一头死象的肚皮，面对一摊发出恶臭的红色组织，沾着一身血的年轻人还透过大象肋骨的间隙冲我笑；白色的牛背鹭从纸莎草丛中起飞，如同无数法老墓室里的画面；无名湖泊像被抛光的铁皮反射着落日余晖；河马趁着夜色边哼边走过来，还有无数分辨不出来的声音；炊烟从努埃尔人的牲畜棚上升起；激情的战舞中，人们扭曲着身体，跳跃着；成年礼中，年轻人的身体因痛苦而僵硬。在我生命早期，这可能就是我所期望的一切；现在，我对沙漠的记忆却让我感到困扰。

1938年休假的时候，我去了一趟撒哈拉的提贝斯提山脉[1]。除了几个因公前往的法国官员，没有人去过那里。我于8月初离开库图姆，带着一个来自扎格哈瓦[2]的小伙子，从我到苏丹的第一天起，他就是我的仆人。随行的还有一个年长的巴达耶特人[3]，他会说蒂布[4]语，在提贝斯提山脉也住过。我们先在达尔富尔雇了几峰骆驼去法亚[5]，过了法亚，就得换成适应山地的骆驼。时间紧、路程远，我选择轻装简从。

在努埃尔人那里的时候，我住在帐篷里，由仆人伺候着，身份是到非洲出差的英国人。现在，我愉快地重新过起沙漠

---

1 北非撒哈拉沙漠中部山脉，位于乍得西北部。
2 散居于苏丹、乍得和尼日尔的游牧部落。
3 苏丹西部半游牧部落。
4 非洲中北部的民族。
5 乍得北部城镇。

生活，就像在库图姆那样。真正的沙漠让种族、肤色、财富、社会地位变得毫无意义，它揭开一切虚伪的外衣，露出生活的本质。这是一个让人们紧密生活在一起的地方，一个人面对的话，将被巨大的恐惧顷刻吞没，荒凉的大地比死一般寂静的黑森林可怕得多。无情的阳光下，人变得无足轻重，如在沙地中艰难爬行的甲虫。夜幕是上天施与的恩惠，那时，我们才得以向沙漠借一小块地方，在篝火旁找到一点家的归属感，头顶熟悉的繁星遮蔽了宇宙的恐怖奥秘。

我们长途跋涉，有时一天要骑行十八到二十个小时。终于有一天，提贝斯提山脉的最高点库西峰似有若无地浮现在前方，苍白得像一片飘在沙漠边缘的云。随着我们离它越来越近，它展现出统治一切的力量，黎明时呈现出锐利的蓝色，日落时又黑压压一片。经过艰难的攀登，我们终于来到海拔一万一千一百二十五英尺处，站在了火山口的边缘，脚下是可能有一千英尺深的深坑。望向北方，参差的山脉一重接着一重，从幽暗的深谷中拔地而起。真是一幅极度荒凉的可怖景象。坚硬的岩石被烈日和狂风终日蹂躏，悄然风化，碎屑随风飘散。多么阴郁的土地，黑色、红色、棕色和灰色是仅有的颜色。我们走过狂风扫荡的高地，经过峭壁下的峡谷，征服高耸的山峰。从巴尔达伊[1]出发，我们又造访了深度达两千五百英尺的都恩火山口，然后在莫德拉谷扎营，它位于提

---

1 今乍得西北部城市，提贝斯提大区首府。

贝斯提山脉最壮丽的提洛可山脚下。回到达尔富尔的时候，三个月间，我们骑行了两千英里。

我在沙漠中找到了文明世界中没有的自由，你不会被物质羁绊，因为任何非必需品在那里都是累赘。我还寻得了这种环境里天然的纯真友谊，内心感到无比平静。我明白了，艰苦使人满足，节制带来快乐：一顿饱饭、肉食充足、喝到洁净的水、困乏到极点时放弃抵抗而带来的迷醉、清冷的拂晓里篝火带来的温暖。

回到努埃尔人那里，坐在正儿八经的椅子上，远离我在当地的同伴，被一帮一丝不挂的野蛮人簇拥着，我备感孤独。虽然我喜欢和他们在一起，但抱歉，我想要的更多。达纳基尔沙漠之行让我彻底无法融入文明世界，也坚定了我走向荒野的决心。其实在努埃尔的日子对我而言并不坏，但三年在达尔富尔的生活，和最近这趟去往提贝斯提山脉的旅行，让我在追求荒野的路上想要的更多。之后的阿拉伯沙漠之行，才真正满足了我。

我又被调回库图姆，但战争打响的时候，我仍在休假。由于不隶属于任何辖区，1940年4月我获准加入苏丹国防军。阿比西尼亚战役[1]之于我，有一种十字军东征的味道。十年前，我亲眼看到皇帝海尔·塞拉西在亚的斯亚贝巴加冕，加冕六年后，我又亲眼看到被流放的他在维多利亚车站走下火车。很荣幸，我能够在阿比西尼亚参与桑福德的任务，为海尔·塞

---

[1] 也被称为东非战役，"二战"期间同盟国军队（主要来自大英帝国）在东非对意大利及其殖民地发动的军事行动。

拉西的复位铺平了道路，同时作为由温盖特将军领导的基甸别动队中的一员，为他打通了从苏丹经戈贾姆回到亚的斯亚贝巴的道路。离开阿比西尼亚之后，我又被派往叙利亚，先是在德鲁兹火山区做事，随后又在部落地区工作了一年。

我走过的那些沙漠，就当时来说，在时间和空间上都属于未知之地。没有文字记载的历史，当地的部落对既往一无所知。我们能够找到的只有一些丛林居民的绘画——希罗多德和托勒密都提到过，但存有争议——以及一些部落传说。在叙利亚，人类的历史在沙漠边缘如铜绿般生长累积，大马士革[1]和阿勒颇比罗马还要古老。历史上接连不断的侵略使那里的村庄城镇一次次成为废墟，征服者你方唱罢我登场。而沙漠从未被侵犯。一些部落宣称自己是以实玛利的后代，村中长者讲起一千年前的故事，就像是自己年轻的时候经历过。我曾带着来自文明世界的优越感走进他们的帐篷，却感觉自己像一个粗鲁而不善言辞的野蛮人，或者说，我成了一名来自庸俗、物欲横流的社会的闯入者。也是从他们身上，我才知道阿拉伯人是多么慷慨好客。

和特种空勤团一道，我从叙利亚去往埃及，进入西部沙漠。我方分编成小分队，以沙漠为掩护，驾驶吉普车捣毁敌人的交通路线。我们带着食物、水和汽油，无须借助周围的环境。虽然身处沙漠，但我感到自己被隔离在吉普车里，沙漠只是地图上一个"好走"或"难走"的标注。即使我们无

---

[1] 大马士革是叙利亚第一大城市，阿勒颇是其第二大城市。

意中撞见失落之城泽祖拉[1]，这个所有利比亚探险者梦寐以求的发现，我也会觉得兴致索然。

战争进入最后一年，作为在北方的德西埃任职的政治顾问，我又回到了阿比西尼亚。这个国家急缺技术人才，一名政治顾问毫无用武之地。我深感沮丧，选择辞职。一个亚的斯亚贝巴的夜晚，我遇到了来自位于罗马的食品与农业组织的沙漠蝗虫专家O. B. 利恩。他正在找一名合适的人，帮他在阿拉伯"空白之地"采集蝗虫活动的数据。我告诉他自己十分感兴趣，可惜我不是昆虫学家。利恩认为，在这次任务中，沙漠旅行的经验比昆虫知识更重要。吃晚饭前，我就接下了这份工作。

所有的过往，都成了之后五年的序幕。

---

1 传说中埃及和利比亚西部沙漠中藏有宝藏的城市。

第二章

# 作为序幕的佐法尔省

> 佐法尔的省督在萨拉拉召来一队拜特·卡西尔人，他们将带我进入加尼姆沙漠。在等待他们到齐的日子，我去了一趟加拉山脉。

阿拉伯半岛有超过一百万平方英里的沙漠。南部沙漠的面积几乎是阿拉伯半岛总面积的一半，从也门边境到阿曼的群山脚下，浩浩荡荡地延伸了九百英里，沙漠的短边，从阿拉伯半岛南部海岸到波斯湾和内志边境，也有五百英里。茫茫沙海，沙漠之中还有一重沙漠，它如此广大，如此荒凉，就连阿拉伯人都叫它"鲁卜哈利"，意思是"空白之地"。

1929 年，T. E. 劳伦斯致信英国皇家空军元帅特伦查德勋爵，建议 R100 或 R101 飞艇飞往印度的时候应该特意经过"空白之地"。"这将是一次极好的宣传，证明只有新型飞艇能胜任新时代探索。而且我希望这个功劳由我们获得。"他写道。

然而仅仅在第二年,伯特伦·托马斯由南至北横穿了这片沙漠,几个月后,另一名英国人圣约翰·菲尔比反方向再次穿越成功。托马斯和菲尔比已经证明用骆驼穿越沙漠是可行的。我来到阿拉伯沙漠之时,距第一次成功穿越已经过去了十五年,十五年中,再没有其他欧洲人在阿拉伯沙漠中旅行过。也门和阿曼之间的广大地区仍然是未经探索的地区。

读到伯特伦·托马斯的《福地阿拉伯》(*Arabia Felix*)[1]还是在牛津时,他在书中描述了那次穿越沙漠的旅行。在达纳基尔沙漠的几个月,我有点明白了沙漠生活是怎么回事,并对这种生活颇为喜爱。再加上劳伦斯的《沙漠革命记》(*Revolt in the Desert*),激发了我对阿拉伯半岛的极大兴趣。不过,当时我一心想着尽快回到阿比西尼亚,渴望"空白之地"是后来的事。我之前的沙漠旅行总少了些神秘感,苏丹和撒哈拉的沙漠已经被前人探索过,地图上标注着路线、水井、沙丘和山脉,沿途是已归化的部落。达纳基尔沙漠旅行带给过我的激动再也找不到了。"空白之地"因此成为我的应许之地。与利恩的偶遇让这个梦想得以实现,没有他的计划,我不可能得到进入"空白之地"的允许。我对蝗虫本身并不感兴趣,只是把这份工作当作进入阿拉伯半岛的天赐良机。当然,我不会自告奋勇去肯尼亚或者卡拉哈里[2]找蝗虫,但它们却成了我打开阿拉伯半岛的金钥匙。

对今日的旅行者来说,前往世界上那些仅存的未知区域,

---

[1] Felix 是拉丁文,意为"富饶的",Arabia Felix 特指阿拉伯半岛南部。
[2] 非洲中南部的干燥区。

## 第二章 作为序幕的佐法尔省

最大的困难是得到政府许可。而政府无非是声称对其拥有管辖权。如果没有中东蝗虫防治研究中心的支持，我根本没有机会接近"空白之地"。一旦我进入沙漠，和贝都人成为朋友，就可以去往任何想去的地方，忽视那些在地图上都没有标明的国际边界。

在苏丹的时候，我已经见识过蝗灾。在德西埃的那一年，成群的蝗虫翻滚过天际，它们在阿拉伯半岛繁衍，飞到阿比西尼亚高地，如遮天蔽日的烟尘。蝗虫从身边飞过的时候，可以看到它们拖着长腿，疯狂地扇动翅膀，像暴风雪中的雪片那么厚。它们落满枝头，树枝经受不住重量折断，绿色的田野在几个小时内成为荒地。我深知蝗灾的危害，却对这些飞虫的习性一无所知。所以在进入"空白之地"前，我被派往沙特阿拉伯，计划用两个月的时间，向维西·菲茨杰拉德学习蝗虫知识，他是当地灭蝗运动的发起人。很少有欧洲人被许可进入沙特阿拉伯，有幸入境者大部分活动范围都仅限于红海边的吉达港[1]，那里是外交官和商业团体的聚集地。而作为灭蝗专员，可以自由地去往任何地方。

战争期间，一种被称为"沙漠蝗虫"的蝗虫种类危害最大，甚至引发了中东的饥荒。阿拉伯半岛是它们的主要繁殖地之一。因此，1943—1944 年，阿卜杜勒·阿齐兹·伊本·沙特[2] 国王准许中东蝗虫防治研究中心开展一场灭蝗运动。

---

[1] 沙特阿拉伯第一大港。
[2] 阿卜杜勒·阿齐兹·伊本·沙特（1880—1953），1902 年建立第三个沙特酋长国，是现代沙特阿拉伯的缔造者。

维西·菲茨杰拉德告诉我一些近年的研究成果，这就是派我进入"空白之地"的原因。负责伦敦蝗虫防治研究中心的乌瓦洛夫博士发现，沙漠蝗虫和一种蚱蜢属于同一物种，由于二者的习性、颜色，甚至身体结构都不一样，所以被博物学家描述并命名为两种不同的生物。也许是数量过多的原因，独居的蚱蜢会发展出群居的属性，一个雨水丰沛的季节后，它们的数量会急剧增加，导致下一个旱季来临时，它们不得不结群迁徙，从独居的蚱蜢，摇身变为沙漠蝗虫。蝗群最初的规模并不大，但发展得特别快，蝗虫一年会繁殖若干次，每只蝗虫每次要产下百枚左右的卵。这些蝗虫卵将在三周内孵化，再有六周时间，幼虫就能变为成虫。

和维西·菲茨杰拉德一起，我在沙特阿拉伯看到绵延数英里的蝗虫成虫（locust）和跳蝻（hopper）[1]群，它们密密匝匝地挤在一起，绵延数英里，深达上百码或更深。这还算是少的。我知道，如果风向合适的话，蝗虫可以飞越很长的距离，当他告诉我，它们能做到在季风期的印度繁殖，秋季转移到波斯南部或阿拉伯半岛地区，再次繁殖并出发，最终抵达苏丹或东非时，我还是感到惊讶。一些蝗群能覆盖两百平方英里以上的面积。蝗群最终将因疾病的侵袭而消失，跟它们成形集结的速度不相上下。一段时间内，世界上只有独居的蚱蜢，没有沙漠蝗虫。

乌瓦洛夫博士认为存在一个蝗虫发源地，如果能找到它，

---

[1] 指蝗虫的幼虫阶段，因翅膀尚未发育完全，只能跳跃而得名。

就能在独居蚱蜢变成蝗虫前采取预防措施。第一步是要定位所有的发源地,阿拉伯半岛南部的一些地区可能性最大,尤其是穆格欣。托马斯曾在那边发现过从海岸山脉流入内陆的河道,也就是从佐法尔省开始,到"空白之地"结束。佐法尔省是季风区,因此不妨推断,每年通过河道为内陆提供的水分,足以在沙漠边缘滋养起一圈常绿植被带。如果这个推断没错的话,这片常绿植被带很可能就是蝗虫暴发的中心。我的任务就是去证实这一点。但人们对阿拉伯半岛南部的了解太少了,我这一趟很可能一无所获。

1945年9月底,我抵达亚丁[1],在也门边境的群山中转了一圈,随后于10月15日飞往佐法尔省的首府萨拉拉。萨拉拉位于阿拉伯半岛南部海岸三分之二处,我将在此开启旅程。我待在萨拉拉城外的英国皇家空军营地,几英里外是加拉山脉,营地就坐落在山脉环抱的戈壁滩上。这座营地的建立和战争时期亚丁至印度航线的开辟有关,航线已经停运,但每周仍有一班从亚丁到萨拉拉的飞机。

佐法尔省归马斯喀特的苏丹所管。英国皇家空军营地建立的时候,苏丹要求,除非有他的卫兵陪伴,营地人员不许进城或是前往营地以外的地区,且不许与当地人交谈。这些禁令同样适用于暂居营地的我。对英国皇家空军来说,苏丹的要求是合理的,这将预防空军与部落发生冲突——一边是

---

[1] 也门首都。

对阿拉伯人毫无了解的士兵,一边是全副武装、暴脾气,且对陌生人心怀戒备的部落族人。对我这样曾和当地人一道旅行过的人而言,这些禁令相当讨厌,意味着我的任何行事,都要通过省督(wali)或者地方长官。

经过数百年的混战,大约1877年,佐法尔省的部落被马斯喀特的苏丹征服。1896年,佐法尔省的部落发动叛乱,突袭了萨拉拉的要塞,消灭了整个卫戍部队。几个月后,苏丹再次宣称主权,实际上,除了城镇周围的平原,苏丹的权威在这里已经名存实亡。

抵达佐法尔省的第二天一早,我就去萨拉拉拜访省督。萨拉拉是个小镇,比一个村子大不了多少,位于海边,却无港口,印度洋的海浪横行无阻,扬起海边椰树下的白沙。渔民正在捕捞沙丁鱼,岸边成堆的沙丁鱼在阳光下晾干,向城中发散着腐烂的味道。苏丹王宫在烈日下白得耀眼,是这座城中最显眼的建筑,其周围是低矮的"苏格"(sug),也就是市场。房屋是一片平顶泥屋,凉棚、篱笆和窄巷夹杂其间,形成迷宫般的景象。市场里总共只有十几户商家,却是从苏尔[1]到哈德拉毛[2]的八百英里范围内最好的购物中心。去往王宫的路上会路过清真寺,清真寺外是几幢石头房子和一大片墓地。城镇四周的平原上星罗棋布着古代遗址,它们是佐法尔省既往传奇中仅剩的部分,这里据说正是《圣经》中提到

---

1 阿曼东部港口城市,以造船业和贸易中心而闻名。
2 该区域靠近阿拉伯海亚丁湾,向东延伸至佐法尔,今是也门的一个省。

## 第二章 作为序幕的佐法尔省

的俄斐城[1]。

历史上持续的繁荣，曾让罗马人把阿拉伯半岛的这片土地称为"福地阿拉伯"，这些文明主要集中在更西边。早在公元前 1000 年，也门东北部的麦因人就建立了属于自己的文明，北至亚喀巴湾的马安都是他们的领地。他们将佐法尔省出产的乳香行销至埃及和叙利亚，并以此发家。之后，塞伯伊[2]人、希木叶尔[3]人先后接手了乳香贸易。一千五百年后，阿拉伯半岛的南部文明于 6 世纪中叶走向尾声，但这世间僻远之地，已获得了财富满盈的声名。之后数百年间，埃及、亚述和塞琉西帝国[4]不断谋划着如何控制将乳香运送至北方的沙漠通道，并不惜动用武力。公元前 24 年，奥古斯都大帝令埃及总督埃利乌斯·加卢斯出征阿拉伯半岛，试图征服这种珍贵树脂的出产地。大军向南行进九百英里，最终因缺水不得不撤退。这是历史上唯一一次，欧洲试图以武力侵犯阿拉伯半岛。

进入萨拉拉城的时候，我遇到了一支两人商队，四峰骆驼头尾拴在一起。我好奇地问身旁跟随的卫兵，卫兵答说，骆驼驮着的是"穆古尔"（*mughur*），也就是乳香。此时，乳香已经成了不值钱的东西，市场规模也很小，在萨拉拉并不比买卖山羊或者柴火更特别。

我被两名牵骆驼的人所吸引。他们矮小瘦削，身高大概

---

1 传说中的黄金与珠宝之国。
2 古代南阿拉伯重要文明，以其繁荣的贸易、先进的灌溉系统和建筑成就而闻名。
3 公元前 115 年在阿拉伯半岛西南端建立的王朝。
4 公元前 312 年建立的庞大帝国。

只有五英尺四英寸，围着深蓝色的缠腰布，布料的一头绕过肩膀，脱落的靛蓝色蹭在他们的前胸和胳膊上。两个人光着头，长发凌乱地纠缠在一起，而且都佩戴着匕首，持有步枪。卫兵说他们是来自远方的贝都人，属于拜特·卡西尔部落。他们的同伴待在市场里，还有一部分等在王宫门外。这些人让我想起近日在也门边境的德哈拉遇到的部落，看上去和叙利亚或内志的阿拉伯大部落贝都人非常不同。

武装卫兵身着阿拉伯长袍和包头巾，把守着王宫大门。他们中的一些人来自阿曼，其余的是奴隶，没有来自当地部落的人。一名卫兵指引我来到接待大厅，我见到了省督。省督来自阿曼，有着城里人的仪表，高大且大腹便便。身上的白色长衫拖到地面，外面罩着镶有金边的棕色披风，头上松松垮垮地包着一块克什米尔方巾，一柄长弯刀别在肚子的正中央。我用阿拉伯语向他问候。在讨论正事前，家仆端上了小吃和饮料，我吃了一些椰枣，并将三杯苦咖啡一饮而尽。

省督告诉我，在苏丹的授意下，他已经为我准备了旅行队，贝都人和他们的骆驼将带我进入穆格欣。他安排了四十五名贝都人作为我的随从，现在只要一声令下，就能把他们从沙漠里召集过来。我谢过他的好意，建议说，四十五个人实在太多了，十几个人足够。英国驻马斯喀特领事在为我申请旅行许可时，的确与苏丹达成协议，旅行队的人数由省督决定，而我需要为每一位随从支付每日十先令[1]的工资。

---

[1] 先令是英国旧辅币单位，也曾在其他某些国家通行，1 英镑等于 20 先令。

## 第二章 作为序幕的佐法尔省

我意识到,这里的人把这次出行视作挣钱良机,所以尽可能地扩大队伍的规模。省督坚持认为,旅途中遇袭的可能性很大,少于四十五人的队伍难以保证我的安全。而且贝都人也不愿意跟随一支更小的队伍出发。1929年,伯特伦·托马斯抵达穆格欣附近时,的确有劫掠事件发生,他是唯一穿越过加拉山区的欧洲人。尽管那天早晨,加拉山区就在营地外六至八英里处,而我对沙漠中的现状仍是一无所知。经过几次会面,我最终同意带上三十名阿拉伯随从。省督告诉我,他们来自拜特·卡西尔部落,两周后就能出发。

我计划把这两周时间花在加拉山区,那里曾被两支探险队征服过,分别于1895年由西奥多·本特[1]和梅布尔·本特、1929年由伯特伦·托马斯领队。省督将为我再配备四名家仆,其中两名是阿曼人、两名是奴隶。他还告诫我,只能向山区中的加拉人租用骆驼,而且每经过一处谷地就要换一批骆驼,因为不同的谷地属于部落的不同分支,这些分支之间相互觊觎,长期不和。"别相信任何人,那些山民可不是沙漠中的贝都人,他们生性奸诈,偷盗成癖,是一群乌合之众。"

加拉山区仅在萨拉拉几英里开外,马斯喀特的苏丹却对其无可奈何。阿拉伯式的掌权并不意味着进行系统管理。这种政体充满个人主义色彩,统治的成功与否,与统治者的威严和驭人之术直接相关。如此个人化的政体注定相当不稳定,任何时候都可能终结于一场混乱。阿拉伯人理解并接受这种

---

[1] 英国探险家、考古学家,梅布尔·本特是他的妻子兼旅伴。

体系，它的成功或失败，无法用效率或公正这样的西方标准来衡量。对部落族人来说，如果用失去个人自由换取安稳，代价实在大了些。

两天后，我们骑着骆驼走在贾尔比卜的戈壁上，经过几处农田，向更远处的加拉山行进。加拉山大概有两千英尺高，两侧的山峰更高，一直延伸至海中。这些山峦有奇特的形状，所以能截住季风云团，在加拉山的南坡形成降雨。加拉山的南坡整个夏天都笼罩在雾气和雨水中，现在季风期刚过，留下了长满树叶的茂密丛林。从丕林岛[1]到苏尔，阿拉伯半岛长达一千四百英里的南部海岸线中，只有这里的二十英里能形成有规律的降雨。加拉山两侧的山同样很美，尤其是拂晓与黄昏时分，光线使贫瘠的岩石和沙地变得柔和起来。不过绿色仍少见，仅有的几丛干枯的骆驼刺在深色的、如染上绿锈一般的岩石上投下薄薄一层网影，微风拂过，沙沙作响。在加拉山上，丛林中的树木被藤蔓层层盘绕，上面穿插着茉莉和巨大的旋花属植物。山谷中缀满酸角，无花果树在轻风拂过的草地上拔地而起，如同英国公园中的橡树。

我们在一座山谷的入口处扎营，不远就是一座加拉村庄。以我外行的眼光看，这些部落族人和我在萨拉拉看到的拜特·卡西尔人很相似。不同的是，他们有自己的语言，而拜特·卡西尔人说阿拉伯语。三个大的部落，加拉、迈赫拉、哈拉西斯，还有沙哈拉这样部落的残余，各自操不同的方言。

---

[1] 位于也门西南部，扼守曼德海峡入口。

## 第二章 作为序幕的佐法尔省

这些方言出自同源,阿拉伯语里把这种语言称为阿赫·阿尔·哈达拉。伯特伦·托马斯研究过这些方言,有足够的证据证明,这些方言源自麦因人、塞伯伊人和希木叶尔人使用的古闪米特语。他认为哈达拉得名于《创世记》中闪的后代、约坍的儿子哈多兰,而今日和迈赫拉西部接壤的哈德拉毛,则得名于哈萨玛非,他是哈多兰的兄弟。

行至山腰,我发现了红褐色和黑色相间的非洲寿带鸟,白色的长尾如飘动的缎带,还有一些极美的蝴蝶。它们就栖息在这片丛林中,能在阿拉伯半岛看到真是意外。走出丛林,我们决定在丘陵地带扎营,营地的位置已经接近山巅。前方是何途?我急不可待地走上分水岭一探究竟,却发现自己站在了两个世界之间。南边是绿色的牧场、灌木丛和枝繁叶茂的大树,家畜在草甸上悠闲地吃草,仅仅向北一箭之地,大地就变成了空旷的沙漠,只有沙地、岩石和几丛枯草。反差如此巨大,如尼罗河谷的沙漠与被灌溉的田地之间一样泾渭分明。在这里,峰顶和山脊组成了那道分界线。

加拉人以家庭为单位居住在丘陵地带。通常养着小型的无峰牛、几峰骆驼和数群山羊,没有绵羊,不养马或狗。大多数家庭拥有二十到三十头奶牛。伯特伦·托马斯曾在他的书中提到,当一个加拉人去世,他的家人会屠宰一半的奶牛作为祭品。他认为,这是加拉人特有的习俗。然而,阿曼的一支贝都部落瓦希伯也有同样的做法。加拉人还有一种特别的习俗,迄今为止我只在南苏丹的努埃尔人那儿见过。男人在挤牛奶前(女人被禁止触碰牛的乳房),有时为了诱牛下奶，会先冲着牛阴道吹气。加拉人说，他们会在这里待到1月，之后便搬到山脚下，集结成一个大型的家畜营地，就像我们在路上看到过的那种——挨挨挤挤的小草棚堆满山谷入口。季风期开始后，他们将再次回到山谷，利用石灰岩岩壁上的山洞饲养家畜，有时，他们也会为那些动物盖一间石头搭成的低矮阴暗的牲口棚。

我和加拉人待了十天，然后听说准备和我上路的拜特·卡西尔人已经到了萨拉拉，我决定即日返回。和我们一道返回的还有一些加拉人，他们带着黄油、柴火和一罐野蜂蜜，打算在市场里卖掉，再买些沙丁鱼干，作为旱季到来时家畜的饲料。

回到萨拉拉，省督邀请我和其中一些拜特·卡西尔人见个面。他们有八个人，在我到的时候和省督坐在一起，其中六个人包着头巾，阿拉伯长衫垂到小腿中央，另外两个人光着头，仅缠着腰布。他们都带着匕首和子弹带，步枪则留在了外面的大厅。喝着咖啡，吃着椰枣，我心里盘算着将来以什么方式和这些人相处。一名老者留着一嘴白胡子，目光闪烁，他叫萨利姆·塔姆泰姆，是他们的族长。省督介绍说，他已经八十岁了，仍精力十足，最近刚娶了另一个老婆。老者朗声道："老天爷做证，骑马、射击，我都没问题。"我注意到一个叫苏尔坦的人，他看上去更像印第安人，其他人对他比对塔姆泰姆还恭顺。"苏尔坦和拜特·卡西尔人一起到了萨拉拉。"我想起加拉人说的话。显然，他是他们的领袖。他有一张令人印象深刻的脸，冷峻而布满皱纹，毛发很少，只有下巴上长着几根卷曲的胡子。省督指着另外一个人介绍说："穆萨利姆负责猎取食物，他可是优秀的猎手。"他提到的那个人穿了一身白，戴着镶边头巾，整洁干净。穆萨利姆和其他人一样身材矮小，但显得更结实，有点轻微的罗圈腿，看上去更像个城里人。我和他们说定，第二天一早在英国皇家空军营地会合。

早饭后他们就到了，带着一大队从萨拉拉来的人马。他们看上去野性十足，大多数仅着腰布，所有人都装备了步枪和匕首。我把路上的食物给塔姆泰姆和苏尔坦看，包括大米、面粉、椰枣、糖、茶叶、咖啡和液体黄油。在英国皇家空军仓库管理员的帮助下，食物被分包成我认为合适的大小。苏尔坦立刻指出，它们太重了。他们重新打包，把大米、面粉和糖倒进卫生程度可疑的羊皮袋。整个过程中充斥着争执，呼来喝去的声音十分刺耳。骆驼被牵过来蹲下，这些牲口挣扎着想站起来，但又被摁了下去。其中一个红肿着眼、一头乱发的邋遢家伙把他的骆驼牵到一边去，拒绝让骆驼负重，另一个人抓住了缰绳。我觉得他们会打上一架。所有人都围拢过来，叫嚷着，他们说了什么，我一点都不懂。最后，骆驼还是被牵过来，装上了货。

准备工作行将结束的时候，我回到自己的营房，换上阿拉伯的衣装。除了少数几个人和伯特伦·托马斯旅行过，大部分拜特·卡西尔人从没和英国人打过交道，如果还穿着欧洲人的衣服，会显得相当疏远。我穿着长衫，缠好腰布，头巾按他们的样子裹好。他们不像北方阿拉伯人那样，使用标志性的黑色羊毛头带。

这是我第一次穿阿拉伯服装，觉得自己格格不入。我的衣服崭新雪白，线条笔挺，和贝都人的脏袍一比，特别显眼。而且他们身材矮小，而我有六英尺两英寸，像个灯塔。我和他们截然不同，就像一名英国皇家空军的人与他们作比一样。

在之前的旅途中，我因英国人的身份而获尊重。在苏丹，我拥有作为政府官员的威望。曾经的沙漠旅行里，我尽量打破和同伴之间的藩篱，但总有高人一等的感觉。这是第一次，我不带任何仆人，独自生活在一群素未谋面的阿拉伯人中。我们大概会一起待三到四个月，如果我决定接着去哈德拉毛，那么将是六个月。粗看上去，他们比野人好一些，原始程度和达纳基尔人差不多。随后我沮丧地发现，他们仅仅把我当作慷慨的金主，准备接受我的一切，丝毫不能理解我的自卑。他们是穆斯林、贝都人，而我二者皆不是。他们从未听说过英国，欧洲人对他们来说等同于基督徒，或者更可能是异教徒。国籍之于他们更是毫无意义。他们只是隐约知道基督教世界正在发起一场大战，大概了解亚丁是基督教政权。沙漠是他们的全部世界，他们再无兴趣了解外面发生的事。而我的身份是从亚丁来的基督徒，在他们的概念里，没有比沙特阿拉伯国王伊本·沙特更强大的力量。有一天他们谈及哈德拉毛的一名族长，这名族长公然挑战政府的权威，亚丁派出的军队对他展开了几次毫无成效的行动。我这才意识到，在他们眼中，那些被派去的士兵就是"我的部落"的实力。他们衡量力量的标准，是战士的数量和作战能力，而非他们根本无法理解的机器。

我将永远铭记那第一夜。我们停在加拉山脉脚下一条延伸到平原的浅河道上,卸下行李准备扎营,荆棘丛和巨石的空隙间塞满了我们的东西。其他人一刻不得闲:给皮革水袋上油,收起绳子,整修马鞍,照料骆驼。我坐在他们旁边,感受着他们的细致周到,非常想加入其中。最终因为自己的缄默,尴尬地被撂在一旁。这是我第一次在阿拉伯半岛感到孤独,不过也是最后一次。终于,塔姆泰姆蹒跚地走来,邀请我和他们一起喝咖啡,苏尔坦取来我的毛毯和鞍囊放到篝火旁边。稍后穆萨利姆做了米饭,我们六个就这样一起解决了晚餐。

我向他们询问"鲁卜哈利",也就是"空白之地",我的雄心壮志所在。没有人听过这个名字。"他说什么呢?他想要干吗?""苍天啊,我不明白他在说什么。"最后,苏尔坦嚷道:"我知道了!他说的是'沙地'。"好吧,这就是阿拉伯半岛南部大沙漠在他们那里的名字。"鲁卜哈利"是我从内志和汉志地区听来的,无论城里人还是村民都那么说,这是我第一次知道,真正生活在"空白之地"边缘的贝都人怎么称呼它。

想听懂他们说话太难了。我的阿拉伯语是跟苏丹的部落学的,他们把阿拉伯语当作第二语言而非母语。"一战"时在叙利亚,我才第一次开口说阿拉伯语,而且叙利亚阿拉伯语和拜特·卡西尔人的阿拉伯方言天差地别。后者的发音和语调和我之前听过的任何阿拉伯语都不一样,还会大量使用古代词汇。拜特·卡西尔人同样困惑于我的口音,但这阻止不了他们"何为基督徒"的发问。"他们知道有神吗？他们是否持斋并祈祷？他们行割礼吗？他们是像穆斯林一样要结婚，还是想要女人的时候随便找一个？聘礼要给多少？他们有骆驼吗？他们有部落吗？他们怎么埋葬死人？"一遍又一遍，他们问我。没有人关心什么是飞机或汽车，尽管他们在英国皇家空军营地看到过。步枪是他们唯一接受的舶来品，也是唯一让他感兴趣的现代发明。

他们提到曾一起旅行过的伯特伦·托马斯。贝都人能记住每一个细节，从不遗忘。他们天性唠唠叨叨，喜欢不断追忆，以便在漫长的旅途中消磨时间。晚上围着篝火，他们会一直聊到深夜。在极为艰苦的生存条件下，如果有人缺乏耐心，没有好脾气，无法做到慷慨、忠诚和勇敢，马上就会受到其他人无情的批判。他们不会为陌生人留出空间，和他们生活在一起必须接受他们的习俗，适应贝都人的标准。只有和他们并肩旅行过，才会欣赏这种严苛的生活方式。从出生起，这些部落族人就在适应严酷的沙漠环境，学习喝掉沙地中仅有的苦水，吃干硬的未经发酵的面包，接受让人发狂的风沙、极冷极热的气候，或是没有一块阴影的空地上能亮瞎人眼的阳光。最让我精疲力竭的还是紧张感。我了解到，在一片孤绝沙漠，生活在一群与自己的信仰、说话方式和文化完全不同的人之间有多难，而被不断的强求和浅见惹出无名火有多容易。

伯特伦·托马斯有气急败坏的理由。为了等待他的向导本·卡卢特和其他的拉希德人，他在佐法尔省错过了最冷的几个月，那是出行的最佳时机。他在前一年就已经抵达穆格欣——"空白之地"的入口，却被他的拜特·卡西尔同伴拦下。他和贝都人的天性相去甚远，我却从未在贝都人那里听到过贬低他的话。贝都人抱怨过他执意使用沉重的国外驼鞍，让他们的骆驼疲惫不堪，也对他远离大部队独自睡觉的喜好颇有微词。他们难以理解他的这些癖好，但选择了接受，回忆的时候还带着微笑。

托马斯是第一位与他们同行的欧洲人，他用善良、慷慨和决心赢得了他们的尊重。在贝都人的记忆中，托马斯是一位好旅伴，所以，当我十六年后再次加入这群特别的部落族人时，我是被欣然接受的，因为我和托马斯来自同一个"部落"。我只见过托马斯两次，一次是"二战"时在开罗，还有一次只匆匆见了几分钟。希望在他死前，我们能再见一面，我想告诉他，他实在助我颇多。

第三章

# 加尼姆沙漠

在加尼姆和穆格欣沙漠的旅行结束后,我们回到了萨拉拉。我第一次见到了拉希德人,并和他们一起前往哈德拉毛。

这趟围绕"空白之地"边缘的行程是一次预演,无论从距离还是难度上,未来的旅程都将远胜于此。我用了五个月的时间,去适应贝都人的生活方式和节奏。

我的同伴总是天一亮就动身。我感觉是因为冷得睡不着觉,就算睡着了,也是时断时续,这里的冬季夜间冷得能在地上结霜。除了身上的衣服,他们没有任何东西能盖在身上。通常在半梦半醒间,我就会听到他们唤起骆驼,用可以传播很远的尖利嗓音大声说着话。被迫起身的骆驼咆哮着,发出咯咯的声音,慢吞吞地走上几步,它们的前腿被绑住以防走失,在清冷的空气中呼出团团白气。一名少年会把它们牵到最近

## 第三章 加尼姆沙漠

的灌木丛,然后某个人念起礼拜词:

> 安拉至大。
> 我作证,万物非主,唯有真主。
> 我又作证,穆罕穆德是主使者。
> 为礼拜降临吧!
> 为救赎降临吧!
> 礼拜胜过睡眠。
> 安拉至大。
> 万物非主,唯有真主。

除了最后一句,每句话都要重复一遍。静默的营地上空盘旋着唱诵的音律,就连我这个异教徒也沉醉其中。老塔姆泰姆就睡在我旁边,我喜欢观察他祷告前净身的样子,每一个动作都必须按顺序精确到位。洗脸、洗手、洗脚,把水吸入鼻腔,用浸湿的手指伸进耳朵,最后浸湿双手捋过头顶。拜特·卡西尔人喜欢分头礼拜,每个人都可以选择自己喜欢的时间、地点。之后陪我一起旅行的拉希德人则不同,他们喜欢排成一排,一起礼拜。塔姆泰姆将面前的一块地面打扫干净,放好枪,朝着麦加的方向行礼。他先站直,然后身体前倾,手扶着膝盖跪下,直至整个身体伏下去,额头触到地面。一连数次。全套动作缓缓进行,配合着口中的礼拜词,让人印象极深。有时,他还会加诵一大段《古兰经》,吐出的词句如伟大的诗篇。大多数贝都人仅能背下《古兰经》的开篇:

>奉至仁至慈的真主之名,
>
>一切赞颂全归真主,众世界的主,
>
>至仁至慈的主,
>
>报应日的主,
>
>我们只崇拜你,只求你襄助,
>
>求你引领我们正路,
>
>你所襄助者的路,不是受谴怒者的路,也不是迷误者的路。

每次礼拜,他们会将其反复吟诵。穆斯林每天要做五次礼拜,分别是早晨、中午、下午、傍晚和天黑后。拜特·卡西尔人只在早晨和傍晚做两次礼拜,不过他们中的大多数不会去管其他人怎么做。

过一会儿,一阵类似钟声的乐音传来,那是有人在用铜钵捣碎咖啡豆,随着他变换手势,从中竟然能听出些调调。这时,我就该起床了。在沙漠中,我们和衣而睡,所以我只需要调整一下头巾,往手里倒上一小捧水,溅湿面庞,然后走到篝火边,向阿拉伯同伴问候早安:"Salam alaikum(祝你平安)。""Alaikum as salam(也祝你平安)。"他们站起身答道。站起来回应问候是他们的礼仪。如果不急着赶路,我们会烤些面包来吃,着急的话,就吃前晚留下的剩饭。早餐中的红茶带着甜味,咖啡却又黑又苦。喝咖啡要很正式,仓促不得。侍者在一只小瓷杯中倒上一点咖啡,弯着腰依次递给我们,那杯子和一只蛋杯差不多大。如此一轮接着一轮,直到有人轻摇着空杯递回来,表示他已经喝够了。一般来说,每人不应喝超过三杯。

用餐完毕,骆驼被套上鞍装好货。苏尔坦把我的坐骑乌姆卜劳莎牵过来,它是一峰来自阿曼的优良品种,而其他人的骆驼,尤其以苏丹人的标准来看,太过矮小且瘦弱不堪。苏尔坦说是饥饿所致,过去三年,沙漠里几乎没怎么下雨。

贝都人骑母骆驼,而我在苏丹骑的是公的。无论是苏丹还是我去过的撒哈拉地区,人们只从母骆驼身上取奶,从不骑乘。纵观阿拉伯半岛,人们更愿意骑乘母骆驼是有原因的。常接到运货生意的部落使用公骆驼,而拜特·卡西尔人生活在沙漠中,基本没有贸易可做,同时他们还非常依赖骆驼奶,公骆驼就显得没什么价值,养着还要付出很多粮食,所以大部分公骆驼一出生就会被宰掉。仅剩的公骆驼只负责繁殖后代,数量稀少。在前往哈德拉毛的路上,我的队伍里就有这么一峰,因此一路上总有人牵着他的母骆驼过来,要求和我们的公骆驼配种。后面还有很长的旅程,这峰公骆驼被搞得筋疲力尽,主人却无可奈何。按照习俗,这峰公骆驼必须做到来者不拒,尽可能多地繁衍后代。人们甚至不用征得主人的同意,把骆驼牵过来,交配,然后一走了之。

往骆驼身上装货是件聒噪的差事。一有人接近这些牲口,它们就开始咆哮起来,更别提让它们负重了。这些家伙的叫声两英里外都能听见,如果在寂静的沙漠,应该能传得更远。需要保持安静的时候,比如安排偷袭的时候怎么办?我问苏尔坦。把它们的嘴拴起来,他回答。抓着乌姆卜劳莎的缰绳,苏尔坦把它牵到我睡觉的地方。他嘴里叫着"Khrr,Khrr(可儿,可儿)",往下拽绳子。骆驼跪了下来,先是往后一仰,放下后腿,然后整个身体下沉,垫在肘部,最后把膝盖向前伸,直到调整到最舒服的姿势,胸就枕在两条前腿间的脚掌上。为了防止在装货时骆驼突然起身,苏尔坦把乌姆卜劳莎的一条前腿用缰绳绑住。其实对这样一峰训练有素的骆驼来说,此举毫无必要,但对我身旁的一个伙计来说,情况就完全不同了。他的那头年轻的母骆驼一直挣扎着要站起来,就算被绑住了腿,还要跛着起身围着行李打转儿。骆驼喊着叫着,把反刍的食物吐了出来,喷了他一身绿浆。"让人把你劫走算了。"他恼怒地咒骂着,而骆驼也一副要把他脑袋咬掉的样子。母骆驼相当温和,很少咬人,公骆驼就不一样了,尤其在发情期,很可能致人重伤。我在苏丹曾救治过一个被骆驼咬伤的人,他的整条胳臂粉碎性骨折。

南部的贝都人使用小型的阿曼式驼鞍,北方阿拉伯人使用的那种带两只脚镫,而我已经习惯了带脚镫的。苏尔坦拾起我的驼鞍。驼鞍的形状像带着两个夹子的木架,架在一块棕榈垫上,固定在乌姆卜劳莎驼峰前隆起的肩部。这个木架是安装驼鞍的基础,接着,苏尔坦用一块后部有隆起的月牙形衬垫,围绕着驼峰两侧和后部放好,并用一圈绳子固定在木架上。然后,他在衬垫上铺了一块毯子,上面再放一层折叠好的毛毯,把我的鞍包拤在上面,再在鞍包上铺一块黑色的羊皮。一根绕过骆驼腹部的羊毛绳负责绑住后面的这块衬垫，羊毛绳的其中一头穿过木架和驼鞍的另一侧绕回原点。这样，当他拉紧这条羊毛绳的时候，所有东西都被牢牢地固定在了该在的位置上。最终，利用驼峰和隆起的月牙形衬垫，就能搭起一个小台子，人就坐在这个台子上面。和北方固定在骆驼肩部的驼鞍相比，这种坐法要更靠后面一些。

我的鞍包很重，装满了钱和子弹，还有一个我随身携带的小药箱。大多数载人的骆驼还要负重四十到五十磅，包括旅途所需的米和面粉。这一切无疑是沉重的负担，何况为了应付相隔很远的水源地，所有的羊皮水袋都将装满水。我还雇了四峰骆驼只驮行李，它们身上的重量总共在一百五十到两百磅之间。

一切准备停当，出发。我们通常会先走上两三个小时，在山区的时候，每个人牵着自己的骆驼，或者把它们头尾相连拴成一队。进入碎石滩或者沙地后，我们就放开缰绳，让骆驼自己觅食，尽可能地填饱肚子。贝都人喜欢把枪扛在肩上，手握枪口。这些上了膛的枪让我很不安，不过后来就习惯了，自己也学着他们的样子，走在骆驼后面。直到日上三竿，天气越来越热的时候，我们才骑上骆驼。贝都人上骆驼，从来不用让它们停住蹲下，只需要把骆驼的头拉低一点，一只脚蹬在它们的脖子上，一翻身就上了鞍。起先，出于好意，他们坚持我只能上蹲伏的骆驼，同样的好意还表现在，早晨请求我骑骆驼而非步行，或者常常递水给我喝。我对这些好意有些心烦，迫切地希望他们能把我当成他们当中的一员。

骑上一峰跪下的骆驼，贝都人会先站在骆驼的屁股后面，身体往前一探，左手抓住木架，左膝顶在鞍上。骆驼感觉到了身上的重量，第一反应是站起来。等它支起后腿，贝都人顺势将右脚上鞍，这时骆驼已经起身直起膝部，再一挣，就完全站起来了。贝都人使用两种坐法，一种是把两腿耷拉在驼峰两侧，一种是跪在驼鞍上，脚面朝天，屁股坐在脚面上。后一种姿势需要极佳的平衡力。在骑着骆驼飞奔的时候，他们更喜欢用跪姿。坐在一峰奔跑的骆驼上经过高低起伏的路面，就像坐在一匹弓背跃起的野马上，需要杂技演员般的平衡能力。贝都人还喜欢横着把枪夹在胳臂下面，更增加了平衡的难度。我根本学不会跪姿，太难受，而且就算只骑着骆驼走走，也十分不稳。因此我只能保持一种姿势坐着，时间一长便疲惫不堪。我记得自己第一次在苏丹骑骆驼，第二天身体酸疼得动都动不了。这种状况很久没发生了，但我怀疑这趟旅程难逃一劫，因为我上次骑骆驼已经是七年前了。这会很丢脸，我曾信誓旦旦地声称自己是名骑骆驼的老手。

在达尔富尔，我喂骆驼粮食，还会骑着它们小跑。一峰条件不错的骆驼，用每小时五到六英里的速度小跑，会让骑手觉得很舒服。如果走起来的话，就算骑着最上等的骆驼，骑手的背部也将遭受长时间的折磨。不过在阿拉伯半岛南部，贝都人从不让它们的骆驼小跑，这些牲口只能觅到很少的食物，喝水的地方也相隔很远。在前往纳特闰水井和提贝斯提山脉的旅途中我已经学到，在沙漠中旅行时，不要让自己的

## 第三章 加尼姆沙漠

骆驼快于其平时的速度。贝都人对他们的骆驼更是体贴，如果能让骆驼轻松一点，宁愿自己受苦。好几次，前方不远就有水，而我们的水已经用光了，我想是不是可以赶赶路，先把我们的皮水袋灌满再说。但贝都人坚持就地扎营过夜，说再远骆驼就没草吃了。

只要经过灌木丛，我们就任凭骆驼往嘴里塞满树叶和荆棘。每经过一处牧草茂盛的地方，我们都会停下，让它们想吃多久吃多久。我正在对我们行进的路线进行时间和方位的测量，这种频繁的停顿让人很郁闷，无法估计走了多远。在不停歇的情况下，我们的时速是三英里；但在沙漠中，陡峭的沙丘和跋涉之难，将把我们的速度降到每小时一英里。

用这种速度征服如此广阔的空间简直不可思议，尤其是当我步行并意识到自己踏出的每一步的时候。有时候我会特意数一下步数，比如到一丛灌木或者其他什么标记点需要多少步，和前方剩下的路程相比，这些数字简直微不足道。我并不想走得再快一点，现在这种节奏，让我有时间观察到身旁的种种细节：灌木丛下的一只蚱蜢、地上的一只死燕子、野兔留下的踪迹、一个鸟巢、沙地波纹的形状和颜色、破土而出的树苗。我们可以有时间收集一种植物标本，或是琢磨一块石头。慢旅消解了单调，我能想象，急匆匆地乘车穿过这个国度将是多么无聊。

随着旅程的深入，我们达成了一种潜在的默契。走还是停，不用多发一言。有时我们很早出发，准备做一场长途跋涉，却在出发不久后发现了一块草场，这一天的旅程就算结束了。

有时我们计划到某地扎营，到了那里后发现骆驼没的可吃，只能不停歇地继续赶路，直至夜幕降临甚至更晚。中午如果停下休息，我们会赶紧卸下骆驼身上的行李，放它们去吃草。之后也许烤面包和煮粥来吃，但常常吃点椰枣就得了。咖啡是不能少的，我的同伴对这种饮料非常上瘾，有些人还会抽烟——烟和咖啡是贝都人仅有的嗜好。对他们来说，烟是用来分享的，他们蹲成一圈，其中一人会从他贴身携带在衬衫里的一个小小的皮革袋中倒出几片掺着沙子的烟叶，清掉沙子，把烟叶塞进一种用软石挖成的小型无颈烟斗，或是一只两边开口的子弹匣，并用打火石和钢片取火。每人深吸两三口，然后递给下一位。路上烟瘾上来了，他们就停住，从骆驼背上下来，蹲下，抽两口，然后爬回鞍上继续走。

在无尽的空旷中，我们总是挤在一起扎营，但营地里几乎没有活动的空间，特别是在夜里，骆驼还会加入进来，被安置在离篝火近的地方。走在路上，通常五六个人分成一组，每组负责携带自己的食物。我的组里有老塔姆泰姆和苏尔坦，另外三个人里包括一名瘦削的中年人马卜克豪特，他很和蔼，为人周到，只是很少说话，这在喜欢喋喋不休的贝都人中相当少见。剩下的两人中，一位是穆萨利姆·本·塔夫勒，就是省督告诉我的那名优秀猎手，就算以贝都人的标准，他也显得有点贪心，但脑子很快，干活儿也很努力。他常在萨拉拉的王宫附近出没，因此得到了一些和外部世界接触的机会，这次他主动要求为整支队伍做饭。

水充足的话，穆萨利姆会煮米饭，大多数时候我们的晚餐都是面包。他从羊皮袋里挖三四磅面粉，加点水和盐，揉成一个面团。面团被分成六等份，每份被拍成大约半英寸厚的面饼，放在旁边的毯子上，然后继续塑形其他面饼。其他人负责生火，偶尔用火柴，一般用打火石和钢片取火。打火石在沙漠里很容易捡到，而钢片，每个人配刀的刀刃就是。他们会从衬衫或头巾上撕下一条用来引火，所以每天他们的衣服都显得更破一点。篝火的余烬就是天然烤盘，他把面饼放上去，面饼发热后马上翻一面烤，然后挖沙、埋饼，再把热沙和余烬铺在上面，能看见泡泡不断从覆盖的沙子和灰烬中冒出来。过一会儿，他挖出面饼，掸掉上面的沙子和灰烬，放在一旁冷却。吃饭的时候，他给每个人发一张饼，我们坐成一圈，把饼撕成小块裹在软黄油里吃，如果有条件做汤，就蘸着汤吃。这种叫面包的东西口感像锯末，不是硬邦邦就是湿瘪瘪的，取决于它们被烤了多久。想改善伙食，只能盼着穆萨利姆猎到瞪羚或大羚羊。吃完饭，大家就坐在篝火旁聊天。贝都人喜欢大声说话，即使对方离他仅有几英尺远，这样所有人都能听到其他人在说什么，如果感兴趣，就走过去加入他们。

晚餐后不久，我就准备躺下休息了。把毯子和羊皮垫展开就是我的床铺，驼鞍是我的枕头，匕首和子弹带就放在下面，我会盖上三条毯子，步枪就放在手边。生活在一群阿拉伯人中间，我模仿着他们的一举一动，希望起码在某种程度上，被当作他们中的一员。学习他们的坐姿是其中的一项，由于我的肌肉还不适应，这个过程相当挣扎。所以每到晚上能躺下放松，就感到十分幸福。席地而坐对我不是件陌生的事，但在之前的旅行中，同伴和我相熟，我可以毫无顾忌。这次不同，在骑了很长距离的骆驼后，我还得像阿拉伯人那样一本正经地坐下，我用了很长时间才适应这一点。我还像他们一样光着脚走路，开始时简直是折磨，慢慢地，我的脚底板磨出了茧子，越来越硬。即使五年后，我的脚底板和他们的比起来，仍算是软的。

贝都人无法接受与他们不同的做法。他们去萨拉拉的英国皇家空军营地接我时，看见一名飞行员在撒尿。第二天他们问我，那家伙是有什么身体缺陷吗，为什么不能像他们一样蹲着尿尿。对我来说，在山区时，很容易找到一块大石头，绕到后面解个手。但在空旷的平原，我只能走到一旁，像他们一样蹲下，并用衣服在头顶为自己搭个凉棚。除了靠近水源的时候，我们一般用沙子清理吃过饭或上过大号的手。贝都人还很注意不在路旁解手，路上有人想撒尿的话，会很自觉地走到一旁，避开我们刚刚留下的脚印，即使在沙漠里，这些脚印也很快就会被掩盖掉。

在避免暴露身体这件事上，穆斯林非常讲究。我的同伴们在水井边清洗身体的时候也不会脱下缠腰布。仅穿着一条缠腰布，又想体面地坐在地上，对我来说一开始并不容易。如果那东西不小心露出来，贝都人会提醒说："你的鼻子！"两三次后我才注意起来。第一次被提醒的时候，我真的擦了一下鼻子，因为天气很冷，鼻尖上结了一滴露珠。

在与他们共度的这些年里，适应贝都式生活的难度，更多是精神上的而非身体上的。对我来说，接受他们的生活方式，以及他们的很多观念，就像他们接受我的那些被认为是怪癖的行为一样难。比如，我已经习惯自己的隐私被尊重，但在这里，我没有一点隐私。想私下和某个人说几句话根本不可能，就算我们走到一旁，其他人也会好奇地跟过来，想听听我们在说什么，并且加入这场对话。我说的每个词、做的每个举动，所有人都知道。最初我还感觉被孤立，我知道他们认为我非常有钱，怀疑他们总想从我身上捞到些好处。我被他们的贪婪惹恼了，因他们的索取心生厌烦。每当有人走近我，我就会想："他又想要什么？"提出要求前，他们总会说上一段一成不变的奉承话，十分幼稚，这时我的火气一下就上来了。我后来明白了，对他们来说，乞求不是令人羞耻的事，他们还会看着得到的礼物，再补上一句："这就是你要给我的吗？"我看到了他们个性中最坏的一面，他们对我优越地位的假定，让我产生了幻灭感。结果就是，我变得独断专行、不可理喻。

三个月前加拉山脉的北坡下了点雨，汇集起来的雨水冲下了山谷，让谷底长出了些绿草。贝都人不愿意离开这片草场，他们知道前方不远就是不毛之地。我们开始每天只走一个小时，有时两个小时，我的恼怒与日俱增。经常是走到一块草场，他们发誓说这是骆驼最后能吃到草的地方，必须停下来，但第二天我们发现了另一块，又停下来。而且，所谓的草场就是几丛绿色灌木，我认为根本不值得一停。我并没有意识到沙漠中的新鲜植被有多么宝贵，总是想着，在苏丹骑骆驼旅行时，一天轻轻松松地能走上好几个小时，不过在苏丹，骆驼吃的是饲料。我越来越焦躁，忘记应该享受这闲适的旅途，而非心里数着被浪费掉的日子。我甚至怀疑，阿拉伯人拖延时间是为了拿到更多的钱。每到晚间，我就向他们抗议，提出应当完成适当的里程。苏尔坦和其他人会说，你根本不懂骆驼。虽然这是真的，但无疑让我更加恼怒。我生气地回应道，自己在苏丹的沙漠里骑过很长距离的骆驼，然后发现根本不明白他们又说了什么，实在令人沮丧。

谷底的草场吸引了很多贝都人，他们远道而来，为的是让他们的骆驼和山羊吃上几口。贝都人总是处于半饥饿状态，所以每天晚上都到我们的营地饱餐一顿。附近所有人都听说了，这儿有一个带着很多食物的基督徒。这些不速之客无须被邀请，他们会就地坐下，享用我们的食物。很多人甚至跟着我们走，每晚都会出席。我的同伴对此毫无异议，因为如果调换个身份，他们也会这样做。贝都人从来不会让客人饿着肚子离开。我被这种天经地义惹恼了，况且我们的食物已经不够自己坚持回萨拉拉了。在最痛苦的时候，我不禁想，贝都人的整个生命就是一场乞讨与被乞讨的循环。

我们用了三个月才返回萨拉拉。在这场艰苦的跋涉中，我逐渐开始敬佩我的同伴，欣赏他们的生存技能。相比城市里的阿拉伯人，部落阿拉伯人西化得更少，留下了更多的习俗和传统，更好相处。我非常喜欢贝都人带些傲慢的自信，而不是那些"先生"[1]容易受伤的自尊心。我开始像贝都人那样看待沙漠,用他们的标准来评判一个人。在开启这趟旅程前,我知道自己寻找的绝不仅仅是蝗虫,现在我明白了,我找到了自己期待的那种生活。

有两件事让我印象极深。十几名阿拉伯人陪我深入加尼姆沙漠,其他人去了穆格欣。上一处有水的地方还是在希苏尔,那之后过去了八天,队伍已经断水超过二十四小时。"甘甜之井"哈鲁就在前方。几丛开着黄花的蒺藜出现在路旁,几个月前这里下过一场小雨。我们让骆驼吃了一会儿,我实在太渴了,提议不如先去找水。塔姆泰姆、苏尔坦和穆萨利姆陪我继续往前走,其他人说骆驼吃饱后就跟上来。我们找到了地方,卸下骆驼身上的行李,喂它们喝了点水,然后在水井旁边坐下。没人喝一口水。我不想显得缺乏耐心,最后实在忍不住了,提议我们可以先喝。苏尔坦递给我一碗水,我让给老塔姆泰姆,但他让我先喝,他要等其他人,如果同伴不在他先喝很不合适。我早就知道在吃喝这件事上,贝都人绝不会因为别人不在而去占便宜,但这次实在是太夸张了。五个小时后,其他人才姗姗来迟,我攒了一肚子气,渴得要命。水看上去清凉又干净,但喝起来像是一剂泻盐。我实在脱水太久,一口吐了出来。这就是我第一次在"空白之地"喝水的体验。

几天后,我们经过了几个脚印。脚印几乎被风从大地上

---

[1] 此处作者用了源自土耳其语的 Effendi 一词,意为"先生""阁下",可用于称呼阿拉伯国家的上流人士。

抹去，我甚至不敢肯定那是骆驼留下的。苏尔坦问一个人，是谁留下了这些痕迹，这个人留着灰色胡须，是队伍中的脚印专家。他掉转方向，跟着那些脚印往远处走了几步，然后跳下骆驼，仔细辨认了一下在一块硬地上留下的脚印，用手指捻碎了几块骆驼粪便，跳上骆驼骑了回来。苏尔坦问："他们是谁？"那人答道："是阿瓦米尔人，他们一行六个，抢了南部海岸尤努巴人的三峰骆驼。他们从塞赫迈出发，在穆格欣补给了水，十天前经过这里。"我们已经有十七天没见过任何阿拉伯人了，之后二十七天也没见到一个。回程的时候，我们在加拉山遇到几名拜特·卡西尔人，我们互通了一下有无。他们告诉我们，六个阿瓦米尔人抢了尤努巴人，杀了他们三个人，抢走三峰骆驼。我们唯一没有猜到的，是他们杀了人。

每个人都了解自己的骆驼会留下何种脚印，其中一些人能记住几乎所有他见到过的脚印。只需要一瞥脚印的深浅，他们就知道骆驼有没有负重、成年还是幼年。通过研究脚印的特征，他们能推断出骆驼从哪里来。比如，从"空白之地"来的骆驼蹄子软，脚印旁边有松垮皮肤留下的纹路，如果它们从砾石平原过来，它们的蹄子会被磨得很光滑。贝都人还能说出骆驼是属于哪个部落的，因为不同部落使用不同品种的骆驼，这些都能从脚印中看出来。看骆驼粪便能推断出骆驼是在哪里吃的草、最后一次喝水是什么时候，再根据他们对当地地理方位的了解，就能基本得出骆驼的饮水地。贝都人还谙熟沙漠政治格局，知道谁和谁是朋友、谁和谁是敌人，大概能猜出谁抢了谁。所有人都不会错过交换信息的机会，他们和每个遇到的人聊天，甚至不惜绕行很远去获取最新的消息。

通过这场旅行，我发现穆格欣周边已经遭受了多年干旱。如果这里有牧场的话，我们应该能看到阿拉伯人和他们的牲畜，但四十四天的时间里从未见过。我问同伴关于洪水的事，他们说自二十五年前的那场大洪水以来，就再也没有从加拉山脉流下的水到过穆格欣了。显然，这里不可能是沙漠蝗虫暴发的中心。我决定顺着"空白之地"的南沿，向西边的哈德拉毛走走，看看迈赫拉山脉的洪水是不是到过那里。在此之前，从未有欧洲人在佐法尔和哈德拉毛之间旅行过。

在去往穆格欣的路上，我见到了一名拉希德酋长，他叫穆萨利姆·本·凯马姆，没说两句话我就对他产生了好感。我邀请他和他的族人1月份在萨拉拉与我会合，然后陪我去往哈德拉毛。1月7日我抵达萨拉拉，本·凯马姆和大约三十名拉希德人已经如约在那里等我。我决定留下两名拜特·卡西尔人——苏尔坦和穆萨利姆·本·塔夫勒，再带上十五名拉希德人。本·凯马姆说三十人都跟我走，总共付十五人的报酬就行，这么做是出于安全考虑，我们要经过的地方经常受到也门部落的袭扰。他刚刚得到消息，在哈德拉毛东边的草原上，超过两百名达赫姆人向马纳希勒人发动了袭击。

拉希德人和拜特·卡西尔人是亲戚亦是盟友，都属于卡西尔部落。他们穿阿拉伯长袍，戴一种用沙漠灌木汁染成红褐色的头巾。就算衣着褴褛，他们的穿着也自成一格。他们矮小灵活，显得十分机警，瘦削的身体结结实实的，被训练出惊人的耐受力。在我眼中，他们是那么有活力，精神饱满。他们来自世界上血统最纯正的种族，生活在世界上最艰苦的自然环境中，只有最坚忍的杰出者才能存活，是拥有细致线条且时刻保持警觉的高贵之人。和他们相比，拜特·卡西尔人显得粗鲁专断，缺少来自沙漠深处的终极磨炼。

阿拉伯半岛南部的拉希德人和阿瓦米尔人已经适应了"空白之地"。他们中的一些人甚至住在"空白之地"的腹地，那里是唯一有水井的地方；其他人穿过"空白之地"，抵达停战海岸[1]。两个部落的家园都在哈德拉毛东北部和北部的草原上，拉希德人的一支拜特·伊玛尼人仍住在那里，去往哈德拉毛的路上，我们将经过他们的领地。在他们与阿瓦米尔人的住地之间，更往西的地方，居住着马纳希勒人；阿瓦米尔人的领地再往远方，是拉希德人的仇敌萨尔人的地盘。迈赫拉人分成很多支，分散在沿海山区和高原，再过去，往穆卡拉的北部，是胡穆姆人。

和阿拉伯半岛中部和北部的贝都部落相比，南阿拉伯半岛的贝都部落在人数上显得微不足道，在中北部，一个部落的帐篷数量可达数千顶之多。我在叙利亚见过沙马尔人举家迁徙，牲畜黑压压一片，遮住了远近的沙漠。我还参观过鲁

---

[1] 波斯湾东南部由部落形成的联盟在1820年与英国签订协约，成为受英国保护的领地，这些部落联盟被英国称为"停战海岸"。1971年巴林和卡塔尔分别独立，协议废止，后由七个成员形成了现在的阿联酋。

## 第三章 加尼姆沙漠

阿拉人的夏季营地，一座由黑色帐篷构成的城市。阿拉伯半岛北部，沙漠和农耕地带相接处，是贝都人和牧人或耕者混居的地方。大都市如大马士革、阿勒颇、摩苏尔或巴格达，将它们的影响力远播沙漠。在这些大都市的市场中，贝都人得以和不同种族、文化背景或信仰的人接触。就算在内志，贝都人也间或有接触到城镇生活的机会。可是在这里，为了养活十几峰骆驼，散居的家庭不知要走多远。居住在从哈德拉毛边境到波斯湾这片广阔区域的拉希德人，总数只有三百人左右，拜特·卡西尔人的数量在六百人左右，这些阿拉伯人是最正宗的贝都人。他们脚下的沙漠或南延入海，或与北边气候条件稍好的沙漠相接，又或终结于也门或阿曼山脚贫瘠的黑土滩，所及范围内少有城镇，他们也很少访问这些城镇。

我的野心是穿越"空白之地"。我希望到达哈德拉毛后，这些拉希德人能继续陪伴我，完成我的宏愿。我把自己的想法告诉他们，然后得知天气已经太热了，不适合沙漠旅行。我一定会再回来，对这第一年的适应性训练，我已经非常满意。更重要的是，我找到了最合适的同伴——阿拉伯拉希德人。

也是这趟旅程，让我结识了萨利姆·本·卡比纳。大家都称他本·卡比纳，"卡比纳之子"的意思，卡比纳是他母亲的名字。在阿拉伯半岛的其他地方，男人通常被称为某某之子，但在这里，以母亲姓名称呼的情况很普遍。在未来五年阿拉伯半岛南部的探险中，他将成为我形影不离的好伙伴。我是在一口井旁见到他的，当时我们正在设法让饥渴的骆驼喝上水。水井每小时的产量只有几加仑[1]。整整两天，我们夜以继日地工作。他过来帮忙，男孩长发及肩，身上的红色腰布非常显眼。第二天，他宣布要加入我们的队伍。拉希德人建议我带上他，可以帮我照看一下行李什么的。我同意了，前提是他要准备好一峰骆驼和一支枪。男孩咧着嘴笑，说没问题。他大概只有十六岁，身高五英尺五英寸，身体瘦弱，喜欢像骆驼一样迈着大步走路，而贝都人通常直着腰迈小步。穷困的生活在他身上留下了痕迹，他形销骨立，眼窝深陷。烧饭或干其他活儿的时候，长发常常遮住眼，他不耐烦地用手捋，露出骨瘦如柴的手掌。他的额头很低，有一对大眼，一只挺拔的鼻子，一副突出的颧骨和一张上嘴唇很长的大嘴。他的下巴尖而小巧，上面有一道长长的伤疤，是小时候为了治疗某种疾病而留下的。本·卡比纳喜欢说笑，所以总能看到他的一口白牙。两年前，他的父亲死了，他不得不承担起供养母亲、弟弟和尚在襁褓中的妹妹的职责。我们的相遇，正处于他一生中最关键的时刻，这些都是我一周后才慢慢知道的。

一个清冷寂静的早晨，我们走在骆驼身后，本·卡比纳和我稍稍与其他人拉开了一段距离。他迈着大步，说话时身体微侧，红色的腰布紧紧系在胯上。他枪口朝下扛着的枪满是锈迹，看上去有年头了，我怀疑击针是坏的，他喜欢把枪拆了又装。他告诉我，一个月前，他去海边取一担沙丁鱼，

---

[1] 加仑是英美制液量单位，1加仑在英国、加拿大等国约合4.5升，在美国约合3.8升。

返回的路上，年迈的骆驼再也支撑不住，倒下死了。"我坐在阴影里，为这峰老骆驼哭了一会儿。它年纪太大了，经历了太多苦难。沙漠里已经很长时间没下雨，它瘦得只剩下一把骨头。但它是我的骆驼啊！我们仅有的骆驼！当天晚上，乌姆巴拉克[1]，我觉得全家离死亡只有一步之遥。你知道，夏天来临时，阿拉伯人会聚居在水井旁，水井周边一天可达的距离内，甚至更远，草料会全部被吃光。如果我们在有草给山羊的地方住下，没有骆驼，我们怎么取水？我们又如何从一口井到另一口井？"他朝我笑了笑，"感谢安拉把你带给我，我很快就什么都有了。"我已经喜欢上了这个男孩。他周到讨喜，让我紧绷的神经放松下来，这正是我急需的。这无情的沙漠生活因为他的友谊，增添了几分人情味。

两天后，一名老者来到我们的营地。他跛着腿，瘦削的身体缠着一条破旧的腰布，头发因上了年纪呈灰白色，手中的枪不知用了多久，和本·卡比纳的一样破。腰间的子弹匣只有两个是满的，剩下六个都是空的，残破的刀鞘中插着匕首。就算以贝都人的标准，他也是一个不折不扣的穷人。拉希德人拥上前向他问候："欢迎您，巴克希特。祝您健康长寿，叔叔。欢迎，热烈欢迎。"他们的热情让我惊讶。他们为老人铺了一条毛毯，并把椰枣摆在他面前，老人坐下，吃起来，他们又去忙着生火，打算做点咖啡。老人红肿着眼睛，鼻子长而挺，灰白色的头发十分浓密，凹进去的肚子上方，垂下一层层松

---

[1] 塞西杰的同伴为他起的阿拉伯名字。

垮的皮肤。我在心里说:"他看上去就是个老乞丐,我打赌他是来要东西的。"果不其然,晚上他向我乞讨,我给了他五个里亚尔。不过,我对他的看法已经改观了。本·卡比纳跟我说:"他是拜特·伊玛尼人,非常有名。"我问为什么。"因为他的慷慨。"他答。"我可看不出他有什么慷慨的资本。""他现在不能了,他连老婆都没有,更别提骆驼了。他的儿子,非常优秀的男孩,两年前被达赫姆人杀了。他曾经是部落里最富有的人之一,现在只剩下几只山羊。""他的骆驼哪儿去了?被抢走了吗,还是病死了?""都不是,是他的慷慨害了他,为了招待那些根本不会来的客人,他宰掉了骆驼。老天哪,他真是慷慨!"我从这句话中听出了嫉妒的味道。

我们缓缓西行,在塞纳乌、穆盖尔和塞穆德的深井补充了水。这里本应能看到阿拉伯人。刚刚下过雨,宽阔的浅水道里面长了不少牧草,这些水道穿过砾石平原一直延伸到"空白之地"。但周围一片死寂,空气中有一种令人恐惧的氛围。我们偶尔能在远处看到一两个牧民,他们匆匆地驱赶着牲口穿过平原。拉希德人下了骆驼,抓起一把沙子抛向天空,这种容易看见的信号表示来者是朋友。然后,他们骑骆驼过去打探消息。不出所料,这一切是因为几天前经过的达赫姆匪徒。匪徒分成几队,带着战利品向西返回也门。有人说他们有三百人,有人说他们只有一百人,无论数量多少,他们人数众多、装备精良是没错的。养着一群山羊的马纳希勒妇女说,他们中的四十个人三天前宰了她们的八只羊吃。她们还描述了匪徒躺在地上，把羊奶挤到嘴里的样子。其中几个和我们的拉希德人相识，提醒我们注意安全。"巴，拉舒德！"（拉希德人作战时的呐喊）我们可是拉希德人，我们夸耀道，不怕狗娘养的达赫姆人。女人们回应："安拉赐予你们胜利。"

那天已经很晚了。白天我们在胡莱亚补给了水，晚上在一块靠近刺槐丛的平地上扎营。骆驼被散出去吃草，有三个人负责守护它们。西边半英里外，背靠落日的石灰岩山脊仅留下一道黑色的轮廓。拉希德人排成一排祈祷着，长长的影子拖在沙地上。看着这一切，我不禁想，从穆罕默德做出最初的规定到现在，这种仪式丝毫未变。突然有人说："山脊那边有人。"所有人停止祈祷。"骆驼！骆驼！看住骆驼！"四五个人跑去帮忙，负责守护骆驼的人已经听到警报，正试图把骆驼驱赶到一起。本·卡比纳也想过去，但我叫他和我待在一起。我们抓起枪，以散乱在地上的行李为掩体卧倒。大概有二十个骆驼骑手从山脊背后冲出，向我们的骆驼袭来。我们开火了。躺在我身旁的本·凯马姆说："向他们的前方射击，我还不知道他们是谁。"我向他们前方不到二十码处迅速开了五枪。子弹打在沙地上，击起漫天灰尘。所有人都在开枪。本·卡比纳就卧倒在我右前方，他试了三次都是哑弹，我能看到他的脸上写满愤怒。匪徒退到一座小丘后面，而我们的骆驼已经全部被收回来了。"他们是谁？"没有人能确定。大家认为他们不是达赫姆人或者萨尔人，因为他们的驼鞍不对。有些人认为他们是阿瓦米尔人，或者是马纳希勒人。他们不可能是迈赫拉人，因为衣服不对。一名马纳希勒人说他去一探究竟。他起身,慢慢地走向对面的小丘,前方的晚霞把他变成了剪影。对方的一个人也起身走向他。他们互相喊了两句话,然后走向前拥抱在一起。原来对方是马纳希勒人,不一会儿,他们就过来加入了我们。他们是一支追击达赫姆人的队伍,看到我们的骆驼,把我们错认成达赫姆匪徒的一支小分队。不过,他们一听到我们向骆驼守卫的喊话,就已经知道自己认错了,因为我们的口音与达赫姆人不同。早上的时候,我们买了一只山羊,原本打算当作晚餐,既然马纳希勒人来了,我们就把山羊做给他们吃,因为他们是客人。

拉希德人围坐在篝火旁,急切地想知道这场抢劫的近况。而我终于能躺下,睡是睡不着的,那些兴奋的阿拉伯人就在几码外大声说着话。他们正在谋划一次对达赫姆人的袭击,抢回他们被掠夺的牲畜。拉希德人和马纳希勒人是盟友,两个部落近年一直受到达赫姆人的欺侮。想反抗很难,本·凯马姆向我解释说,因为沙漠里的草场很少,贝都人不得不散居在一片广大的区域内,以家庭为单位不停迁徙,去寻找新的草场。通常两三个人看着十几峰骆驼,如何抵御劫掠?抢匪出现时,他们能做的就是骑上最快的骆驼逃跑,妻小可以留在原地,按规矩,抢匪不会伤害他们。抢匪这儿抢几峰那儿抢几峰,一天之内收获有限。而他们一旦现身,警报会传遍沙漠,撤向南部海岸更为崎岖的地带的牧民安置好他们的牲口后,将集结起来讨伐抢匪。抢劫用的时间越久,抢匪向东寻找目标的距离越远,就越可能在回程时发生遭遇战。本·凯马姆承认,拉希德人和马纳希勒人能集结起来的人数远远不够。抢匪通常有两百人之众，抢劫会持续两个月，横贯一千英里的地域。

一周后，我们来到了哈德拉毛山谷，接着用缓慢的步调，行进至泰里姆山谷。这座著名的山谷和那些从未受到外界侵扰的阿拉伯城市，让我兴致很高，尤其是那些独具特色的建筑。我们受到盛情款待，安逸地坐在宽敞客房的垫子上，吃着美味的饭菜，喝下去的水再也没有山羊皮的味道。我的同伴惦记着骆驼，怕它们吃不惯苜蓿饲料，急于离开。我劝他们多待几天，不敢想分别的事。我曾经渴望的独处空间就在那道门的后面，但是现在，只剩下令人苦楚的孤独。

第四章
# 在萨拉拉的暗中准备

我于次年回到萨拉拉,计划在拉希德人的帮助下穿越"空白之地"。我组织了一支拜特·卡西尔人队伍,最远走到了穆格欣。

我无意回英国,决定拜访吉达,灭蝗总部就在这座城镇的外围。然后顺道去一下汉志山区,那里是阿拉伯半岛鲜为人知的角落之一,几年前我就有心探访。

这趟旅程用时三个月,骑行上千英里。路上既骑过骆驼,又骑过驴子,一名来自阿萨巴河谷的沙里菲少年陪伴着我。我们一起穿越帖哈麦[1],漫游在这片位于红海和山脉之间炽热的海岸平原上。经过村庄的时候,抹灰的篱笆小屋让人想起非洲的时光。这里的人十分漂亮,为人处世不拘礼节,令人

---

1 指阿拉伯半岛红海沿岸的平原地区。

感到轻松愉快。我们正赶上一年一度的割礼，人们伴着逐渐加快的鼓点，在月光下起舞，身缠腰布，平滑的头发上戴着散发出香气的药草头环。我们和巴尼·希拉勒人相处过一段时间，住在比尔克附近熔岩平原上的草棚里。他们曾是阿拉伯部落中最有名的一支，可惜已经没落了。还有几乎全身赤裸的卡坦人，他们的名字相当古老，来自阿拉伯人的祖先，而今住在拜什河谷的峡谷中。我们造访过偏远山谷中的周末市集，天蒙蒙亮就人来人往，也造访过在一个小镇的街道上只存在一天的市集。我们见过了各种各样的城镇——泰夫、阿卜哈、萨卜伊阿、吉赞，爬上过数不清的陡峭栈道。狒狒在头顶的山崖上尖叫，胡兀鹫展翅消失在脚下深谷的迷雾里，清冷的溪水在杜松和野生橄榄树组成的树林中流淌，那里通常是我们歇脚的地方。有时我们住在某位埃米尔的城堡中，有时我们和一个奴隶在泥坯屋中过夜，不论在何处，我们都受到了盛情的款待。吃得好睡得香，但我无时无刻不惦念着沙漠，想起本·凯马姆、本·卡比纳、苏尔坦和穆萨利姆。

我还是回到了伦敦，担心是否能再次说服蝗虫防治研究中心，把我送回"空白之地"。上次旅行可是花了不少钱，乌瓦洛夫博士是否认为值得进行第二次？如果他不同意，我该怎么办？

一回到伦敦，我就去自然历史博物馆找他。在他那铺满地图的墙上，我给他指出了我到过的地方。我向他确认，发源于海岸山区的洪水很少能抵达南部沙漠的边缘。他指着地图上的阿曼山区问："你觉得从那儿来的洪水有可能抵达沙漠吗?"我的机会来了,答道:"我不知道,也许我可以去看看。"但乌瓦洛夫博士抱歉地说:"我希望你能去,问题是苏丹拒绝我们入境,态度相当坚决,即使再申请,成功的可能性也很小。""让马斯喀特的领事帮我拿到去往穆格欣的许可,剩下的我来解决。千万别提什么阿曼,其他地方也别提,就说去穆格欣。"我说道。终于,乌瓦洛夫博士同意了。我走出他的办公室,心中狂喜:"我终于有机会穿越'空白之地'了。"这个计划我谁也不会说,如果让记者知道,再写成文章传到马斯喀特,马斯喀特一定会试图阻止这趟旅行。

苏丹声称穆格欣和其北部的加尼姆沙漠都受他管辖,但加尼姆沙漠北部已经属于"空白之地",在那儿他可没有任何权力。他名义上是马斯喀特和阿曼的苏丹,而现实中,阿曼内陆地区并不听他的话。那边的实际掌权者是一名伊玛目,这位宗教领袖对苏丹充满敌意,且极度反感欧洲人。他会成为我这次旅行的最大阻碍。

1946年10月16日,我又回到了萨拉拉。我的计划是从穆格欣出发穿越"空白之地",终点在停战海岸,然后从阿曼后方的砾石平原回到萨拉拉。如果省督收到任何风声,他将禁止贝都人带我从穆格欣再向前走。我只能装作最远就到穆格欣,然后寄希望于在穆格欣说服贝都人带我进入"空白之地"。所以这次出发时,我和省督达成协议,带走和去年一样多的拜特·卡西尔人。

拜特·卡西尔人住在"空白之地"南面的山区和戈壁上。他们中有一个叫拜特·穆桑的支系进入过"空白之地",但也仅仅了解加尼姆沙漠附近的区域。伯特伦·托马斯第一次尝试穿越"空白之地"时是和拜特·卡西尔人在一起，他们进入沙漠没多远就不得不返回。第二次凭借拉希德人的帮助才成功。如果我也想成功的话，必须靠拉希德人。

一天我在市场上买衣服，碰到了一名叫艾马伊尔的拉希德少年，去年他曾加入过我的旅行队。在遇到他之前，我一个拉希德人都没看到，还在想怎么才能联系上他们，而拜特·卡西尔人出于嫉妒，估计不会帮我这个忙。向他问好后，我把他拉到一旁，请他帮我找到本·凯马姆、本·卡比纳和另外两名我认识的拉希德人。我许诺如果他能帮我把他们叫来，我就带他一起走。他告诉我，本·卡比纳在哈拜鲁特，距这里有四天的路程；本·凯马姆去也门了，代表拉希德人和达赫姆人谈休战的事。他答应十天内让本·卡比纳在希苏尔与我会合。到时候一定会有很多拉希德人等在那里，事实证明我并未猜错。

和艾马伊尔说话的时候，一名省督的奴隶走过来，表示我不应该和陌生人交谈。我告诉他，艾马伊尔不是陌生人，并叫他少管闲事。他骂骂咧咧地走了。这些奴隶经常利用主人的身份地位，表现得傲慢无礼。阿拉伯人毫无种族歧视的观念，他们平等地对待奴隶，即使对黑人也是如此。在汉志的时候，我和一位埃米尔在他的客厅里，他是国王伊本·沙特的亲戚。这时，国王的一个黑奴走了进来，他上了年纪，穿着昂贵的服装。埃米尔起身向他问候，让他在身边坐好，晚餐时还亲手夹饭菜给他。阿拉伯统治者给予了奴隶相当大的权力，相比自己的亲戚，有时他们更信任奴隶。

10月25日下午，我和二十四名拜特·卡西尔人离开萨拉拉，他们都是去年陪过我的老朋友。老塔姆泰姆也在其中，骄傲地告诉我他刚得了个儿子。我还记着一次长途跋涉后，他下了骆驼，踉踉跄跄地加入一场战舞，只为了证明他和年轻的时候一样棒。还有一次他在骆驼上睡着摔了下来，幸好并无大碍，他一脸窘迫，而我长舒了一口气，放了心。我很高兴他能来，他是个好参谋，而且当我不在的时候，能帮我管理好队伍，尤其是我打算只带几个阿拉伯人进入"空白之地"。苏尔坦也来了。最后是否能下决心进入"空白之地"要靠他，我相信他会支持我的，去年他可帮了我大忙。我觉得他已经猜到了我的计划，当我说骆驼的状况不佳时，他说："我们先骑到穆格欣，然后可以换一批骆驼继续前行。"还有穆萨利姆·塔夫勒，有他在，只要可能，我们就不愁没有新鲜的肉吃。马卜克豪特·本·阿尔拜恩带上了他的族人萨利姆·本·图尔基亚，以及他的儿子，一名十五岁的英俊少年。少年目光深沉，头发梳成一种鸡冠形，表示他还未接受割礼。

加拉山脚下有一处叫艾因的泉水，我们先在那里扎营，第二天花了一整天整理行装。我们有两千磅面粉、五百磅大米，以及液体黄油、咖啡、茶、糖，还有几包质量不佳的椰枣。现在不是椰枣上市的季节，一直到12月底，由阿拉伯三角帆船组成的船队才会从巴士拉带回新货。按我的计划，旅程将持续三个月，加上另外六名拉希德人，我们一共有三十一人，不过再多几个人也无妨。按目前的准备，每个人每天能有四分之三磅的面粉作为口粮。我也知道，我们出发前，贝都人会把其中的一半留给家里，作为他离开这段时间的食物。而且根据之前的经验，一旦路上经过定居点，远近数英里的贝都人都会闻风而来，分享我们的食物。这是不可避免的，沙漠里不成文的规矩是，无论你有多不乐意，也不能撵走任何一个客人。即使在这里，也有很多人特意从萨拉拉赶来，期望饱餐一顿。这次我拒绝了，理由是我们即将进入沙漠，而他们的家就在几英里外，穿过一片平地就到了。夜晚降临前，我们把他们中的绝大部分打发走了。

我们的驻地在悬崖下的一小块平地上，布满乱石。我们分成若干组，每组六七个人一同用餐。仅剩的空地都被骆驼占了，营地挤得让人动弹不了。大部分骆驼吃的是沙丁鱼饲料，半湿的沙丁鱼干散发出的恶臭弥散在空气中，多日不绝，直到最后一条被吃光。恶臭还吸引了苍蝇大军，后来它们趴在我们后背上，竟然跟我们一起骑着骆驼进入沙漠。我买了一只羊，再加上煮米饭和开胃汤，所以晚餐吃得不错。穆萨利姆煮了咖啡，苏尔坦做了一碗泛着泡沫的骆驼奶，因刚刚挤出来，还是温热的。和所有的骆驼奶一样，尝起来有点咸味。火光在人们毛发浓重的脸上跳跃着，同时勾勒出骆驼头和脖颈的轮廓，那些牲口正呆呆地望向黑暗深处，眼中反射出绿莹莹的光。我想起了第一次露营，那时的我是一个内心孤独的闯入者，现在我觉得已经被接纳了，虽然并非全部。我又想起了几个月前在汉志的山坡上，怀念的正是这并不舒适但令人满足的生活。

我都去过哪儿？离开他们之后，我做了什么？汉志吗？它在什么地方？贝都人在那里吗？一连串的问题我一个个问过去。本·拉维在哪儿？还有达克希特·本·卡赖斯？达赫姆人又袭击拉希德人了吗？穆格欣后来下过雨没有？乌姆卜劳莎去哪儿了？苏尔坦说它死了，两个月前它在岩石上摔断了肩膀。几个小时过去了，我们一个个起身，开始找地方睡觉。之前我在一堆岩石后找好了一块空地，把东西放在那里。现在我发现这块空地被一峰骆驼占了。我觉得地方够容下我们两个，就在骆驼身旁铺开了毯子和羊皮垫。去年我随身带了几条毯子，后来一条条都送人了，最后我在仅剩的一条毛毯下瑟瑟发抖。冬季沙漠的夜晚可以变得相当冷，今年我带了睡袋。我带的东西不多，但都是必需品。几件衣服里包括一条上了色的腰布和一件白色长衫，我打算在沙漠中一找到"阿布"（abal）灌木，就把长衫染成赤褐色。我在衣服下面系了一条由多股皮绳编织的腰带，贝都人用这种方式让后背好受一点。我的腰上挎着一把沉重的银柄阿曼匕首，衣服穿在串着刀鞘的腰带里。这样，衣服和我的皮肤之间就形成了一个天然的口袋，可以把指南针、一个小记事本和其他一些常用物品放在里面。我戴的头巾产自阿曼，有点像克什米尔方巾，棕色的阿拉伯披风来自汉志。身上的装备还包括一支步枪和一条子弹带。我的驼鞍袋里还有些多余的弹药、相机、胶片、气压表和温度计、大号记事本、一卷吉本的著作[1]、《战争与和

---

[1] 此处应指英国历史学家爱德华·吉本（1737—1794）所著的多卷本《罗马帝国衰亡史》中的一卷。

平》、植物压平器、小药箱、一套为本·卡比纳准备的衣服——他一定会破衣烂衫地出现在我面前，带着一把去年我挂在腰上的匕首，以及几个装满玛丽亚·特蕾西娅银币的口袋。这些1780年起生产的硬币至今仍在铸造流通，它们大概有五先令那么大，价值半个克朗，是当地唯一的合法货币，阿拉伯人叫它们里亚尔。

钱就放在系紧的帆布袋里，驼鞍袋就敞着口。我的同伴都非常穷，但把钱放在驼鞍袋里就像放在银行里一样安全。五年来，我没丢过一块钱或一匣弹药，对他们来说，弹药是比钱更珍贵的东西。

我躺在睡袋里，各路声响不绝于耳。一些人仍然在聊天。天气很冷，他们时常被冻醒，醒了就蹲在篝火旁说说话，如此能持续一整晚。营地的另一端有人轻声独自吟唱着。砂石地上的骆驼很不舒服，拖着脚慢吞吞地走两步，发出呻吟般的声音。上方的斜坡上传来豹子的咳嗽声，其他人也听见了，穆萨利姆叫道："听到没？有豹子。"我睡不着，脑子里被各种计划打算堆满了，还有回到沙漠的兴奋。阿拉伯人多么热情啊，比我认识的其他任何民族都要热情。

第二天我们还待在艾因。下午，我和苏尔坦、穆萨利姆、本·图尔基亚，以及他的儿子本·阿瑙夫一起爬上了上面的山坡。狭窄的峡谷长满树木和藤蔓，上方是一处加拉人的定居点，坐落在一块小小的平地上。一户人家住在石灰岩峭壁脚下的山洞里，山洞进深很短，地上是一层山羊粪便。我们坐在洞口和他们聊了一会儿。家里有一名半盲的老人、两个梳着鸡冠发型的十六岁少年,和一名配有剑和沉重木质标枪的强壮中年男人。中年男人坐在一张"小凳"上,那玩意儿绷着兽皮,是一面小而深的藤编盾牌。男孩为我们取来酸奶,酸奶装在一个脏兮兮的木碗里。穆萨利姆提醒我小心"宰夫尔"(*dhafar*),他说的是一种蜱虫,被这种虫子咬了会生很疼的肿块,甚至引起高烧,在这种养羊的山洞中很常见。去年有一次,为了躲雨,我不得不在这种山洞中睡了一夜,然后被咬得很惨,抓挠了好几天。

夕阳西下,是时候回去了。从山坡这里可以看到脚下的平原、萨拉拉和远处的大海。我们起身告辞时,来了一名老人。老人口齿含混地向我们问候,我们也问候了他。他缠着一条脏兮兮的短腰布,带着一根棍子——毫无疑问,他太穷了,连一把匕首都没有。灰白的毛发从胸膛上长出,怪异的发丝从瘦削的脸庞垂下,说话时,唯一的一颗牙齿摇摇欲坠。老人皱起眼睛,盯着我看了一会儿,又含混着说:"我是来看基督徒的。"苏尔坦对我说:"他是沙哈拉人。"我很好奇,从那双黯淡无光的眼中,他看到的是什么,他的先祖可是《创世记》中的人物。也许他隐约预感到了结局。下山的时候,我问同伴他是谁。"他已经疯了,"有人答道,并模仿他的口气,"我是来看基督徒的。"所有人都笑了。我倒是产生了一种奇妙的想法,也许他比他们对这一切看得更清楚,也许他看穿了我,我的出现预示着一种威胁的到来,将让他的社会和信仰土崩瓦解。即将到来的巨变给这里带来的弊端要远远大于益处。和那些阿拉伯人在一起时,我希望自己能像他们那样生活,

## 第四章 在萨拉拉的暗中准备

如今我离开了,庆幸自己的到来没有改变他们。让我自责的是,我绘制的地图将帮助那些怀着功利目的的人找到这里。他们的造访将使这里的人们日益堕落,熄灭他们那曾如火焰般照亮沙漠的精神。

我们第二天爬上基斯米姆垭口,在一处洼地扎营。卡西尔人住在这儿,他们的领地位于加拉的拜特·加坦人和拜特·萨阿德人之间,从生活方式和外貌上,卡西尔人和上述二者看不出什么区别,唯一的不同是他们说阿拉伯语。他们很快蜂拥而至,急于高价销售手中的黄油和山羊,同时打算讨些面粉回去。他们的族长是一个让人生厌的老头,他的手指因急切而颤抖,扒拉着我的物品,眼中冒出贪婪的目光,声调也变高了。我们觉得没有久留的必要,况且这里也没有水源。

南边铺满草甸的丘陵、绿色的丛林和投下暗影的峡谷之外,是贾尔比卜平原和通往另一个世界的印度洋。北边则画风突变,黑岩和黄沙构成的大地,滑向"空白之地"的深渊。沙漠向远方一口气延展开去,一千五百英里后才是大马士革周边的果园和拉姆地区红色的悬崖。我注视着它,从那里吹来的风贴身拂过。我想到了劳伦斯曾拜访过的那座叙利亚的城堡遗迹,阿拉伯人认为那是一位边境地区的王子为爱妃所造的行宫。据说建造城堡的土墙由花蜜黏合而成。劳伦斯由向导带着,穿过一个个破败不堪的房间。向导像狗一样嗅着,说:"这个是茉莉花,这个是紫罗兰,这个是玫瑰。"最后有个人叫道:"快过来闻这个最美妙的味道。"他们来到一扇窗前,干净的沙漠之风在这里鼓荡。"这个,"向导对劳伦斯说,

"是最好的。它一点味道都没有。"

欧云的水塘在格胡敦河谷前方,位于一座两百英尺高的石灰岩绝壁下。我们一大早动身,向着水塘的方向下山。水塘有一百五十码长、三十码宽,水很深,水源来自一个小泉眼。平静的绿色水面四周长着一圈灯芯草。塔姆泰姆说,水塘里住着一条大蛇,有一次趁牲口来喝水,拖走了一只山羊。

我们让骆驼喝饱了水,又灌满了自己的皮水袋。前往水塘的河道里顿时挤满了横冲直撞的骆驼,它们在卵石间小心翼翼地挑着道,嘴里也不肯放过任何经过的灌木。

很多英国人都描写过骆驼。我翻开一本书,读到那些讽刺骆驼的老套段子,意识到作者根本不了解它们。作者从未跟贝都人生活过,无法理解骆驼的价值。贝都人管骆驼叫"阿塔·阿拉赫",意思是"上帝的礼物"。它们对苦难的忍耐赢得了贝都人的心。我从未见过一个贝都人虐待骆驼,而骆驼的需求是第一位的。贝都人不仅要靠骆驼生存,他们对骆驼的喜爱也是发自内心的。我经常见到同伴爱抚并亲吻他们的骆驼,嘴里还要喃喃地说些表示喜爱的话。去年,我们经过泰里姆附近的一片农耕区时,一个村民正在鞭打他的骆驼。几名跟着我的拉希德人马上跳下来,愤怒地斥责那个人。后来我们继续前行,他们在路上再次表示了对他的鄙视。

几天后,我们一行走在沙漠上,骆驼在三十码开外,没人照看的样子。苏尔坦向另外一个阿拉伯人发出挑战,让对方把骆驼叫到他这边来。骆驼喜欢待在一起,不愿离开同伴,但那峰骆驼一听到主人的召唤,马上自己走了过来。我还记得另一峰骆驼，可以像狗一样追随主人。一整夜，那峰骆驼不时走过来，发出轻柔低沉的声音，闻一闻躺在那里的主人，然后再去吃草。同伴告诉我，除非带上一件他穿过的衣服，否则没有人能骑上他的骆驼。

在阿拉伯人眼中，骆驼无比美丽，他们看到一峰好骆驼萌生的喜悦，和某些英国人看到一匹骏马差不多。这些美妙的牲口的确蕴含着无与伦比的力量、节奏和优雅。阿拉伯人骑着良种骆驼疾行的画面令人着迷，但生活中难得一见，阿拉伯人骑骆驼时，很少超过步行的速度。

为了能像贝都人那样聪明地谈论骆驼，我试着去学他们使用的专有词语。但这些名词实在太多了，不同的部落还有不同的说法。一峰还是数峰骆驼，用词都不一样。他们还有一系列的词语去区分品种、颜色、骑乘骆驼和牧群骆驼。一峰骆驼在成年之前，每过一年都有新的称呼，同时性别不同，说法也不一样。一旦它们步入暮年，又有很多别的叫法。不能生育的母骆驼、怀孕的母骆驼、产奶期的母骆驼，都有专用的词，而且取决于它们怀孕多久、产奶多久，用的词又不同。我把这些词抄写下来，但绝大多数都记不住。

溪流汇成水塘的地方有几棵刺槐树，我们正好在树下解鞍扎营。阿拉伯人很快把皮水袋装满水，摇摇晃晃地走回来，把水袋放在树荫下。稀疏的树影中，颤动的皮水袋像一条条臃肿的巨型鼻涕虫，有点奇特，又有点可憎。在和贝都人的旅行中，我学会了使用他们的东西。这使我确信，外界的那些发明，无论看上去多么先进，并不适合贝都人。阿拉伯人了解他们的装备，而这些装备也经过了时间的证明。在不盛水的时候，羊皮水袋可以轻易地卷起来，易于携带且毫无分量。如果皮水袋开始渗水，抹上一层黄油就好了；如果漏了，就堵上些荆棘或碎木头，然后用布包上。这些方法看上去不太靠谱，实际上很管用。皮水袋里的水会沾染些羊膻味，但沙漠里干净的水只存在于梦中。其他的皮革袋可以装面粉、大米和椰枣，挂在鞍上可以平衡另一侧水的重量。黄油一般储存在近十八英寸长的蜥蜴皮口袋里。

穆萨利姆沿着悬崖打猎去了。太阳落山前，他拎回了一只羱羊，扔在篝火旁。这只公羊已经很老了，吃起来就像闻起来那么糟，但好歹是肉。穆萨利姆把一部分羊肉平分给了每个小组，然后不知疲倦地帮年少的本·阿瑙夫烹饪剩下的部分。他把蒸好的米饭堆在一只托盘上，托盘上的碗里盛着油腻腻的肉汁。苏尔坦把熟肉分成七等份，塔姆泰姆取来七根树枝，然后根据我们的特点为七根树枝起了名字。穆萨利姆背过身，边把一根树枝放到一坨肉上边说："这份给最出色的人。"本·图尔基亚得到了它。"这份给最差劲的人。"穆萨利姆又放好一根树枝，把这份食物给了马卜克豪特。这么说并不公平。"这份给从不早起的那个人。"显然是我的，情况属实，大家都笑了。不过，大家听了穆萨利姆下面的话笑得更厉害了："这份给搞定了姑娘的那个人。"塔姆泰姆拿起了这份摆在面前的肉。本·阿瑙夫朝老头笑，说："没错，叔叔，您明年又要添儿子了。"穆萨利姆继续分肉，直到每个人都分到。

## 第四章 在萨拉拉的暗中准备

如果肉没有等分，麻烦就来了。有人会马上说他的肉分多了，然后尽力把一块肉塞给其他的人。然后，其他人也立即"以安拉的名义发誓"自己的肉分多了，并为此争执起来，最终形成一种僵持不下的局面。唯一的解决方案是抓阄——他们真该一开始就这么干。我从未听到有人抱怨说自己的肉少了，贝都人会小心地不让自己显得贪婪，大家对贪婪的表现也十分敏感。我知道一个故事，一名穷困的贝都少年跟他的母亲说，他喜欢在没有月光的夜晚进餐，那样就没人知道他分到多少食物了。他的母亲告诉他："和他们一起坐在黑暗中的时候，你可以用刀背切一根绳子，假装在吃东西。"少年当晚便按照母亲教的做。那天没有月亮，四周一片漆黑，但当他拿起刀的时候，十几个声音一起叫道："你把刀拿反了！"

我们围着米饭蹲好，穆萨利姆往上面浇了些肉汁。每个人面前放着自己的那份肉，然后轮流用手抓饭吃。吃饭的时候，先用手掌把米饭捏成一个小球，然后用拇指和食指送到嘴里。阿拉伯人只用右手吃饭，左手是上完厕所洗屁股用的，被认为是不洁之物，不能触碰食物。就算是用左手给予或接过东西，也被认为是不礼貌的。

吃完饭大家就围坐在一起聊天。聊天是贝都人最喜欢的消遣，他们对此抱有极高的热情，就算一个人在数个月中对着同样一拨人，把同一个故事讲上好几遍，其他人还是津津有味地听着。他们认为沉默简直不能忍受。然而，那天晚上当有人开始背诵诗句时，营地就变得一派静寂，只剩下捣碎"萨夫"（saf）树叶的声音。这些树叶是之前在溪边收集的，捣碎后可以编成绳子。他们一个人接一个人地围拢过来，维护着此刻的静默，只有在每首诗的最后一句，才跟着重复一遍。

被感动的时候，阿拉伯人经常出口成诗。我曾听到一个少年用诗一样的语言描述刚找到的牧草，而他只是用一种很自然的方式表达情感。令人奇怪的是，他们对语言的美如此敏感，却对自然之美视而不见。沙漠的颜色、一次落日、海面上浮现的月亮倒影，这些都无法触动他们。他们甚至意识不到那是美的。去年，当我们从穆格欣返回，走出荒凉的沙漠来到加拉地带的山巅，再次看到绿意盎然的草木和漂亮的群山，我转过身对旁边的一个人说："太美了，对吗？"他向前看了又看，不明白我指的是什么，说："不对，这里的草场糟透了。"他们在哈德拉毛的亲戚曾经使用一种造型独特的建筑，简洁和谐，非常漂亮。但现在全完了，阿拉伯人已经被坏品味洗了脑。在现代阿拉伯建筑师的规划下，古老的城池中矗立起一座座丑陋的新式建筑。我的同伴却被它们震惊了，他们对我说："老天啊，多么伟大的建筑啊！"反驳他们是没用的。

我们沿着格胡敦河谷慢慢向北行进。格胡敦等五条发源于海岸山脉的河流在乌姆海特汇聚成一条大河，可惜河水早干了，只剩下五条干枯的河床和一个旱谷。作为石灰岩高原上的一道刻痕，格胡敦一出高原便急转直下，成为比沙漠还低两百英尺的峡谷。峡谷越走越深，最深处达到四百英尺，跨度也有几百码。从两侧山崖上跌落的巨大岩石，让我们不得不在河床上行走。被水打磨光洁的卵石杂乱地撒在地

## 第四章 在萨拉拉的暗中准备

上,让骆驼举步维艰。绿植很少,零星点缀在悬崖下的碎石间:刺山柑、洋槐、多种豆科植物,还有一小丛属于棕榈科的植物萨夫。有时,我会和穆萨利姆一起爬上悬崖找羱羊,站在高处,视野远及几英里之外,能看到燧石平原(flinty plain)向沙漠腹地缓缓下沉。绿色的痕迹更少了,砂砾中只有几丛干枯的刺槐。

我们路过了两三个拜特·卡西尔家庭。他们没有帐篷,住在树下或石头搭成的避风所里。只有住在"空白之地"的阿拉伯人才用帐篷。在薄沙上的两棵树下,我们和马卜克豪特一家共处了一晚。他的老婆和两个儿子在一起,两个孩子明眸皓目,都留着长发,年长的那个大概十二岁。马卜克豪特的表弟和他住在一起,这个年轻人两个月前被蛇咬了,腿肿得很厉害,脓液顺着脚趾流出来。我替他清洁了伤口,另外给了他点药。马卜克豪特宰了一只羊,由他的老婆做给我们吃。她是名中年妇女,非常瘦,干活儿的时候会咳嗽起来,整个身体都摇晃着。女人裹着一件深蓝色的衣服,是当地妇女的穿法,不过没戴面纱。马卜克豪特有五峰骆驼和大约三十只山羊,这些贝都人从不养其他动物,鸡狗都没有。加拉人养牛,但不住在沙漠里。马纳希勒人养绵羊,拉希德人和拜特·卡西尔人则不会。

我身边的沙地上摆着他们的全部家当——几个罐子、一只用来喝水的碗、几只皮水袋、一只装了一半面粉的皮口袋、堆在一件破衣服上的沙丁鱼、一条旧毛毯、几块夜里当被子的碎布。另外,还有两个骆驼鞍子、一个用来取水的皮桶和一卷绳子。表弟佩着匕首，两膝间夹着一支老式的单发0.45英寸口径步枪，腰里别着十一发子弹。马卜克豪特说，那支枪原本是他的。他现在的配枪是我带来的十二支军用步枪之一。

我们第二天到了马·沙迪德之井，距我们从欧云出发已经过去了两天。井是一个天然形成的石灰岩深洞，水在井底，阿拉伯人说水位在地表下四十五英尺深。他们顺着绳子爬下去，经过了七层岩石才到达井底。一片漆黑中，井水只到膝盖。据说这些水来自欧云，一名妇女曾在这里找到了在欧云遗失的一把木梳。

介于阿曼和哈德拉毛之间的南部沙漠几乎没有水。在这片面积和一个英国郡（county）差不多的大地上，水井屈指可数，其中一些仅够几十峰骆驼的饮水。就是这点水，养活了这里的人和他们的牲畜。无论是在凉爽的冬季，还是阴凉里也有一百一十五甚至一百二十华氏度[1]的夏季——这里的夏季，一片阴凉也是难寻的。但这片土地并不是空白——我倒希望是，每天晚上都要接待不请自来的客人，有时是十几个，有时更多，他们的出现让口袋里的面粉日渐稀少。

我们骑行过忧郁的大地。脚下岩石的碎屑因年代久远呈现出深褐色，就像是从海底冒出的那一刻起，便轮番被太阳和狂风摧残。没有人能想到，这片苍黄大地曾是鲜花和庄稼满地的乐土。现在大地死了，我们四周正是它裸露的遗骸，任风沙在耀目的天空下侵蚀。

---

[1] 华氏度是英美制温度计量单位，115~120华氏度约合46~49摄氏度。

## 第四章 在萨拉拉的暗中准备

阿拉伯人谈到了死亡。他们指着一片低矮的山脊，说出了几个名字。这些人死于最近的一场劫掠，山脊处就是战场。我想象着那一幕：鲜血溅到地面上，石头的颜色马上变得更深了。我们四周是高地上的先人坟茔，由于年代久远，坟茔就像和沙漠长在了一起，只有它们的外形告诉世人其出自人类之手。其中一些竖着类似于我在达纳基尔人那里见过的石板，目的是吓退鬣狗，以防它们刨出地下的尸体。另外一些墓碑散布在山坡上的小道或浅河道两侧，上面纪念的人已经去世很久了。

我打算去看看右边两百码处的墓碑，但苏尔坦说："不用那么麻烦，过了那道山脊还有好多。来吧，我指给你看。"他用手杖轻敲骆驼的脖子，让它掉转方向。我们俩爬上了山脊，前方是一小块平原，平原四周是掉落石屑的灰色悬崖，只有几英尺高，向下延伸至我们右侧主山谷的一条支流。一条多石的河道被一种叫"哈尔马勒"（*harmal*）的灌木占领，它们的叶片有着月桂树一样的光泽，但只有十八英寸么高。此外没有任何生命的迹象。墓碑沿着河道排成一列，如果把沙砾地面看作草坪，它们就是上面的花坛。若干墓碑组成一个石阵，数量从三到十五不等，每座墓碑由三块两英尺高的石板搭就，竖立的石板倚靠在一起，形成一个三角形。少数墓碑还有盖在上面的第四块石头，通常是圆形。墓碑与墓碑之间相隔一码线性排布，每组墓碑外还环绕着一圈椭圆形的小石子，再外侧三码远的地方，平行排列着一系列小石头堆成的火炉。我见过贝都人用类似的石堆烤肉吃，使用之前先用火加热。还有一些石头单独成列，或许是做凳子用。石阵附近是坟堆，有些直径达到十二英尺长。坟堆周围嵌着一圈大石头，缝隙中填充着卵石。

在佐法尔山脉的北坡，这样的石阵有很多。再向东或者向西去，这种景象就很少见了。最西在萨尔人的领地我见过一些，胡穆姆人的领地中靠近盖勒·巴·亚明的地方也有少量。我还在阿曼的安达姆河谷看到过一组。组成石阵的墓碑数量各有不同，最常见的是五座一组。墓碑的数量还是有规矩的：三、五、七、九、十二、十五，只有一次看到过二十五。这种墓群总是沿着河道或者小径分布，此外并无规律可循。少数墓碑上还刻有一种叫作塔穆迪克语的铭文，这种文字多出现在阿拉伯半岛的北方和腹地，可以追溯至前伊斯兰时代。

伯特伦·托马斯认为这些石阵就是墓碑，但我常在一些坚硬的岩石上发现它们。它们或许带有纪念的性质，就像在阿比西尼亚的达纳基尔沙漠路旁见到的纪念碑。在我看来，搭建石阵的人很可能把逝者葬在了附近的山顶上。高原上的拜特·卡西尔人至今很少挖建墓穴，他们把死者的尸体对着一块岩石筑墙围住，或是塞进崖壁中的石头缝。无论人们出于何种意图，这些天然石堆是阿拉伯半岛上的先民少有的遗物之一。对于那些生前从不在意物质生活的逝者，这也许是最好的纪念。

我游走在这些遗迹中，拍照片，寻找铭文。两峰骆驼卧下休息，苏尔坦坐在旁边的一块大石头上等我。终于，他喊道："快点，乌姆巴拉克。"他们现在这样叫我。"骑上骆驼，我们

## 第四章 在萨拉拉的暗中准备

和其他人会合。这里不是耽搁的地方,希苏尔就在不远,那儿经常有强盗。快点吧,这些东西不值钱,不过是前人留下的一堆破石头。快点吧,上骆驼,我们走。"

我们上了骆驼,远远地跟在大部队后面。他们在几英里之外,看上去像一群黑点,以难以察觉的速度穿越阿拉伯半岛。"他们可以就这么走下去,一直到叙利亚或者外约旦[1],在这一路上,很可能一个村庄甚至一棵棕榈树都看不到。要知道,从这里到大马士革,和从印度最南端到喜马拉雅山一样远。"我无所事事地瞎想,阿拉伯半岛有多少阿拉伯人呢?在六百万至七百万之间吧,这也是公认的数字,其中只有四分之一是贝都人。只有他们能在沙漠中生存,虽然只是在阿拉伯半岛沙漠中很小的一部分。其余的阿拉伯人居住在能够农耕的地区。除了一些生活在大城市里的奴隶和下层人,所有的阿拉伯人都来自部落。他们中的大部分住在也门,也门曾被罗马人称为"福地阿拉伯",是阿拉伯半岛上土地最肥沃的一角,很可能也是闪米特族的发源地。闪米特族分成了两个大的支系,一支叫"阿拉伯阿拉巴",意为"纯种阿拉伯人",他们自称是卡坦或约坍的后代,发源于也门;另一支叫"阿拉伯穆斯塔拉巴",意为"被同化的阿拉伯人",他们被认为是以实玛利之子阿德南的后代,发源于阿拉伯半岛北部。欧洲的学者已经证实确有这两个种族存在,都是阿拉伯半岛上的先民,分别是圆脑袋的南方人和长脑袋的北方人。由于被

---

[1] 约旦河东岸地区的旧称。

沙漠和大海阻隔，阿拉伯半岛的居民一直保持着纯正的血统。附近的埃及、叙利亚、伊拉克，历史上被侵略者和移民长驱直入，但从未有记载曾有移民进入阿拉伯半岛。阿比西尼亚人、波斯人、埃及人和突厥人先后在也门、阿曼、汉志强行实施过他们的严法，就连内志地区都没放过。他们曾控制了几座大城市，间或发动对当地部落的战争，只是输多赢少。他们的雇佣兵在驻防的城镇与当地人结合，却从未能将他们的血液混进部落。世界上没有人像阿拉伯人那样重视家族谱系，所以也没有人能像他们那样维持血统的纯正。当然，在以海港为首的城镇中是有混血的，但那只是沙漠边缘泛起的"脏沫"罢了。

随着旅途进展，我领悟到，阿拉伯半岛的沙漠是世界上变数最少的地方。如我同伴这样的闪米特牧民在此放牧的时候，一定比金字塔还早，那时候大洪水还没抹去幼发拉底河河谷中人类的所有踪迹。沙漠边缘的文明起起落落：麦因人、塞伯伊人、半岛南部的希木叶尔人；法老掌权下的埃及；苏美尔、巴比伦、亚述文明；希伯来、腓尼基文明；希腊和罗马文明；波斯文明；阿拉伯的穆斯林帝国，以及最后的突厥人。他们曾经兴盛一时，几百年或者上千年，终难逃消失的命运。新的族群盛衰有时，宗教信仰因时而变，人们不断改变着自己，以适应变化中的世界。沙漠中的游牧者经过了如此漫长的时间，生活方式却从未改变。

就在近四十年，还不足以覆盖一个人一生的时间里，一切都变了，他们的世界土崩瓦解。从前，内志和叙利亚沙漠中庞大的贝都部落控制着阿拉伯半岛的中部和北部。往来于绿洲、村庄、城镇的所有商旅，只要想在阿拉伯半岛行旅，都必须经过贝都人控制的沙漠。他们向旅者收取过路费，肆意掠夺他们；敲诈勒索村民和耕者，以及更弱小的沙漠部落。贝都强盗像横扫欧洲海岸的北欧人那样，只要回到沙漠，无论是罗马军团还是突厥雇佣军，都对其无可奈何。

贝都人的优越感不光来自血统纯正，还有杰出的品格。他们视自由比安逸舒适更重要，不在意吃苦并以此为豪。贝都人还强迫村庄和城镇居民认同这种理念，遭到被强迫者的憎恶和鄙视。这种鄙视的含义是复杂的，在汉志，我和吃饱喝足的当地人围坐在煮咖啡的炉灶旁，听到他们贬低贝都人，说他们是没有开化、毫无法纪的野蛮人，一群既不祈祷也不斋戒的异教徒。他们嘲笑贝都人的贫穷，同时对他们能忍受沙漠生活表示惊叹。然后自然而然地，他们谈到贝都人的勇气和极度慷慨，他们说了几个故事，大部分都难以置信，但他们发誓是真的。最后，他们开始背诵关于巴尼·希拉勒人的长诗。我边听边想，刚才被他们贬低的那些破衣烂衫的饿汉，其实已经成为某种历史上的传奇英雄。

贝都人从未怀疑过自己的优越性。穆泰尔或阿季曼这样的部落至今也不会认为，哪怕阿拉伯半岛的王，从他们那里娶走姑娘，将是这个人的荣耀。我记得问过一些到过利雅得[1]的拉希德人，应该如何称呼国王。他们对这个问题很诧异："我

---

[1] 沙特阿拉伯首都和第一大城市。

们叫他的名字阿卜杜勒·阿齐兹啊,还能叫他什么?"我说:"我本来觉得你们可能会称他为'陛下'。""我们是贝都人。我们头上没有国王,只有神明。"

第一次世界大战后,汽车、飞机和无线电的发明,使政府第一次拥有比贝都人更强的机动性。沙漠不再是抢匪的庇护所,而成了无处可藏的大平地。一个奇怪的巧合是,大约在同一时期,叙利亚沙漠中的贝都人被现代武器征服,阿拉伯历史上最强大的国王将统治半岛中部。在阿卜杜勒·阿齐兹·伊本·沙特为他的王国引进第一辆汽车或飞机之前,他已经让半岛上最强大的部落归顺。通常这种高压下的和平将随着国王的逝去而告终,然后沙漠再次回到贝都人喜欢的无政府状态。但我知道,那些现代发明将帮助国王把他的权力传给继任者。沙漠从来没有像现在这样和平过,从约旦山谷到"空白之地"的北缘,劫掠和部落战争已经少了很多。只有在这沙漠天堑的腹地,还保留着最后的古老生活方式,北方已经开始了翻天覆地的变化。

贝都人的社会是部落式的。每个人都属于某个部落,同一部落中的人或多或少都是亲戚,他们都有共同的祖先。这种关系越紧密,一个人对他的部落越忠诚。除了一些极端情况,这种忠诚将凌驾于个人喜好之上。需要的时候,人们将本能地支持他的族人,反之亦然。对于个体而言,游离于这个体系之外,意味着毫无安全保障。因此,在这可能是世界上最具个人主义的族群中,基于共识的部落法得以实行。如果有人胆敢违抗部落的旨意,将面临被驱逐的命运。奇怪的是,部落法只能在无政府状态下运转，一旦和平降临沙漠，这种法律体系将瞬时失效，因为如果有人不满判罚，在和平时期，他可以选择拒不服从，即使不得不离开部落，单独生活也没什么问题。部落中从来就不存在能执行判决的绝对权威。

在强加的和平和外部势力的干涉下，阿拉伯半岛的北部和中部再无战事，部落生活的结构正在瓦解，贝都人赖以生存的经济系统也宣告崩塌。他们不再难以接近，无法向政府勒索补偿金以换取和平，也无法向行旅者征收过路费，或是要求村民和耕者进贡。牲口因病死掉的人，再也不能借一峰骆驼，加入某个抢劫团伙攫取财富。现代交通工具的引入是最致命的，城镇人和村民再也不需要贝都人的骆驼。卖骆驼曾是贝都人主要的谋生手段之一，尤其是那些良种，曾让阿拉伯权贵和富商一掷千金。还有一些部落靠当沙漠脚夫过日子，就算专职的运输队代替了贝都人，他们一样可以卖骆驼，顺带敲诈一笔过路费。

贝都人得到一笔钱，首先会分给家里人和部落。比如，我的同伴就把工钱和其他人分了，即使那些人并没有出力。他们经常要求预支工钱，理由是有人找他们借钱，他们有钱不借的话不合适。

波斯湾的石油为阿拉伯半岛带来了巨额财富。加上战争的爆发，物价开始飞涨。沙漠中的贝都人维持生活所需很少，他们的牲口足以提供饮食，但有些必需品是无法自给自足的。他们需要布料、烹饪的锅具、刀、弹药，偶尔还需要椰枣和粮食，或是一点"奢侈品"——一把咖啡豆或者几张烟叶。

为了买到这些东西，他们去村镇中的市场上出售骆驼、山羊、黄油、皮水袋、毛毯、驼鞍袋。当市场上的东西越来越贵，只靠以物换物负担不起的时候，沙漠生活将因缺少这些数量很少的必需品变得难以为继。何况他们生产的这些东西已经没人再需要了。

贝都人爱钱，就算摸一下也很高兴。关于钱的对话永无休止，他们会一连好几天讨论一块头巾或一条弹药带值多少钱。为了消磨路上的时光，有人会"拍卖"他的骆驼，其他人都知道他无意出售，但纷纷加入这场游戏，吵吵闹闹地竞拍几个小时。他们做着发现被埋藏的宝藏的美梦，在路上时经常向我保证，这儿或者那儿能找到"扎哈卜"（金子），就埋在那些巨大的沙丘或岩石下，也有可能在一处流沙地的中心。在哈拜鲁特附近的迪芬河谷，他们把石灰岩悬崖上二十英尺高处的一条隧道指给我看，隧道很高，想进入的话只能从上方吊绳子下去。隧道口大概有两英尺宽、四英尺高，被一团黏土塞住。最近，一些阿拉伯人试图把黏土移走，因为里面藏着先祖留下的财宝。据说，他们沿着蜿蜒的隧道推进了二十英尺，在挖通前放弃了。悬崖脚下留下了很大一堆挖出的泥土。有时，我对他们的爱钱如命实在看厌了，嘲讽他们的贪婪，他们会回答："你有好多钱，当然觉得无所谓，但对我们来说，几个里亚尔就能决定是吃饱还是饿肚子。"

油田的发现让贝都人终于得到了梦想中的财富。只需坐在阴凉里当个看守，或是做些简单的工作，就能挣很多钱。无论什么工作，都比在盛夏用一口快干了的井喂那些渴疯的骆驼轻松得多。上好的食物、用不完的净水、长时间的睡眠,这些他们从未享受过,而现在,除此之外他们还能获得额外的报酬。很多人还是回到了沙漠,因为对自由的向往和不安分已经融入血液。但在沙漠中生存越来越难了,而且很快,沙漠生活将无法继续下去。

相比北方,南方的贝都人还未受到经济变革的影响,但他们不可能长久置身事外。在我眼里,这是一个他们无法掌控的悲剧,贝都人将变成过着寄生生活的无产者,在苍蝇乱飞、肮脏简陋的贫民窟,聚集于油田周围,残喘于这片世界上最贫瘠的土地。阿拉伯人最优秀的品质都来自沙漠:对宗教的天然亲近,让他们皈依了伊斯兰教;对友谊的尊重,让他们紧密地团结在一起;他们对自身种族的骄傲;他们的慷慨好客;他们生而为人的尊严,并将这种尊严推己及人;他们的幽默感、勇气和耐心;以及他们的语言和对诗篇的热爱。阿拉伯人在极为艰苦的生存条件下发展出了这些美德,也将因条件的改善迅速失去它们。劳伦斯曾把这种游牧生活描述为"一种让闪米特人保持活力的循环"。他还写道:"几乎没有一支闪米特人的祖先未曾经历过穿越沙漠的黑暗日子。游牧在他们每个人身上都留下了痕迹——一种牢固又苛刻的社会法则。"

苏尔坦不停地催我追上其他人,我知道他想聊天了,而我现在又不想说话。我在思考阿拉伯地区对世界的影响。对我来说很重要的一点是,也门的文化更悠久,人口也远远超过沙漠阿拉伯人,但阿拉伯种族受沙漠阿拉伯人的影响更大。

是城镇人和村民接受了来自沙漠的习俗和标准，而不是相反，然后这些习俗和标准被阿拉伯军队带到了北非和中东，同时随伊斯兰教传播到了世界上的大部分地区。也门文明在穆罕默德之前就衰败了，所以南方方言被北方方言取代，北方方言成为阿拉伯语的标准。伊斯兰教的建立进一步削弱了南方的影响力，阿拉伯半岛的权力中心北移到了麦加。北方阿拉伯人没有任何历史文化传统，用三块石头搭成一口能够放锅的灶台，可能是大部分人唯一掌握的建筑技能。他们住在沙漠的黑色帐篷里，如果有房间的话，里面也不会像城镇人那样摆设任何家具。他们毫无品味可言，也从无对精致生活的追求。大部分人只需要几件生活的必需品、足够活命的食物和水、能够遮盖身体的衣物、可以遮阳挡风的住所、武器、几个罐子、毛毯、皮水袋和驼鞍。一种和雅致毫不相关，只产生了许多高尚品质的生活。

　　沙漠阿拉伯人贪财、喜欢劫掠，是天生的强盗，瞧不起所有外来者，无法忍受任何约束。7世纪时，阿拉伯人第一次联合起来，以伊斯兰教的名义横扫了整个阿拉伯半岛，并向外征服了罗马帝国最富有的省份和整个波斯帝国。公元636年的耶尔穆克河之战决定了叙利亚的命运，一个多世纪后，从比利牛斯山脉和大西洋沿岸，到印度河与中国边境，都在阿拉伯人的统治之下，他们建立了一个比罗马帝国更广阔的帝国。以对劫掠的渴望为动力，因一种新的信仰团结在一起，阿拉伯人走出了沙漠。如果最后证明他们像匈奴王阿提拉和成吉思汗的部落那样也不足为怪，因为这些民族都曾

## 第四章 在萨拉拉的暗中准备

以摧枯拉朽之力横扫世界。堪称奇迹的是，阿拉伯人创造了一种新的文明，把地中海和波斯两种截然不同的文明连接在一起。阿拉伯语，一种阿拉伯半岛沙漠中游牧部落的方言，很快成为从波斯到比利牛斯山脉的交流方式，最终代替了希腊语和拉丁语，成为世界上最重要的语言之一。当伊斯兰的信仰和阿拉伯语传遍帝国，征服者和被征服者之间的差别消失了，他们一同成为穆斯林同胞。穆斯林文明深受希腊影响，阿拉伯人把所有能找到的希腊著作都翻译成阿拉伯语。当这种文明不断从外界吸收养分时，又没有仅停留在模仿的阶段，而是在建筑、文学、哲学、历史、数学、天文学、物理、化学和医药等多方面，为世界文明贡献了它的智慧。在这个庞大的社会中，伟大的智者很少有阿拉伯人，有些甚至不是穆斯林，而是犹太人或者基督徒，不过正是阿拉伯人的统治，让他们的才能得以发挥。阿拉伯人也是这种文明的创造者，没有他们，世间就没有阿尔罕布拉宫和泰姬陵。

如今有六千万人将阿拉伯语作为母语，其中大多数认为自己是阿拉伯人，但真正拥有阿拉伯血统的很少。七分之一的人类皈依了伊斯兰教。穆罕默德于7世纪在阿拉伯半岛建立了这种宗教，该宗教不仅规定了穆斯林的信仰和宗教教规，而且规定了穆斯林社会的结构，甚至一个穆斯林生活的各个方面，比如行完房事后应该如何净身。伊斯兰信徒接受的这些风俗习惯都来自阿拉伯半岛，对此我深有体会，当我和穆斯林在一起时，无论是在尼日利亚还是亚洲，都能从他们的生活习惯中发现极为熟悉的部分。不妨想象一下，如果现代文明像巴比伦文明或者亚述文明那样消失了，历史教科书上谈到这两千年，可能会用几页篇幅写写阿拉伯，而对美国根本提都不提。

我们赶上同伴的时候，他们正在一小块干硬的沙地上卸骆驼。穿过满是燧石的平原时，他们老远就发现这里长着一些淡灰色的草，这使这片山谷和其他山谷看起来不一样，于是决定停下来。幸运的是，几年前有骆驼在这里吃过草，留下的粪便几乎变成白色，还可以当作燃料。可惜还不够做饭的。

晚上，当我躺进温暖的睡袋时，我的同伴在寒冷的北风下瑟瑟发抖。他们是贝都人，这片既无阴凉又无处庇护的荒蛮之地是他们的家园。他们其实可以去萨拉拉当个花匠，但所有人都对那种不够"体面"的简单生活不屑一顾。贝都人中，只有弱者才不得不陷于沙漠海岸的农耕生活中。

第五章

向"空白之地"前进

> 拉希德人在希苏尔的水井与我们会合,然后我们一道去了靠近"空白之地"的穆格欣。一场意外让我身边只剩下两名拉希德人。

著名的希苏尔是中部草原唯一一处常年有水的水井。岩石高地上简陋的石头城堡遗址成为水井位置的地标,我们要在这里补充水源。希苏尔是抢匪必经的水源地,见证过不少残酷的争斗。岩石高地的底部有一个大洞,洞底就是能涌出涓涓细流的深沟。想取水必须沿着一条窄道走下去,两旁是岩壁和三十英尺高的沙坡,把洞淹了一半。我们到达时,水井已经被流沙覆盖,需要被重新挖出来。我本想帮忙,但其他人说我块头太大,干不了。两个小时后,里面喊可以了,叫我们把骆驼牵来。他们挨个儿从黑暗深处爬上来,水珠沿着身体滑落,打湿的腰布贴在瘦削的四肢上,掺着厚厚一层沙子的头发垂在憔悴的面庞前,沉重的皮水袋在肩膀上摇摇晃晃。把皮水袋放在地上后,他们一边唱着古老的饮水歌,一边把水挤到喂骆驼的皮水桶里。骆驼已经蜂拥而来,它们的粪便像雨点一般落在地上,然后顺着坡滚到水里,同时落入水中的还有一块块因尿液结成块的沙子,本来就苦涩的水变得更加腥臊。每峰骆驼喝完水就被安置在一旁,时不时地,它们会挣起身想走一走,主人就得跑过碎石河床去找它们,喊着它们的名字:"快乐""雨""瞪羚""小黄"……还有一些别的名字,在战斗中可能就是他的口号。

突然,山坡上的哨兵发出了警报。我们攥紧了手中的枪,在水井附近找到合适的位置做好准备。骆驼已经被迅速转移到了高地后面。我们看到远方一队人马向我们走过来,在这里,亮明身份之前,所有人都被默认为敌人。我们朝他们前方开了两枪,他们继续往前走,挥舞着头巾,同时有个人跳下骆驼,抓了一把沙子向天空撒去。这下我们放心了。当他们靠近时,我的同伴说:"他们是拉希德人,我看见本·舒阿斯的骆驼了。"贝都人分辨远处骆驼的能力比分辨人强得多。每当遇到陌生人,他们能立刻根据对方身上的众多特征说出他来自哪个部落。他的子弹带是紧紧地系在腰前还是挎在腰间,头巾裹在头上的松紧度如何,他衣服上的针脚,腰布的折印,枪套或驼鞍袋的样式,毛毯是怎么收的,甚至他走路的姿势,都会泄露他的身份。最重要的是通过一个人的口音判断他所属的部落。

对方越走越近。拜特·卡西尔人认出了他们。"那个是本·舒阿斯。""那个是马赫辛。""那个是奥夫。""那个是本·卡比纳和艾马伊尔,还有萨阿德和本·毛特劳格。"他们都是拉希德人,共有七个。我们排成一队迎接他们,他们在三十码外停下,用棍子轻敲了几下骆驼脖子,骆驼乖乖蹲下,他们下了骆驼,朝我们走过来。本·舒阿斯和本·毛特劳格仅仅裹了腰布,其他人戴头巾,穿着深浅不一的棕色长衫。我认出本·卡比纳身上那件破布似的衣服还是我们在哈德拉毛分别时,我送给他的。只有他没有武器,枪和匕首都没有,其他人把枪扛在肩膀上。本·舒阿斯和奥夫把枪卷在一块未加工的兽皮里,旁边装饰着流苏。在几码开外,我认出了跛腿的马赫辛,他喊道:"愿真主保佑你们。"我们一起回答:"也愿真主保佑你们。"然后他们一个接一个和我们行礼,礼节是相互碰三下鼻子,先碰右边,再碰左边,然后再碰右边。行完礼,他们也面冲我们站成一队。塔姆泰姆对我说:"问一下他们有什么新消息。"我答:"你来问吧,你是最年长的。"于是塔姆泰姆向他们喊道:"有什么新消息吗?"马赫辛回答:"都是好消息。"塔姆泰姆又问:"有人死了吗?有人去世了吗?"对方马上说:"没有!别提这种事。"这种问答总是一成不变,像回应连祷文(Litany)那样。无论实情如何,答案总是一样的。也许他们和抢匪打了一仗;也许他们死了一半的人,尸首还没来得及掩埋;也许他们的骆驼被抢走了;也许发生了饥荒、干旱,疾病流行,但最初礼节性的回答总是"都是好消息"。他们回到骆驼身边,把行李卸下,然后解开了骆驼前腿的绑带。骆驼暂时解放了。我们已经为他们铺了毛毯,塔姆泰姆让本·阿瑙夫去准备咖啡。一切准备停当，穆萨利姆把一盘椰枣摆在他们面前，然后站着为每个人倒咖啡，按照身份顺序从马赫辛开始，一次次把咖啡递过去。客人喝着咖啡，吃着椰枣，然后杯中的咖啡又被斟满。最后，我们终于能听到真正的消息了。

他们矮小瘦削，没有人超过五英尺六英寸。沙漠摧残了他们的身体，只留下生存所需的最低限度的骨肉皮肤。他们坐在我们面前，动作显得很拘谨，说话很轻也很慢，试图在陌生人面前保持尊严。只有那些闪烁着的黑眼睛左顾右盼，不放过任何细微之处。马赫辛坐在地上，那条跛腿僵硬地伸在面前。他是个中年人，身体结实，有一张方脸，薄薄的嘴唇紧闭，嘴角和鼻子边上都是深深的皱纹。两年前他受了伤，受伤前他一直是远近闻名的抢匪，亲手杀过很多人，据说他拥有很多骆驼。最让我感兴趣的还是穆罕默德·奥夫，去年和拉希德人在一起时，就常听他们提起他。他的兄弟被萨尔人杀死后，生性快活的他再也没缓过来。他长着一副漂亮的面孔。皮肤和肌肉紧绷在粗壮的骨架上，两只大眼睛分得很开，怪异地生有金色的斑点。他长而卷曲的头发散在肩膀上，鼻子短但挺直，下面是一张大嘴，嘴唇上有窄窄一条小胡子，另外有几缕胡须从中间微凹的下巴上长出来。我觉得他大概有三十五岁。他的张弛有度、自信和智识给我留下了深刻的印象。本·卡比纳问我："你还好吗，乌姆巴拉克？你和我们分开以后都去哪儿了？"他看上去很憔悴，比我们在泰里姆分开时长高了一点。我很高兴能再次见到他，我们俩在一起的时候，我对他产生了深厚的感情。我知道了些消息。达赫姆人袭击了马纳希勒人，马纳希勒人在本·杜艾兰——他有个外号叫"猫"——的带领下，带着很多骆驼离开了亚姆。萨尔人袭击了达瓦西尔人。他们告诉我都有谁被杀了，有谁受了伤。两个月前，草原上下了一场大雨，但并没有缓解吉扎河持续七年的干旱。我问本·凯马姆在哪儿。他们说他去也门和达赫姆人讲和去了，另外两名我曾想让艾马伊尔找来的拉希德人远在"空白之地"。我又问了其他拉希德人的近况，他们也反过来问我去了哪里，我的"部落"在我不在的这段时间发生什么事没有。我们聊了一会儿就散了。

当其他人给骆驼喂完水，开始往皮水袋里灌水时，我和本·卡比纳爬上了水井上方的废弃堡垒，面前是空旷的、泛着白光的大地。本·卡比纳问我的计划，我说打算穿越"空白之地"。我让他一定保密，因为这个想法我从未告诉过别人。他说："拜特·卡西尔人搞不定'空白之地'，但拉希德人可以跟我们一起走。好消息是，穆罕默德·奥夫在这里，他是部落里最好的向导，而且他了解'空白之地'以东的地方。"我问他穆罕默德的外号为什么是奥夫，阿拉伯语中那可是"坏人"的意思，他说："因为他不是坏人。"我又问："你看上去又瘦又疲惫，你生病了？""你走以后我差点死了，三个月前接受割礼后，我一直流血不止。后来血不流了，他们以为我已经死了。行割礼的人加我一共八个，执行割礼的人是来自基德尤特山谷的一名拜特·克哈瓦尔人族长。我们中有一个马纳希勒人，他已经很成熟了，还长了胡子，其他人都是拜特·克哈瓦尔人,他们都比我年长。行割礼前,家里人在我们身上抹了黄油和藏红花,看上去油光光的。我们轮流坐在一块岩石上接受割礼,周围有很多人,所有人都过来看。"

我问他害不害怕,他说:"当然害怕,所有人都知道会非常疼,每个人都害怕,只是嘴硬不承认。我最怕自己到时候怯场。我年纪最小,第一个做。长者用一根细绳紧紧地把我的包皮系住,直到那小段皮肤坏死。简直疼死了!他手里的刀已经钝了,不知割了多少下,当包皮被割掉的时候,对我来说是一种解脱。我们中有一个当时就昏过去了。"

我打断他,问他会不会在伤口上敷东西。"嗯,一种混合了盐、灰和化成干粉的骆驼粪的东西,抹上去像被火灼烧一样。"他继续回忆,"割礼在晚上进行,夜里我开始流血了。我醒过来,觉得大腿上热乎乎、湿答答的。躺着的那张羊皮全部被血浸湿了。周围一片漆黑,在妈妈点起篝火前什么都看不见。包皮割下来的时候,我只流了一点血。"他带点骄傲地补充说:"旁边的人都说我做完了不会疼。"他用了三周时间痊愈,另外两个人中,那个长着胡子的马纳希勒小伙子,在他两个月前离开时,伤口处仍然肿得很大。我问他为什么成年后才能行割礼,他说这是习俗,然后笑着说,有些迈赫拉人要到新婚初夜才做。在一个男孩长大的过程中,清楚地知道将经历这种折磨是一种什么感觉。也许他们早就不去想了,因为并没有什么别的选择。当然,在割礼的过程中,还有那种因惧怕他人嘲笑而产生的勇气,以及因内心的骄傲急于挑战这场测试的心情。在伊拉克南部,我见过十四五岁的

## 第五章 向"空白之地"前进

少年因迫切地希望被施行割礼，相互推搡，争先恐后，像英国学校商店柜台前买糖果的学生。在苏丹时，我见过阿拉伯男孩为自己割包皮，仅仅由于他们的父亲不给出手术许可。然而对阿拉伯人来说，割礼并不像马赛人[1]等原始的部落那样，用于显示一个人的特权或表明男孩长成了男人。

本·卡比纳已经接受过割礼，这是作为穆斯林必须履行的义务，在他们那里，施行割礼的年纪在七岁左右。一边聊天，我一边想起五个月前在遥远的帖哈麦平原见证过的仪式。整整两周，即将被施行割礼的男孩每晚跳舞至深夜，等待长者夜观星象后宣布黄道吉日。最初他们穿着红色的短外套，袖子紧绷在胳膊上，还会穿上肥大的白色束踝宽腿裤——平生第一次也是最后一次，因为这种裤子是给女人穿的。在指定的良日，他们骑上骆驼，跟在乐队的后面到周围村庄中巡游一番，日落之前返回本村，届时他们身后会跟着一大群人。他们的朋友帮忙脱掉裤子，然后一个接一个，走到族人面前站好，飘舞的长发和精致的装饰让他们看上去像女孩一样。他们分开两腿站着，手里攥紧长发，一动不动地盯着不远处地上插着的一把匕首，毫无畏缩之意。一名奴隶负责让他们的阴茎勃起，然后剥下整个器官的外皮。当奴隶站到一旁时，意味着他的工作完成了，刚接受割礼的这名小伙子一跃向前，伴着强烈的鼓点，在抻长了脖子、充满期待的众人面前疯狂起舞，他跳着，雀跃着，鲜血沿着大腿飞溅出来。

---

[1] 尼罗河流域半游牧民族，主要集中在肯尼亚和坦桑尼亚。

这是一种比伊斯兰教远为古老的仪式的变体形式。汉志山区的一些部落还在进行这种"剥皮割礼",通常在一名男子结婚育子后才进行。这种割礼的特点是剥掉从肚脐到大腿内侧的全部皮肤。伊本·沙特国王曾全面禁止这种变体形式的割礼,他宣布这是一种异教仪式。但这些年轻人宁可接受最严厉的责罚,也不愿意放弃由这种仪式带来的荣誉感。在我参加的那场割礼中,一名在童年接受过割礼的小伙子,坚持自己需要接受第二次割礼。仪式结束了,但小伙子的痛苦并未随之结束。每天早晨,他们会被带到某处地面的一个小洞上,把耷拉着的剥光皮的生殖器放到洞里,接受洞中的烟熏火烤。那些在割礼中能够一动不动的小伙子,也会因这种野蛮的治疗方法疼得尖叫。我把这些转述给本·卡比纳,他说:"这不是割礼,这是进了屠宰场。"

晚上,我把带给本·卡比纳的衣服和驼鞍袋里的那把多余的匕首给了他。他得意地扣上腰带。不了解阿拉伯人的人以为他会说些表示感激的话,但这不是他们的习俗。他接受了我的礼物,同时觉得无须多言,他会用其他方式表达感谢。

11月9日,在晨曦的寒意中,我们离开了希苏尔。红色皮球一般的太阳毫无热量地挂在沙漠边缘。和往常一样,天变热之前我们步行,骆驼在前方甩着大步,望过去是密密麻麻的脖子和腿。之后,由着心情的变化,我们一个个爬上骆驼,准备迎接漫长的几个小时。我们离开了丘陵地带,进入"空白之地"边缘的干草原。阿拉伯人放声唱起来,简直是来自整个部落的咆哮,慢吞吞的骆驼加快了步伐,奋力前行。我

## 第五章 向"空白之地"前进

们发现了大羚羊很久前留下的踪迹，看到了绷直腿跳跃着的瞪羚，还有间或出没在浅河道含盐灌木中的野兔。

本·舒阿斯谈起一次摆脱追击者的逃亡，他的叔叔马赫辛受了伤，连续三天被绑在骆驼上，折断的大腿骨就露在外面。本·毛特劳格则说起了年轻的萨海勒被杀的那次劫掠。他和十四名同伴突袭了萨尔人的一小群骆驼，看守人朝他们放了两枪，然后骑着最快的那峰骆驼跑了。其中一枪击中了萨海勒的胸膛。萨海勒的父亲巴克希特带着抢来的七峰骆驼从平原返回，臂弯里躺着将死的儿子。萨海勒是将近中午时中的枪，一直活到了傍晚，他一直喊渴，但根本没有水给他喝。为了逃脱背后的追兵，一整夜他们都在赶路。天亮的时候，他们看到了一些山羊，以及浅谷中一棵树下萨尔人的一处小营地。女人正在搅拌皮口袋里的黄油，一男一女两个孩子正在给山羊挤奶。男孩先发现了他们，打算逃跑，但他们把他逼到了矮崖旁。男孩大概有十四岁，比萨海勒年纪小一点，身上什么武器都没有。被包围后，他把两个大拇指含进嘴里表示投降，希望对方开恩。没人有所表示。巴克希特滑下骆驼，拔出匕首，扎进了男孩的肋骨。男孩瘫倒在地，呻吟着："噢，我的天！噢，我的天哪！"巴克希特就站在那儿，直到男孩死去。他爬上骆驼，这场谋杀让他的悲痛减轻了一点。本·毛特劳格说话的时候，炽热而充血的眼球盯着远方，而我的脑海中清晰地浮现出了这可怖的一幕。一个长发的瘦小身影蜷缩在地上，他裹着白色的腰布，身下是蔓延开来的鲜血，团团苍蝇在尸体上飞舞。黑衣的妇人撕心裂肺地痛哭着，还有吓坏的孩子们和尖声哭闹的婴儿。

我骑着骆驼，满脑子都是那个被杀的孩子，周围的阿拉伯人不断结成新的聊天组合，但丝毫不放松警惕。如果被萨尔人袭击的话，他们中没有人能活下来。我渐渐想通了，在如此毫无法纪、漠视人命的环境下，这种以牙还牙、以命换命的古老法则看上去残酷，却阻止了大规模屠杀的发生，没有人会轻易让整个家族或部落卷入世仇。我想起格拉布[1]在1935年记述的北方贝都人，他写道："有意思的是，在伊赫瓦尼[2]崛起或是任何现行法律秩序建立前，即使阿拉伯半岛陷入了一种部落混战的无政府状态，到处游逛的不安感还不及在和平时期的英国那么多。"贝都人漠视生命的态度确实令人震惊，毕竟在这个年代，很多人连绞刑都觉得不够人道，即使其施以的对象是犯下了强奸或者谋杀儿童的罪行的犯人。但我忘不了欧洲人是如何轻易地滑向战争而习惯杀戮的。越是一些所谓的文明人，越是善于杀戮的好手。

越向前走土地旱得越厉害，所有的植物都死了，连灌木都无法存活。枯萎的树干和化为齑粉的枝杈半埋在流沙中，在乌姆海特干涸的河道上，久远前洪水留下的淤泥已经干硬如灰，人们曾把这条流向穆格欣的宽阔溪流唤作"生命之母"。

---

[1] 此处应指约翰·巴戈特·格拉布（1897—1986），英国军人、学者、作家，曾长期任阿拉伯军团（Arab Legion）的指挥官。

[2] Akhwan，亦称 Ikhwan，是在伊本·沙特领导下由传统的游牧部落组成的第一支沙特武装，为伊本·沙特成为沙特阿拉伯国王立下汗马功劳。之后，伊赫瓦尼武装改名为沙特阿拉伯国家护卫队。

## 第五章 向"空白之地"前进

"生命之母"此刻没有任何生命的迹象,蜥蜴都看不到一只,这里已经有二十五年没下过雨了。

第二天日落时,"空白之地"在我们眼前展开,如一堵闪着玫瑰色光芒的墙,海市蜃楼般不可触摸。漫长而空虚的时光让人昏昏欲睡,此刻这些阿拉伯人似被唤醒,用手杖指向前方,叫喊着,迸发出一阵七嘴八舌的交谈。而我满足于静静地看着这期待已久的场景,像一名登山者看到印度群山之上遥远的喜马拉雅山脉一样激动。

我们和"空白之地"保持着平行距离继续骑行,比起松软陡峭的沙丘,硬质的砂石地面能让骆驼轻松些。下午晚些时候,我们进入"空白之地"扎营。这里长着一种阿拉伯人称为"加夫"(ghaf)的大树,像是含羞树的一种,发达的根系确保它们能找到足够的水。树上长满花朵,伸展开来的叶片垂到干净的沙地上,构成了一个个天然凉亭。我们就在这里住下了。

一天晚上,在一处离穆格欣不远的开阔平原,已经睡着的我突然被一声长啸惊醒。一遍又一遍,令人毛骨悚然的声音回荡在营地里,我感到后背一阵发麻。声音是从坐在二十码开外的一伙人中发出的,我大声问:"发生什么事了?"本·卡比纳答:"赛义德被'扎尔'(zar)附身了。"我起身,绕过几峰骆驼,加入了他们。就着残月的光线,我看到拜特·卡西尔人中的一个男孩蹲在一小堆火前。他的脸和头都被衣服遮起来了,一边号叫,一边前前后后地摇晃。其他人安静地坐在一旁,表情专注。突然,他们分成两个声部唱起圣歌,这时赛义德摇晃得更剧烈了。在身体疯癫般的晃动下,用来包头的衣服松了,落到火堆的余烬中烧了起来,旁边的人起身把火扑灭。圣歌的音调起起落落、不疾不徐,疯狂的男孩逐渐平静下来。有人点燃了碗中的香,放到他的鼻子下面。突然,男孩用一种怪异紧张的尖声唱起来,其他人一句接一句回应他。男孩暂时停下,一会儿又陷入疯狂,然后再次平静下来。一个人探过身去问他问题,他能回答,但像是梦中呓语。他们说迈赫拉语,我听不明白。他们给他熏了更多的香,鬼魂像是离开了。不久,男孩躺下睡着了,过了一会儿,他又发作了。这次他痛哭呻吟,像是经受了巨大的悲痛。大家再次围拢过来唱起圣歌,直到他平复。最后他睡着了,早上醒来,像什么事都没发生过。

苏丹、埃及和麦加等地都有这种被鬼附身的迷信,据说是从阿比西尼亚或中非传过来的。我觉得这种迷信更可能源自阿拉伯半岛南部。同伴曾告诉我,他们在驱魔时要说迈赫拉语,而迈赫拉人的祖先曾殖民过阿比西尼亚。

离开希苏尔八天后,我们抵达了穆格欣。队伍向着水井走去,马赫辛再次讲起了他受伤的那场战事,那条僵硬的残腿就伸在前面。忽然,骆驼群毫无预兆地受了惊,跳着脚四散开去。在我尽力保持平衡的时候,有人在我面前摔下了骆驼。当终于控制住骆驼,我回过头看,马赫辛蜷缩在地,一动不动。人们向他跑去。他虚弱地呻吟着,那条残腿扭曲着被压在身下。他的头巾掉了下来,露出头顶灰色的短发。我俯身看他时,

## 第五章 向"空白之地"前进

觉得他比我想象的要老。我们想把他扶起来，但是他不停地惨叫。我从驼鞍袋里取出吗啡，给他打了一针，然后用毯子把他抬到树下。上天保佑，水井就在身边。也许正是因为口渴的骆驼闻到了水的味道，才受惊般地蜂拥向前。我们用树枝做的夹板固定了他的腿，整条腿全断了，只剩下瘆人的骨头碴儿。本·舒阿斯蹲在一旁，为他赶走脸上的苍蝇，其他人坐在一旁，讨论着他是不是能撑过去。偶尔有人会摇着头悲伤地说："这件事不该发生在马赫辛身上。"然后他们就起身干活儿去了，给骆驼喂水或者做饭。

到了晚上，我们开始讨论接下来该怎么办。他们认为马赫辛无法继续向前走了。他只能被留在这里，慢慢恢复身体或者等死，而且拉希德人必须陪着他。他杀过很多人，尤其杀过不少萨尔人，如果他的仇人得知他无助地躺在这里，即使相隔很远，也会过来杀死他。在过去的几天中，我逐渐把穿越"空白之地"的计划透露出来。本·卡比纳让我知道可以依靠拉希德人，而且苏尔坦和穆萨利姆都决定跟随我，他们还坚持让我带上一些拜特·卡西尔人，否则拜特·卡西尔人会心生嫉妒。现在所有计划都被打乱了。我的命运掌握在拜特·卡西尔人手里，对于他们是否还能继续这场旅行，我一点把握都没有。苏尔坦建议我们应该向东走，穿过我去年曾进入过的塞赫迈沙漠，或许还能路过我一直想见的乌姆塞米姆流沙区。我带着沮丧的心情入睡，确信我的计划已经搁浅。

第二天一早，本·卡比纳告诉我，拉希德人已经同意他、奥夫和我走，但要留下两支枪和足够的弹药。我欣然同意。

马赫辛喝了点骆驼奶，看上去好些了。我答应他，等他情况好转我再走，看他实在疼得不行，我又给他注射了一剂吗啡。我找到苏尔坦，暗示拜特·卡西尔人可能不会随我穿越"空白之地"，我想让本·卡比纳多找些拉希德人。他抗议道："你说什么呢，乌姆巴拉克？听我说！难道我没答应过带你穿越'空白之地'吗？就是我，苏尔坦。你还需要拉希德人干什么呢？拜特·卡西尔人是你的老朋友，我们去年一直结伴在一起。难道去年我们让你失望了？老天，乌姆巴拉克，你什么时候开始怀疑我们的能力了？"

我又在穆格欣待了九天。乌姆海特在进入"空白之地"前消失了，尽头只剩下广阔却低浅的洼地，加夫和柽柳倒是长势喜人，周遭的平原上还有大量的"阿拉德"（arad），只要有水，这种含盐灌木就是骆驼的上等食物。水井附近有一片茂密的椰枣树林，无人看管，卡西尔部落9月份会过来收获果实。树林中有一处结了盐壳的水沟，味道苦咸，有三百码那么长，只有中间冒出的一小眼泉水能饮用。

为了骆驼能吃饱，贝都人经常砍伐大树，但加夫是不能动的，穆格欣是一处"豪塔"（hauta）[1]，所以这里的树都保存了下来。去哈德拉毛的路上，我经过了几处豪塔，这些小树林可能曾是某些祭仪的发生地。我们沿着溪水走到一片林地扎营，这里和别处并无二致，我却被告诫切勿破坏树木，因为这里是豪塔。贝都人相信，如果坏了规矩，将招来横祸，

---

[1] 意为"圣地"。

第五章 向"空白之地"前进

甚至死亡。穆格欣和别的豪塔有所不同,这里的野兔也不能宰。就算在并不是豪塔的加尼姆沙漠,野兔也是不能吃的,但在别的地方,野兔肉可是贝都人的美食。不过,这种饮食上的禁忌并不包括瞪羚。在汉志时有人告诉我,圣地麦加附近,打猎和伐木都是被禁止的。

晚上吃完饭,从围坐在马赫辛身边的拉希德人中,传来吵架的声音。本·卡比纳和我过去一探究竟,不一会儿,所有人都过去了。艾马伊尔正在冲本·毛特劳格嚷嚷,他一把拽下头巾扔在脚下。大家七嘴八舌地议论着,一时弄不清楚起因是什么。在贝都人中,无论年纪长幼,任何人都有发表意见的权利,就算这件事和他没有关系,他也很可能要插上一嘴。没有人会说:"老天哪,别瞎管闲事!"在这里,没有关于个人的事,只有关于集体的事。后来,我终于拼凑出事件的全貌。几周前,艾马伊尔丢了一峰骆驼,本·毛特劳格说他可以帮着找,如果找到了,艾马伊尔要付他五个里亚尔。后来,艾马伊尔发现本·毛特劳格自始至终都知道骆驼在哪儿,于是拒绝支付这笔钱。纠纷最终摆到了塔姆泰姆面前,他是拉希德人中备受尊敬的长辈,以头脑清楚闻名。他裁决艾马伊尔应该支付这笔酬金,因为本·毛特劳格以焦哈里[1]之墓的名义发誓,他在受托寻找骆驼之前对骆驼的下落一无所知。焦哈里之墓在萨拉拉以西的海岸旁,距萨拉拉大概有几天的路程。两人接受了裁决,没一会儿,他们就开始相互帮

---

[1] 阿拉伯学者,著有著名的阿拉伯语词典。

忙修理一只驼鞍。这就是贝都人解决争端的方式,其中一方会以某个圣人墓碑的名义发誓自己所言句句属实,仲裁者会决定应该由哪一方来发誓。几乎没有贝都人以圣墓的名义说谎,这些圣墓散落在海岸附近,哈德拉毛也有一些。

在穆格欣的几天,同伴经常向我讨药。贝都人常常受头疼和胃病的困扰。我的阿司匹林不能每次都奏效,没什么效果的时候,他们会让人用烙铁烫他们的脚后跟,过一会儿便宣称头疼全好了,贝都土方比基督徒的药片更好使。每次有人或者骆驼生病,他们的办法就是用火烫。他们的肚子、胸口和后背,常常布满烫伤的疤痕。很多年前,一艘英国货轮在阿拉伯半岛南岸失事。一些尤努巴人把几名幸存者捞上来,带他们去了马斯喀特,打算邀功请赏。一路上,骆驼奶和椰枣让这些英国人得了严重腹泻,这些贝都人无视他们的抗议,强行用烙铁烫他们。到了马斯喀特的时候,在痢疾和"火刑"的双重伺候下,几名英国人险些丧命。

一名拜特·卡西尔人请我帮他拔牙,那颗后槽牙的神经都露出来了。我痛恨拔牙,尤其是那简直不是牙,而是几块乌黑的硬壳。患者躺在地上,由他的伙伴用膝盖紧紧夹住他的头。这颗牙算比较完整的,没费什么劲。穆萨利姆有严重便秘。我给了他大剂量的泻盐,泻盐不能即刻生效,于是他求助于一种叫"哈姆拉尔"(*hamrar*)的贝都古法。他躺在地上,十几个人跪成一圈唱圣歌,由长者塔姆泰姆领唱。圣歌的节奏越来越快,人们也越来越兴奋。不时地有人停止歌唱,走向前咬住穆萨利姆肚子上的一大块肉,同时发出一种奇怪的

## 第五章 向"空白之地"前进

像吹泡泡的声音。"治疗"结束后不久,穆萨利姆就顺利排泄了。我认为是泻盐的功效,而他们坚称是哈姆拉尔管了用。

穆格欣地区的瞪羚很多,穆萨利姆和本·舒阿斯每天都能打到肉,所以我们的伙食不错。实际上,我们的伙食太好了。我总是担心吃的东西够不够,尤其是还要给马赫辛和其他拉希德人留下充足的食物。贝都人从来不考虑未来,每次做饭都搞得很丰盛,食物储备消耗得飞快。我建议他们吃米饭,因为一旦到了前方缺水的地段,这些粮食将毫无用武之地。他们是爱吃米饭的,但是并无意改变食谱,他们可以一天两顿、一连数月地吃同一种东西,不是根据质量而是根据数量来评价食物的好坏。我曾试着改善这种单调的饮食。有一次穆萨利姆打到了一只瞪羚,我以此精心烹制了一顿午餐。不幸的是,本·图尔基亚离开去找寻一峰骆驼,直到天黑才回来。烤肉已经凝固成黑乎乎的一团,还裹上了不少沙子。他们把肉吃了,一致认为穆萨利姆煮的肉和汤味道更好。

在无数次讨论后,我们决定本·卡比纳、奥夫、苏尔坦、穆萨利姆、马卜克豪特、本·图尔基亚和年轻的赛义德(就是那个中过邪的孩子)和另外五名拜特·卡西尔人陪我继续前行。我非常希望只带少数人和最好的几峰骆驼,但苏尔坦认为我们可以把最差的几峰骆驼在拜特·穆桑人那里换掉,他们住在"空白之地"以内几天路程的地方。他还认为队伍太小不安全,尤其是在"空白之地"的另一端,阿布扎比的布法拉和迪拜的本·马克图姆正在打仗,而且我们返回经过阿曼的杜鲁时也会遇到危险。杜鲁人听说我去年到过穆格欣,发誓不会让异教徒踏入自己的领土。我们达成一致，两个月后，在南部海岸附近的巴伊和大部队会合。

11月24日，我们花了一整天重新分配物资，还干了些保养皮水袋或给骆驼喂水的活计。我为本·卡比纳买下了本·舒阿斯的骆驼，花了差不多二十五英镑，远超过那峰骆驼的实际价值。但那峰骆驼的状况不错，而且还在产奶期。我为自己选了一峰深色的佐法尔骆驼，这峰属于穆萨利姆的骆驼体格强健，是之前的几峰备用骆驼之一。这牲口骑起来很颠簸，不过奥夫说，它一旦适应了"空白之地"就表现不错。他自己攀上了一峰高大却难驾驭的家伙，通过一条拴在鼻环上的细绳控制。这峰骆驼属于马赫辛，负责看守骆驼的人发现它在水井的东边吃草。和抢劫不同，这里几乎没有人偷骆驼，贝都人常常放任它们出去漫游数周。如果骆驼出现在一个水井边，任何人都会给它喂水。我们其余的骆驼大部分状况堪忧。

我最后看了马赫辛一眼，他看上去好了很多。他曾一连几日拒绝进食，现在又能吃东西了。本·舒阿斯会给他打些肉来吃，拉希德人的一峰骆驼可以产奶。我们带好行装，告别了其他人，向"空白之地"前进。我去抓骆驼缰绳的时候，骆驼从侧面尥了我一脚，擦到了皮肤。如果踢实了，我难逃骨折的重伤。

我们在几英里外扎了最后一次营，终于，我开始了穿越"空白之地"的旅程。

## 第六章
# 在"空白之地"的边缘

我们在加尼姆的豪尔·本·阿塔里特之井最后一次补给了水,踏上了去往加法沙丘的征程。

吃过晚饭后,我和穆罕默德·奥夫聊了很久。他是队里唯一穿越过"空白之地"的人,了解沙漠的另一边是什么样子。他很安静又有点矜持,让我感到可以信任。拜特·卡西尔人嫉妒他的地位,他并不急于承担向导的职责,直到我们离开了拜特·卡西尔人熟悉的地区。拜特·穆桑酋长的儿子,年轻的"赛义德",可以带领我们最远到达加法沙丘,其他拜特·卡西尔人去年只陪我到过沙漠边缘。

只要看到奥夫和我交谈,苏尔坦和其他人就会马上凑过来。所以我们借口去把吃草的骆驼赶回来,带上枪进入沙漠,四下寻找,等把骆驼都找到了,我们就坐下来说说话。我问他是什么时候穿越沙漠东部的。"两年前,我了解那些沙地。"

他说。我试着让他多透露些细节,他只是笑,一遍遍说着"我了解那些沙地"。我觉得他说的是真的。他说,如果我们能穿过令人生畏的谢拜沙漠[1],就能到达宰夫拉。他把谢拜沙漠形容为一片绵延不绝的沙丘。到了宰夫拉,在利瓦的椰枣林中能找到水井和村庄。我隐约听说过宰夫拉。对南部贝都人而言,宰夫拉代表着天涯海角,"像到了宰夫拉那么远",他们常这样说,暗含着那里是世界尽头的意思。一片能让骆驼走上两天、长满椰枣树、点缀着座座村庄的绿洲,听上去非常令人期待。没有欧洲人曾到过那里,那片绿洲一定比奇斯曼于1924年发现的贾布林还要大。奥夫估计路上要花一个月,他有些担心拜特·卡西尔人虚弱的骆驼。"它们不可能穿越谢拜沙漠。"他说。我问是否还有别的路。"没有,除非我们去西边的达卡卡,那边的沙漠简单一些,托马斯曾穿越过。"他告诉我,谢拜沙漠向东与危机四伏的流沙区乌姆塞米姆(毒物之母)接壤。伯特伦·托马斯听说过乌姆塞米姆,他认为那就是巴伐利亚旅行家冯·弗雷德1843年在哈德拉毛北部发现的巴赫尔·萨菲流沙区。前方沙漠中还有很多迷人的问题有待解决,但我们能撑到那里吗?我估算了一下,到利瓦之前是四百英里的沙漠。我们又讨论了一遍骆驼、路程、食物和水。食物缺得厉害。从穆格欣离开的时候,我们有两百磅面粉、够吃两顿饭但已经吃掉一顿的大米、几把玉米,以及少量黄油、咖啡、糖和茶叶。这些东西至少要能让十二个人撑一个月,也就是说,

---

[1] 沙特阿拉伯与阿曼交界处的沙漠。

第六章 在"空白之地"的边缘

每人每天半磅面粉,此外什么也没有。想起阿拉伯人在去穆格欣路上挥霍掉的食物我就心痛。饥饿将伴随全程。如果我们每人每天消耗一夸脱[1]水,那么带的水够喝二十天的。二十天没水的日子也是在沙漠中长途跋涉的骆驼能承受的极限,前提是中途能找到草料。草料是贝都人一辈子都在面对的难题。一旦找不到,骆驼垮了,我们的末日也就到了。饥饿和缺水对贝都人的威胁不是最大的,有骆驼骑的话,他们能在寒冷的季节熬过七天断水断粮的日子。他们最担心骆驼,骆驼死了,他们注定活不了。我又向奥夫确认:"我们能找到草吗?""只有天知道,"他回答,"两年前下过一场雨,到加法沙丘之前是有草的,但过了那里,没有人知道。"他笑了,补充了一句:"我们会找到些什么东西的。"我们起身回营睡觉,我躺着,很长时间没睡着。未来的旅程似乎非常可怕,而且我有些怀疑拜特·卡西尔人的能力。

营地周围长了些加夫,早晨我们放骆驼去吃了一会儿。穆萨利姆昨天打到一只瞪羚,只吃了一半,剩下的被挂在了一丛矮灌木上,以免沾上沙子。我们醒过来的时候,肉没了。根据沙地上留下的脚印来看,应该是被狐狸叼走了。我很生气,这可能是未来很长一段时间内的最后一餐肉。穆萨利姆循着脚印,发现狐狸把大部分肉藏在了另一处灌木下的沙子里。我们把肉上的沙子刷干净,为失而复得感到庆幸。

我们先往北向加尼姆沙漠行进。我对那里很熟,去年就

---

[1] 夸脱是英美制液量单位,1夸脱英制约合1.13升,美制约合0.94升。

到过。这些两三百英尺高的彼此孤立的沙丘会突然现身,随意而零乱地矗立在那里。这些巨大的沙山由此地变化无常的风力塑造,和任何你想象得到的沙地形态都不同。贝都人管它们叫"盖德"(qaid)。我只在"空白之地"的东南部见过,利瓦周围也有一些,但形态上略有不同。贝都人能依据形状分辨出每一座盖德,而且这些形状经年不变。这些沙丘又有共同之处。比如我身处的这些盖德北坡都很陡。这一侧的沙坡似一堵铜墙铁壁,角度之大,刚刚够沙粒停止滑落而堆积。小型的崩塌时刻上演,每一次上面的沙子滑下,都会在坡面上留下一条浅痕,不过一会儿就没了。坡两侧陡峭的沙脊像起伏的波浪,一层层交替的峰谷和脊线随着远离北坡蔓延开来,形态上变得越来越小、越来越繁复。沙丘另一侧的坡底很瓷实,沙子形成起起落落的宽沟,或者如涟漪般的点点浅坑。沙坡表面布满细小的波纹。每条波纹的顶部由深色粗沙组成,底部沉积着细沙,颜色比粗沙浅一些。沙漠中的风不断将粗沙从细沙中分离,两种沙子的颜色总是不一样的。只有一次,我发现粗沙的颜色比细沙的要浅。虽然数量上要少,但粗沙决定了沙地呈现出的颜色。如果抹去表层的沙子,下面的浅沙马上会浮现出来。正是这两种颜色的混合搭配,造就了沙漠的变幻莫测、丰富多彩:金配银、橙色配奶白、砖红配纯白、棕配粉、黄配灰——色彩和明暗的组合无穷无尽。

离开穆格欣四天后,11月27日晚,我们到了豪尔·本·阿塔里特之井。是谁发现了这口井已无从查证,但他的名字因这口井流传了下来。井口在沙子下面坚硬灰白的石膏层上,

## 第六章 在"空白之地"的边缘

借助为数不多的盆和罐，我们赶在天黑前徒手把井口挖了出来。并不意外，井水苦咸难以下咽，而且放在皮水袋里，味道会越来越差。意外的是，尽管水里含有硫酸镁、钙和盐，但喝下去只引发了轻微腹泻。第二天，赛义德和另外两个人去寻找拜特·穆桑人的"甘甜之井"哈鲁。几年前我就知道，那口井虚有其名，喝上去和豪尔·本·阿塔里特差不了多少。

我爬到沙丘顶端躺下晒太阳，心情平静，这里已经在水井之上四百英尺。贝都人从来不明白什么是对隐私的渴望，而且他们从骨子里就怀疑隐私背后的企图。后来经常有英国人问我，是否在沙漠中感到过孤独。我自己也想知道，在沙漠生活的几年中，我独处的时间总共有几分钟呢？毫无疑问，在人群中感到孤独是所有孤独中最惨的一种。我在学校中体会过这种孤独，在一些不认识任何人的欧洲城镇中也体会过，但和阿拉伯人在一起时，我从未感到过孤独。我在这里去过不少陌生的城镇，我会走进一个市场，向一名店家打招呼。随后，他邀请我到店里坐下，请我喝茶。陆续有人过来加入我们。他们问我是谁，从哪儿来，以及无数"我们"不应该问陌生人的问题。后来有个人说："来吧，吃午饭了。"午餐时，我又见了其他人，有人邀请我去吃晚餐。我不知道热情的阿拉伯人到了英国会怎么想，他们应该会发现，我们对同胞也像对他们一样冷漠。

我看到本·卡比纳拿着那支借给他的步枪，沿着陡峭的沙脊向我走过来。他坐下，边和我聊天边把枪栓拆了下来。贝都人很喜欢把枪拆来拆去。他说，要用我付给他的工钱买一支属于自己的枪。我打趣说，他是不是看中了去哈德拉毛路上借来的那支。他又问我见没见过托马斯，那是他们部落唯一接待过的英国人。我告诉他见过。过了一会儿，他不再说话，进入了梦乡，而我不由得去想托马斯做过的一切。穿越这片沙漠，无疑是他在阿拉伯半岛的探险历程中，最终收获的，也是最大的奖赏。这是道蒂和很多著名的阿拉伯旅行者梦寐以求的成就。托马斯和菲尔比的名字将永远和穿越"空白之地"绑定在一起，就像阿蒙森和斯科特[1]之于南极点，但这场梦想成真并非圆满。伯特伦·托马斯证明了"空白之地"并非不可穿越，他的目标是"穿越"，所以他选择了一条最容易的路线。那条路线上沙丘比较小，水井也很多，拉希德向导对水井的位置也很熟。今天再去走那条路的话将毫无挑战，旅行者对路线细节一清二楚。但以路线简单来贬低托马斯的成就是不公平的，就像看不起第一位爬上高峰的人，只因他选择了最容易的那个坡面。菲尔比的路线显然要难很多，在行旅的末程，他穿越了"空白之地"西部一段长达四百英里的无水地段，无疑是沙漠旅行史上的壮举。从利雅得出发前，菲尔比听说托马斯完成了从佐法尔省到卡塔尔的穿越。失望之下，他并没有退缩，而是选择继续完成旅程，只要是内行人都认为，这次旅行是两次中更为伟大的一次。相比托马斯，菲尔比占据了一些优势。姗姗来迟的国王恩准让他失去了先

---

[1] 挪威探险家阿蒙森与英国海军上尉、极地探险家斯科特展开首达南极点争夺战，阿蒙森于1911年12月14日率先抵达。斯科特则于1912年1月17日抵达，返回时因遭遇恶劣天气遇难。

## 第六章 在"空白之地"的边缘

机,但拿到伊本·沙特颁发的旅行许可,意味着他一路上有国王无远弗届的权威作为后盾。身为穆斯林,再加上来自哈萨[1]的威权统治者伊本·贾拉维的支持,菲尔比可以安全无虞地经过强大的穆尔拉人辖下的领土,而托马斯需要冒着遭遇这个部落的极大风险——该部落以极端保守闻名,托马斯不得不独自做好各种应急预案。马斯喀特的苏丹和萨拉拉的省督支持他,实际上他们无法控制加拉山区。经验告诉他,哪一个部落可以善加利用,但身为一名基督徒,他永远是第一个被怀疑和憎恨的对象。他的成就在于,在没有官方支持的情况下,他用耐心和公平的处事态度,赢得了部落的信任,让他们带领他穿越了"空白之地"。

太阳快落山了,但本·卡比纳一点醒来的意思都没有。我碰了碰他,他一下站了起来,拔出匕首握在手里。我忘了,触碰一名睡着的贝都人,他会本能地惊醒进行自卫。我和他一路跑下了沙丘,吃力地在不断塌落的沙子中迈开双腿。随后我们路过了水井,为了准备早上出发,其他人已经用井水灌满了全部十四只皮水袋,有几只皮水袋格外小。赛义德一行回来了,他们在哈鲁水井没找到人。之前拜特·穆桑人和一户拜特·伊玛尼人曾住在那儿,五天前离开了,向东北方向的加法沙丘转移。他们说出了每个离开的人的名字,以及谁骑了哪峰骆驼。所有的这些信息,都是通过分析地上的脚印得出的。赛义德看上去不太对劲,我问他哪里不舒服,他

---

[1] 今属沙特最大省份东部省。

说肚子很疼。我给了他些碳酸氢钠，但他表示不屑。后来，我看到他听从苏尔坦的建议，喝骆驼尿治病。

晚餐是穆萨利姆做的粥，一天中唯一的一顿饭。在此后的日子里，我们将与粗糙如沙砾的未发酵面包为伴，上面象征性地点缀一点黄油。要吃饭了，大家聚集在一起，本·卡比纳往我们伸出的双手上倒了些水。抵达宰夫拉的水井前，这将是最后一次洗手的机会，更不用说用水清洁身体了。马卜克豪特打算取一块毯子来坐，却发现毯子下面藏着一只硕大的淡绿色蝎子。这种蝎子在沙漠里很常见，只要有植物的地方就有。我一直祈祷不要光着脚踩到它们，有一次在阿比西尼亚，我穿上裤子，一只蝎子恰好在里面，我领教了被蝎子蜇的滋味。我还担心天黑后赶骆驼回营会踩到蛇。沙漠里的蛇可不少，大部分是角蝰蛇，还有一种穴居蛇，个头不大，属于一种小型的蟒蛇，于人无害。一年前，一条正钻出沙地的小穴居蛇正好碰上一名和我们一起坐在篝火旁的拉希德人。从此以后，那名拉希德人多了个"蛇祖"的外号，那一瞬他表现出的惊恐也被人们口口相传。不过，最让我厌恶的还是蜘蛛，蜘蛛遍地都是，在最干旱的地区尤甚。最大个的直径在三英寸左右，多毛，腿部呈红色，身体下垂，在篝火附近跑来跑去。我看到了一只，正打算杀之后快，但被它逃掉了。过了一会儿，本·卡比纳学着蜘蛛的样子在我后脖颈上抓痒，我"腾"的一下跳起来，连茶都打翻了。大家都笑了，他们说这种蜘蛛没有毒，这我是知道的，但丝毫不能减少我对它们的厌恶。

## 第六章 在"空白之地"的边缘

阵阵冷风吹过沙漠，带起一团团的沙子，星空澄明。我们往火里添了些燃料——从沙地中拔出来的蒺藜和天芥菜根，根根细长如蛇。我仍然很饿。我知道这种饥饿将持续数周，甚至几个月，还好当晚水源充足，我让本·卡比纳多做些咖啡和茶水。其他人借助火光忙着：往弹药带上缝搭扣、给衬衫打补丁、检查驼鞍、擦枪，或是编绳子。苏尔坦仔细打量着长满厚茧的脚底板，试图用匕首挑出一根刺；奥夫正为我重新制作一根用来驾驭骆驼的手杖。这种手杖极易折断，我在前一天把自己的那根弄坏了。他挑选了一根阿布的根，用火加热，为的是能让其中一端卷起形成一个弯钩。他一边做着活计，一边说起了停战海岸重新开战的事。我认为布法拉可以随时从部落中召集人马。奥夫解释说："迪拜的本·马克图姆如果想让我们帮忙，是要付酬劳的，我们对他们没有保持忠诚的义务。布法拉就不同了，如果其中的某个家庭，甚至一个孩子，向我提出了要求，是很难拒绝的。"他又笑着补充说，"作为一名贝都人，我希望自己能说不，除非这么做对我有利。"由此我推测，布法拉最近的几次突袭得手了。消息在沙漠中传播范围之广令人叹服。奥夫是从两个亲戚那里得到这个消息的，那两个人带着一支枪和三峰俘获的骆驼回到了南部草原，在见到奥夫之前，他们已经穿越了七百英里的沙漠。奥夫又走了四百英里来到穆格欣，现在，拜特·卡西尔人可以把这些消息带给两百英里之外、居住在南部海岸的巴伊人。之后，消息又会从那边传到阿曼。过了一会儿，我的同伴开始聊起骆驼、牧草，以及家畜疥的治疗方法、萨拉拉的面粉价格、运送椰枣的船队的靠岸时间，或者是迈赫拉海岸的盖达最近死了个长者。他们一致认为，那个老头精于用符咒治愈疾病，还列举了一些实例。穆萨利姆谈起了在萨拉拉看到的一场奴隶婚礼，本·图尔基亚开始描述近日迈赫拉人割礼仪式上的宴席和舞蹈。赛义德说："天哪，阿里的儿子被执行割礼的时候，竟然像女人一样大呼小叫。"其他人笑了，一些人还叫道："真是丢脸！"很快，这名可怜男孩的糟糕表现就会传到每个贝都人的耳朵里。穆萨利姆接着讲了一个有关狩猎大羚羊的故事，故事很长，我至少听过三遍了。他们又讨论了一下达赫姆人发起的劫掠，以及本·凯马姆被指派前去求和。本·卡比纳则形容了一下我请他在哈德拉毛吃到的大餐，那可能是他生平第一次完全吃饱。之后的几个月中，我们将无数次聊起食物，不管是吃过的，还是盘算着有朝一日要吃的。在穆格欣，我的同伴吃饱喝足，尤其是吃了肉以后，会聊起女人。贝都人通常精力旺盛、欲望十足，聊起性事非常直白且栩栩如生，但从不显得猥琐。同样，他们咒骂起来直接且有针对性——"愿安拉诅咒你""愿安拉摧毁你的房屋""愿你的双亲不得好死""愿劫匪把你绑了去"。从来不像城镇中那些贱民，只会骂些毫无意义的下流话。不过我们很少谈到性，饥饿中的人梦想的是食物而非女人，身体的欲望因过于疲惫而消失了。

同性恋在阿拉伯人中并不鲜见，特别是在城镇中，却很少在贝都人中发生。贝都人有充足的理由萌生同性之爱，他们总是过着没有女人的日子，一去数月。劳伦斯在《智慧七柱》

## 第六章 在"空白之地"的边缘

中描述过他的护卫队员如何相互泄欲,但那些人是来自绿洲地区的村民,不是贝都人。格拉布堪称最了解贝都人的欧洲人,他曾跟我说,从未发现贝都人中有同性恋行为的存在。我和贝都人生活在一起,如果有迹象不可能发现不了,我们生活得太紧密了。自始至终,我没能察觉分毫。我也从未听到他们谈论相关的话题,他们可能拿山羊开玩笑,但绝不会把男孩掺杂在玩笑中。在这五年里,我只听他们提及了两次,一次是我们在停战海岸的一座城镇中停留时,本·卡比纳指着两个年轻人,其中的一个是奴隶,称他们有时候会被酋长的家仆"使用"一下。他显然认为这种行为既可笑又下流。另一次是本·凯马姆描述他在利雅得亲见的一次行刑。罪犯是来自汉志的哈巴卜人,因鸡奸一名男童被判死刑。在场的人对此没有显露出一点同情,他们嘴里咕哝着:"那是一场公正的判决,愿安拉诅咒他!他罪该至死。"

本·凯马姆说:"当时我们从达瓦西尔河谷来到利雅得,和我一起的有赛义德和穆罕默德·本·巴克希特。"看到我询问的目光,他补充道:"你不认识穆罕默德,你没见过他。他居住在达卡卡的沙漠里。"他继续说:"那天是星期五,我们在城外扎营,然后进城采购,为第二天去往哈萨补给。正是午间祷告结束之时,市场的广场上挤满了人。他们把犯人从监狱押出来游街,犯人一遍又一遍唱诵着'万物非主,唯有真主,穆罕默德是主使者'。他看上去毫不畏惧。他很年轻,样貌出众,身上穿着洁净的白袍,眼皮上打着深色的眼影,手掌涂成棕红色,就像我们举行婚礼时那样。在广场的正中,犯人被要求跪下。行刑者是一名高大的奴隶,肤色极黑,穿着长袍——我的天,那件袍子值一峰骆驼。他拔出剑,把白色的长袖卷起绑好,露出右臂。一旁的助手从侧面戳了犯人一下,待犯人身体僵直的一刹那,行刑者一剑砍下了他的头。掉落的头颅滚到人群中间,血射出来,有一条胳膊那么高,犯人的身体缓缓瘫倒下去。尸体一直被留到傍晚,为的是让人们好好看看。"

我问本·凯马姆观看行刑的感受如何,他表示"非常不舒服"。

早上,我们又喂了骆驼一次水。其中的几峰已经习惯了佐法尔省的净水,拒绝碰这些苦涩的玩意儿。我们拽着它们的鼻孔,它们仍然不从,最后不得不用强力把水灌进它们的喉咙里。这里是到宰夫拉之前最后的水源。有些皮水袋已经漏了,我们把水袋灌满,堵上了漏水的小洞。阿拉伯人进行了午间祷告,然后我们装载好行李,把骆驼牵向金色的沙丘。装满的皮水袋太沉了,我们只能先步行。那天是 11 月 29 日。驼队向东北方的加法沙丘前进,我们寄希望于找到拜特·穆桑人,把最虚弱的几峰骆驼替换掉。路不难走,沙砾地面上不时凸起白色的石膏,石膏外沿镶了一圈翠绿色的含盐灌木。日落时分,我们停下扎营,但没有任何东西可以让骆驼吃。一峰骆驼早产了,幼崽只怀了九个月,而正常的孕期在一年左右。我发现萨利姆·本·图尔基亚在祷告前用水净身,我抗议道,他应该用沙子代替水,那是缺水时通行的做法,如果我们把水做清洁之用,就完全不够喝了。他却说:"祷告要

## 第六章 在"空白之地"的边缘

比喝水更重要。"我告诉他,如果他继续浪费水,不出一周,管它是祷告还是喝水,一样都做不了了,全玩儿完。这件事让我很焦虑,显然,一些拜特·卡西尔人并没有意识到我们距死亡有多近。晚上,我向他们敲了警钟,提醒他们从豪尔·本·阿塔里特之井到宰夫拉的距离是从萨拉拉到水井的两倍。苏尔坦悲观地认为:"无论是人还是骆驼,都不可能活着看到宰夫拉。"

第二天下午,我们在一座高大沙丘的侧面发现了些干牧草。我们放骆驼去吃了两个小时,然后继续赶路直至夜幕降临。整整一天,为了让骆驼有东西吃,我的同伴不放过任何目力可及的植物,即使那小丛植物长在沙丘的顶端,也一定有人会跳下骆驼,爬到上面去摘。旅途再漫长劳累,他们还是会这么做。晚上扎营的地方,沙丘如巨大的鲸鱼背脊,绵延不绝地从铺满粉状石膏的白色平原上升起。此情此景荒凉贫瘠,没有丝毫暖意,看上去竟如极地。夜里我两次醒来,每次都看见苏尔坦呆坐在篝火旁。之后又是漫长的一天,我们连续走了十个小时,在了无生机的沙丘间,没有任何停歇的理由。我们跟着拜特·穆桑人留下的踪迹向前走。到了晚上,终于找到了一点绿植。

太阳升起不久我们就出发了。苏尔坦看上去情绪低落,不想讲话,所以我和奥夫并排骑着。他游刃有余地掌控着胯下那峰桀骜不驯的骆驼,潜意识帮他判断出它将做出的鲁莽动作。他是一个自信的、指挥官式的人物,像这样的人,是不会在任何困难前畏缩的民族的代表。

我问他，夏天和冬天何时雨会多一些。他答："说不好，似乎从我小时候起就一直在变。我印象中，夏天的雨会多一些，但现在我们又盼着冬天来点雨，不过就像你看到的，任何时候都没雨了。问题是，就算下雨也仅限局部地区，所以牧草越来越难找到了。"

我又问牧草生长需要多少水，他答："如果雨水不渗入土层这么深的话，就没有用。"他用手肘示意了一下。

"雨要下多长时间才够？"

"一场大的阵雨就够了。长出的牧草质量有限，但总比什么都不长强。如果后面不再下雨的话，这些牧草将在一年内枯死。如果是一场持续一天一夜的大雨，牧草能活三四年。"

"你是说，一场雨就够了？"

"对，之后一滴雨都不下都没关系。当然也取决于沙地的成分，有些比别的要好。我们把沙漠分为'红'和'白'两种，眼前这片算'白沙漠'，'红沙漠'更适合牧草生长。达卡卡的'红沙漠'是最好的，乌姆巴拉克，有机会你应该去看看，那里简直是沃土。"

过了一会儿，他接着说："我们更喜欢冬天下雨，冬天的雨持续时间长。夏天的暴雨确实很猛烈，但天气太热了，幼苗熬不过去，除非那场雨真的很大。不过，都是安拉的旨意，雨该来的时候就会来的。"他指着一些枯死的蒺藜："你看到那些'扎赫拉'（zahra）了吗？你可能以为它们已经死了，但只要一场雨，一个月后，它们就能身披鲜花重新复活。它们的根系无比发达，只有持续数年的干旱才能杀死它们。有时

## 第六章 在"空白之地"的边缘

植物已经完全枯死了,就像我们在乌姆海特看到的,只要一场雨,深埋在地下的种子就会发芽生长,无论那些种子在沙地中待了多久。"

"拿我们追踪的拜特·穆桑人来说,没有水的话,他们能在这里待多久?"

"取决于牧草的质量。牧草好的话,他们能从晚秋待到春天。天气转热之后,他们就不得不向有水井的区域转移。"奥夫说。

"所以,他们能在没有水的情况下,在这里待六到七个月?他们吃什么呢?"

"骆驼奶既是食物又是水。只要有充足的奶,贝都人别无所求。"

"骆驼不会渴吗?"

"如果你把一峰行将渴死的骆驼放到一片鲜嫩的牧草草场,它不仅能从极度缺水中恢复,还能在两个月内变得肥壮。有时候,过多的养料会撑破驼峰,它们反而会死。"

"你怎么知道什么地方有牧草?"

"秋天的时候,牧草长在水井旁边,阿拉伯人会派遣一支小分队去找草。小分队的队员都是精挑细选的,不怕吃苦,他们的骆驼也是最好的。到了夏天,可以看到远处的积雨云或闪电,也可以根据动物的踪迹判断,如果发现大羚羊或沙漠瞪羚都往一处走,那就跟着它们。我们还会回到上一年发现牧草的地方看一下,还有冬天时发现牧草的地方。只要沙漠中有牧草,我们就能发现它们。我们可是贝都人,我们了解沙漠。"

"夏天的时候怎么办？"

"嗯，夏天很难。水井边上一般没有牧草，我们只能带着骆驼走很远去找水。"

"夏天时，骆驼最长可以多久不喝水？"

"还是取决于牧草。如果能在旱谷中找到些树荫，它们就能支撑得久些。在满足这些条件的情况下，它们可以一周不喝一滴水。在'空白之地'，我们尽量每隔两三天就让骆驼喝一次水。对贝都人来说，夏天是最难挨的季节。有时候井水实在太苦涩了，我们只能掺些骆驼奶来喝。骆驼可以喝的水，人喝不了。干活儿的时候，我们把水泼到身体上降温，皮肤因此长了疮。给骆驼喂水是件辛苦活儿，它们总是很渴，需要喝很多，太阳又毒辣。如果有风的话就更糟了，感觉就像在火炉中。就算停下休息，沙漠中的水井旁也找不到一片阴凉。只有贝都人能承受这一切。"

四个小时后，我们来到了一片高大的红色沙丘面前。两年前这里下过大雨，长出了绿植。不一会儿，我们看到了拜特·穆桑人的骆驼，一个男孩负责照料它们。我们在一片洼地扎营，放任骆驼在鲜美的灌木丛中撒欢。

云雀歌唱，蝴蝶穿花，蜥蜴奔逃，黑色的小甲虫在沙子上吃力地挪步。那天早晨，我们看见了一只野兔，还有瞪羚留下的足踪。营地周围沙地上的小脚印，是跳鼠或其他小型啮齿动物在夜里留下的。我惊异于它们的存在，它们是如何

第六章 在"空白之地"的边缘

在一片无边的荒寂中找到这方绿色天地的?

苏尔坦、穆萨利姆和其他几个人跟着男孩去了拜特·穆桑人的营地。奥夫负责照料骆驼。另几个人正在睡觉,用头巾蒙着脸。我爬上了营地旁的一个坡,本·卡比纳跟着我。我很饿,前一晚的晚餐是沾满灰的面包,我只吃了一半。傍晚饮下的苦水丝毫缓解不了恼人的口渴。天空倒是比之前几天更蓝了,脚下的沙地如一块熠熠生辉的地毯。一只乌鸦盘旋着,发出声声嘶叫,本·卡比纳喊道:"乌鸦,快去找你的兄弟。"话音刚落,另一只乌鸦飞过了附近的沙丘。他笑着解释,一只乌鸦是不祥之兆。我们愉快地坐在一起,他教我沙地中植物的名字。蒺藜是扎赫拉,生长在低洼处硬沙地面的天芥菜叫"里姆拉姆"(*rimram*),流苏状的是"卡西斯"(*qassis*)。我们屁股底下顽强的灌木是阿布,它们脆弱的枝条上挂着明亮的黄色绒球,是饥渴中的骆驼最好的食物。他还告诉了我另一些名词:"哈尔姆"(*harm*)表示嫩绿色的含盐灌木,还有"比尔坎"(*birkan*)、"艾勒吉"(*ailqi*)、"萨丹"(*sadan*)等等。他知道每种植物的名字。后来,我在伦敦博物馆举办展览的时候,那些专家认为本·卡比纳给同一种植物起了不同的名字,经过仔细研究后,他们发现本·卡比纳是对的。

他说起了母亲、我没见过的弟弟赛义德和他希望迎娶的表妹。远处的骆驼匆忙游走于灌木丛之间,贪婪地享用大餐。我们看到苏尔坦和其他人回来了,当他们越走越近时,本·卡比纳说:"苏尔坦要惹麻烦了,他怕了,不愿意继续走。"我知道他说对了。他们带回来一口袋酸奶,我们一饮而尽,感觉非常好。苏尔坦叫上其他人,在远离我的地方围坐了一圈。我让本·卡比纳去叫奥夫。过了一会儿,苏尔坦让我加入他们。他说大家讨论了一下,一致认为拜特·穆桑人的骆驼状况很糟,无论是他们的骆驼还是我们的骆驼,都无法胜任前往宰夫拉的旅程,我们必须掉头回去,与其他留在南部海岸的人会合。如果我想的话,可以在那边的哈拉西斯平原狩猎大羚羊。他又补充说,即使骆驼的情况尚可,我们也没有足够的食物和水了。我提议,六个人带着状况最好的骆驼继续走,其余六个人回去。苏尔坦认为,六个人的队伍太小了,"空白之地"另一端的阿布扎比和迪拜正在打仗,到处是劫匪。为了打消我的念头,他还说拜特·穆桑人告诉他,两年前牧草充足时,一支装备精良且带有足量饮水的阿拉伯队伍,曾试图穿越沙漠抵达宰夫拉,最后全部死在了"空白之地"。他宣布,我们只能一起走,或者一起回。我们争论了很长时间,但我知道这是徒劳的,他的心气已经没了。他一直以胆大敢为著称,是一名不容置喙的领导者。在贝都人中获得如此声名相当不易,但他的生活经验只限于山区和草原,在"空白之地",他感到迷惑而不知所措,丢掉了自信。他看上去饱受摧残、尽显老态,我感到很过意不去。我喜欢他,他曾帮了我很多次。我问奥夫是否能和我继续走,他说:"我们到这里来就是为了去宰夫拉的,如果你想继续,我可以当向导。"我又问了本·卡比纳,他回答说我去哪儿他就去哪儿。我不知道穆萨利姆会不会和我们一起走。我骑的那峰骆驼是他的,没有那峰骆驼,

## 第六章 在"空白之地"的边缘

我哪里都去不了。我知道他觊觎苏尔坦的位置,所以问到他时,他说:"我去。"其他人不再说什么了。

大家又一次分配了食物。我们拿走了五十磅面粉、一些黄油和咖啡、剩下的茶和糖,还有几个干掉的洋葱。我们还带上了四只灌满水的皮水袋,并确保它们完好无损。穆萨利姆说,拜特·穆桑人有一峰公骆驼很不错,建议买下作为备用。他还说,马卜克豪特·本·阿尔拜恩是他的朋友,如果他提出要求的话,后者会和我们一起走。马卜克豪特的骆驼看上去很瘦,但奥夫声称他们了解骆驼,这一峰可堪重用。他非常希望能带上马卜克豪特,他说多一个人总会更好,而且马卜克豪特是拜特·卡西尔人中最可靠的一位。穆萨利姆去敲定这件事,过了一会儿,马卜克豪特带着驼鞍走过来,加入了队伍。晚上,本·图尔基亚表达了和我们一起走的愿望。他是马卜克豪特的亲戚,愿意分担未知前途中可能出现的危险。但他的骆驼实在太糟了,我们不得不拒绝了他。作为补偿,我答应回来后,带他和他的小儿子本·阿璐夫从萨拉拉去穆卡拉。我们买下了那峰公骆驼,一峰高大有力的黝黑家伙,经过激烈的讨价还价,价格仍然令人咋舌,相当于花掉我五十英镑,是其实际价值的两倍。有了心仪的同伴和状况良好的骆驼,我比前几天有信心多了。我们还有一峰适应"空白之地"的备用骆驼,如果食物不够用,还可以宰掉一峰骆驼来吃。水是不够的,我们必须时刻提醒自己,每人每天不能使用超过一品脱。本·卡比纳、穆萨利姆和马卜克豪特每人配备了一支枪。奥夫有一支长筒 0.303 英寸口径马提尼步枪，是贝都人最喜欢用的。我自己用一支运动型的 0.303 英寸口径步枪。大家重新分配了剩下的弹药，每人还有一百多发子弹。第二天离开后，我告诉同伴枪送给他们了，并且答应奥夫回到萨拉拉后，可以从剩下的枪中任意拿走一支。没有什么比这更让他们高兴的了，对部落生活来说，状况良好的步枪非常难得，弹药也很稀少。即使在和平时期，所有的部落族人也是匕首和步枪不离身。它们是男子气概的标志，也是独立的象征。在阿拉伯半岛南部，保障牲畜的安全，甚至他们自己的性命，全要靠枪。本·卡比纳曾把想用工资买枪的事情对我坦诚相告。他一定想象过拥有一支枪是多么自豪，即使它年代久远，就像他陪我去哈德拉毛时借来的那支一样。到时候，他就是一名战士了，弟弟们会又羡又妒。现在，他拥有一支部落中最好的枪，难以置信的目光很久才从他的眼中消失。

黄昏时分，拜特·穆桑人来了，带着几碗骆驼奶。苦涩的井水挫伤了我们的喉咙，相比之下，骆驼奶清凉可口，给人很大的慰藉。我和拜特·卡西尔人坐在一起，但总觉得有些尴尬，于是去和奥夫还有本·卡比纳一起整修驼鞍。如果他们没来到希苏尔，我只能如托马斯从穆格欣折返那样，打道回府了。

第七章

# 第一次穿过"空白之地"

> 五名拜特·卡西尔人决定离去,只有四个人留下。水和食物都严重短缺。我们穿过了谢拜沙漠,抵达了利瓦绿洲附近的哈巴水井。

拜特·卡西尔人帮我们装好了骆驼。我们互相道别,拿起枪出发。路上经过前一天本·卡比纳和我待过的灌木丛,他找来展示给我看的植物仍躺在地上,独自凋谢,就像是很久前发生的事一样。

拉希德人带路,他们褪了色的棕色衣衫和沙漠很配。奥夫腰板挺直,身形消瘦,干净利落;本·卡比纳在他身旁大步走着,显得很瘦弱。两名拜特·卡西尔人紧紧跟在后面,备用的那峰骆驼拴在穆萨利姆的鞍子上。他们身上曾经洁白的衣服因为长时间穿着变成了灰色。马卜克豪特和奥夫的身材差不多,他俩在很多方面都很像,只是马卜克豪特的性格中少了几分坚忍。远远看过去,只能从衣着的颜色把他俩区分开。穆萨利姆身体结实,有轻微的罗圈腿,和其他人不同的是,他属于更粗犷的类型。穆萨利姆是所有人中我最无好感的,他在萨拉拉逗留了太多时间,学会了逢迎和讨好。

走出不远的一段距离,奥夫建议最好在附近的拜特·伊玛尼人那里再停留一下,让骆驼多补充些食物,因为再往北走,不知道会是什么情况。另外,那些阿拉伯人可以提供骆驼奶,我们暂时不用消耗自己的粮食和水。我告诉他,他是我们的向导,一切都听他的。

两个小时后,我们见到一名看骆驼的少年,他长发及背,裹腰布已经残破不堪。他带我们找到拜特·伊玛尼人的营地,三个男人围坐在烧尽的篝火旁。看我们走过来,他们站起身,"祝你平安","也祝你平安"。交换完最新的消息后,他们递给我们一碗骆驼奶,上面敷了一层棕色的沙子。这些拜特·伊玛尼人和奥夫、本·卡比纳等拉希德人属于同一支系,他们来自三个不同的家族。只有那名头发斑白的老者胡阿提姆在腰布外面套了一件外衣,所有人都没戴头巾。他们没有帐篷,全部家当仅为驼鞍、绳子、碗、山羊皮袋子、几支步枪和若干匕首。营地中骆驼睡觉的地方弄得乱糟糟的,到处是干硬的骆驼粪便,在沙地上十分显眼,像晒干的椰枣。这些人生性快活且相当健谈。牧草不错,他们的骆驼,包括几峰正在产奶期的,应该很快就能肥壮起来。以他们的标准,今年年景很顺,但我不由得想到了另一些年份。精疲力竭的小分队回到水井旁,坏消息从他们发黑、流血的嘴唇中说出来:沙漠中寸草不生，就像我从加尼姆沙漠一路走来所见的那样；最后一株植物枯萎，骨瘦如柴的人和动物倒下死去。即使今晚他们感到幸福，也不得不赤身睡在冰冷的沙地上，唯一的遮盖物是那块薄如蝉翼的腰布。我还想到，在夏日似火炉的酷暑中，骆驼拥挤在水井前，一个小时接一个小时，人们试图用苦涩的井水满足口渴难耐的十三峰骆驼，最后水干了，不甘心的骆驼哀叫起来。在这片废土上，生活的艰苦让人心生绝望，也正因此，贝都人展现了他们超人的英勇和忍耐力。听着他们聊天，看到那些不经意间的礼貌周到，我才知道，相比之下，自己是多么可悲和自私。

拜特·伊玛尼人一直在谈论马赫辛和降临在他身上的意外，问了无数问题。之前看骆驼的小男孩是胡阿提姆的儿子，胡阿提姆喊他去把那峰四岁的黄骆驼和另一峰上了年纪、仍在产奶期的灰骆驼牵过来。骆驼被牵过来了，胡阿提姆指挥男孩让骆驼坐下，然后解开我们那峰公骆驼束缚前腿的绳子。公骆驼已经兴奋起来，拼命地摇着尾巴，磨着牙，从嘴里吹出一个大大的粉色肉囊再吸回去，同时发出吸口水的声音。它笨拙地从后面骑到黄骆驼身上，洋溢着强烈欲望又很滑稽。胡阿提姆跪在一旁，试图让整个过程顺利进行。本·卡比纳对我说："没有人帮助的话，骆驼是无法完成交媾的。它们从来搞不定正确的姿势。"谢天谢地，这里只有两峰等待配种的母骆驼，如果是十几峰的话，我们的公骆驼将精疲力竭。

日落时分，男孩把剩下的三十五峰骆驼驱赶回营。胡阿提姆在一峰圈养的骆驼下面洗了手，然后用沙子洗刷了一遍碗。贝都人认为用脏手挤奶将导致骆驼减产,用脏碗盛奶也不行,尤其是装过肉或者黄油的。他挤压着一峰骆驼的乳房,对它说着鼓励的话,然后把右脚搭在左膝上单腿站立,往碗里挤奶,碗稳稳放在右大腿上。这峰骆驼产出了两夸脱的奶,而另外几峰每峰产奶不到一夸脱。一共有九峰骆驼处于产奶期。奥夫给本·卡比纳的骆驼加迈加姆挤了奶,那峰骆驼在穆格欣时每天能产两次奶,每次一夸脱,现在,繁重的劳动和食物短缺,让它只能产出一品脱的奶。

挤完奶,拜特·伊玛尼人安顿好骆驼过夜,他们把骆驼的膝盖绑住,以防它们站起来。奥夫让我们放骆驼去吃草,说他会照看的。营地的主人为我们端来了骆驼奶,我们吹去上面的泡沫,一饮而尽。他们劝我们多喝一些:"再往前走就没奶可喝了。喝吧,喝吧。你们是客人,安拉带给我们的客人。喝吧。"我又喝了一些,心里知道他们这一晚又要受渴挨饿了,除此之外他们什么都没有,没有食物,没有水。我们在篝火旁蹲下,本·卡比纳正在准备咖啡。冷风飕飕地吹过朦胧的沙丘,如灵活的手指般,钻进衣服和毛毯的每一处缝隙。他们聊到很晚,月亮早已落下,聊骆驼和牧草,聊穿越"空白之地"的旅程,聊劫掠和世仇,还有他们在哈德拉毛和阿曼见到的奇人逸事。

早晨,本·卡比纳和一名拜特·伊玛尼人去找回我们的骆驼,他回来的时候,我发现他衬衫下的腰布不见了。我问他腰布哪儿去了,他说送人了。我表示反对,他不能这样子进入"空白之地"另一端有人居住的地方,也去不了阿曼。

## 第七章 第一次穿过"空白之地"

而且我也没有多余的腰布给他。我让他必须把腰布要回来,可以给对方些钱作为补偿。他争辩说不能这么做。"在沙漠里给钱有什么用。他要的是一条腰布。"他嘟囔着,不过最后还是照办了。

此时,拜特·伊玛尼人给了我们几碗骆驼奶,奥夫把奶倒进一只小羊皮口袋里。他说,我们可以每天往水里掺一点奶,喝起来口感会好一些,这是生活在"空白之地"的阿拉伯人的常规做法,否则苦涩的井水难以下咽。他们管这种酸奶和水的混合物叫作"沙宁"(shanin)。一周后,当我们喝光这袋骆驼奶时,发现袋子底部有一块黄油,核桃那么大,像猪油一样失去了颜色。奥夫还往另一只漏水的皮口袋里倒了点奶,他说这样可以让其重新防水。

祝福主人将得到安拉保佑后,我们开始穿越"空白之地"。奥夫一边走,一边举起双手,掌心向上,背诵着《古兰经》中的词句。脚下的沙地仍然冰凉。阿拉伯人夏天或冬季在这里的时候,通常会穿上用黑色粗毛编织的袜子。我们没有这种装备,每个人的脚后跟都冻裂了。这些裂纹变得越来越深,令人疼痛难忍。我们步行了几个小时,然后骑上骆驼,一直赶路到傍晚。一路上,只要经过植物,我们都会让骆驼尽可能多吃。每次看到食物,它们都会加快脚步,下唇剧烈地甩动起来。

沙丘一开始是砖红色的,独立的沙山耸立于灰白色的石膏表面上,石膏的边缘长有鲜绿色含盐灌木。下午经过的沙丘更高,有五百到五百五十英尺,蜜黄色,几乎没有任何植被。

穆萨利姆骑着黑色的公骆驼,牵着自己的那峰,上面载着两只最大容量的皮水袋。下一个陡坡的时候,那峰母骆驼畏缩了。它的缰绳拴在穆萨利姆的驼鞍后面,绳子绷紧后,拖着它向一侧倒去。我在后面,看得清清楚楚,但已经来不及了。我冲穆萨利姆狂喊,但他在下坡,停不下来。我祈祷缰绳会断掉,当看到骆驼倒地压在了皮水袋上,我想:"这下再也别想穿越'空白之地'了。"奥夫已经跑上前,正用匕首割断紧绷的缰绳。我跳下骆驼,怀疑剩下的水是否还能撑到回加尼姆。倒地的骆驼乱踢,随着绑绳的绷断,它自己站了起来。掉在地上的皮水袋看上去还是满的,但我不敢抱什么幻想,把它们又揉捏了一遍。奥夫说:"感谢安拉,它们没破。"其他人也重复地说:"感谢安拉,感谢安拉!"我们把皮水袋重新装在了公骆驼身上,它生长在这片沙漠里,更习惯应对这种滑溜溜的下坡。

后来我们找到一些牧草,就停下来过夜。在一个避风的洼地,我们把皮水袋和驼鞍袋卸下来,给骆驼戴好脚绊以防走失,松了松驼鞍,然后放它们吃草去了。

傍晚,奥夫为每个人取了一品脱的水,混上骆驼奶。这是一整天的第一次进水。和往常一样,我看着日落,试图挤出一点唾液湿润干硬如皮革的嘴,想着"再多一个小时,我就受不了了"。我拿来自己那份水,没有加奶,而是做了茶,为了遮掩味道,加了点肉桂粉、小豆蔻、姜和丁香。

柴火倒是随手可得,"空白之地"的每一处都曾下过雨,即使发生在二三十年前。我们常能发现枯死的灌木长长的根系。但凡能找到其他燃料,阿拉伯人就不会把蒺藜拿来烧,

## 第七章 第一次穿过"空白之地"

他们称这种植物是扎赫拉,意思是"花",它被认为是所有骆驼食物中最好的,神圣性堪比椰枣树。我曾把一个枣核扔进篝火,被老塔姆泰姆捡了出来。

本·卡比纳煮了咖啡。他脱掉衬衫,摘掉头巾。"要不是我挽救了你那条腰布的话,你现在就不能脱衣服了。"我说。他笑着说:"我有什么办法呢?他就是想要嘛。"然后,他去帮穆萨利姆从一只羊皮口袋里往外舀面粉——用一品脱的杯子量了四平杯,大概有三磅面粉,这就是我们每日的全部口粮。我们的饮食里既没多少热量也没多少维生素,但住在沙漠的这几年,我的身体没有溃烂生脓。我也从未注意过饮水卫生。二十五年中,我喝遍中东地区的生水,井里的、沟里的、排水管道里的,从未因此生病。试一下就知道,人的身体可以自发产生一种免疫机制,起码我自己是这样。

穆萨利姆做好了面包,去叫正在放骆驼的奥夫和马卜克豪特。夜幕升起,西边残存着天光,如苍白的记忆不愿褪去。星星露了出来,暗淡的沙地被月光勾勒出层层暗影。我们围着一小碗食物坐成一圈,念叨着"以安拉之名",然后轮流用碎面包块蘸着融化了的黄油吃。吃完饭,本·卡比纳从火上取来那只小铜咖啡壶,为每个人斟了咖啡——每人几滴而已。然后,我们围着篝火聊天。

我很高兴有他们陪伴,而且是他们选择了与我同行。我对他们心生喜爱,也赞同他们的生活方式。虽然这种轻松平等的情谊让我满足,但我从未抱有成为他们中一员的幻想。他们是贝都人,我不是;他们是穆斯林,我是基督徒。不过,我是他们的旅伴,我们由一种不可分割的关系联结在一起,就像主人和客人之间的关系一样神圣,超越了对于部落和家庭的忠诚。由于我们是路上的同伴,他们会为我战斗到底,就算对方是他们的兄弟也一样,反过来,他们希望我也会这么做。

我知道,对我来说最难的部分,是如何克制不耐烦的情绪,和谐地与他们相处;既不能沉默自闭,也不能对那些有别于我的生活方式过分挑剔。根据之前的经验,目前的这种生存条件会慢慢把我拖垮,即使不是身体上的,也是精神上的,同伴们的所作所为会时常惹恼或是激怒我。我同样也很明白,如果这种事真的发生了,错在我,而不怪他们。

夜半,沙丘上传来狐狸的叫声。清晨,奥夫把晚上安置在营地的骆驼松了绑,放它们去吃草。日落前是不会有什么吃的了,本·卡比纳加热了一下剩下的咖啡。启程一小时后,我们来到一小块新鲜的草场,是近期一场阵雨留下的。在继续前进和喂饱骆驼的选择前,奥夫决定停下来,在卸行李的时候,他告诉我们走的时候带上几捆刺蒺藜。他自己在沙地上挖了一个小洞,查看雨水到底浸润了多深,这回大概在三英尺左右。只要下过雨,他都会重复上面的做法,如果此地没长出骆驼能吃的牧草,我们继续走,留他在原地做调查。我看不出获知"空白之地"腹地未来草的长势如何有什么用处,但正是这些本领,让他成了一名出色的向导。我躺在沙地上,看到一只鹰在空中盘旋。天很热,我测了一下身下阴影处的温度,八十四华氏度,难以置信的是,拂晓之时只有四十三华氏度。太阳已经把沙子晒得很烫了,它们灼烧着我双脚两侧柔软的皮肤。

中午时我们又上路了，经过的沙丘有些高大苍白，有些金光熠熠。晚上，我们花了一个小时绕过一座巨大的红色沙山，大概有六百五十英尺高。之后，我们走上一片细长的盐碱地，它就像一条穿越沙漠的走廊。回过头看，巨大的红色沙山像大门一样，在我们身后悄无声息地缓缓关闭。我看着它和其他沙丘渐渐合拢，想象着这道缝隙一旦消失，无论发生什么，我们将无法回头。"大门"关闭了，现在只能看到一堵由沙丘组成的高墙。我转身看向同伴，他们正在讨论马卜克豪特出发前在萨拉拉买的染色腰布值多少钱。奥夫突然指着地上的一排骆驼脚印说道："这是我去加尼姆时留下的。"

过了一会儿，穆萨利姆和奥夫开始争论从穆格欣到巴伊有多远，塔姆泰姆等人正在那边等我们。我问奥夫是否从艾马伊尔河谷骑到过巴伊。"骑过，六年前。"他回答。

"用了多少天？"

"和你说吧。我们在阿迈里的加巴让骆驼喝了水。我们一共四个人，我、萨利姆、阿瓦米尔的贾纳济勒和阿法尔的阿莱维。当时是盛夏。之前我们去伊卜里平息了一场拉希德人和马哈米德人之间的纷争，起因是法哈德的儿子被杀。"

穆萨利姆打断说："那一定是在里盖希成为伊卜里的长官之前。我一年前也在那里。萨海勒和我在一起，我们之前去了……"

奥夫继续说了下去："我骑着一峰三岁的骆驼，从本·杜艾兰手里买过来的。"

"是马纳希勒人从亚姆抢来的那峰吗?"本·卡比纳问。

"是的。后来我用它从本·哈姆那里换来一峰黄色的六岁骆驼。贾纳济勒骑着一峰巴提奈骆驼。你还记得那峰骆驼吗?它是那峰著名的灰骆驼的女儿,属于瓦希伯部落的哈拉海什。"

马卜克豪特说:"对,他在萨拉拉的时候,我看到那峰骆驼了,很高大。我见到它的时候它已经老了,盛年已过,看上去还是那么漂亮。"

"我们和阿法尔的拉伊过了一夜。"奥夫接着说。

本·卡比纳插嘴说:"他去年来哈拜鲁特的时候我见过他,他还带着一支叫'十发之神'的步枪,是在格胡敦杀了那个迈赫拉人后夺来的。本·毛特劳格出价一峰骆驼——'法尔哈'的那峰灰色的幼崽,只有一岁大——外加五十里亚尔,想买那支枪,但还是被拒绝了。"

奥夫继续说:"拉伊宰了一只山羊招待我们,还说——"我打断了他:"我明白,但你到底花了多少天到巴伊?"他一脸诧异地看着我:"我不是正在跟你说吗?"

日落的时候,我们停下来吃晚饭,用之前带上的蒺藜喂了骆驼。所有的皮水袋都在往外渗水,让人很担心。整整一天,每隔几码就有一滴不祥之水异常规律地掉在沙地上,像止不住血的伤口。没办法,只能加紧赶路,但给骆驼太多压力的话,它们又会累垮。现在,它们已经露出口渴的征兆。奥夫决定饭后继续上路。穆萨利姆和本·卡比纳烤面包的时候,我问他上次穿越的事。"我穿越过两次,"他说,"上次是在两年前。我从阿布扎比出发的。"我问:"当时有谁?"他回答:"我一个人。"我觉得自己一定听错了,又问:"和你一起的还有谁?""安拉和我在一起。"独自穿越这片可怖之地是一项难以置信的成就。我们正在穿过它,但我们是一个五人小团体,我们彼此陪伴,一起谈笑,共同分担艰苦和危险。如果让我一个人走的话,单是无穷无尽的孤独就能把我彻底压垮。

我清楚,当奥夫说"安拉和我在一起"时,并不是在打比方。对贝都人来说,安拉是真实的存在,这种确信给了他们活下去的勇气。对此产生怀疑是一种不可接受的亵渎。他们中的大部分人定时祈祷,遵守斋戒。斋戒将持续一整月,从黎明到日落不得吃喝。如果斋戒在夏天(阿拉伯人用阴历,斋月每年会提前十一天),他们允许旅行者结束旅程后补上,留待冬天再禁食。我们之前留在穆格欣的那几个人,正在弥补年初时没能遵守的斋戒。我曾听哈德拉毛的城里人和村民,还有汉志人,毁谤贝都人,称他们没有信仰。如果我提出反对意见,他们会说:"就算他们祈祷,安拉也不会听他们的,因为他们没有首先进行适当的净身。"

贝都人并不是狂热的教徒。一次我和一帮拉希德人走着,其中一个对我说:"你为什么不成为穆斯林呢?那样你就是我们中的一员了。"我回答他:"安拉保佑我远离魔鬼!"他们都笑了。在阿拉伯人中,每当发生令人羞耻或不体面的事,会用这句祷词表示反对。如果是其他阿拉伯人问这个问题,我可不敢这么回答,但如果我建议他皈依基督教,他无疑会用这句话回答我。

吃过饭，我们又沿着盐碱地骑行了两个小时。月光下的沙丘两侧苍白，看起来比白天又高大了些。反射着月光的坡面光洁如镜，褶皱里的暗影似墨迹般黑暗。很快，寒冷让我开始颤抖。其他人在一片寂静中吼唱着民歌，否则，只能听到骆驼踩碎盐块的声音。歌词是南方的，但节奏旋律和叙利亚沙漠中贝都人唱的差不多。乍看起来，阿拉伯半岛南部的贝都人和北部的差异很大，后来我才弄明白，差异只是表面上的，主要是他们的穿着方式不同。我的同伴出现在鲁阿拉人的营地里并不会显得格格不入，如果一名来自亚丁或马斯喀特的城镇人出现在大马士革，就会非常扎眼了。

终于停了下来，我麻木地下了骆驼。我想马上来一杯热乎乎的饮料，但要等十八个小时之后了。我们升起一小堆篝火，睡觉前先暖暖身，虽然我根本睡不着。我感到疲惫，连日来长时间骑乘在一峰暴脾气的骆驼上，它节奏不齐的步子让我的身体饱受折磨。同时还有来自饥饿的虚弱，即使以贝都人的标准，我们每天的口粮也只是让人不至于饿死。最难挨的是口渴，虽然还没有到令人崩溃的地步，但对水的渴望无时无刻不伴随着我。就算睡着了，我也会梦见清澈冰凉的溪水奔流而过，况且入睡本身就是奢求。我躺在那儿，盘算着我们走了多远，还剩多远。我问奥夫到下一口井的距离，他这么回答："距离不是关键，置我们于死地的，将是谢拜沙漠巨大的沙丘。"我担心水不够，一路上我眼睁睁地看着水滴掉落在沙地上，还担心骆驼的状况。夜幕下，那些家伙就在我的身边。我起身想看看它们。马卜克豪特被惊醒了，叫道："怎么了，乌姆巴拉克？"我含混着答了他，又躺下了。然后，我又开始担心倒完水后有没有系紧皮水袋，又想万一有人病了或受伤了怎么办。在孤独的黑暗中，不让自己乱想很难，白天还容易点。我又想起奥夫独自穿越沙漠的事，觉得很羞愧。

其他人天一亮就醒了，凉爽的早晨正是赶路的好时候。骆驼闻了闻枯萎的蒺藜，但太渴吃不下去。几分钟后，我们已经整装完毕。迈着沉重的脚步，我们静悄悄地出发了。我冻出了眼泪，脚被凹凸不平的盐碱地扎得生疼。世界一派沉郁的灰色，丘峰在眼前苍白的天空中渐渐升起，几乎在毫无察觉中，它们向初生的太阳借来了颜色，变得光辉四耀。

前方横亘着一座接一座的高耸沙山，不是普通的沙丘，更像是沙子山脉，有着丘峰和将丘与丘相连的山口。以我们所处的盐碱地为参照的话，其中一些沙丘有大概七百英尺那么高。我们面对的南坡非常陡，对于盛行风来说，意味着这是背风坡。我希望我们会从另一个方向往上爬，对骆驼来说，下陡坡比上陡坡容易得多。

奥夫上前探路，叫我们先等一下。他走过白花花的盐碱地，把枪扛在肩膀上，不断抬头判断着前方的坡度。他看上去很有信心，但据我的判断，我们的骆驼无论如何都是上不去这堵沙墙的。马卜克豪特和我想的一样，他对穆萨利姆说："我们得找到另一条路。没有骆驼能爬上去。"穆萨利姆回答："都是奥夫的问题，是他带我们到了这儿。我们应该走更往西的那条路，靠近达卡卡的那条。"他得了感冒，抽着鼻子，尖利的嗓音变得沙哑，含着不满之意。我知道他一直嫉妒奥夫，不放过任何机会诋毁他。我不甚明智地嘲讽道："如果你当向导的话，我们一定已经绕远了！"他转过身气急败坏地说："你就是不喜欢拜特·卡西尔人。我知道，你就喜欢拉希德人。我抛弃了自己的部落带你到了这里，你从来意识不到我为你做了什么。"

在过去的几天中，一有机会他就会提醒我，如果没有他，我是不可能从加法沙丘继续旅程的。这么做，一来是曲意逢迎，二来是想多获得些报酬，但如此只会惹恼我。此时此刻，我很想大骂发泄一通，来一场愚蠢且满怀恶意的争吵。我努力克制自己，没有说话，借口拍照走到一边。在当时的情形下，极为厌恶一个人且把他当成我的替罪羊，是轻而易举的。我告诉自己："我不能讨厌他。毕竟我欠他很多，天哪，希望他再也不要提这档子事。"

我坐在一道沙坡上，等着奥夫回来。地上仍然很冷，即使太阳已经升起，把一道利落的光线投在面前的沙地屏障之上。这些巨大的堡垒遮蔽了半个天日，却仅仅由风力塑成，真是非常奇妙。我看到奥夫了，大概在半英里开外，在沙丘底部的盐碱地上移动着。他开始爬一道沙脊，就像一名登山家为了征服一座高山，奋力地蹚过松软的雪层。我甚至看到了他留在身后的一串脚印。空旷寂静的大地上，他是唯一移动着的东西。

如果我们的骆驼上不去怎么办？我们不能再往东走了，奥夫说乌姆塞米姆流沙区在那边。往西是达卡卡附近难度较低的沙漠，托马斯就是从那边穿过的，大概在两百英里开外。我们没有多余的粮食和水，不可能延长旅程。尤其是水，已经十分紧缺，比我们自己的需求更紧迫的是，如果骆驼不能及时补充到水的话，马上就会垮掉。我们必须越过这些巨型沙丘，必要的话，我们可以自己把行李背上去。但到了那边又如何呢？前面还有多少这样的沙丘？如果我们现在回头的话，还能回到穆格欣，一旦越过了这座山，骆驼会因太累太渴，连加尼姆都撑不到了。我又想到了抛弃我们的苏尔坦等人，如果我们放弃，他们就赢了。我又看了一眼面前的沙丘，这时奥夫已经回来了。一道人影横在我旁边的沙地上，我瞥了一眼，发现本·卡比纳站在那儿。他笑着说："祝你平安。"然后坐了下来。我急切地问他："我们的骆驼能上去吗？"他把额头的头发向后捋了捋，盯着前面的陡坡若有所思，回答："是很陡，但奥夫会找到办法的。他是拉希德人，和那些拜特·卡西尔人不一样。"他又把步枪的枪栓卸了下来，用袖口把它擦干净，显得满不在乎，还问我是不是所有英国人都用同一种步枪。

奥夫来了，我们走了过去。马卜克豪特的骆驼伏在地上，其余的站在原地，看上去不太妙。通常它们已经被放开找东西吃去了。奥夫朝我笑着，但什么也没说，也没人问他什么。看到我骆驼背上的东西歪了，他上前把驼鞍袋扶正，然后用脚趾把地上的骆驼手杖拾起来。他走到自己的骆驼跟前，抓起它的缰绳，说了声："走吧。"然后带领我们前进。

到了他展现真本事的时候了。他精确地选择了路线，确保骆驼能爬上去。在如此体量的背风坡上，整片整片的沙子会接连不断地塌落下来，从沙丘的最上端滑至谷底。总是处于崩塌边缘的坡面完全无法攀登，但两侧的沙脊瓷实很多，角度也没那么陡。我们可以迂回绕行来爬上陡坡，但骆驼不一定行，从下面很难判断到底有多陡。我们极其缓慢、一步一顿地哄诱着那些不情愿的骆驼向上爬。每次停下，我都会抬头看向坡顶，怀疑我们是否真的能爬上去。起风了，山顶的沙子一片片地飘散，遁入无尽的虚空。几乎是突然间，我们上去了。在瘫倒在沙子上之前，我急切地看向远方。心中的石头终于落了地，我们已经在最高处了！之后是容易行走的下坡，我们将穿行于毫无难度的谷地和矮丘之间。"我们成功了。我们在谢拜沙漠之巅。"我得意地想。在加尼姆沙漠，奥夫第一次提醒了我它的存在，自那一刻起，这巨大的屏障就在我的脑海中投下了阴影。现在，阴影已经无影无踪，我对成功信心十足。

我们休息了一会儿，没有人想说一个字，直到奥夫站起身说了句"走吧"。侧风吹塑而成的小沙丘带在背面排成一条与主坡面平行的曲线。这些小沙丘的陡坡在北侧，骆驼可以轻易地滑下去。下山的沙坡是砖红色的，其中点缀着一些更深的颜色，在我们的双脚搅动之下，下面的沙层露了出来，呈一种浅红色。最有意思的是，这里有很多形似巨型动物脚印的深坑。它们不像常见的新月形沙丘那样高出地表，而是在坚硬的波纹状沙地上凹陷下去。远处的盐碱地看上去异常洁白。

## 第七章 第一次穿过"空白之地"

我们骑上骆驼。我的同伴们用头巾蒙住头，默默骑行，身体随着骆驼的步调一晃一晃。落在沙地上的影子非常非常蓝，像天空的颜色，两只乌鸦向北飞去，经过时呱呱叫着。我努力保持着清醒。骆驼的脚掌拍打着地面，发出此时此刻唯一的声音，如波浪轻抚着沙滩。

为了让骆驼休息一下，下午晚些时候，我们在一处伸向盐碱地的缓坡上休息了四个小时。这里没有任何植被，下面的平原上也没有含盐灌木。奥夫宣布傍晚会继续上路。吃饭的时候，我兴致勃勃地对他说："无论如何，我们已经穿过了谢拜沙漠，最难的部分已经过去了。"他看着我，过了一会儿说："如果今晚顺利的话，明天应该能到那里。""到哪里？""谢拜沙漠。"他补充道，"你以为今天我们经过的就是谢拜沙漠？那只是个沙丘罢了。明天你就知道了。"我一度以为他在说笑，后来才发现他是认真的。旅程中最痛苦的一段并未如我所愿已被抛在身后，而是仍在前方。

"我们在这儿过夜吧。"奥夫说出这句话的时候，已经是午夜，"我们睡一会儿，也让骆驼休息一下。谢拜沙漠就在不远了。"那天晚上在我的梦里，巨塔般的谢拜沙漠比喜马拉雅山还要高。

天还黑着，奥夫就把我们叫醒了。本·卡比纳和往常一样做了咖啡，他倒出的几滴苦涩呛人，却没有一点热乎气。晨星高悬在沙丘之上，拂晓的第一缕光使无形的事物恢复了形状。骆驼发出低沉的呼噜声，挣扎地站起来。我们又在篝火旁磨蹭了一会儿，"上路。"奥夫说，于是我们出发了。脚下的沙砾如冻雪般冰凉。

我们面前的"山脉"和前一天翻越的那片一样高,可能还要再高一点,但这边更陡,群峰尽显,其中许多如刺入天空的尖塔,沙脊垂散下来,如披挂的帐幔。这里的沙地比昨天经过的颜色要浅一些,非常柔软,骆驼奋力爬上陡坡的时候,滑下的沙子在我们的脚边形成了一道道小瀑布。骆驼倒毙前是毫无征兆的,我还记得十二年前发生在达纳基尔沙漠的那一幕。我不知道这些牲口还能坚持多久,停下来的时候,它们的身体无不在剧烈地颤抖着。当一峰骆驼坚决不走了,会有人拽着它的缰绳,有人从后面推,还有人帮忙把两旁的辎重抬起来,用人力驱动着这峰咆哮着的牲口向上爬。有时骆驼干脆一坐不起,我们要把它背上的包袱行李卸下来,自己扛起皮水袋和驼鞍袋。这些袋子倒不是很重,我们只剩下几加仑水和少量的面粉了。

犹疑不决的骆驼颤抖着,我们领着它们沿着漫长的沙脊往上走,迎风坡和背风坡刀刃般的交会处,在我们的脚下被碾得粉碎。即使干着这样要人命的活计,我的同伴仍然态度温和,具有无限的耐心。烈日灼人,我感到身体被掏空、难受、眩晕。及膝深的流沙中,我挣扎前行,心脏狂跳不止,口渴更加难耐。我发现已经很难做吞咽的动作了,甚至耳朵也仿佛被什么东西堵住了,在喝到下一口水之前,还有许多这样逼近极限的时刻等着我。我想休息一下,倒在炽热的沙子上,这时,我似乎听到其他人在喊:"乌姆巴拉克、乌姆巴拉克。"声嘶力竭。

## 第七章　第一次穿过"空白之地"

我们用了三个小时才穿过这座沙子山脉。

站在山顶，前方并非如昨日般是缓缓起伏的下坡，而是三条由小一点的沙丘组成的沙丘带横亘在下方，越过它们，沙地才向远处一泻千里，流向夹在群山之间的广阔的盐碱地。远方连绵的沙丘看上去比我们所站之处还要高，且山外有山。我环顾了一下四周，本能地找寻脱身之处。目光所到之处没有任何障碍。在地面的尽头，沙地与天相接，但在这片广阔中，我没看到任何活物，就连一株能给我以希望的枯草都没有。"我们哪儿也去不了了，"我想，"我们退不回去，骆驼也不可能再翻一次如此可怖的沙丘了。我们完蛋了。"我陷入了无声的世界，忽略了同伴的声音，也忽略了躁动的骆驼弄出的声响。

我们走下山谷，然后又爬了上去。我永远也弄不清这些骆驼是怎么做到的。我们精疲力竭，倒在地上。奥夫给了我们每人一点水，仅够润湿一下嘴。他说："如果我们还想继续的话，这点水是必需的。"正午的阳光褪去了沙漠的颜色，零星的积云在沙丘和盐碱地上投下影子，让人有那么一点站在阿尔卑斯山山巅的感觉，似乎脚下远处的山谷满是绿色，冰冻的湖水泛着蓝光。半睡半醒间，我翻了下身，沙地的炽热透过衬衫，把我从梦中唤醒。

两个小时后，奥夫把大家叫醒。在帮我往骆驼身上装东西的时候，他说："高兴点，乌姆巴拉克。这回我们真的要穿过谢拜沙漠了。"当我指向远处绵延的沙山时，他回答："我会找到一条路穿过它们，我们不用翻过去。"我们继续前行，直至傍晚，不过我们跟着大地的纹路走，穿行于沙丘间的谷地,不用再试图爬上去了。我们也没有力气再翻任何一座沙丘。在停歇的沙坡上,我们发现了一点新鲜的卡西斯。我希望这点幸运的发现能成为在此过夜的借口,但是,吃完饭,奥夫过去把骆驼带回来:"如果要到宰夫拉,我们必须趁着凉快继续前进。"

我们走到后半夜才停下,清晨又继续上路,身体疲惫至极,仍未从前一天长时间高强度的行旅中缓过来。奥夫鼓励我们,说最难的部分已经过去。沙丘确实比之前的矮了很多,更均匀也更圆了,几乎没有突起的丘峰。出发四个小时后,我们来到了一处高地,这里的沙子有金黄和银白两种颜色。但仍没有什么东西可以让骆驼吃。

一只野兔从灌木丛中跳了出来,奥夫一棍子把它击倒。其他人叫道:"这是安拉赐下的肉。"我们已经聊了好几天食物,每次谈话最终都会回到食物这个话题。离开加尼姆之后,饥饿就成了我的隐痛,晚上喝过水,嗓子还是干,很难咽下穆萨利姆摆在我们面前的干面包。我们一整天都在想着、说着那只野兔,到了下午三点,大家再也忍不了了。"不要剥皮,把它埋到篝火灰里烤熟怎么样?这样省水,没剩下多少水了。"马卜克豪特建议道。本·卡比纳抗议说:"不要,天哪,竟然提出这么个坏招。"其他人此起彼伏地附和。他转身对我说:"我们不想让马卜克豪特把野兔烧成肉干。汤,我们需要汤和多一点的面包。就算后面要饿要渴,今天也要吃好。天哪,我实在太饿了!"我们一致同意做汤。成功地穿越谢拜沙漠后,我们打算用这上帝的礼物庆祝一下。我们已经安全了,就算

第七章 第一次穿过"空白之地"

用光所有的水,也能撑到下一口水井,除非骆驼出了事。

穆萨利姆做的面包差不多是平时的两倍多。本·卡比纳负责烹饪兔肉,他的目光穿过其他人望向我说:"闻着味道,我都快昏过去了。"烹饪完毕,他把兔肉分成五份。每份都很少,阿拉伯野兔和英国兔子差不多大,何况这只还未成年。奥夫为每份肉命了名,马卜克豪特把肉拿来,每个人从他那里取了一小份。本·卡比纳突然说:"天哪,我忘了分兔肝了。""给乌姆巴拉克吧。"其他人说。我表示拒绝,说应该分来吃,但他们以安拉的名义起誓,称自己不会吃,而我应该把兔肝拿走。最终我还是接受了,虽然明知不应该,但对这小块肉的渴望,让我顾不上那么多了。

我们的水几乎用光了,面粉只够一个星期。饥饿的骆驼因为过于口渴,拒绝吃下路上一些半干的牧草。它们必须在这一两天内补充水,否则会垮掉。奥夫说,抵达宰夫拉的哈巴水井还需要三天,但不远处有一口极为苦咸的水井。他觉得骆驼也许能喝下去。

当天晚上,骑行了一个多小时后,四周突然变暗了。我以为是云遮住了满月,抬头看去,发现一场月食正在发生,一半的月亮变得晦暗不清。本·卡比纳也发现了,开始唱起圣歌,其他人也跟着唱起来。

　　安拉永生永世。
　　人的寿命短暂。

> 七姊妹[1]在头顶闪烁。
> 月亮隐没于群星之间。

此外,他们再未向月食(这是一场月全食)多看一眼,而是望向四周,看有没有适合扎营的地方。

第二天我们很早就出发了,在缓缓起伏的下坡上,马不停蹄地走了七个小时。沙漠的颜色生动多变,出人意料:有的地方颜色像咖啡粉,有的地方是砖红色,或者紫色,抑或是一种奇异的金绿色。一些小面积的白色石膏地上长着"沙南"(*shanan*),一种灰绿色含盐灌木,常出现在下坡的洼地中。我们休息了两个小时,身下沙地的颜色如干透的血迹,然后带着骆驼继续前行。

我们突然看见一名阿拉伯人,躺在一座沙丘顶端的灌木丛后面。由于从未料到会碰上任何人,我们把枪都绑在了骆驼身上。穆萨利姆藏到我骆驼的身后,我看到他已经把枪拔了出来。但奥夫说"是拉希德人的声音",并走上前去。他冲着那名藏身的阿拉伯人说了几句,那人站起身走了过来。他们互相拥抱,一直站着交谈,直到我们加入。我们向他问好,奥夫介绍说:"他是哈马德·本·汉纳,拉希德人中的一名酋长。"他很壮,胡须浓密,人到中年,两只眼睛离得很近,长鼻子末端有个大鼻头。我们卸下行李的时候,他把沙丘背后的骆驼牵了过来。

---

[1] 指昴宿星团(Pleiades),也称为七姐妹星团或 M45。这是一个位于金牛座内的疏散星团,因其中几颗肉眼可见的明亮恒星而得名。

## 第七章 第一次穿过"空白之地"

我们给他做了咖啡，听他讲述近日的新闻。他正在寻找一峰迷路的骆驼，经过我们留下的脚印时，以为我们是从南部来的抢匪。伊本·沙特国王的税务官正在宰夫拉和赖巴德，向各个部落征收贡品；在我们的北边，有拉希德人、阿瓦米尔人、穆尔拉人，还有一些马纳希勒人。

我们不得不避开除了拉希德人外的所有阿拉伯人，最好连拉希德人也不要接触，如此才能保证我的行踪不被部落得知。我可不想被伊本·沙特的税务官逮到，他会让我在伊本·贾拉维面前解释为什么会出现在此，而伊本·贾拉维是哈萨人中令人生畏的统治者。从哈德拉毛来的卡拉卜人去年曾劫掠过这片沙漠，如果我们被当成了抢匪，是非常危险的。我们的骆驼留下的脚印显示，这队人是从南部草原过来的。如果骆驼脚印还显示出，我们在绕着阿拉伯人走，就更危险了，因为正常的旅行者绝不会错过任何一处营地，以便获得消息和粮食。躲过阿拉伯人的觉察是非常困难的。首先，我们必须让骆驼喝水，还要为自己准备足够的水。然后，我们必须在离利瓦尽可能近的地方住下，派一支小分队到村庄购买足以维持一个月的食物。哈马德跟我说，利瓦属于阿布扎比的布法拉家族，他们和迪拜的赛义德·本·马克图姆仍处于战事中，因为形势混乱，发生了很多劫掠事件，阿拉伯人都非常警惕。

下午晚些时候我们出发了，一直走到傍晚。哈马德跟着我们，在我们从利瓦拿到足够的食物前，他会和我们在一起。他知道阿拉伯人的营地在哪儿，可以指引我们避开。第二天，七个小时后，我们抵达了宰夫拉沙漠边缘的豪尔·萨巴哈。我们清理出一口水井，在大约七英尺深处涌出了咸水。水太苦涩了，就连骆驼也只能喝下一点。奥夫用一只皮篮子盛上水，试图哄诱它们喝下去，骆驼急切地嗅着，但只肯把嘴唇沾湿。我们把骆驼的鼻子堵上，它们还是不肯喝。奥夫说阿拉伯人自己都能混着奶把这种水喝下去，看我一脸不相信，他又说，如果一名阿拉伯人渴急了，他会宰掉一峰骆驼，喝它肚子里的液体，或者把一根棍子插到骆驼的嗓子里，喝它的呕吐物。之后我们再次上路，一直前进到日落时分。

第二天下午停歇的时候，奥夫说已经到了宰夫拉，哈巴水井就在附近。他会一早去那边取水。我们把最后一只皮水袋里的最后一点水喝光了。次日我们留在原地，哈马德说他去打听消息，过一天回来。奥夫和他一起离开，下午带着满满两袋水回来了。水还是有点咸，但相比前一天那污秽难闻的液体，已经算得上甘甜可口了。

那天是 12 月 12 日，距我们离开加尼姆的豪尔·本·阿塔里特水井过去了整整十四天。

现在我们不用再对水精打细算了，晚上，本·卡比纳多做了些咖啡，穆萨利姆也往面团里多加了一大杯面粉。简直太奢侈了，不过我们觉得应该庆祝一下。即便如此，他递来的面包远不足以缓解我们的饥饿。口渴的问题倒是解决了。

我躺下睡觉，头顶明月高悬。其他人还在篝火边聊天，但我已经不再费心去听他们在说什么了，只把他们的声音当成含混不清的呢喃。看着他们的身影在天空的映衬下格外清晰，为他们的存在深感幸福，还有那些远处的骆驼，是它们救了我们的命。

多年以来，"空白之地"对我来说，是一场来自沙漠的难以企及的终极挑战。倏然间，成功近在咫尺。我至今仍记得获得利恩偶然给予的挑战机会时的激动心情，决定穿越时的雷厉风行，还有之后旅程中的疑虑、恐惧、沮丧，以及各种绝望的时刻。现在我成功了。对他人来说，这场旅行无关紧要。旅行的成果只有一张并不精确的地图，而且应该没人会用到它。这场旅行是一次属于我个人的经历，全部报偿就是喝上一口清澈、没有异味的水。对此，我非常满足。

回望来路，我发现一路上并无像登山家成功登顶那样的高潮时刻。在过去的日子里，旧的紧张和焦虑刚去，新的又来，毕竟穿越"空白之地"只是漫漫长路中的一部分，我已经开始思考，返回时将遇到的新问题了。

第八章

# 回到萨拉拉

为了避免穿越更多沙地,我们绕道阿曼的砾石平原,当地部落对我们的不信任和缺少粮食,使这场长途跋涉十分艰难。

我们穿过了"空白之地",但还要回到萨拉拉才行。原路返回是不可能的,唯一可行的路是穿过阿曼。

我试着在地图上标出所处的位置,上面除了穆格欣和阿布扎比,还有几个道听途说的地点,此外什么都没有。在找不到一块比笔记本更大的坚固平面的情况下,规划线路很困难。本·卡比纳帮我举着地图,其他人坐在旁边看着,提出各种各样的问题让我分心。除非在地图上定好位,他们从不会按地图走,有意思的是,即使把一张照片倒着拿,他们也能看懂上面的影像。我估计从这里到塔姆泰姆和其他拜特·卡西尔人所处的南部海岸,距离在五百到六百英里之间,之后

## 第八章 回到萨拉拉

再走两百英里就可以到萨拉拉。我向奥夫询问水源的情况，他说："这个不用担心，前面有很多水井。食物是个问题。"我们走到驼鞍袋旁，穆萨利姆称量了一下剩下的面粉，还有九杯，大约七磅。

哈马德回来了，带着另一名叫贾迪德的拉希德人。"又多了一张嘴。"我一看到他就想。本·卡比纳为他们做了咖啡，然后我们开始商量计划。哈马德保证我们能在利瓦买到很多食物，面粉、大米、椰枣、咖啡和糖，他一一列举，但他又补充说，到利瓦要三天，也可能要四天。我挖苦道："我们一定饿得像骆驼一样了。"奥夫嘟囔着说："是啊，不过亚当的孩子可没骆驼那么能忍。"哈马德回答了马卜克豪特和穆萨利姆的问题，只要我们待在利瓦的南边，就能身处海岸战区之外。他坚持说，南边的部落，无论是阿瓦米尔人、马纳西尔人还是巴尼·亚斯人，和拉希德人关系都不错。"到了阿曼就不一样了，那儿的杜鲁人是我们的敌人。杜鲁人没有一个是好东西，和他们在一起要格外当心，他们是靠不住的。"奥夫大笑着说："蛇把他咬死了。"尽人皆知，这是一句用来形容杜鲁人奸诈的话。

他用手杖在沙地上画出路线，一会儿把沙地抹平，接着又画。他深思后，抬起头说："问题是乌姆巴拉克。他们不能知道他在这儿。如果阿拉伯人得知一个基督徒在沙漠里，他们就不会聊别的了，消息马上会传遍整个地区。到时候，伊本·沙特的税务官会把我们逮捕，带我们去找哈萨的贾拉维。安拉保佑我们能躲过一劫。我了解伊本·贾拉维，他是个毫无怜悯之心的暴君。而且，我们不能让乌姆巴拉克的事先传到杜鲁人那里。如果他们先得知了消息，我们无论如何是通不过的。见到任何阿拉伯人，我们最好说自己是从哈德拉毛来的拉希德人，前往阿布扎比为布法拉战斗。乌姆巴拉克可以装作从亚丁来的阿拉伯人。"

他转身对我说："无论见到谁，不要说话，只需要回复问候就行。更重要的是，从今以后，你必须时刻骑行。任何看到你大脚印的阿拉伯人，都会明白你到底是谁。"他起身去找骆驼，"我们最好现在出发。"

我们找到了哈巴水井。水井位于三英里外一处光秃秃的洼地，在一群小型的白色新月形沙丘之间。井水低于地面十英尺，我们只有一个小皮篮子，用了很长时间才让骆驼喝饱，每峰骆驼喝了十到十二加仑的水。本·卡比纳站在骆驼加迈加姆旁边，它一停下，他就挠它的后腿，说些温柔动听的话，让它再喝点。最终，所有的骆驼都得到了满足，经过漫长的吸吮，肚子里满满都是水。奥夫往骆驼的胸前浇了几篮子水，然后把皮水袋灌满。做完所有这一切时，太阳已经火辣辣了。我们上了骆驼。同伴们把自己用袍子裹起来，用头巾蒙住脸，只露出两只眼睛。我曾在叙利亚见过一个贝都人，当时是盛夏的午间，他正在沙漠中跋涉，从一个不毛之地到另一个不毛之地，双脚用沉重的羊皮包着。阿拉伯人认为，穿多一点可以把热气挡在外面，实际上，这样做可以减少汗液蒸发，在贴近皮肤的地方形成一层凉爽的空气。我一直忍受不了这种湿漉漉的感觉，宁可让热空气烤干我的皮肤，带走所有的

## 第八章 回到萨拉拉

湿气。但如果在夏天这么做，我很快会死于中暑。

第二天遇到几个好打听的阿瓦米尔人，躲是躲不过去了。开始他们还把我们当成抢匪，发出了警报。哈马德和他们聊了起来，称我们是一支去往阿布扎比的拉希德人。他们邀请我们去营地，要宰骆驼给我们吃。哈马德找了个借口没有去，再次引起了他们的怀疑。我们扎营后，哈马德、奥夫和马卜克豪特去了他们的营地，整晚都待在那儿，让他们放心。他们第二天早晨回来的时候，带给我们一只装满骆驼奶的山羊口袋。离开哈巴水井后三天，我们抵达了巴廷，在巴拉格水井附近的沙丘休整。次日一早，哈马德、贾迪德和本·卡比纳去利瓦定居点采买食物。他们带上了三峰骆驼，我让本·卡比纳买些面粉、糖、茶、咖啡、黄油、椰枣和大米，最重要的是带一只山羊回来。我们的面粉吃完了，晚上，穆萨利姆从他的驼鞍袋里翻出了几把玉米，我们把它们烤着吃了。这是我们的最后一顿饭，三天后，其他人才从利瓦回来。那是最漫长的三天三夜。

我几乎成功地说服自己，我已经适应饥饿了。我已经饿了好几周，就算还有面粉剩下，我也不想吃穆萨利姆做的烧焦的或湿软的面块。我总是强迫自己吞下那份东西，心里的不满甚至持续到最终将它排出体外的时候。当然，我想的和说的，都是吃的东西，一大块肉、一堆米饭、几碗冒着热气的肉汤，但这些撩人的食物只存在于想象中，就像一个囚犯念叨着自由。此前我从未想过，有一天我会渴求那些曾经拒绝的硬面包皮。

第一天，饥饿仅仅是之前腹中空空的感觉的延伸，有点像牙疼，通过意志力或多或少可以忍过去。我在一个灰色的黎明醒来，非常想吃东西，我趴下，用地面抵住肚子，饥饿感稍微缓解了一点。至少，我觉得暖和了些。过了一会儿，太阳升起，热气让我不得不离开睡袋。我把袍子扔到灌木丛上，躺到阴凉里，打算再睡一会儿。睡着了，梦里面都是吃的，醒来，想的还是吃的。我试着读书，但精神很难集中，稍一不注意，念头就会跑到吃上去。我用自己不想碰的苦咸的水把自己灌了个水饱，感觉非常糟糕。终于到晚上了，我们围着篝火聚在一起，嘴里重复着"明天他们就会回来"这样的话，想着本·卡比纳即将带回来的食物，还有一只山羊。但挨到第二天傍晚，他们还是没回来。

又是难熬的一晚。晚上比白天更难受，冷到无法入睡，只能打几个盹儿。我盯着天上的星星，其中一些我知道名字——猎户星座、昴星团、大熊星座，另一些只是眼熟。慢慢地，它们划过头顶，向西方沉去，只剩下刺骨寒风在沙丘间肆虐。我想起在学校的第一个学期，有次在饥饿中醒来哭泣，当时的我想到的是两天前母亲带我参加的茶会上，因为太饱而没吃下的巧克力蛋糕。现在，想起在谢拜沙漠让出去的硬面包皮，我都疯了。我怎么那么傻？我甚至能描述出那小块面包皮的颜色、纹理和形状。

早晨，我看到马卜克豪特把骆驼放出去吃草，它们拖着步子离去，暂时逃脱了苦役。我发现自己只能把它们看成可以吃的东西，庆幸它们消失在视野中。奥夫走过来在我身旁

第八章　回到萨拉拉

躺下，用袍子把自己盖好，我们没说一句话。我躺在那儿，闭着眼，心中鼓励自己："如果我身处伦敦，为了来到这里，我会不惜任何代价。"然后，我又想起了内志的蝗虫防治研究中心配备的吉普车和货车。脑海中的景象格外清晰，我甚至能听到发动机的声音，闻到难闻的汽油味。不，我宁可像现在这样忍饥挨饿，也不愿听着无线电，坐在椅子上，衣食无忧地借助车辆穿越阿拉伯半岛。这个念头是我抓住的最后一根稻草，对我无比重要。任何一丝动摇都是在承认失败，放弃我曾坚持的一切。

我迷迷糊糊地睡着，听到了骆驼的叫声。我一下子惊醒，想"他们终于回来了"，但那只是马卜克豪特在指挥骆驼。沙丘的影子拖得长长的，太阳已经落山，在我们不抱希望的时候，他们回来了。我第一眼就发现他们没带回山羊，喝上热羊肉汤的梦想破灭了。我们按礼节相互问候，并像往常一样，询问对方有什么新消息。然后我们帮他们卸骆驼，只有一峰驮了东西。本·卡比纳无精打采地说："我们什么也没买到。利瓦什么都没有。只有两袋糟糕的椰枣和一点小麦。他们不收里亚尔，想要卢比[1]。最后他们按1∶1的汇率收下了里亚尔。愿安拉诅咒他们！"他一只脚跛着，上面扎进了一根椰枣树的碎碴儿。我试着把它挑出来，但是天色已黑，看不清楚了。

大家开了一袋椰枣吃。椰枣品相很差，裹了一层沙子，数量倒是不少。我们用小麦做了粥，挤了些椰枣汁进去调味。

---

[1] 印度、斯里兰卡等国货币单位。

吃完东西，奥夫说："如果我们只有这些吃的，很快就会虚弱得连骆驼都上不去了。"那天晚上，所有人既沮丧又生气。

  过去的三天简直是煎熬，他们比我更惨，要不是为了我，他们本可以骑到附近的帐篷里吃东西。但我们从没怀疑过，他们一定会带着食物回来的。我们想着即将到来的食物，聊着它们，做梦还是它们。一顿肥美的羊肉，将是对我们耐心的犒赏。然而我们得到的是一点干瘪的椰枣，还裹着沙子，以及一坨煮过的谷物。就连这些玩意儿都不够。我们必须要往回走了，悄悄地穿过阿拉伯半岛，如果省着吃的话，东西大概够吃十天。今晚我吃过了，但还是很饿。我不知道我还能坚持多久。我们必须搞到更多的食物。奥夫说："我们得宰一峰骆驼来吃了。"我想象了一下，一个月中的伙食除了骆驼肉干，什么也没有。哈马德建议我们在艾因河谷停留，那边离伊卜里很近，我们可以派几个人去伊卜里买食物。"伊卜里是阿曼最大的城镇之一，什么都能买到。"我忍了好久才没告诉他，他用同样的话说过利瓦。

  穆萨利姆打断了我们，他认为我们不可能进入杜鲁人的领地，杜鲁人听说我去年到了穆格欣，曾警告拜特·卡西尔人不要带任何基督徒进入他们的领地。奥夫不耐烦地问，他觉得应该往哪里走呢。他们开始争论起来。我也加入其中，提醒穆萨利姆，我们一直计划穿过杜鲁人的领地返回。他转过身来，显得很激动，用手杖敲打着地面，为他下面的话增添声势："穿过？是啊，如果必须穿过，只能偷偷地，还要很快，而且要走沙漠附近的无人区。我们从来没答应你出现在

## 第八章 回到萨拉拉

杜鲁人的领地，也没答应过你靠近伊卜里。天哪，简直是疯了！难道你不知道那边有个伊玛目手下的官员吗？他叫里盖希。你从来没听说过里盖希？你觉得如果他听说有个基督徒在他的国家里，他会怎么做？他痛恨所有异教徒。我去过那里。听着，乌姆巴拉克，我了解他。乌姆巴拉克，如果你被他抓住，只有安拉能帮你。不要以为阿曼跟沙漠一样，那是个国家，有村庄有城镇，由伊玛目通过手下的官员统治着，这些官员中，里盖希是最坏的那个。杜鲁人嘛，没错，和我们一样是贝都人，是我们的敌人，我们可以带你偷偷穿过他们的领地，但在那边闲逛？不可能。就算接近伊卜里都很疯狂。你听到了吗？只要有人看到你乌姆巴拉克，就会马上去告诉里盖希。"

奥夫平静地问："你想怎么办呢？"穆萨利姆急了："天哪，我不知道。我只知道不能靠近伊卜里。"我问他是不是想原路返回萨拉拉，还补了一句："在没有食物的情况下，和累坏的骆驼在一起，一定很有趣。"他嚷道，去伊卜里也不见得好多少。奥夫被这种愚蠢激怒了，他转过身嘟囔着"万物非主，唯有真主"。穆萨利姆和我还在继续吵着，直到马卜克豪特和哈马德让我们平静下来。

最终我们达成一致，必须从伊卜里搞到些吃的，同时我们会从前方赖巴德的拉希德人那里买一峰骆驼，如果遇到麻烦，这峰多余的骆驼可以吃掉。"乌姆巴拉克基督徒的身份绝不能让别人知道。"哈马德说。马卜克豪特建议我装成从哈德拉毛来的"赛义德"，因为不可能有人把我和贝都人搞混。我反对道："那样不行。作为一名'赛义德'，我必须和别人谈论宗教信仰。人们还会默认我会祈祷,而我根本不知道怎么祈祷,也许他们还会期待我带领他们一起祈祷。到时候就演砸了。"其他人笑了,同意这是个馊主意。我说:"在沙漠里,我最好装成从亚丁来的城里人,和部落住在一起,在前往阿布扎比的路上。进入阿曼,我就说自己是去利雅得的叙利亚人,现在在去萨拉拉的路上。"本·卡比纳问什么是叙利亚人。我说:"如果你都不知道,我想杜鲁人也不知道。他们一定一辈子都见不着一个。"

我又问起利瓦的情况。他说:"那边有椰枣树,很好的椰枣树,盐碱地的沙丘上有很多。屋子是用草席和椰枣树树叶搭成的,没见到一间泥屋。村民是马纳西尔人或巴尼·亚斯人,很不友善。一个奴隶很快注意到我驼鞍下面的衬垫不是用椰枣树纤维做的,而是椰子树纤维。他叫道:'这家伙是从南边过来的,他和另外两个人不是一伙的。他可能是一名抢匪,其他人藏在某个角落,让他找些食物回去。如果他们是普通人的话,应该会一起过来的。'我告诉他们,我是和另外两个拉希德人一起来的,去北边为布法拉打仗,其中一个人发烧了,另一个人留下照顾他。"

马卜克豪特大声说:"这些奴隶是魔鬼,他们的眼睛不放过任何细节。"

本·卡比纳继续说:"天哪,我真想抢些骆驼走,但没有一峰能看上眼。他们是些讨厌的人,和萨拉拉的人不一样。他们的女人竟然拒绝帮我们把玉米磨碎。让他们倒霉去吧。我只能去借一块磨石,天黑以后自己动手。"

## 第八章 回到萨拉拉

阿拉伯人认为这是女人干的活儿，我知道他是不想让别人看到。我问他对方是怎么招待的，他大笑着说："面包、椰枣，炖了几只小蜥蜴。"他一直吃不惯蜥蜴肉。由此引发了一场关于吃的讨论，怎样吃才符合规矩？阿拉伯人从来不会以能吃或不能吃区分食物，而是把食物分成允许吃和不允许吃的。穆斯林绝不吃猪肉、动物的血，或者任何未经宰杀的活物。他们中的大部分人不吃非穆斯林，或者没有行过割礼的男孩宰杀的动物，但在叙利亚，穆斯林会吃由基督徒或德鲁兹人[1]宰杀的动物。什么是允许吃的，会因在不同的地方而不同，而且没什么道理可讲。我问可不可以吃狐狸，哈马德解释说，沙漠中的狐狸可以吃，山上的就不行。他们一致认为，鹰是可以吃的，但不能吃乌鸦，除非是为了治疗肚子痛。穆萨利姆说杜鲁人吃自己的野驴，其他人表示难以置信，同时觉得很恶心。奥夫宣布野猫肉是可以吃的，我说我宁可吃一头驴，也不愿意吃一只野猫。之前大家之间发生的龃龉此时已经烟消云散了。

贝都人的争论很容易升级为激动的争吵，但情绪来得快去得也快。两个人朝对方嚷嚷，眼看就要打起来，不一会儿，就能兴高采烈地坐在一起喝咖啡。不记仇是贝都人不成文的规矩，但如果他们认为有损个人尊严，会变得睚眦必报。袭击一名贝都人，意味着他或早或晚都要杀了你。对于外人来说，很容易在无意中冒犯他们。有一次我把手放在了本·卡比纳

---

[1] 阿拉伯人的一支，主要生活在叙利亚和黎巴嫩。

的后脖颈上,他转过身来,异常生气地质问,是不是把他当成了奴隶。我根本没意识到我做错了。

清晨,营地淹没在浓雾中。从我躺着的地方,只能看清二十码以内的一丛阿布,再远就是一层流动的白色物质,如海雾一般潮湿。一峰骆驼突然叫了起来,说明有人正在靠近它。我摸到了自己的枪,环顾四周,看少了谁。本·卡比纳正在往一堆冒烟的柴火上吹气,穆萨利姆正在向托盘上堆椰枣,哈马德和贾迪德正在做祈祷,我意识到一定是马卜克豪特与奥夫和骆驼在一起。我起了床。盖在我水袋上的袍子已经湿透了。在过去的一周里,北风把波斯湾大量的水汽带向内陆,每天我们都能收获大量的露水。我还注意到,南部沙漠的晨露晨雾,和从阿拉伯海吹来的南风是同步的。我不认为"空白之地"会有什么露水,但在靠近海岸的地方,一定是露水让草木活过来的。但奥夫坚信是露水让草木死去的,这让我十分震惊。

哈马德对沙漠和部落的分布都很了解,他自告奋勇要陪我们到伊卜里,我们对此欣然接受。他建议我们最好沿着利瓦的南边走,那里目前是无人区。一般情况下,利瓦南面的盐碱地是马纳西尔人放养骆驼的地方,但最近他们被一个迪拜来的团伙抢了,损失惨重。现在,大部分马纳西尔人集中住在西边。哈马德向我解释说,马纳西尔人用含盐灌木喂骆驼,骆驼总是很渴,需要不停地喝水,一天要喂三次甚至四次水。所以,他们不得不住在水井的附近。含盐灌木抗旱能力很强,在利瓦周边是最容易获得的牧草。我们的骆驼不吃这种灌木。

## 第八章　回到萨拉拉

本·卡比纳问他路上有没有别的东西吃。他说："这些不幸的骆驼不应该再经受饥饿了。看到它们这样，我觉得很可怜。"他保证在后面的几天能给骆驼找到足够的食物，一旦到了赖巴德，骆驼就可以想吃多少吃多少。我们采纳了他的建议。

大家吃了些椰枣，贾迪德回来的时候，我们已经向东方出发，雾气仍然很浓。我祈祷不要撞进某个阿拉伯人的营地。两个小时后，雾才散去。

沙丘呈东西走向，一路上并没什么难度。这些沙丘组成巨大的沙丘群，和我在加尼姆沙漠看到的盖德差不多，但在加尼姆沙漠，沙丘连成平行排列的沙丘带，大概有三百英尺那么高，沙丘之间的谷地非常开阔，长满嫩绿色的含盐灌木。我们经过了几片椰枣树林和几个小型的定居点，定居点已被遗弃，房屋如本·卡比纳所描述的那样，由草席和椰枣树树叶搭成。

中午时分，我们正在吃那些令人厌烦的椰枣，两名阿拉伯人带着他们的萨路基猎犬[1]出现在远处的沙丘上。他们站在那儿看向我们，于是奥夫过去一探究竟。他们喊他不要再接近了，当奥夫回应说他想得到些消息，那两个人称他们没有新消息，也不想知道他的消息，而且威胁说，如果他再靠近就要开枪了。他们又朝我们这边看了一会儿，走开了。

为了让骆驼得到休息，我们行进的速度很慢，离开巴拉格水井五天后，我们抵达了赖巴德。路上有时会看到骆驼。

---

[1] 又名阿拉伯犬，一种狩猎犬。

无论它们有多远，我的同伴总能判断出它们是不是在产奶期。他们会说"那里有些骆驼"，然后指向一英里或者更远处沙丘上的几个黑点。仔细辨别后，他们会就其中一峰或多峰可以产奶达成一致。然后，我们会朝它们骑过去，对于沙漠旅行者来说，不会放过任何一次挤奶的机会。这些骆驼吃的是含盐灌木，屁股后面不停地喷出绿色的稀屎。奥夫告诉我，吃含盐灌木的骆驼总是会像这样拉肚子，只要能摄入足够的水，对它们的健康没有影响。此话不假，它们看上去状况确实不错。

有一次我们遇到了十几峰骆驼，由一个女人和两个孩子照看。奥夫说道："让我们弄点东西喝吧。"然后，我们向他们骑过去。他跳下骆驼，向那名妇女行了礼，取过一只碗向骆驼走去。饱受摧残的老妇人尖声向儿子们喊道："快！快！把那峰红色的带过来，那峰两岁的。愿安拉帮助你，孩子！快！把那峰红色的带过来，那峰两岁的。欢迎！欢迎我们的贵客！"黑色的袍子裹在她身上，因为年头太久有点发绿。奥夫把碗递给我们，我们蹲下来一个接一个地喝着，阿拉伯人从不站着喝东西。老妇人问我们要去哪儿，我们答说要去为布法拉打仗。"安拉指引你们胜利！"她高声道。

还有一次，我们接近了一处马纳西尔人的营地。哈马德坚持应该过去拜访，否则会引起怀疑，因为他们已经看到我们了。当时我们正在步行，我建议我留在原地看着骆驼吃草。一番争论后，他们同意了。我知道他们是想喝口奶，我也想喝，但似乎没必要为此担风险。他们回来的时候，本·卡比纳一看我就乐，我问他有什么可笑的。他说："马纳西尔人给了我们奶，但坚持我们应该把你带上，他们说，为什么要把你们的同伴扔下。奥夫谎称你是我们的奴隶，但他们坚持说我们应该带上你。"在贝都人间，奴隶也是旅伴，享有和其他人同等的待遇。本·卡比纳接着说："奥夫最后说'哦，他是个智障，让他就在那儿待着吧'，马纳西尔人就不再坚持了。"马卜克豪特说："没错，他们不再说什么了，但看我们的眼光总是怪怪的。"

第二天上午，当我们牵着骆驼走下一处陡坡时，我突然觉察到一阵低沉的、由某种振动引发的嗡嗡声。声响越来越大，最后像一架飞机从头顶低空掠过。惊慌失措的骆驼向前猛冲，不顾绷紧的缰绳，回头瞪向身后的坡顶。我们下到坡地，声响也消失了。这就是鸣沙现象。阿拉伯人称之为沙漠的咆哮，更贴切一些。在过去的五年中，我只听到过五六次。我认为是不同沙层滑动摩擦发出的声音。有一次，我站在一座丘峰上，一踏上沙坡较陡的一面，声音就出现了。我发现声音的有无取决于我是否踩在上面。

穆萨利姆在赖巴德附近突然跳下骆驼，把手伸进地上的一个浅洞里，拽出了一只野兔。我问他是怎么知道的，他说他看到脚印只有进没有出。下午的时间过得特别慢，我们一直走到一片不大的沙丘群才停下来，赖巴德正是得名于此。这里牧草丰盛，我们停在沙丘群的边缘，让骆驼散开觅食。大家决定把剩下的面粉吃掉，穆萨利姆像变戏法似的从驼鞍袋里找出三个洋葱和一些香料。我们围坐成一圈，饥肠辘辘地看着本·卡比纳处理那只野兔,并指手画脚。自那只奥夫在谢拜沙漠附近逮到的野兔之后,我们已经一个多月没吃到肉了,每个人都满心期待。我们尝了一下汤,决定再稍微多炖一会儿。本·卡比纳抬起头,发出一声叹息:"天哪,来客人了!"

三个阿拉伯人正穿过沙地走来。哈马德说:"他们是巴克希特、乌姆巴拉克[1],还有米娅的孩子萨利姆。"同时对我说:"他们是拉希德人。"我们相互问候,打听了消息,为他们献上了咖啡,然后穆萨利姆和本·卡比纳把兔肉和面包盛到盘子里,摆在他们面前,诚心实意地说他们是客人,是安拉的安排,今日为良辰吉日,以及诸如此类的话。他们邀请我们一起吃,但大家拒绝了,一再说他们是客人。我和其他人一起,让他们确信他们的到来是安拉显灵,我希望自己看上去没有内心那么狰狞。他们把肉吃光了,本·卡比纳把一小团粘在一起的椰枣放在碟子里,叫我们过去开饭。

憋着一肚子火,我躺下睡觉,但根本睡不着。其他人因见到同胞变得很兴奋,在我的头旁边几码处喋喋不休。我烦躁地想,为什么贝都人一定要扯着嗓子说话。慢慢地,我放松下来,试着默念那句重复过一千遍的咒语:"我真的希望在别的什么地方吗?"然后给了自己否定的回答,终于感觉好些了。我仔细琢磨起沙漠中好客的习俗,并把自己家乡的好客之举与其比较。我想起在叙利亚沙漠偶遇然后寄宿过夜的

---

[1] 此人与作者同名。

营地。低矮的帐篷里，衣衫褴褛、面容枯槁的男主人带着面黄肌瘦的孩子们向我问候，用沙漠中特有的朗朗词句，表示欢迎我的到来。不一会儿，他们为我端上大餐，羊是刚宰的，米饭在羊肉周围堆得冒尖，主人还把金黄的液体黄油浇在上面，直到满溢出来流到沙地上。我阻止道："够了！够了！"他回答说非常非常欢迎我的到来。他们这种奢侈的待客方式总是让我很不舒服，我知道，接下来几天，他们只能饿肚子了。当我离开的时候，他们几乎让我相信，自己的到来是上天对他们的赏赐。

我的思绪被同伴突然提高的声调打断了。本·卡比纳正在激动地反对着什么，我能看到他朝天上比画着。我仔细听了一下，正如所料，他们在谈钱，关于久远之前一笔涉及几先令的债务纠纷，辩论到底谁是谁非，而这笔债务和他们一点关系都没有。我怀疑世界上没有比阿拉伯人更爱钱的民族，然后我又想到本·卡比纳在加法沙丘曾把自己唯一的腰布送人，我又怀疑，世界上除了贝都人，还有谁会这样做。贝都人性格极端，不是近乎疯狂的慷慨，就是难以置信的小气，既可以非常耐心，又能变得歇斯底里，有时极为勇敢，有时却毫无因由地胆小怕事。他们是天生的苦行者，从简单到极致的生活中汲取满足感，同时对别人普遍认同的必需品不屑一顾。在难得的机会面前，他们也会大吃特吃，但我从未见过哪个贝都人露出贪婪的神色。他们可以禁欲几个月，即使是最禁欲的人，也不会把独身视为一种美德。他们想要儿子，认为女人是安拉送来满足男人的。有意克制不去"使用"她们，不仅不正常，还很荒唐，贝都人对此很敏感。一名阿拉伯人很可能把他姐妹的名字作为战斗时的呼号，格拉布曾推断，中世纪时欧洲的骑士精神，经由十字军东征，从欧洲传到了阿拉伯地区。贝都人将个人尊严放在非常高的位置，大部分人宁可看到他人死去，也不愿看到他人遭受侮辱。他们喜欢说话，生性无忧无虑，却总能在陌生人面前保持矜持，并习惯于在正式场合安静端坐，一连几个小时都可以。一旦被狂热的宗教信徒煽动，他们可以变得异常严肃，马上拒绝各种消遣活动，认为唱歌和音乐都是罪孽，放声大笑也是不合时宜的。几乎没有其他任何人，无论是作为族群还是个体，结合了如此之多矛盾的特质，且如此极端。

天亮前，我一直能隐隐约约地听到他们的声音。

早上，巴克希特坚持让我们去他的帐篷，他说："我会给你们油脂和肉的。"这是一种常见的表达方式，意思是他会宰一峰骆驼给我们吃。我们都很饿，非常想去，但哈马德说最好别去，巴克希特住的地方都是阿拉伯人。我们跟巴克希特说想买一峰骆驼，他说他能办到，并约定第二天在东边一口废弃的水井旁见面。快到傍晚时，我们见到了他。他带着一峰上了年纪的哈兹米阿（hazmia）骆驼，毛是黑色的，状况不错，是在沙漠里长大的。骆驼的脚底板跛拉出几块皮。奥夫认为这峰骆驼不适合在杜鲁的戈壁滩上行走，但马卜克豪特说，我们可以先带上，直到它的脚不行了，我们就宰了吃掉。一番讨价还价后，我们买下了它。

第二天上午，我们看到几顶帐篷，哈马德无法确认他们

## 第八章 回到萨拉拉

是谁,所以我们转头朝右前方走,希望能从远处绕过去。一名男子从帐篷那边穿过沙地朝我们跑来,叫着:"停下!停下!"当他走近些,哈马德说:"没事,他是萨利姆,老穆罕默德的儿子。"我们向他问候,他说:"你们为什么要绕过我的帐篷?来吧,我会给你们油脂和肉的。"我本能地想拒绝,但他一句话就让我闭嘴了:"如果你们不来我的帐篷,我会和我的老婆离婚。"这是离婚誓,如果我们拒绝的话,他必定会履行。他牵着我的缰绳,把骆驼带向帐篷。一名老者前来问候。他有一把白色的长胡子,慈眉善目,声音也很温和。像所有的贝都人那样,他走路时腰板挺得很直。哈马德说:"这是老穆罕默德。"两顶帐篷都非常小,长不到三码,高不足四英尺,一半的空间放置着驼鞍和其他装备。在我们卸骆驼的时候,一个老妇人、一个年轻女人和三个孩子盯着我们看,其中一个孩子年纪很小,光着身子,流着鼻涕,大拇指含在嘴里。女人们穿着深蓝色的长袍,都没戴面纱,年轻女人看起来很漂亮。萨利姆叫上奥夫一起,两个人越过沙丘离开了。他们带着一峰小骆驼回来,随后在帐篷后面宰了它。

老人为我们做了咖啡,还拿出椰枣给我们吃。哈马德说:"他是基督徒。"老人问:"他就是去年那个和本·凯马姆还有拉希德人一起去哈德拉毛的基督徒吗?"得到哈马德的肯定后,他朝我说:"非常非常欢迎。"尽管我们在波斯湾地区,离哈德拉毛非常远,消息还是没用多长时间就传过来了。不过,我并不惊讶。我知道贝都人对消息有多执迷,他们急于了解同族的最新动态,以及最近发生的抢劫事件、部落的动向和牧草的情况。以我的经验，我深知他们为了问到最新消息可以绕多远的路。所以，之前几天，当我们看到并绕过远处的帐篷时，得到最新消息的希望以及对鲜奶的渴求，一直诱惑着我的同伴。穿过无人区时，他们会因对周遭新闻一无所知感到非常不爽。

"有新消息吗？"沙漠中偶遇的双方即使互不相识，也是必问的。只要有机会，贝都人能聊上几个小时，就像前一晚那样，而且讲的时候事无巨细。沙漠中没有秘密。如果一个人表现杰出，他知道自己将声名远播；如果他办了什么见不得人的事，他也知道这件糗事将传遍每一处营地。正是对公众意见的敬畏，才使沙漠习俗一成不变地流传下去。由于知道自己的一举一动都在审视之下，他们的很多举动有相当做作的成分。格拉布曾跟我讲过一个贝都酋长的故事，这名酋长被称为"招待狼的人"，他一听到帐篷附近有狼嚎，就会命令儿子送一头山羊到沙漠里，宣称不能让任何上门求食的生命失望。

当萨利姆在我们面前展开一块毛毯，摆上一只盛满米饭的大盘子时，已经是下午过半了。他从大锅里捞出大块的连骨肉放到米饭上，浇了汤，最后把一满盘黄油倒在上面。然后，他往我们伸出的双手上倒了些水。老穆罕默德叫我们赶紧吃，但拒绝加入我们。他站在一旁看着，嘴里说："吃吧，吃吧！你们饿了。你们累了。你们已经走了很远的路。吃吧！"他喊萨利姆去取来更多的黄油，我们推却说已经够了，他选择无视，把萨利姆手里的黄油拿过来倒在米饭上。每个人都吃

## 第八章　回到萨拉拉

撑了，我们舔着手指，起身念道："愿安拉报答您。"我们用水洗了手。井水很近，在这里已经没必要用沙子洗手了。萨利姆把咖啡递过来，在吃过油腻的米饭和冷却的脂肪后，苦口的饮料非常爽口。他和父亲非常希望我们至少多停留一天，自己歇口气，也让骆驼休息一下，我们欣然同意。傍晚时，他们又端来了骆驼奶，我们喝到再也喝不下。每次我们把喝过的空碗递回去，他会说："愿安拉保佑它！"这是为产奶骆驼而说的祷文。巴克希特和乌姆巴拉克第二天一早来了，他们觉得应该能在这里找到我们。巴克希特非常希望陪我们走到伊卜里，他想在那边用我们付他的骆驼钱买点大米和咖啡。鉴于拉希德人和杜鲁人间的不合，他不敢一个人走。

哈德拉毛和阿曼之间的部落分成两个敌对的派系——加法里和哈纳维。这两个名字的历史不长，最早可追溯至18世纪初的阿曼内战，但其代表的部落派系斗争非常久远，或许源自两个属于不同种族的部落——阿德南人和卡坦人。杜鲁人属于加法里派的一支，拉希德人是卡坦的后裔，属于哈纳维派的一支。如果想平安地经过杜鲁人的领地，我们需要一名"拉比阿"（*rabia*）或伴侣，他可以成为我们的担保人。拉比阿可以是杜鲁人，也可以来自其他经过认定的部落，根据部落习俗，在杜鲁人的领地有他同行，意味着得到了受到保护的承诺。一名拉比阿会起誓："你们是我的同伴，你们的安全，包括人身和财物，都系于我之身。"在这个团队中，每个人都负有确保他人安全的职责，必要时应该挺身而出，为了同伴的安危战斗，哪怕对手是自己的部落或家族。如果队伍中有一个人被杀了,这笔血债属于其余每一个人。如果你的队伍中有人来自一个强大的部落,任何与其结盟的部落都不会选择袭击你。但一名拉比阿可以来自一个又小又不起眼的部落,仍能确保同伴的安全。问题是,在什么地方、以什么形式,这种安全承诺才能生效,是非常复杂的。我的同伴经常用假想出的案例消磨时间,有时候设想的情况变得非常复杂,让我想起律师间的辩论。对我们来说,难点是既要在没有一名拉比阿的情况下进入杜鲁人的领地,又要抱着一到那边就能找到一名拉比阿的希望。目前,拉希德人和杜鲁人之间并没有开战,但两族之间毫无友善可言。

三天后,我们在"空白之地"东缘一片稀疏的荆棘丛中扎营,第二天,我们骑行七个小时,穿过了一处铺满石灰岩碎片的平原。前方,黄色雾霭如一块挂在天际的脏帘子。晚上,我们在一条覆满沙子的河道扎营,周围是些加夫。树丫上挂着一大包椰枣,把它留在那儿的人一定坚信没人会拿。傍晚时,我们看到远处有几只山羊,但附近没有人。夜幕下,一只狼在营地外嚎叫,是我听到过的最令人毛骨悚然的声音。

清晨,我看见东边有一座雄伟的高山,哈马德告诉我,那是伊卜里附近的考尔山。雾气又变重了,山隐没其中。当我们接近艾因河谷时,哈马德建议他和奥夫先过去,万一水井旁有其他人,可以打个招呼,否则那些人一定会开枪的。他们骑着骆驼向横在前方的林地跑去。过了一会儿,我们到了水井附近,看见一群阿拉伯人和哈马德争执着什么。奥夫过来让我们先停下,他们遇到了些麻烦。他和哈马德在井旁

## 第八章 回到萨拉拉

遇到了两个正在给骆驼喂水的杜鲁人，他们互相说了几句话，对方显得很友善，但不久之后，另一群满载着伊卜里椰枣的杜鲁人来了，声称拉希德人不能用这口井。匆匆解释后，奥夫又回到井边去了，留下我们焦急地等待事件的进展。半个小时后，他和哈马德回来了，同行的还有一个年轻人。年轻人向我们问候，让我们卸下行李，不用拘束，等他给骆驼喂完水，就带我们去他的营地。从伊卜里过来的一行人让骆驼喝了水，其中一位意外地给了哈马德一小袋椰枣。椰枣很大也很甜，但我已经快吃吐了，连看都不想再看。他们向河谷的上游走去，我们走到水井旁，清澈的井水足有二十英尺深。

下午，那个叫作阿里的年轻人把我们带到了他两英里外的营地。流过此地的艾因河谷的，是三条发源于阿曼山脉、向西流入沙漠的主要季节性河流中最大的一条，其并非一整条河谷，而是由若干条略窄的水道组成，水道与水道间是碎石和流沙。树和灌木早已旱死，即便如此，从寸草不生的戈壁滩一路走来，看到它们也算是可喜的变化。

阿里住的地方既无帐篷也无棚屋，他和家人住在两棵大刺槐树下，全部家什挂在树上。显然他们在树下已经住了很长时间，两处树枝搭成、用来夜间看管山羊的羊圈中，已经堆积了厚厚一层羊粪。和他在一起的还有两个蒙着面纱的女人，一个有点智障的十四岁男孩和三个年纪更小的孩子。我们在不远处的加夫树林里把驼鞍卸下，作为山羊和骆驼的草料，树林里的树已经被砍伐和摧残过。阿里宰了一只山羊招待我们，晚餐有羊肉、面包和椰枣，非常丰盛。阿里的身边有个奴隶,陪坐了一整晚。奴隶说,几天前,伊卜里的城里人和一群拉希德人之间发生了些龃龉,尽管他的话让我们有些不安,阿里还是答应带我们中的一部分人去伊卜里。他问我去不去,我借口说正在发烧,想留下休息。奥夫已经告诉过他,我来自叙利亚,最近一直和拉希德人在一起,正在去往萨拉拉的路上。最后,本·卡比纳和穆萨利姆会陪我留下,其他人去伊卜里。阿里许诺说,他从伊卜里回来后,会和我们一起去阿迈里河谷,他能在那儿找到另一名拉比阿,带我们走完剩下的路。

去往伊卜里的小分队一早就离开了,阿里说他们五天后回来。下午,阿里的爸爸斯泰贡带着侄子穆罕默德来了。斯泰贡是个温和单纯的老头,有一张长满皱纹的脸和一双诙谐的眼睛。他并不多问,但我有点担心穆罕默德,他穿得很体面——一件洁净的白衬衫、一块价格不菲的羊毛头巾和一把银柄匕首。他最近去过马斯喀特,显然比他的叔叔精明得多。不过,他看上去相当和善。斯泰贡说,相比阿里,穆罕默德是和我们一道去阿迈里河谷更好的人选。不过,我宁愿选择淳朴的阿里。和穆罕默德共处几日,不被拆穿身份是不可能的,他很快就会发现我根本不会祈祷。穆罕默德说他要回去了,如果斯泰贡叫他,他会马上回来。我松了一口气。斯泰贡证实了拉希德人在伊卜里惹了麻烦的事,但他说拉希德人交了赔偿金,事情已经过去了。

我们过了几天愉快慵懒的日子。斯泰贡每天用面包、椰枣和牛奶招待我们,并且一直陪在我们身旁。我越看他越欢喜。我问他关于乌姆塞米姆流沙区的事，他告诉我，那里的流沙是艾因、阿斯瓦德和阿迈里三条河谷终结的地方。我大概知道，它们距我们西边大约五十英里远。我曾听说不止一支抢劫队被流沙吞没，他说是真的，他还亲眼看到一群山羊在眼前消失，当时大地突然四分五裂，山羊挣扎了一会儿就被流沙淹没了。我决定当我再回来的时候，要去乌姆塞米姆流沙区走一遭，而且会试着进入由伊玛目统治的山区。跟老斯泰贡学到的东西非常有趣，这些信息对我的旅行帮助很大。有哪些部落、谁和谁是盟友、有哪几个酋长、谁是酋长的敌人、伊玛目政府在哪里、它是怎样运转的，还有各个水井以及井与井之间的距离。不过眼下，如果我能一路平安准时抵达巴伊，就非常满足了。五天过去了，我已经开始担心，又过了一天，依然没有我的同伴的消息。

近日在伊卜里发生的风波让斯泰贡开始担心自己的儿子，他催我过去看看。如果他们遇到麻烦，我可以去找当地的长官穆罕默德·里盖希，甚至代表他们去觐见在尼兹瓦[1]的伊玛目。我决定第七天一早，必须和斯泰贡去一趟伊卜里。在伊卜里，我基督徒的身份就再也藏不住了，就我听到的对里盖希和伊玛目的描述，后果堪忧。而且，如果我的同伴果真陷入麻烦的话，我的出现也无济于事。但我还能怎么做呢？傍晚的时候，他们回来了，真让人大松一口气。一切顺利。他们假装是路程比想象的远，但我知道他们是因为在伊卜里娱

---

[1] 阿曼内陆最大的城市。

乐了一下而耽搁了。我并不怪他们。

哈马德和巴克希特第二天回家了。等斯泰贡叫来了穆罕默德，我们一起在河谷的另一侧扎营。走到阿斯瓦德河谷一共花了八个小时，再经过两天的漫长行旅，才抵达阿迈里。有穆罕默德在身边，看地图和拍照片都成了不能做的事。他曾问其他人我为什么不用祈祷，得到的回答是，叙利亚人对信仰并不那么虔诚。

阿迈里也是一条宽阔的河谷，长着不少树和灌木。穆罕默德带我们去了一个叫拉伊的人的营地，拉伊来自阿法尔人的一个小型部落，将负责把我们送到瓦希伯。瓦希伯是哈纳维派的地盘，和杜鲁人相互敌对，没有杜鲁人能陪我们进去。但阿法尔人是杜鲁人和瓦希伯人都认可的拉比阿。穆罕默德第二天就回去了，我们继续待了四天。前面的路还很长，拉伊说，离开阿迈里后，就没有什么骆驼可以吃的东西了，而且最近这里刚下过雨，树上还有树叶。河谷地区有很多杜鲁人，养着成群的骆驼、绵羊和山羊，还养了很多驴。穆萨利姆认为我没必要向拉伊隐瞒真实身份，当晚，我告诉了他。他盯着我说："如果杜鲁人知道你是谁的话，你是不可能到这里的。"他提醒我再也不要告诉第三个人。从营地望去，我可以一览绿山的广阔区域，其另一侧就是马斯喀特山脉。绿山的海拔足有一万英尺，至今仍是未有人类涉足的地区。我还能看到近距离的一些山，地图上根本没有它们的名字，一切只能靠猜。比如地图上的艾因河谷，仅仅被标注为在阿布扎比附近注入大海。我更加坚定了再次回到这里进行深入探索

## 第八章 回到萨拉拉

的想法。

我建议可以宰掉哈兹米阿吃了，它的脚底板已经磨得很薄，走路一瘸一瘸的。但其他人说，这里人太多，肉不够分的。

我们又出发了。漫长而虚无的行走总是在傍晚结束，又在拂晓开启。其他人会在出发前吃些椰枣，但我再也忍不了这种又黏又甜的食物了，晚饭前不再吃任何东西。一个小时接一个小时，骆驼拖着步子，移动着，看上去总是在上坡，朝向那遥不可及的地平线。晃眼的空旷戈壁和苍白无色的天空，让我的目光无处安放。我有时会看到一些黑点，以为它们是远处的骆驼，再往前走几步，就会发现那些黑点是脚下的石头。拉伊的方向感让人惊叹，尤其是太阳在头顶正上方的时候。骆驼总是不肯好好地走直线，我的那峰一直要往右边偏，因为那边是它家乡的方向。我不得不用手杖时刻轻敲它的后背，时间久了，让人心生烦躁。拉伊和其他人一直在聊天，似乎并不在意我们要去哪儿，每次休息，我会掏出指南针确认方位，发现路线几乎毫无偏差。离开阿迈里六天后，我们抵达了南部海岸附近豪希的水井。在过去的两天中，看着哈兹米阿忍受着跛腿的痛苦，让人于心不忍。除了一些在水道中偶尔生出的蒺藜，一路上没什么可给骆驼吃的，蒺藜上也没有叶子，只剩枝丫。哈兹米阿连吃都不吃，越来越瘦。它习惯了沙漠中的放牧，它的牙床很软，嚼不动木头。奥夫看了它一眼说："等我们宰它的时候，已经不值一吃了。"到了豪希，我们就把它宰了。我们把肉切成一条条的，挂在树枝上风干，把它的髓骨塞进胃囊，再用一条它自己的皮把囊口系紧，埋到沙地中，上面生上一堆篝火。第二天挖出来时，中空的骨头里流动着半凝固的血，马卜克豪特将其倒入一只空的羊皮袋。贝都人最渴望摄入脂肪，而我梦想能吃点水果，几串葡萄或者白心樱桃什么的。沙丘是我们的天然掩体，但两个瓦希伯人还是找到了我们，他们是两个令人愉快且彬彬有礼的老人。他们找过来不是为了吃肉，而是想找人解闷儿，顺便打听点新消息。他们给我们带了骆驼奶，整晚都和我们待在一起。傍晚的时候，我们大吃了一顿，所有人都吃撑了。骆驼肉很硬，还有点发臭，汤非常油腻，味道也很怪，不过连续饿了几个星期后，这一餐算得上盛宴了。带着得到满足的肚子，我躺在沙地上，老人透过漏风的牙，口齿含混地怀着旧，骆驼在旁边一边反刍一边打着嗝。

　　为了风干剩下的肉，我们又待了几天，然后就启程往巴伊去了。

　　我们再一次穿过一无所有的大地，这一次不仅一无所有，简直是死地。石灰岩地面的低洼处存着黏胶似的黑泥，表面结成了一层由盐和沙混合而成的硬壳，看上去像烈日下动物尸体上的烂肉。我们每天要马不停蹄地走七八个小时，有时要走上九个小时，沉闷至极。时间一长，再无话可讲，无聊在体内积郁，如顽固的隐疾。热烘烘的干风吹过，我们把脸蒙上，光芒从四面八方射来，我们眯起眼，好像不这样它们就能射进脑子里。成团的苍蝇乌压压地落在我们的背上、头上，它们是我们在豪希宰杀骆驼后留下的副产品。如果我突然动一动，它们就嗡嗡飞起，像一团吵闹的乌云，挡在我的面前。我的身体随着骆驼的步调前前后后地晃着,背部肌肉一阵阵发紧,适应长时间骑乘骆驼后,这种感觉很久没有过了。我看着几乎一动不动的太阳,心中是对夜晚的期盼。有时太阳被薄雾浸没,变成一只失去了能量和光采的橙色圆盘。透过望远镜看,太阳黑子就像这颗恒星表面深不可测的黑洞。还有一点太阳露在地平线上,但它已经落幕了,在没有一丝云朵的黄色天空中渐渐遁去。

离开豪希五天后,我们抵达了巴伊。远处有骆驼,马卜克豪特说:"那峰是本·图尔基亚的,本·阿瑙夫的在那边。"我们向一道沙脊前进,一个瘦小的身影突然冒了出来。他就是本·阿瑙夫。"他们来了!他们来了!"他尖叫着跑下沙坡。老塔姆泰姆出现了,蹒跚着迎面走来。我僵硬着身体滑下骆驼向他问候。老人一边手舞足蹈,一边流下热泪,他太激动了,上气不接下气。他一直因拜特·卡西尔人从加法沙丘返回而内疚。他说,他们把我扔下,是丢了整个部落的脸。我们把骆驼牵到他们的营地,然后做了正式的问候,并交换了最新消息。那天是1月31日,我是11月24日在穆格欣和他们分开的,感觉像已经过去了两年。

塔姆泰姆身边只有本·图尔基亚和他的儿子。其他人在海岸附近,那里的牧草更好一些。本·图尔基亚说,他明天就会把我回来的消息捎过去。一夜未眠,大家说了很多话,煮了一轮又一轮咖啡。我们告诉他们一路都发生了什么。他们是贝都人,梗概是不能让其满意的。他们想知道旅程中的一切:我们看到了什么,做过什么事,和谁说了话,他们又说了什么,我们是怎么回复的,我们吃了什么,什么时候在哪儿吃的。我的同伴具有惊人的记忆力,任何细枝末节都能记住。午夜后很久了,他们还在聊天,我选择躺下睡觉。第二天,其他人回来了,还跟着很多哈拉西斯人,他们是来看基督徒的。还来了一些女人,她们戴着一种黑色硬布做成的面甲似的面纱,其中一个很少见地穿着白衣。人来人往,话语不绝,只有苏尔坦默默地坐在一旁。我已经不再焦虑,不过在抵达萨拉拉之前,还有很长的路要走。

我们穿过哈拉西斯平原,一天要走上八到十个小时。很多哈拉西斯人和迈赫拉人跟我们一道,去觐见近日抵达萨拉拉的马斯喀特苏丹,所以大伙儿看上去就像一支小型部队。我很高兴又回到了这个友善的集体,就像当时在穆格欣,我很高兴能暂时摆脱他们。骆驼群起起伏伏,形成浪涌般的节奏,它们拖着步子,脚掌拍打着地面。人们高声交谈,有人唱起歌,歌声让人和骆驼兴奋起来,以比平时更快的步调前进。这一切让人十分欣慰。而且这里是有生命的。瞪羚在平顶刺槐丛中吃着东西。有一次,我们看到远处的一群大羚羊,在深色戈壁滩的映衬下显得尤其洁白。还有蜥蜴,有大概十八英寸那么长,从我们眼前逃窜。它们的尾巴呈碟形,所以阿拉伯人管它们叫"金钱之父"。我问同伴是否会吃它们,他们说不能吃。我知道他们会吃其他品种的蜥蜴,除了尾巴,看上去没什么差别。无论如何,我们再也不用吃蜥蜴肉了。现在,我们每天都能吃到瞪羚,穆萨利姆有两次还打到了大羚羊。

我们在豪尔维尔补充了水,我很好奇,水要难喝到什么

## 第八章 回到萨拉拉

程度,才能被视为不可饮用。六天后,我们在伊斯布卜又喝到了水,这次水很干净,池边湿润的岩石上还长着铁线蕨。我们继续前行,来到我之前一年造访过的安祖尔,驻扎在靠近一片椰枣树林的地方。然后,我们爬上了加拉山脉,看到了大海。此时,距我们离开巴伊已经过去了十九天。下午,我们下了山,在达尔巴特池塘边高大的无花果树下扎了营,池塘中游弋着绿头鸭、针尾鸭、赤颈鸭和黑鸭。那天晚上,穆萨利姆打到了一只有条纹的鬣狗——三只鬣狗在月光下围着我们营地狂吠,它是其中之一。

我们已经把即将抵达的消息传到了萨拉拉。第二天上午,在一群市民和贝都人的簇拥下,省督骑着骆驼接见了我们。人群中有很多拉希德人,一些是老面孔,其他人我不认识,其中有一个叫本·卡卢特的,曾陪伴过伯特伦·托马斯。和他在一起的是我们留在穆格欣的拉希德人,他们告诉我们,马赫辛已经痊愈了,人就在萨拉拉。

省督在海边的一顶帐篷里设宴款待我们,下午我们去了英国皇家空军的营地。我的同伴坚持要表现出一种凯旋的姿态,所以我们一边放枪一边骑进营地。几个拜特·卡西尔人在队伍的最前面跳着、唱着,挥舞着手中的匕首。

## 第九章
## 从萨拉拉到穆卡拉

一次和拉希德人前往穆卡拉的轻松之旅，让我完成了对阿拉伯半岛地区的调研。

我在萨拉拉待了整整一周，忙着记笔记，整理一路收集来的东西，同时准备和拉希德人去穆卡拉的旅程。

我来到佐法尔省是为了穿越"空白之地"。我成功了，对我来说，这趟冒险不需要任何理由。但从蝗虫防治研究中心的角度讲，返回时经过阿曼的一段比穿越沙漠重要得多。对他们来说，穿越沙漠的唯一意义，就是让我得以顺利进入阿曼。如果我从南部直接去阿曼，杜鲁人一下子就能认出，我是那个前一年和拜特·卡西尔人一起行旅过的基督徒，然后把我拒之门外。从北往南走，我在身份上并不高明的伪装可以蒙混过关，因为没有人料到会有欧洲人出现在这里。

就我在穿越"空白之地"时的观察和调研来看，有些地

## 第九章 从萨拉拉到穆卡拉

区已经好几年没怎么下过雨了。即使下雨，雨量也很少，最多称得上几次零星的阵雨。只有真正下一场小雨，植物才能发芽，蝗虫才能开始繁殖。旅程中我见过一些蝗虫，其中几只呈黄色，说明它们已经准备好繁殖了。我把它们的颜色、数量和飞行方向记录在册，本·卡比纳和其他人为了确保我能得到标本，经常追着甩动头巾试图将其击落。我还收集了沙漠植物的标本，标注出它们的分布情况，并记下了最近一次发生的降雨。所有这些都很有用，验证了我第一次去穆格欣后得到的结论和假设。但我怕仅靠这些，仍不足以让第二次远征显得物有所值。我从阿曼带回了蝗虫防治研究中心想要的信息。乌瓦洛夫博士曾认为，海拔一万英尺的绿山西坡上的河谷，在丰水期能为沙漠中的常绿植物提供足够多的水，所以大河河口处很可能是沙漠蝗虫暴发的中心。但我发现河谷下游很少有发过洪水的迹象，即使偶有暴发，水流也会没入乌姆塞米姆流沙区的盐碱地，那里是不毛之地。

我很享受在萨拉拉的日子。在这里可以说英语，不用费力地说阿拉伯语，这是令人愉快的变化；有热水澡洗，有精心烹饪的食物；坐在椅子上可以放松地把腿伸直，而不是坐在地上，把腿压在身下。让这一切看上去更美妙的是，我知道自己马上就要回到沙漠里，萨拉拉只是生活中的插曲，绝不意味着旅程的终结。

苏丹赛义德·赛义德·本·提穆尔第一次见到我，他对我非常热情，竭力为我的下一次启程提供帮助。他向我保证，针对英国皇家空军的禁令并不适用于我，在萨拉拉，我可以去任何地方和任何人交谈。这项恩准为我的准备工作提供了极大方便。

我计划在东亚丁保护领地进入穆卡拉，还打算沿着向北流入沙漠和向南入海的河谷之间的分水岭，为该区域绘制一张地图。加上去年在前往哈德拉毛的路上绘制的地图，大略能描述出佐法尔省以西这个未知区域的轮廓。

本·卡卢特和一支由拉希德人组成的队伍，将陪我走到穆卡拉。我们达成一致，我会付十五个人的工钱，与前一年相当，不过拉希德人要自己决定到底派多少人。两个月前，一支达赫姆人的大队洗劫了拉希德人和马纳希勒人，抢走了很多骆驼，我的同伴担心我们会在哈德拉毛附近遭遇其他抢匪。本·卡卢特负责找到合适的拉比阿，我们会经过其所属部落的领地。我还付清了除马卜克豪特、本·图尔基亚和他的儿子本·阿瑙夫之外，其他拜特·卡西尔人的工钱。穆萨利姆不能和我们一起走，因为我们会穿过迈赫拉，他杀过一个迈赫拉人，和当地部落有未偿的血债。除了本·卡卢特集合的队伍，奥夫、本·卡比纳和另外三个拜特·卡西尔人也会和我一起走。

3月3日，本·卡卢特等约六十名拉希德人出现在英国皇家空军的营地。飞行员们在他们中间一边拍照，一边看着他们卸下骆驼身上的行李。这些飞行员是我的同胞，对此我非常自豪。保持体面是他们行事之根本，他们的品格、幽默感、顽强和自力更生，无不基于此。如果需要的话，他们可以适应任何环境——沙漠、丛林、山区、海洋，在很多方面，世

## 第九章 从萨拉拉到穆卡拉

界上没有人像他们一样出色。他们最感兴趣的东西，反而是我觉得最无聊的。他们属于这个机器盛行的时代，执迷于汽车、飞机，要通过电影和无线电消遣。我已经远离了他们，在他们中间，我永远感受不到和贝都人在一起的那种满足，虽然我永远无法真正成为贝都人中的一员。

当晚在艾因，很多拜特·卡西尔人和一些来自其他部落的人与我们住在一起。穆萨利姆也在其中，他会送别我们。我很担心地问本·卡卢特，最后会有多少人和我们一起去穆卡拉。他保证说，除了我自己的人与来自拜特·克哈瓦尔、迈赫拉和马纳希勒的拉比阿，其余只有三十名拉希德人。然后，我们分了面粉、大米、糖、茶和咖啡，还有三峰骆驼驮着的、苏丹赠送的阿曼椰枣。我希望即使走得很慢，两个月才能抵达穆卡拉，食物也绝对充足。我实在是不想再挨饿了。

本·卡卢特令人印象深刻。他矮小粗壮，力量过人，随着年老，身体已经发福，移动起来有些困难，仅是站起来就费了老大的劲，嘴里念叨着祈祷词。他的言语和举止显得从容不迫。他有一张布满皱纹的宽脸、一只突出的大鼻子、一双目光坚定的眼睛、一张大嘴和一下巴灰色胡子，头顶上一根毛都不剩。他说话不多，但我发现只要他张口，便不容置喙。他的儿子穆罕默德和他一同前来。穆罕默德是萨利姆·本·卡比纳同父异母的兄弟，这个年轻人面容亲切，和他父亲一样结实，但才能有限。很多拉希德人一年前陪我旅行过。穆萨利姆·本·凯马姆是其中一位，他人到中年，身形瘦削，善于接受新事物和闲不住的性格，使他成为拉希德人中旅行经历最丰富、头脑最为睿智的一个。上次和他同行的时候，我就非常喜欢他，有他在总是很开心，他会想方设法讲些趣事给我听。而且他自制力很强，我从来没听过他抬高嗓门儿说话。很可惜，这次他不能与我同行。一年前，他和达赫姆人达成了为期两年的停战协议，但刚刚发生的劫掠让协议成为泡影。他准备去要求对方交回拉希德人的骆驼。

哈德拉毛北部高原上的萨尔人一直是拉希德人、拜特·卡西尔人和马纳希勒人的主要敌人，但最近几年，来自也门的达赫姆人和阿比达人取而代之，成为南部沙漠令人闻风丧胆的强盗团伙。他们并非贝都人，而是住在也门山脚下的村民。从来只有贝都人劫掠定居的部落，现在双方的角色对调了。本·凯马姆和其他拉希德人确信，焦夫的也门当局向他们资助了武器和弹药，以至于他们的实力迅速超过了沙漠中的部落。几乎可以肯定的是，也门当局鼓励劫掠行为，让哈德拉毛北部沙漠的混乱状态升级，是为了让亚丁政府难堪。

1945年，在外号"猫"的本·杜艾兰的领导下，一个强大的马纳希勒军团出征劫掠达赫姆人。但他们根本没抵达达赫姆人的村庄，而是中途袭击了一个亚姆人的营地，杀了几个人，抢走了大量的骆驼。亚姆人属于贝都人，效忠于伊本·沙特国王，他们的家园在纳季兰[1]附近。遭袭时，他们正在也门边境的沙漠中放牧。这不是亚姆人第一次受到来自东亚丁保护领地的袭击了，每次抢匪都是打算袭击达赫姆人，但路上

---

[1] 沙特阿拉伯最南部的城市之一。

被更容易到手的战利品吸引,改变了袭击目标。1945年夏天我在吉达时,英国公使曾向我询问沙漠的劫掠活动,并告诉我,伊本·沙特已经发出威胁,如果对方继续的话,他将放手让自己在哈德拉毛的部落进行报复。

本·凯马姆希望让达赫姆人主动归还拉希德人骆驼的提议,遭到了部落中很多主战派的反对。吃过晚饭,坐在我身边的阿拉伯人就此话题展开辩论。和大多数贝都式的讨论一样,场面很快变得过于火爆,不断抬高的声调吸引了越来越多的人凑过来。当晚,有一百多个拉希德人、拜特·卡西尔人、迈赫拉人和马纳希勒人驻扎在我们附近,很快,他们全都聚拢在我们的篝火旁。他们的部落都曾遭受过达赫姆人的劫掠。满月当空,我可以清楚地看到在座的每个人。他们拿着枪挤在一起,背后的山崖在月光下反射出苍白之色,再往上,是加拉山脉森林茂密的山坡。众人周围是正在休息的骆驼,和诸多燃烧殆尽的篝火。本·卡比纳和本·阿瑙夫来来去去地为大家斟咖啡。每当贝都人计划进行一场劫掠的时候,我总能感受到现场弥漫的期待之情。他们中的很多人已经在脑海中描绘出抢走骆驼、发家致富的情景。

本·凯马姆的理由是,达赫姆人来自部落,肯定会遵守停战时期要归还骆驼的规矩。他用手杖戳着地面,缓缓道来。底下有人低声附和着"是的,以安拉之名!""没错!没错!"。有人打断他,称达赫姆人是无信之徒,比萨尔人还坏。另一位发言时抬高了声调,希望得到大家的注意,但他的话还是淹没在越来越高声的喧闹中。一个我不知道名字的拉希德人突然站起来,把头巾用力甩在地上,高声说:"巴,拉舒德,如果有二十个人肯跟我走,我就能把他们抢走的两峰骆驼带回来。而且,安拉做证,我还会带回来一百峰达赫姆人的骆驼!"他冲向本·凯马姆,愤怒地发问:"谈判有什么好处吗?你代表拉希德人和他们达成了停战协议,转眼间他们就把协议撕毁。停战唯一的效果,就是让我们在毫无防备之际遭到袭击。拉希德人损失了多少骆驼?达赫姆人是彻头彻尾的无耻之徒。愿安拉诅咒他们!我们的枪应该成为对这次劫掠的回应。让枪来说话吧。听我说,大伙儿,让我们一起出征。安拉在上,拉希德的女人应该遭到达赫姆人的骚扰吗?现在去协商,就是丢掉了我们的尊严。"

每个人都在嚷嚷,我一个字都听不清楚。独眼的老阿卜杜勒正在和一群迈赫拉人激烈地争论着,他的手杖一下下重击着地面。在一个戴着蓝头巾的英俊男孩的鼓动下,本·毛特劳格为开战大声疾呼。本·卡比纳不再倒咖啡了,而是拿着咖啡壶在空中乱舞。偶尔,有人暂时博得了众人的关注,只有一两声迫切的发言会打破气氛紧张的静默,不久,有人必定会起身回应,两人的声调越来越高,谁也说服不了谁,直到双方对另一方充耳不闻,兀自滔滔不绝。我注意到对面坐着一个身材矮小的男人,坚持部落间应该联合起来,沉重地打击达赫姆人。他的衣衫已经污浊破烂,但别着一柄大匕首,银制的刀把上镶有大颗红玛瑙,腰系一条挂满弹匣的皮带,两膝间夹着的马提尼步枪包着黄铜。他目光炯炯,每一个动作都匆忙急促,像是一只果敢的麻雀,只要他说话,每个人都会仔细去听。我问本·卡比纳他是谁，他回答："你连他都不知道？他就是本·杜艾兰，大家说的'猫'。"我兴致盎然地端详起他，他可是阿拉伯半岛南部最著名的抢劫大师。八个月后，他死在也门边境，四周躺着他的刀下魂，这是他最后一次，也是最绝望的一次战斗。他的死让整片沙漠都陷入了战争。本·凯马姆讲了个笑话，我没听懂，但附近的人都被惹笑了。一动不动、沉默着的本·卡卢特用深沉的嗓音发了话："让本·凯马姆去和达赫姆人协商，要回拉希德人的骆驼。如果他们交回骆驼，停战协议仍然有效。如果他们拒不服从，把乌姆巴拉克送到穆卡拉后，我们就集结力量，发起攻击。"这个决定在拉希德人看来似乎已经做出了。

我们穿过基斯米姆垭口，再次在欧云的池塘旁边扎营。本·卡比纳和昨晚我注意到的那个男孩在一起。他们年龄相仿，男孩仅用一条蓝布裹腰，蓝布的一头披挂在右肩上。他乌黑的长发垂至肩头，让人想起马的鬃毛。他的脸型有一种古典美，安静的时候显得忧郁而悲伤，只要笑起来，一切阴郁烟消云散，如阳光点亮了池水。我想，哈德良在弗里吉亚森林第一次见到安提诺乌斯时，应该就是这个样子。男孩的身上还有一种毫不做作的优雅，走起路来就像从小就习练头顶器皿行走的女人。不知内情的人看到他光滑柔软的身体，一定会认为他不可能受得了严酷的沙漠生活，但我知道，这些看上去像姑娘一样的贝都男孩有着惊人的耐受力。他说他叫萨利姆·本·加伯沙，想跟我一起走。本·卡比纳是他的说客，称他是部落里的神枪手，是和穆萨利姆一样优秀的猎人，后面的路上有很多羱羊和瞪羚,如果能带上他,我们每天都有肉吃。他又说:"他是我的朋友。看在我的分儿上,带上他吧。你去哪儿我们就去哪儿,我们会永远跟随你。"我同意了,扎营的时候,我给了他剩下的一支步枪,叫他到了穆卡拉再还给我。他第二天一早就去打羱羊了,晚上回来的时候,肩上扛着一只硕大的公羊。贝都人中的优秀猎手不多,大多数人对此兴致不高,本·加伯沙算一个,另一个是穆萨利姆·本·塔夫勒。

吃过晚饭,坐在我身边的本·卡比纳站起身,去找回他的骆驼。突然有人叫起来:"本·卡比纳摔下去了。"我环顾四周,看到他躺在沙地上。我过去时,他已经失去知觉了,脉搏很微弱,身体冰凉,发出粗哑的喘气声。我把他抬到篝火旁,往他身上盖了几块毯子,让他暖和一点。然后,我试图给他灌一点白兰地,但他无法吞咽。慢慢地,他的呼吸不那么困难了,身体也有了点温度,但仍然昏迷不醒。我一直守在他身旁,悲伤地想,他会不会死去。我回忆起第一次在米坦河谷见到他的情景,想起他到希苏尔来找我,当拜特·卡西尔人在加法沙丘抛弃我时,是他毫不犹豫地选择陪伴我。我还忆起,当我给了他那支枪后,他是多么高兴,只要我回想过去的那几个月,一定会想到他,我向他敞开心扉,所有的感受都和他分享,包括疑虑和困苦。有时候,我会迁怒于他,释放生活中的压力,他总是用善意和耐心将其化解,对此我深感歉疚。其他人围在一旁,谈论着他死亡的可能性,我已经快受不了了。这时,有人问明天往什么方向走,我说,如果本·卡比纳死了,就没有明天了。又过了几个小时,我躺在他身边，感觉他的身体放松了些，他应该已经脱离昏迷，只是睡着了。早晨醒来的时候，他能听见，但说不出话来，向我示意胸口很疼。中午的时候，他能讲话了；到了晚上，他完全康复了。拉希德人环绕着他，不断地念着咒语，同时向天鸣枪，然后把面粉、咖啡和糖撒向河床，安抚被驱逐的恶灵。他们宰了一只山羊，把羊血洒在他身上，宣布他被治愈了。我一直想不通他到底怎么回事，只能认为是某种癫痫发作。

第二天，我们向穆宰勒缓缓行进。一处矮崖下渗出涓涓细流，从现场五十余株枯死的椰枣树来看，这里曾经水量充沛。我们在矮崖下扎营，头顶上的崖壁向外突出，投下一小片阴凉。我拾到了一把小石斧，斧子头被精心抛光，应该属于新石器时代。曾有卡西尔人送过我一把类似的，出土于贾尔比卜平原。两把石斧均由玉石制成，而阿拉伯半岛从未出产过这种石材。

谷地中有两座穆斯林墓，面积在十五平方英尺左右，有七英尺那么高，顶上是石膏铺就的圆顶。同伴只知道一个叫谢赫·萨阿德的人埋在这儿，坟墓中三座棺椁之一的石碑上用漂亮的阿拉伯文刻着这个名字，说明他们说的没错。可惜的是，其父亲的名字已经模糊不清了。拜特·谢赫人中有一个信仰虔诚的部落，就叫拜特·谢赫·萨阿德。墓地附近有一座小墓园，荒弃多时，因为贝都人认为逝去的先人不愿被打扰。谷地中还有很多巨石纪念碑，附近的山坡上坐落着不少坟冢。

同伴们曾告诉我，穆宰勒有古老的建筑和题刻。我一直觉得自己可能会发现另一座佩特拉神庙，所以我期待的，是比这些伊斯兰墓地更古老、更有看头的历史遗迹。南阿拉伯半岛的文明集中在半岛西侧，他们凭借产自佐法尔省山区的乳香，兴盛了一千五百年。上等的乳香产自佐法尔省山区的北坡，一到南坡，这种树胶的质量就急剧下降。在欧云附近，我看到过一种纤弱的灌木，叶片很小且皱皱巴巴的。阿拉伯人告诉我，它就是乳香树。但乳香树很少见，我只见过这一处。

令人奇怪的是，山区北面的遗迹如此之少，这里可是南阿拉伯半岛文明兴盛的基石，为一千多年的繁荣提供了经济基础。我曾希望能找到城堡或碉堡的残迹，想象为了免受沙漠部落掠夺，阿拉伯人一定有保护这种无价树胶的防御工事。但除了常见于水井上年代不详、几欲倾颓的石砌小碉堡（sangar），我只在安祖尔见到过一栋可称之为建筑的遗址。遗址位于一片椰枣树林上方的山脊，看上去更像一个仓库，而非城堡。建筑由经过切割的石块垒砌，缝隙中涂有灰浆，碎石块散落一地，把遗址掩埋了一半。低矮外墙的顶端有些填充灰浆的石槽，五英尺长，宽和深都是两英尺，很像我在萨拉拉附近看到的遗迹。穆宰勒的建筑、安祖尔的遗迹，在亲见之前，我已经知道了它们的存在，但我从未听说还有别的什么。

从墓地回来的路上，我看到一个年轻人坐在离营地不远的崖壁下。他的手腕戴着又短又粗的镣铐。我问候了他，但他没有回应，只是转过头来看着我。他有一张令人印象深刻的脸，目光呆滞，长头发相互纠缠在一起，裹身的破布称得上衣不覆体。他站起身，双臂伸过头顶打了个哈欠，嘟嘟囔囔地走开了。我问本·卡比纳他是谁，他说是萨利姆·本·加伯沙的兄弟，三年前发了疯。发疯前，他是部落中最友善的小伙子之一。我问他为什么戴着手铐，本·卡比纳说他两年前杀了一个小伙子，小伙子是他同出同入的好朋友，他趁那人睡着的时候，用一块石头把他的脑袋砸了个稀烂。死去小伙子的家人接受了偿还血债的钱。

过了一会儿，本·加伯沙回来了，带着一只作为战利品的雄鹿。本·卡比纳跟他说他的兄弟来了，他二话没说，带上一盘椰枣去找他。后来，他闷闷不乐地回来了，把我拉到一旁说："你难道没有药吗？乌姆巴拉克，可以治好我兄弟的那种？如果有，求你给我一些吧，我爱我的兄弟。我们过去形影不离，做任何事、去任何地方都在一起，我就像他的影子一样。现在他连我都不认识了。他像走兽一样到处游荡，还不如骆驼明白我在说什么。给我些药救救他吧，乌姆巴拉克，以后我的东西就是你的。"我抱歉地说："我不能骗你，我没有能治疗你兄弟的药。只有安拉能治愈他。"他无奈地说："安拉，荣耀属于你。"

我一点都不急着赶到穆卡拉，队伍慢慢悠悠地向前走。经历过艰苦卓绝的几个月后，这种速度简直是享受。每次刚一出发，就已经开始考虑在哪儿落脚。崖壁的阴影是首选，树枝在沙地上投下的阴凉也不错。可以就此歇上一天，抑或晚间再走一段，全凭兴致。我们有充足的食物和水，骆驼有钟爱的刺槐。本·加伯沙几乎每天都有斩获——羱羊或瞪羚。本·卡比纳负责烹饪。当我们一起在沙漠中挨饿的时候，肉可是梦里才有的食物。

在这支大部队中，是无法形成之前那种亲密关系的。最让人遗憾的是，我没有机会和本·杜艾兰熟识，了解这只著名的"猫"，吃饭的时候，他总是和另一伙人在一起。有时他也会过来，手里拿着一只破旧的咖啡铜壶，他小心翼翼地展开一块脏布，露出里面已经生出裂纹、乌浊浊的小杯子，依次斟咖啡给我们喝，同时向我狡黠地一眨眼，说他是所有人中最懂咖啡的。然后他蹲下来，早晚会把话题转向枪，表达出让我送他一支 0.303 英寸口径军用步枪的愿望。如果一个人只有一支单发的马提尼步枪，怎么可能提高袭击的成功率呢？他会这么问。我会反驳他说，至少他干得不错。

我们在哈拜鲁特又待了三天，乱糟糟的椰枣树林旁有一口浅井，是几个迈赫拉家庭喂骆驼的地方。第一天早晨，两个拉希德人在祈祷前洗漱的时候，其中一个人问另一个人："他死了吗？"那个人答："没,还没,不过应该快了。"我吓了一跳，站起来问："谁要死了？""和我们一起的老阿法尔人。他起床做祈祷时倒在地上。他就在那儿。"我知道他，他来自东边靠近阿迈里河谷的某个地方，两天前加入了我们的队伍，在这里他可以得到食物和保护。本·卡比纳前一晚就告诉我他病了，老头躺在一块岩石后面，干枯得只剩下一把骨头，头上和肩膀上都盖着羊皮，还是冷得瑟瑟发抖。我给了他一些药片，他握紧我的手，说了些祝福的话，感谢我在这毫无温存的世上施予的关心。现在，他还躺在摔倒的地方，没有人多看一眼。我摸不到他的脉搏。我叫本·卡比纳一起把他抬到毯子上，用毛毯盖好。其他人忙着祈祷，或者，说得直白一点，就是冷漠。我们在他身边生了火，往他嗓子里灌进些白兰地。他把液体喷了出来，恢复了知觉。我又给了他一些烈酒，很快，他就被这种禁忌饮料弄得微醺了。三天后，他离开了我们，身体已经痊愈。

这件事让我惊讶于贝都人对人命的冷漠。他病了，如果安拉安排了死期，那他难逃一死。对其他人来说，他是来自无关部落的陌生人，而且和他们一样是普通人，无甚特别。如果他死了，对他们来说也没有任何影响。同时，根据习俗，无论对方是否是不速之客，只要和他们在一起，一旦受到袭击，其他人必须出手相助。

我们在哈拜鲁特扎营时，不断有人不期而至。一次来了个女人，我认出她是努拉，前一年见过。她带着三个孩子，年纪最大的九岁，只有他穿着点"衣服"。他们住在离我们四英里远的地方，孩子们得知我们在这儿，一定要过来看看我。我边和努拉聊天，边给了孩子们一些椰枣和糖吃。她没有戴面纱，和这里的其他妇女一样，穿着深蓝色的袍子。她有一张棱角分明的方脸，看得出饱受恶劣气候的摧残，右鼻孔上穿着一只银环。虽然只有三个年纪很小的孩子，她比我想象的老很多。她用粗哑的声音告诉我，她要去海边的盖达·迈赫拉弄些沙丁鱼。本·加伯沙打到了一只羱羊，于是午餐的内容多了肉和汤。孩子们和我们一起进餐，但努拉有自己单独的一份。阿拉伯人从来不和女人一起吃饭。吃完饭，她又可以加入进来，和我们一起喝茶、喝咖啡，只是坐在圈子靠外一点。

英国人一直认为阿拉伯妇女毫无地位，连说话的权利都没有。就大多数生活在城镇的妇女而言，这种成见并没错，但部落中的情况就不一样了。在部落中，无论是住在一棵树下，还是在一边总是敞开的帐篷里，男人不仅无法禁止他的妻子说话，他还会要求她去干活儿，挑水、砍柴或者放羊。如果女人觉得被她的丈夫冷落了，或者遭到了虐待，她可以跑回娘家，投奔父亲或哥哥。然后，她的丈夫会找上门，希望说服她回家。娘家人会把女儿藏起来，坚持说她被极为恶劣地对待。丈夫多半要送她点礼物，才能带她回家。女方不能提出离婚，如果女方拒绝再和男方生活下去，退回当时作为聘礼的两三峰骆驼，男方可能会同意离婚。如果离婚是男方主张的，他就拿不回骆驼了。

晚上，有人提到了努拉。我问她是不是寡妇，奥夫说："她没有丈夫。那些孩子是私生子。"看到我很惊讶，他说队伍中的本·阿利阿也是私生的。我问私生子会不会被看不起，本·卡比纳说："不会啊，又不是孩子的错。"他还开玩笑说，"下次，乌姆巴拉克，如果你看上一个女孩，找个黑黢黢的时候坐在她旁边，把你的手杖插进沙里，一直捅到她身下，然后立起手杖的弯把，直到弯把碰到她。如果她站起来，鄙视地看你一眼，走开了，说明你是在白费功夫。如果她一动

## 第九章 从萨拉拉到穆卡拉

不动,你就可以在她第二天放羊时和她幽会。"我说:"如果这么简单的话,到处都是私生子了。"有人接了一句:"虽然拉希德人没发生过,但穆卡拉附近的胡穆姆人有一支全是私生子。"

在阿拉伯世界的其他地区,或者说大部分地方,为了维护家族的声誉,通奸甚至只是被怀疑通奸的女子,会被家人处死。一名英国人曾给我讲过一桩真实发生的悲剧,当时第一次世界大战刚结束,他在幼发拉底河下游担任政务长官。一对阿拉伯兄妹住在他居所外的帐篷里,他们是孤儿,和英国人是非常要好的朋友。一天,英国人的仆人慌慌张张地跑进来,说那名男孩刺伤了他的妹妹,女孩向英国人求救。英国人去了他们的帐篷,发现女孩受了致命外伤。女孩说:"我快死了,有个最后的请求。"英国人问她是什么,她说:"你先答应,我才说。"英国人犹豫了,但看到女孩失望的面庞,他答应了她的请求。女孩说:"请告诉我的哥哥,我是清白的,从来没有做过让他丢脸的事。我用我的死发誓。你还要答应我,不要惩罚他,我知道有人说我的闲话,按照习俗,他有权处死我。"后来,当英国人把情况告诉部落的酋长后,酋长们说:"他当然有权处死她。她招来了闲话,让她的家族蒙羞。"我把这个故事告诉了同伴,他们连连摇头,老本·卡卢特说,就算她真的通奸,因而处死她也太野蛮了,在贝都人中绝不会发生这样的事。

从哈拜鲁特出发,我们开始向达鲁高原爬升。达鲁高原是了无生趣的砾石平原，水从这里流入大海。我们经过了一些简陋的房屋，岩石墙壁，树枝铺顶，上面覆盖着泥土，下面由堆起的石头做柱子。屋里没有一个人，连续七年的干旱迫使拜特·克哈瓦尔人迁徙到了基德尤特——从这里开始的一条绝壁深峡。我和一些人爬下峡谷，其他人带着骆驼走了一条更容易的路。头顶上方，石灰岩岩壁渗出的涓涓细流淌下来。一些迈赫拉人正在喂骆驼喝水，同时把皮水袋灌满。其中的一个女人把脸涂成绿色，另一个用蓝绿条纹把鼻子、脸颊和下巴连在一起。如此妆容不仅让人觉得很怪，甚至让人有点反感。我刚要和本·卡比纳说，如果她们戴上面纱会更迷人，一个十岁左右的男孩向我们飞跑过来。他是本·卡比纳的弟弟赛义德，有一双清澈有神的大眼睛、满口的白牙和含苞待放的鲜嫩脸蛋。赛义德很想显得矜持一些，但难掩内心的激动。一见面，他第一件事就是向我保证会和我们一起走，他还指着一年前我送给本·卡比纳的那峰骆驼说："那是我的。"我问他他的枪在哪儿，他挥舞着手中的木棍，说如果我不给他一支的话，他只能用这个代替了。突然，我们听到头顶悬崖上传来吵架的声音。一伙拜特·克哈瓦尔人拒绝让我们的骆驼通过，宣称基督徒不能穿过他们的山谷。眼看冲突即将发生，一场交战难以避免，我们的拉比阿把他的同胞劝开了，骆驼蹒跚着走下陡峭的山径，和我们在谷底会合。赛义德充满蔑视地说："这些拜特·克哈瓦尔人。"然后继续告诉我，他是怎么听说我们会经过这里，如何骑了两天骆驼来和我们会合的。我问他，如果和我们去穆卡拉，他的妈妈和妹妹由谁照顾。他向我保证，他的叔叔会照料好她们。我同意了，他兴高采烈地跑着去告诉本·卡比纳。

一大群吵闹但装备寒酸的拜特·克哈瓦尔人集结起来，坚称如果我想穿过山谷，必须留下买路钱。我拒绝了，我们有自己的拉比阿，有权通过山谷。但他们不依不饶，叫嚷着让我付钱。我知道，如果这次屈服了，日后将引来无尽的麻烦。我之前没有付过买路钱，这次也不打算付。在西亚丁保护领地，欧洲旅行者常被当地部落堵截，因为他们知道可以勒索到钱财。我们的拉比阿是一个目光浑浊、白胡稀疏的老头，他愤怒地说，如果我想经过山谷，他会不顾同胞之情负责到底，因为他们无权阻止我们。但这群乌合之众在达成一致前就作鸟兽散了。很多之前挑事的拜特·克哈瓦尔人没一会儿就来到我们的营地，和我们聊天，并把最新的消息告诉我们。

晚上，我们一起商议对策。大多数人认为拜特·克哈瓦尔人在虚张声势，他们违背了部落习俗，完全出于贪财之心。但本·卡卢特、奥夫和本·杜艾兰等人问我，如果选择沿着悬崖之上的路走怎么样。我们本来是想么走，但拉希德人想走下面，认为山谷里的牧草更好。本·卡卢特认为，如果哪个莽夫冲我们开枪，还伤到了我们的人，将引发两个结盟部落之间的战争。我也倾向于走上面，走上面更有利于绘制地图，可以一览山谷和山谷两侧的广大地区。无论如何，我是绝不想因为我引发部落争端的。我之所以能自由地在沙漠旅行，正因为我从不惹任何麻烦。

我们又下到了山谷，山谷里的水在这里与迈赫拉特河合流，形成吉扎河。周围有椰枣树林和一些小型定居点，附近山谷中还有一点耕作的迹象。最终在盖达附近入海的吉扎河在这里绕了个大弯，滋养着迈赫拉的绝大部分地区，也促成了迈赫拉地区最大的村落。在地图上，这片地区是彻底的空白，我这回有机会标出个大概。我的同伴想往西走，去哈德拉毛河谷的下游马西拉。但古姆赛特·迈赫拉人拒绝让我们通过。晚上，他们聚集在我们的营地中，说做好了带我经过这一地区的准备，我需要雇用他们的骆驼，并将拉希德人遣散回老家。迈赫拉人属于加法里派，在拉希德人和拜特·卡西尔人之间持中立的立场。我们没有从他们部落出来的拉比阿，所以他们有理由提出这样的要求，但我是不会和拉希德人分开的。我们的迈赫拉拉比阿苏莱姆属于阿马尔吉德人，他说可以保证我们从上迈赫拉特地区平安穿过迈赫拉部落，最远可以走到分水岭，分水岭之后就是马纳希勒人管辖的区域了。我更喜欢这条路，这样我就可以在地图上标注出到马西拉之前分水岭的位置了。

在迈赫拉特我们又被拦住了，这回是阿马尔吉德人，他们应该是听说了我们被古姆赛特人拒绝过境的事。同样，他们要求我遣散拉希德人，用他们的人。最后，我同意他们出五个人陪我们两天。过了一会儿，他们又派了一个人回来说，因为没有肉招待我们，我可以不用付给这五个人工钱。我给了他们一点钱作为小费，所有人都很满意。

十五年前，海尔·塞拉西加冕为埃塞俄比亚皇帝，那段

## 第九章 从萨拉拉到穆卡拉

经历让我从此着迷于该仪式与所罗门国王和示巴女王之间微弱的传承关系。眼前，这些半裸着、皮肤上涂着蓝靛染料的人，坐在吉扎河旁垂死的椰枣树下，用一种麦因人、塞伯伊人和希木叶尔人曾经说的语言，讨论着我们的下一步行动，我才意识到，此时此地与过去的关联更久远，也更真实。已经有学者证实，迈赫拉人是古代哈巴沙人的后代，而哈巴沙人于公元前第一个千年殖民埃塞俄比亚，将他们的名字给了阿比西尼亚人。一年前，我发现了一座被称为哈巴西亚的山，就在营地以西五十英里远的地方。

三天后，我们穿过了北流河与南流河之间的分水岭——一道宽度在四分之一英里左右的平旷岩石高地。南面，大地千沟万壑，分布着许多深邃的峡谷，北面是许多碎石和硬沙铺就的辽阔山谷，谷地四周是突然崛起的岩壁。我看到一只鹰在追猎瞪羚，过了一会儿，视野中又出现两只羱羊。这两种动物在这里和迈赫拉特的山崖上都很常见。

我们于三天后抵达了达哈勒水井。富含硫黄的井水发出臭气，沉积在一条石灰岩坑道的底部，很难取用。在大家喂骆驼喝水的时候，本·杜艾兰说，几个月前两个男孩在这里被狼吃了。孩子们的父亲把他们留在水井旁，说第二天就回来。同时留下的还有一担从海岸带回的沙丁鱼。夜里狼来了，把男孩引开，吃了沙丁鱼。第二天早上，来了一些马纳希勒人，孩子们把附近有狼的消息告诉了他们。但这些马纳希勒人继续往海岸方向去了，笃定地认为孩子们的父亲很快就会回来。又过了一天，父亲回来时，发现两个孩子都被咬死了，尸体也残缺不全。

　　下午，来了一伙带着山羊的马纳希勒人。他们警告我们，一股由二百五十个达赫姆人组成的武装力量，正在前方大肆劫掠，已经有七个马纳希勒人被杀，另外有七八个阿瓦米尔人遇害。他们自己正打算去迈赫拉暂时躲避。从德哈拉再往前走就没人了，为了躲避匪乱，人们跨过分水岭，或是逃向马西拉山谷。如果去马西拉，我们还得走上三天。这是片千疮百孔的土地，石灰岩高原被深邃的峡谷割得支离破碎，我们唯一的选择是沿着峡谷底部前进。我们派出了侦察小队，每一次停歇都会安排人放哨，如果我们在绝壁中被达赫姆人围攻，无异于瓮中之鳖。

　　我们抵达马西拉的圣地纳比胡德时，已经有很多马纳希勒人聚集在那里，带着他们的骆驼、绵羊和山羊。他们说，一支大概七十人的抢匪队伍不久前袭击了侯恩河谷附近一处只有六个马纳希勒人的营地。其中一个人逃了出来，其他人生死未卜。还有一支更大的抢匪队伍正在北部草原大肆劫掠。马纳希勒人已经派出八十人往侯恩河谷方向追击。

　　我们决定离开马西拉山谷，去往富加马村，据说马纳希勒的酋长本·塔纳斯正在那边招募乡勇。本·杜艾兰先走一步，向酋长知会我们的到来，同时告诉他，如果能找到达赫姆人在哪儿，我们将加入战斗。我有点担心拉希德人会不同意，名义上他们和达赫姆人还处于和平状态。但他们毫不犹豫地表示，可以以"阿斯卡尔"（*askar*），即战士的名义出战，听令于我，不受部落习俗的约束。

## 第九章 从萨拉拉到穆卡拉

留守富加马村的只有妇女和儿童，还有一个老头，他告诉我们，本·塔纳斯还在离山谷很远的地方，本·杜艾兰已经去找他了。我们在村庄附近的柽柳丛扎营，旁边是一条十五英尺宽的溪流，高高的两岸淤积着泥沙。日落后来了一个人，称抢匪已经进入了纳比胡德以北的马西拉地区。不一会儿传来三声枪响，回声沿着山谷起起落落。我们已经卸了鞍，安排了哨兵，本·卡比纳叫其他人把火灭了。我们在黑暗中紧挨着骆驼坐下，我身旁是本·卡比纳、他的弟弟赛义德和本·加伯沙。本·加伯沙忙着从我的驼鞍袋里拿出弹药，把自己的弹匣装满。我小声和他们说，如果遭到袭击，别和我分开。周围一片漆黑静默，我听得到骆驼反刍时打嗝磨牙的声音，一只大鸟从头顶飞过，可能是一只猫头鹰。奥夫已经带着五个人下到山谷侦察去了。他回来时，说没发现任何异常。达赫姆人对这一带不熟悉，他确信他们不会在黑夜赶路。他让我们把驼鞍装上，哨兵坚守岗位直到天亮。我爬回了自己的睡袋，本·卡比纳说："如果你在里面被逮到，只有安拉能帮你了，在你爬出来之前，早就被捅死了。"我和他打赌，我甚至可以在他拔出自己的匕首前爬出来。

拂晓之时，仍然冷意逼人，一派了无生趣。我让本·卡比纳和本·阿瑙夫做了些咖啡喝，前一晚大家都没吃东西。天光还未照亮山谷，奥夫又去侦察了。回来的时候，他还是没发现任何抢匪留下的痕迹。很快，本·塔纳斯和本·杜艾兰带着三十个马纳希勒人来了。达赫姆人显然已经北去。负责追击的队伍后来证实了这一点，他们人数太少，不得不返回,达赫姆人那边有超过两百人,且全副武装。本·杜艾兰非常希望我们能加入马纳希勒人的追击队,即使这会把我们带向也门。不过拉希德人回绝了,他们的骆驼已经疲惫不堪。对此我非常庆幸,如果拉希德人同意的话,我就很难拒绝了。我都能想象,如果我和一伙抢匪进入也门,抗议声很快就会传到亚丁。

我们又在原地待了一天,怕漏过关于抢匪的最新消息。4月14日,我们启程去往穆卡拉,我希望能永远继续下去的旅程将在那里结束。这些闲荡的日子里,我们爬上了狭窄蜿蜒的高峡,穿行于坠落的乱石之间,到过盖勒·巴·亚明的村庄和椰枣树林。我们经过暗黑的焦勒石头台地,下到海岸附近的希赫尔,最终于5月1日到达了穆卡拉。

穆卡拉的驻地代表谢泼德把我的同伴安置在城郊的贝都营地。我一个人去官邸洗了澡,剃了胡子,换上从萨拉拉寄来的欧洲式样的衣服,然后回到了营地。我的同伴住在一幢庞大的建筑物里。我走过去,本·阿瑙夫叫道:"来了个基督徒。"原来他没认出我。我站在门口,有些犹豫。我用英语回答了本·图尔基亚的问话,有人说:"带他进来吧。"另外一个人让其他人做些咖啡,有人插嘴问:"基督徒喝咖啡吗?"他们为我铺了一块毯子,示意我可以坐下。本·卡比纳、本·加伯沙、奥夫、马卜克豪特和老本·卡卢特都望向我。突然本·卡比纳说:"天哪,他是乌姆巴拉克!"然后紧紧抓住我的肩膀。我并没有意识到自己是多么与众不同。我说:"如果我穿成这样和你们一起旅行怎么样?"他们齐声回答:"穿成这样就没

## 第九章 从萨拉拉到穆卡拉

人和你一起走了,你看上去就像个基督徒。"

或许是接下来的四天让分别变得轻松了一些。在拉希德人离开之前,他们中的一些人自始至终跟随着我。他们在驻地代表的官邸一点都不拘谨,整天在我的房间里坐着或睡觉。我去哪儿他们就跟到哪儿,他们从没有来过这里,这是他们曾见到过的最大的城镇。他们和我手拉着手在街头闲逛,这种亲密的动作在阿拉伯人中很平常,但我觉得有点怪怪的,腿上的裤子让我回到了自己的世界。我感到原有的亲密无间正在瓦解,尤其是到他们营地做客的时候,我能明显感觉到那种从同胞到外人的改变。刮掉胡子、换掉衣服、搬到房子里住、使用来自另一个文明发明的玩意儿,都让我与他们渐渐疏远。我伤感地想,如果他们中有人和我一起住在伦敦,适应了英国的生活,然后有一天突然穿上阿拉伯长袍,坚持用手指抓饭吃,我的感受应该是一样的吧。

这天是本·卡比纳在穆卡拉的最后一天,晚上,他给我展示买到的东西:一担粮食、两磅咖啡豆、两口锅、三只皮水袋、一捆绳子、一团线、两包针、十几盒火柴、四码为妈妈买的深蓝色布料、一条送给自己的腰布、一把小刀。我见过他在市场上徘徊,仔细地看着连排的摊位上成堆的布料、大衣、衬衫、地毯和盖毯。他终于有了钱,外面就是市场,我希望他能买些御寒的东西。想到他赤身裸体地躺在沙地的冬夜里,我不禁打了个寒战。下次他再度光临这样规模的城镇,可能要等几年以后了。我建议他买些盖毯,他却说:"我需要骆驼,骆驼是最重要的。你给我的工钱够我至少买上三峰啦。

加上加迈加姆和我在萨拉拉买的骆驼,还有去年你给我的那峰,我一共有六峰骆驼了。我现在很富有。我已经习惯了艰苦的生活,寒冷不会伤我分毫。我可是贝都人。"

第十章

## 为第二次穿越做准备

　　我重返阿拉伯半岛,打算穿越西部沙漠。在等待拉希德同伴的日子里,我从哈德拉毛出发,走访了萨尔人的领地。待所有人会合后,我们在曼瓦克赫的水井旁整装待发。

离开穆卡拉后,我去了汉志,在那边旅行了三个月,最远到过亚姆辖区内,位于"空白之地"西北边界的纳季兰。然后,我回到了伦敦。

在荒凉的沙漠,我从未想念过家乡春日绿色的田野和森林,但身在英国,我迫不及待地要返回阿拉伯半岛,强烈的渴望几乎带来生理上的痛苦。蝗虫防治研究中心为我提供了一份新工作——监督汉志的灭蝗行动。薪酬很不错,异地的花费全部报销,而且未来很可能成为永久雇员。但这远远不够,我心向往的是空阔的沙地、迷人的未知世界和拉希德人的陪伴。

西部沙漠成为我第二次探险的目标。穿越了西部沙漠,"空白之地"的探险才是完整的。两年前我就谋划过,当时伊本·沙特国王断然拒绝了大使帮我提出的请求,况且,当我从佐法尔省走到哈德拉毛后,再去西边,季节上也太晚了。我决心完成这次穿越。我只能忤逆国王的意愿,寄希望于在沙地远端的某个水井解决水的问题,然后悄悄溜走。我确信会有拉希德人愿意跟着我,有了他们,我在沙漠中就拥有了自由。我给穆卡拉的谢泼德拍了电报,请他派个信使找到在哈拜鲁特的本·卡比纳,让他和本·凯马姆、本·加伯沙在11月的新月之时,与我在哈德拉毛碰面。如果能把队伍规模控制住,我就能用自己攒的钱支付这趟旅行的费用。以后的事就交给未来解决吧。

我于11月3日抵达了穆卡拉,和谢泼德一起待了几天,把前一年留下的步枪和弹药整理了一下。然后我去了赛温,投奔当地的政务长官沃茨。沃茨正在和马纳希勒人闹矛盾。一些马纳希勒人在我的老朋友"猫"本·杜艾兰的带领下,在哈德拉毛抢了两处政府营房,掠走了大量的步枪和弹药。抢劫过程中死了一名贝都战士。由于本·杜艾兰拒绝交还步枪,沃茨已经禁止任何马纳希勒人进城。

没有任何关于本·卡比纳等人的消息,我决定在第二次穿越"空白之地"前,先用两周时间到萨尔走一趟,借此把我在南阿拉伯半岛哈勒法因和哈德拉毛之间完成的路线,与菲尔比在1936年探明的也门边境路线联系在一起。萨尔是一

## 第十章　为第二次穿越做准备

个强大的部落，被贴切地形容为"沙漠之狼"，长期遭受袭扰的南阿拉伯半岛沙漠部落对他们又恨又怕。他们的抢掠范围，最东可达穆格欣和哈拉西斯平原，最北可至亚姆、达瓦西尔和穆尔拉。博斯科恩[1]1931年在萨尔人的领地上猎获过一只大羚羊，英格拉姆斯[2]1934年曾在他们领地的边界匆匆一游，此后再也没有英国人到过那里。

沃茨在希巴姆[3]找到两个愿意带我回他们领地的萨尔人。他们的两峰骆驼都是公的，萨尔人和胡穆姆人一样，拥有大量的公骆驼，用于向他人出借，往哈德拉毛的城镇运送物资。其中一人叫萨利姆，性格活泼，裹着一条蓝色的腰布。另一人个子很高，他叫艾哈迈德，穿着一件不够长的白衬衫，有些严肃，不爱讲话，实际上待人相当友善。两人都配有马提尼步枪。

赖达特是贫瘠的石灰岩高原上一片约两百码宽的山谷。山谷两侧低矮的山崖上，坐落着石头房屋和瞭望塔，但大部分人去楼空。艾哈迈德告诉我，当地居民死于1943年的一场大饥荒。7月的一场洪水浸润了谷地的梯田，人们种下高粱和豆子，看上去绿油油的，间或还有一片片椰枣树和"伊利布"（*ilb*）树。赖达特是萨尔人的领地的心脏，但一直缺乏永久性水源。当地人曾试图挖出一口井，但挖了六十英尺深还没看到水，就放弃了。萨尔人的领地只有两处常年有水的水井，

---

[1] 此处应指M. T. 博斯科恩（1892—1958），英国陆军上校，1929—1933年间，三次造访哈德拉毛地区。
[2] 此处应指哈罗德·英格拉姆斯（1897—1973），英国殖民地官员，曾负责管理哈德拉毛地区。
[3] 也门著名的古城。

一处在曼瓦克赫,大约有一百八十英尺深,另一处在宰迈赫,据说深达两百四十英尺。

当下,大部分萨尔人正集中在赖达特收获庄稼。他们听说过我在南阿拉伯半岛的活动,热烈欢迎我的到来。他们生气勃勃,充满男子气概,不像拜特·卡西尔人那般贪财。其他部落称他们是奸诈之辈,很可能只是出于厌恶的毁谤。不过,以阿拉伯人的标准,仅仅因为他们对神明的不忠,得此污名并不冤枉。萨尔人既不斋戒也不祈祷,自称先知穆罕默德免除了他们祖先的义务。他们身形瘦小,和所有南部贝都人一样。一些人用碎布裹住头,但大部分人头上什么都不戴;他们身上仅着腰布,很多人的身体上涂着靛蓝色。每个男人和大部分男孩都佩戴匕首,几乎人人都拿着步枪。

离开赖达特后,我们路过了女圣徒瓦利阿·丽盖娅之墓。这里是阿拉伯人的圣地,百米之内都是墓地范围,由涂成白色的石堆标明边界。萨利姆和艾哈迈德围绕墓地走着,触摸过三座竖起的石碑后,他们吻了下右手,然后把尘土擦在额头上。我们在墓地旁边的石棚中留下些咖啡豆。像这样的圣地还有很多,途经的路人留下咖啡是习俗。身无分文的行旅者可以享用这些咖啡,圣地里还存放着煮咖啡的锅具。萨尔人喜欢往咖啡里放姜,让味道更浓郁,他们喝咖啡的陶杯很大,每次都要斟满,但喝的人只应啜上几小口,然后递还杯子,由负责服务的人再次斟满,送到下一个人手中。

曼瓦克赫的水井位于艾瓦特河谷上,这条河流向沙漠,赖达特是它的支流之一。我很高兴有机会到访这口水井,如果我想穿越"空白之地",起点必将是曼瓦克赫水井或宰迈赫。我们看到一些萨尔人正在给骆驼和山羊喂水。水很清,我发现他们会把岩盐混到水里给骆驼喝。他们把一根由椰枣树树叶编成的长绳绕在固定在井周围的木架的滑轮上,人力提水。哈德拉毛的村民灌溉庄稼时,用骆驼或牛提起取水的皮桶,但生活在南方的贝都人一般不让骆驼拖拽井绳,不过面对内志的深井,骆驼是唯一的选择。萨尔人干完活儿,把绳子、木架上的滑轮和皮制的水槽都带走了。其中有一个非常可爱的女孩,梳着辫子,留有刘海儿,脖颈处还绕了一圈碎辫。她还佩戴着式样各异的银饰和几串项链,有几串穿着大个的红玉髓,另外几串是小白珠。她的腰上挂着六七条银链,上面是无袖蓝色束腰上衣,中间开了缝,半露出袖珍紧实的乳房。太美了。当发现我正试图为她拍照时,她板起面孔,冲我吐出舌头。萨利姆过来帮我解围,他让她不要动,并解释我在干什么。后面几天,只要我有一阵没说话,萨利姆和艾哈迈德就取笑我,说我正在思念曼瓦克赫的那个姑娘,大多数时候,他们并没有说错。

萨尔人告诉我,有些拉希德人正在附近扎营。第二天,我们去找他们,见到了独眼的阿卜杜勒、本·卡卢特的儿子穆罕默德,以及一些阿瓦米尔和迈赫拉酋长。当我接近他们的时候,他们朝我的头顶上放了几枪,这是他们欢迎酋长或者特别来客的方式。现场还有大概四十个萨尔人,正在和他们讨论新一期的停战协议。穆罕默德说,本·卡比纳在哈拜鲁特收到了我的信,为了找人翻译,他向海岸边的盖达去了。

从哈拜鲁特到盖达至少有一百英里，正是由于这段额外的路程，他才没有到。不过，我很高兴得知他已经上路。穆罕默德还告诉我，本·凯马姆仍然待在也门，和达赫姆人就交还拉希德人骆驼的事谈判，而本·加伯沙在佐法尔省。他把我拉到一旁，问我到底要去哪儿。我告诉了他，但要求他保守秘密，如果部落得知我的计划，对我来说很危险。他愿意和我一起走，我同意了，看上去，找到本·凯马姆或者本·加伯沙的希望不大。我们约在下一轮新月于赖达特碰头。和萨尔人的协商还要持续几天，他还不能马上跟我走。他得到最新消息，马纳希勒人再次劫掠了亚姆。抢劫队有一百四十人之众，到目前为止，已经杀害了十名亚姆人、抢走了一百五十峰骆驼。马纳希勒人自己死了九个人，其中包括领导这次行动的本·杜艾兰。不久，我就从亲手杀死他的那个人嘴里听说了他死亡的整个过程。

真是糟透了的消息，这意味着亚姆人将发动一场疯狂的报复，达瓦西尔人很可能也会加入其中，最近他们有几个人在萨尔人劫掠时被杀了。如果我们想穿过"空白之地"，就必须在苏莱伊勒附近的达瓦西尔地区补水，而几个月前在纳季兰的时候，我曾向当地人咨询过，亚姆人冬天会在苏莱伊勒以南的沙漠放牧。我们不可能从这些部落中找到拉比阿，两个部落已经和我同伴所属的部落处于战争状态。

所有的消息和传言都是关于劫掠事件的。穆罕默德和阿卜杜勒担心的是，两个星期前，一支一百五十人的阿比达人队伍从也门出发，沿着沙漠边缘向东行军。他们听说领导这支抢劫队的是穆尔祖克，一个和阿比达人生活在一起的萨尔叛变者。我知道穆尔祖克是臭名昭著的抢劫犯，米什加斯人（生活在东部的萨尔人统称为米什加斯）对他恨之入骨。和几年前相比，沙漠里更混乱了。

穆罕默德非常想让我和他多待一夜，但我已得知本·卡比纳收到了信，便归心似箭，想尽快回到哈德拉毛。两天后，我们走到了塔米斯水井附近，这里属于阿瓦米尔人，是危险丛生的边城。艾哈迈德先去水井侦察情况，过了一会儿他回来了，远远地比画着手势让我们保持安静，留在原地。他说，有一支马纳希勒人的大队正在接近主山谷。我和他一起去察看。他提醒我不要被看到，马纳希勒人仇恨萨尔人，而且在袭击过哈德拉毛的政府营房后，他们亦会认为已经和基督徒开战。他又补充道，无论如何，对方遭受了损失，心情一定很坏。我从岩石的缝隙中小心翼翼地窥探，看到大概二十个人消失在四分之一英里外的一个转角处。他们牵着一些骆驼，手里攥着枪，骑行时不发一言。所有人都赤着身，只围有一条深蓝色的腰布。如果晚上十分钟，我们就会在水井旁遭遇。我们一直等到了下午，在艾哈迈德确认前方安全后，我们才去水井灌满了皮水袋。周围到处是刚踩出来的脚印，阿里说对方大概有四十名骑手，带着约三十头抢来的骆驼，为了摆脱追踪，大部队已经分散成了若干小组。

水在岩洞中十五英尺处，水质非常好。水井上方的悬崖上，有一堵布满弹孔的石砌堡垒。时间已经不早了，为了远离水井，灌完水，我们又上了路，在局势混乱的地区，在水井附近扎营非常危险。天气晴转多云,要下雨的样子,我们在一处浅洞前停下了。吃完饭,我们喝着茶,轻声聊天,突然有声音说道:"祝你平安。"我们一把抓起身旁的步枪,篝火很旺,看不清周围的黑暗。我答应了一声,艾马伊尔跳下骆驼,走过来同我们问好。他和本·卡比纳一起从哈拜鲁特过来,本·卡比纳的骆驼不行了,和穆罕默德一起留在原地等我们回去。原来本·卡比纳骑到了盖达,得知信件的内容后,先是回来告诉妈妈和弟弟赛义德他要出门了。他至少骑行了九百英里,骆驼不垮掉才怪。

我向艾马伊尔询问本·加伯沙的情况,得知他和父亲在穆宰勒。过了一会儿,我又问,让本·加伯沙乘飞机从萨拉拉到穆卡拉怎么样,他说:"不行,他只是个孩子。如果你在他身旁或许可以,但他绝不会自己一个人和一帮基督徒乘坐飞机的。"

返回赛温的时候,我们经过了位于古夫的一片椰枣树林。这里是阿瓦米尔人的发源之地,现在他们中的大部分人住在"空白之地",包括他们的盟友拉希德人。离开希巴姆十三天,旅行了二百二十五英里后,我们再次在哈德拉毛之上的高原扎营。之前的三天一直是多云天气,晚间,可以在北方天际看见接连不断的闪电。艾马伊尔目不转睛地看着,好几次叫道:"我们将有一个丰收之年,这是安拉的旨意。"

第二天上午,我们爬下高耸的山崖,进入哈德拉毛。脚下是苏丹在赛温的宫殿,体量巨大,在一片深色椰枣树林的衬托下,显得异常洁白。旁边另一些建筑,有着雉堞塔楼和

## 第十章　为第二次穿越做准备

宣礼塔，穹顶闪闪发亮，矗立在绿色的田野和满种果树的花园中。

我一直觉得在哈德拉毛不自在，如果早来十年就好了，那时英格拉姆斯还没有在此建立法规和秩序，哈德拉毛只是一座在偏远山谷中幸存下来的古城，残存着对已逝世界仅有的记忆。现在，进步之手把一切都毁了。一群富翁与来自泰里姆或赛温的浮夸的"赛义德"，为自己建造起恶俗的宅邸，与周围一切格格不入，并且对现代化的"方便"设施一掷千金。一年前在泰里姆，我曾用过一只没有接上下水的马桶，简直太尴尬了，它的唯一用途就是炫耀。我知道，这些宅邸极受当地人推崇，很快会被推而广之。不久，这些新式房屋就会取代传统建筑，人们会无视传统建筑的和谐美丽，认为那是过时的玩意儿，仅仅因为其数百年间从未改变。有人告诉我，波斯末期的一个"沙"（shah）[1]，把领地内所有的东西都分成"现代的"[2]和"过时的"[3]，并下令清除所有"过时的"东西。同样的一幕正在此地上演。赛温是哈德拉毛最大的城镇，大约有两万名居民，行走其中，我觉得不久之后这里就会有电影院，街角处会传来吵闹的无线电的声音。

沃茨正在亚丁休假，我和他的助手约翰逊待在一起。我决定把艾马伊尔的疑虑放在一边，拍了一封电报给亚丁的空军指挥官，询问是否可以请萨拉拉的指挥官接上本·加伯沙。

---

[1]　波斯语中指国王。
[2]　原文为法语。
[3]　原文为法语。

如果他成功找到本·加伯沙，用飞机把他送到里扬[1]也行，让他坐车到赛温。一周后我拿到了回复："已联系上本·加伯沙，明日飞往里扬。"

两天后，约翰逊在住处招待赛温和泰里姆两支足球队喝茶。看到他们奔来跑去，一边追着个破球，一边喊"漂亮"，或者"传球！传球！"，我只能冷笑数声。就在我为泰里姆队的中锋递去蛋糕的时候，听到一阵熟悉的嗓音，"祝你平安"，本·加伯沙走了进来。他只佩戴着匕首，拿着一根手杖，其他什么也没拿。他在我旁边坐下，我问他从哪里过来。

"我们在穆宰勒附近，就是你在去穆卡拉的路上停下来的那条河谷。"他说，"我和兄弟们正赶着骆驼，这时来了一个省督的奴隶。你应该记得他，阿卜杜勒，就是那个和你一起去加拉山的年轻人。奴隶说你已经到了，省督派他来找我。我让兄弟们晚上把骆驼带回家，告诉父亲我去萨拉拉了。到了萨拉拉，我在王宫里见到了省督，他对我说：'乌姆巴拉克在哈德拉毛，正在找你，明天有一架飞往那边的飞机。你愿意坐飞机吗？'"

我打断了他，问他是怎么回答的。

"我说：'为什么我会不愿意坐飞机？'然后省督把我送到了基督徒们的营地。基督徒们给我食物吃，但实在太难吃了，我一点也不喜欢。我在那儿睡了一宿，第二天下午飞机就来了。"他回答。

---

[1] 英国皇家空军在也门穆卡拉附近的基地。

"你见过飞机吗？"我问。"见过啊，去年从穆卡拉回家的时候。飞机飞得很高，但噪声比这架大一些。坐飞机的时候，那些基督徒想用绳子把我绑在椅子上，门儿也没有。"

我问他喜不喜欢飞行。

"飞在空中感觉还行，看见河谷和山丘，我就知道自己在哪儿。但，天哪，乌姆巴拉克，我看到人和骆驼，只有蚂蚁那么大！飞过海面的时候，我有点怕了。天黑以后，我以为那些基督徒迷路了。他们开始唠唠叨叨，还挥舞着手臂。到了里扬以后，一名阿拉伯语翻译说我一早要去亚丁。那人是个笨蛋，所以我去找其中一个开飞机的基督徒。我告诉他，你在哈德拉毛。开始他们根本不懂我在说什么，后来他们说'艾瓦赫！艾瓦赫！乌姆巴拉克，哈德拉毛'。然后在我后背上拍了一下，给了我茶和面包。他们往茶里放奶，所以我一点没喝。今天早晨，他们让我上了一辆货车，然后我就在这儿了。"

他问我要去哪儿，我告诉他，计划穿越"空白之地"到达瓦西尔河谷，再从那边去到停战海岸。他只说了一句话："我还没有枪呢。"我把带到屋里，让他从五支步枪中选一支。他选好后，我告诉他，枪是给他的礼物。

希巴姆是这些城镇中最有意思的，我们在这儿待了两天。这座城的人口有大约七千，建在谷地中央的一座低丘上。城的四周砌起了高墙，但和堆叠起七八层高的房屋相比，又不算什么了。每次穿过高耸的山墙之下寂静的弄堂，总有一种身处井底的感觉。艾马伊尔和本·加伯沙帮我跟萨尔人谈妥了去赖达特用的骆驼，还买了一些缺少的必需品。我已经在穆卡拉采购了面粉、大米、糖、茶和咖啡，还需要再买点鲨鱼肉干、黄油、香料、驼鞍袋、绳子和皮水袋。皮水袋是我自己去买的，显然上了当，有几只羊皮水袋一灌上水就漏。如果艾马伊尔或者本·加伯沙和我在一起，就不会发生这种事，不过他们在别的地方忙着。

12月17日，我们离开希巴姆，向赖达特出发。和我们一同上路的阿里·本·苏莱曼对我们帮助很大，他是哈提姆人，属于萨尔人的一支。当地已经被传言和疑惧支配。以家族姓氏本·迈加勒闻名的阿卜杜勒·本·努拉，最近和萨尔的本·马阿鲁夫家族抵达了曼瓦克赫。虽然本·马阿鲁夫家族属于萨尔人的哈提姆支系，但他们已经不在萨尔高原上生活了，而是搬去了北方的沙漠和草原。十几年间，伊本·沙特一直是他们的君主，他们通过纳季兰的埃米尔向国王纳贡。他们在纳季兰以南沙漠中放牧的时候，听说亚姆人和达瓦西尔人正在集结，经由伊本·沙特授权，即将攻打萨尔人和其他哈德拉毛部落，作为对最近几起劫掠事件的报复。所以，他们向南逃去，找族亲暂避风头。

亚姆人的先头部队已经进入了位于我们西侧的卡拉卜地区，抢走了数百峰骆驼，杀掉见到的每一个阿拉伯人。一些萨尔妇女见过他们，向我们描述他们的衣着打扮，称他们穿的裤子"像女人的"。毫无疑问，他们是从北方过来的。萨尔人已经将阿卜尔和宰迈赫之间的人全部疏散，看上去他们很可能放弃曼瓦克赫，撤退回马希阿中部沟谷交错的地带。如果我找到了帮我穿越"空白之地"的向导和骆驼，必须在他们遗弃水井之前到达那里。

我决定从赖达特即刻启程，并于12月28日晚间抵达了曼瓦克赫。水井旁一个人也没有。赶了一整天路后，我们决定就地扎营。傍晚时，来了六个本·马阿鲁夫人。他们都很年轻，骑着高大的骆驼，正为在山谷远端一些来路不明的骆驼脚印而担心。这些脚印很难分辨，他们怕是亚姆人派出的侦察小队，因为贝都人喜欢让侦察小队走出很远，找到将要袭击的营地，然后经过一整夜的行军，于拂晓发起进攻。他们说，本·迈加勒在两小时路程之外的地方，建议我们不要在这里扎营。我们不想在天黑后到达萨尔人的营地，所以决定搬到支流的河谷过夜。我让艾马伊尔告诉穆罕默德和本·卡比纳，我们已经到了。新营地的四周是低矮的岩壁和空旷的平原，在逝去的天光中显得危机四伏，让人感觉孤独无助，大家都觉得如果继续前行就好了。我们草草解决了晚饭，熄灭了篝火，阿里建议大家不要交谈。夜里，一峰骆驼突然站起身，我正处于半睡半醒中，一下子就清醒了。其他人蹲在我身边，枪口冲向周围的黑暗。"骆驼而已。"阿里说。他拽住骆驼缰绳，那头哼哼唧唧的骆驼老大不情愿地坐了下去。我们又躺下了，一场虚惊过后，神经再也放松不下来。

冬季的早晨寒冷清冽，我们走向萨尔人的营地，路上遇到了几群产奶期的肥硕骆驼，正由牧童赶着去吃草。山谷里散落着用羊毛织成的黑色小帐篷，赤身的幼童嬉戏其间。身着黑袍的妇女有的坐着搅拌黄油，有的游走着敛些柴火，或是正在放羊。我注意到有几家已经收起帐篷，把全部家当打包装上骆驼，因此感到一些不安。我第一次在南阿拉伯半岛看见小孩坐在骆驼背上的轿椅上，在北方倒是很常见。真希望这一切并不意味着萨尔人正在撤离曼瓦克赫。

本·马阿鲁夫人列队欢迎了我们，照例往我们头上鸣枪致意，子弹在我们头顶很近的距离飞了过去。他们挥舞着手里的匕首，大喊大叫，几乎要砍到我们身上。我们下了骆驼，问候了他们的酋长，还有和酋长在一起的卡拉卜人、马纳希勒人和迈赫拉人。有四五个人单坐在一起，他们被称作"赛义德"，从哈德拉毛过来，无疑是想从单纯的萨尔人身上揩些油水。他们声称自己是先知的后代，而萨尔人将毫不犹豫地为此买单。和这些饱经风霜的部落族人相比，他们惯于待在室内，面目苍白，显得格格不入。反差还体现在衣着上，他们穿着印度尼西亚风格的服装，这种式样在哈德拉毛的城镇中非常流行。

本·卡比纳是这场狂野迎宾活动的领队，我非常高兴又见到了他。他看上去气色不错，只是身上的衬衫褴褛不堪。没关系，他的新衣裳就在我的驼鞍袋里。

喝过咖啡，交换了消息，我们在附近找到一块适合扎营的地方，这里低矮的灌木和风力积起的沙堆，可以替我们稍微抵挡一下寒冷的北风。我们还没来得及卸骆驼，十几个萨尔人骑着骆驼飞奔过低矮的沙丘，速度达到了每小时十八英里。技艺高超的骑手疯狂地叫喊着，催促它们快点再快点。骆驼的身影随着地形起起伏伏，每一掌都重击着地面，冲上沙丘时，它们向前低抻着脖子，如波浪般一耸一耸的，下坡时，

## 第十章 为第二次穿越做准备

又似风卷残云。这丝毫没让这些伟大的动物狼狈不堪，相反，它们像飞奔的骏马般优雅。小伙子们是部落中最棒的骑手，身轻如燕又硬似铁打，且相当机警。他们是早上派去沙漠探察情况的侦察小队，一旦发现陌生的脚印，就会向同伴发出警报。听到有枪响，他们以为营地遭到袭击，赶紧回来帮忙。

乍看起来，本·马阿鲁夫人和其他萨尔人长得很不一样。他们穿着白色长袍，袖子裁成尖的，垂到地面，头上的头巾和头绳都是北方式样。还有一个不同的地方在于，他们使用母骆驼，用于繁衍和产奶。由于纳季兰附近牧草丰美，他们的骆驼均状态极佳。

我们需要九峰骆驼，第二天，队里的拉希德人到营地调查行情。由于别无二家，要得又急，我们定会被索要高价，却也无可奈何。穆罕默德、本·卡比纳和艾马伊尔决定把他们疲惫的骆驼留给造访此地的马纳希勒人，所以每个人都需要一峰骆驼。我计划再买四峰驮运行李，到停战海岸之前，还有很长的路要走。本·加伯沙是一名精明的买手，他为自己找到了一峰黑色的哈兹米阿，花费相当于十五英镑。阿拉伯人一般不愿意骑乘黑色骆驼，大家开始拿他打趣，他说这峰骆驼很棒——他说的没错——骆驼是用来骑的，又不是用来看的。一旦有人接近这峰骆驼，它会以一种搞笑的方式上下甩动尾巴，说明最近被喂养得不错。

本·卡比纳买到一峰灰骆驼，正值青壮年，步幅惊人。这峰骆驼怀崽六个月，不过问题不大，骆驼的孕期长达一年。慢慢地，骆驼的数量攒够了。我自己从阿曼买了一峰小个的良种骆驼,干起活儿来从不惜力,但步幅小得令人恼火。

我们还需要驼鞍和缰绳。羊毛缰绳很难找到,一个"赛义德"有条旧的,卖给本·加伯沙要了相当于十先令的钱,实际上给一先令都多了。还是这个人,让我的拉希德同伴买下了各种各样的东西,每一样都多收了钱。两天后,他得了结膜炎,几乎失明,他来找我的时候,我正在和一群阿拉伯人坐在一起。他毫不客气地要求我给他药。我说治病没问题,但每只眼睛要收五先令。他冲着其他人说:"这个基督徒不知道我是'赛义德'吗?我们是穆罕默德的后裔。"我告诉他我知道,但我还是得收钱。他骂骂咧咧地走了,实在疼得受不了,又找了回来。我收了他的钱,治好了他的眼疾。这是我唯一一次给别人看病收了钱。

我们还缺个向导。阿里推荐了本·代桑,一名来自本·马阿鲁夫部落的中年人,据说比任何人都了解西边的沙漠。连续好几个晚上,我们待在本·代桑的帐篷里,劝他和我们一起走。我以金钱和步枪许诺,但他人到中年,做事小心谨慎,天人交战后,竟然拒绝了诱惑。每天晚上我们离开的时候,他都答应带我们上路,可是到了早上就会有人捎来口信,说他的家人不同意。

每个人都向我们保证,只要我们在"空白之地"的另一端遭遇了亚姆人或达瓦西尔人,必死无疑。仅仅几天前,三支亚姆人组成的大队还在阿卜尔附近抢劫,杀死了两个萨尔人。他们怀疑我年轻的拉希德同伴毫无经验,对前方的险境一无所知。他们确实很年轻,穆罕默德大概只有二十五岁,

## 第十章 为第二次穿越做准备

艾马伊尔二十岁，本·卡比纳和本·加伯沙只有十七岁，但他们从不畏惧恐吓，也绝不会抛弃我。一天晚上，穆罕默德建议我们不要走达瓦西尔河谷，而是向东经过达卡卡穿越"空白之地"。我告诉他，托马斯和菲尔比就是从那边走的，这次我想到沙漠西部一探究竟。他说："没关系，你想去哪儿我们就去哪儿，不用管萨尔人说什么。"不过，我们至少要找到一名萨尔人一起走，这样才能得到其部落的保护。很多萨尔人不喜欢拉希德人，甚至毫不掩饰地谈论，如何跟踪我们到沙漠，然后把我们全部干掉。他们的动机不光出于两个部落旧时结下的恩怨，他们知道我带着很多钱，此外还有步枪、弹药和骆驼。我们的马纳希勒人朋友也认为，不带上一名萨尔拉比阿甚为不妥，但从哪儿能找到这么个人呢？两个卡拉卜年轻人毛遂自荐，但他们既不熟悉沙漠，也无法确保我们能免受萨尔人的侵害。

我和阿里又去找本·代桑，在我许下更高的酬劳后，他同意了。我们计划第二天把骆驼喂饱水，皮水袋也全部灌满，第三天出发。第二天一早，正当我们准备时，从马希阿附近的沙加姆水井回来了一个迈赫拉人，带来了有关本·穆尔祖克和阿比达抢匪的最新消息。抢匪袭击了拉希德人和马纳希勒人，掠走大量骆驼，还杀了两个拉希德牧人。这个迈赫拉人还说，阿比达人自己也在塞穆德水井遭到了突袭，当时他们正在黑暗中给骆驼喂水，最后死了五个人。不过追击他们的队伍很小，很快就被打散了。两天前，他在沙加姆水井见到了阿比达人，还和他们说了几句话，对方正带着两个重伤的同胞返乡,走也走不快,一肚子怨气。他建议我们再等几天。几乎是出于某种迷信,我极为不愿推迟出发时间,但现在本·代桑终于决定和我们一起走了,我没有别的选择。每个人都说,一旦本·穆尔祖克带领的团伙,或是他们落在后面的兄弟发现了我们的踪迹,必将追上我们,把我们无情地杀掉。

据说追击队用了战斗口号"穆尔祖克亚塔拉卜塔",意为"杀死穆尔祖克",显然是专为这场战事设计的。由于某种原因,拉希德人确信追击队既非马纳希勒人也非迈赫拉人,而是来自他们自己的部落。他们急于获知劫掠事件的细节,尤其是在塞穆德之战中死去的那名追击队战士。那个迈赫拉人一遍又一遍向他们描述牺牲者,都是从阿比达人那里听来的,然后还形容了一下死者留下的步枪,这是他亲眼所见。穆罕默德和其他人说:"是萨利姆·本·毛特劳格,没错,就是萨利姆。"但他们又觉得形容的步枪不对劲,部落里没人用那种枪。一连好几个星期,他们一直在讨论事件的疑点,希望被杀的不是萨利姆·本·毛特劳格。直到一年后在停战海岸,我们才得知真相。

由二十五名拉希德人和一些迈赫拉人组成的追击队,在塞穆德的水井发现了阿比达人。这口井水量有限,阿比达人的队伍又有一百五十人之众,为了让骆驼喝饱,要花上他们一整夜。追击队悄悄接近水井,那天是多云之夜,在对方发觉之前,他们已经离得足够近了。子弹齐发,然后他们手持匕首扑向敌人。不过实在是寡不敌众,很快他们就被击退了。他们找到自己的骆驼,再次集结的时候,发现萨利姆不见了。

### 第十章 为第二次穿越做准备

一个迈赫拉人说，萨利姆已经牺牲在水井旁，然后拿出了萨利姆的步枪。他解释说，因为他自己的枪很烂，所以他把自己的枪留在原地，捡起了萨利姆的步枪。萨利姆的弟弟沙特马上回去找哥哥，其他人也跟他一起。当他们回到水井旁时，已经一个人都没有了，包括萨利姆。天亮后，他们循着萨利姆爬走时留下的踪迹在一英里外找到了他。他已经陷入昏迷，子弹穿过了他的前胸和脖颈。他苏醒后，给大家讲述了事情经过，当时，一个命不久矣的阿比达人大叫："难道他们一个人都没死吗？如果有，让我死之前看一眼！"于是，有人抓着萨利姆的腿，把他拖到了那个垂死之人跟前，旁边围着很多人。那个人诅咒了他，有人又往他身上开了一枪。他再次醒来时，周围一个人都没有，他使出全力爬到暗处，试图返回拉希德人留下骆驼的地方。几个月后，他就从枪伤中恢复了。

两天后，我们来到了曼瓦克赫的水井，前一天晚上，本·代桑再次向我们保证，他将随我们一同上路。我们和他说定第二天出发，他说在水井旁碰面。和我们一起到这里的还有一家人，他们就在我们的旁边扎营，说我们可以用他们的取水工具。男人的骆驼上驮了一大卷绳子，还有滑轮、井桶、卷起的皮水袋，以及一个大号饮水槽——由皮革绷在木架上制成。他一共有七峰骆驼，他的儿子直接骑在其中一峰的背上，没用任何驼鞍，女人和另外两个年纪小一点的孩子赶着一群山羊。其他人也要一道去水井。路程有六英里，我们花了两个小时才到达。当我们到了那里时，井口边已经围了一大群人，男女一起提拉井绳，手叠着手，嘴里喊着号子。绳子一端的水桶从黑暗中升起，另一端的空桶就沉了下去，水溅到旁边，使井壁变得亮晶晶的。人们一把抓住辘轳上湿淋淋的水桶，迅速把水倒进水槽。水槽边已经挤满了饥渴难耐的骆驼，不停嘶鸣着。鼓鼓囊囊的黑色皮水袋排成一排，由尖声尖气的孩子们守护着，以免被来来往往的人或动物踩到。喝过水的骆驼被安置在一旁，然后被牵走；另一些又过来了，接近水槽的时候，拖着的步子会突然变成小跑；小骆驼最按捺不住兴奋，硬挺着腿在水边蹦来蹦去；男人们不耐烦地嚷着，叫那些乱窜的牧童小心点；羊在咩咩叫，骆驼发出低吼，井口的歌声起起落落。太阳越升越高，地面上溅出的黑色水印越来越远。

阿卜杜勒·本·努拉带着几名长者赶到了。他们声称不会允许包括本·代桑在内的任何本·马阿鲁夫人和我们一起走，而且建议我们放弃穿越"空白之地"的计划，如果我们坚持，亚姆人一定会杀了我们。我对本·代桑可能会爽约早有预感。我们没说什么，走到一旁商量对策。阿里所属的部落属于哈提姆人的一支，他那边有两个年轻的萨尔人也许可以加入我们，前提是我要送给他们每个人一支枪和五十个弹匣。二人从未穿越过"空白之地"，但曾在苏莱伊勒附近的哈西给骆驼喂过水，并且有信心在沙漠另一头很快找到水井。他说，如果有了他们，萨尔人就无法再找碴儿了。我问拉希德人意下如何，穆罕默德说："我们是你的人，你去哪儿我们就去哪儿。你来决定。"我让本·卡比纳去做些咖啡，我还得再考虑考虑。我们走到一面山崖下坐下，卸了骆驼。在没有任何向导的情况下穿过"空白之地",简直太疯狂了。前面将有大概四百英里的无水区,至少要走十六天,而且据本·代桑描述,那边的沙丘非常高,难度很大。我又想起了前一年濒临绝境的旅程,即使有奥夫,全程仍容不得一丝闪失。我问拉希德人,他们觉得是否能不依靠向导成功穿越,穆罕默德说:"我们就住在'空白之地'。没有向导,我们也能带你穿过它。到了沙漠另一头后,面对的危险就来自亚姆人了。"我让阿里把那两个萨尔人叫上,我决定上路了,他说晚上的时候把他们带过来。

不同于同伴,我更担心在没有向导的情况下,穿越中将遇到的实际困难,而非在那边撞见其他阿拉伯人的后果。我认为他们不会把我们错认成抢匪,因为我们带着四峰运货的骆驼。不过,我们的衣着和驼鞍样式,说明我们从南边来,属于敌对的米什加斯人,我只能寄希望于双方开火前有机会聊上几句,和任何人都行。如果他们受伊本·沙特国王管理,考虑到我是欧洲人,在杀掉我们之前就要三思了,因为很可能会触怒国王。如果他们来自也门,我们就完了。回过头再看之前的经历,我实在太低估路上的危险了,存活下来的机会十分渺茫。

已经到中午了,水井旁还围着一大群人,井水却越来越少。我们决定夜里先不往水袋里灌水,等到早上,阿拉伯人到来之前,先把骆驼饮饱。我们在一条沟里扎营,别人看不到我们。曼瓦克赫是萨尔地区仅有的两口常年水井之一,要知道,萨尔地区比英国的约克郡还要大。即使六个月前下过大雨,在喂饱了几百峰骆驼后,井水仍然慢慢干涸了,难以想象到了夏天或者干旱时期，萨尔人如何解决水的问题。

阿里晚上带着两个小伙子回到营地，他们已经同意和我们一起走到哈西。两人一个叫萨利赫，一个叫萨德尔，年纪和穆罕默德相仿。萨利赫右边的眉毛上生了颗大肉瘤，蓄着小辫，穿着一件白色衬衫，袖子又尖又长。萨德尔是年纪稍小的那个，留着短发，穿了一件褴褛的衬衫，上面补缀了各种颜色的补丁，看上去就像苦行僧的"吉巴"（jibba）[1]。他们说前一年刚从纳季兰去过哈西，二人确信，我们一抵达阿拉兹——从苏莱伊勒一路下降到沙漠的石灰岩陡崖，马上就能找到水井。他们还说，我们是不可能错过它的。晚上，他们回自己的帐篷去了，保证一早和我们上路。

吃过东西，其他人带上皮水袋去水井取水，为第二天出发做准备。通常我会和他们一起去，但今天实在太累了，我在行李旁边躺下，枕着冰冷柔软的沙漠望向星空。过了一会儿，本·卡比纳在我身旁坐下。他没有说话，而我很高兴有他在身边陪伴。

萨德尔告诉我们，伊本·沙特国王已经在哈西发出通告，所以我们不可能在那里喝水，然后神不知鬼不觉地离开。我很好奇，如果国王听说我未经允许穿越了沙漠，会说些什么，他会不会认出来，我就是那个两年前他曾拒绝过的英国人呢？我只能希望，如果我们成功穿越，他的怒气会出于对此成就的敬仰，少那么一点。

---

[1] 穆斯林穿的一种开襟长袍。

第十一章

# 第二次穿越"空白之地"

我们穿越西部沙漠,去往哈西水井和苏莱伊勒,半途却被逮捕囚禁。

又是一个阴冷的早晨,刺骨的东北风横扫大地。太阳爬到苍白的天空中,却无法带来分毫温暖。本·卡比纳把前一晚剩下的椰枣和碎面包又拿了出来,叫我们过去吃早饭。我一点也不想吃,蜷缩在一块岩石后面,让自己少挨点寒风和飞沙。我整夜难眠,估量着危机四伏的前路。过了一会儿,迷迷糊糊中,我做了一个噩梦,梦见自己在没过膝盖的流沙中挣扎。天已经亮了,我质问自己,是否有权利把这些信任我的人带向歧途,而萨尔人已经表达了他们坚信此行必死无疑。他们已经开始准备出发了,只要我一声令下,大家便会就此停手。我不情愿地动了起来,盼着也许萨利赫和萨德尔根本不会出现,那样大家也就不用出发了。

水井旁已经聚起些萨尔人,很快这里将被阿拉伯人包围,他们急于给骆驼喂水。我们也把骆驼牵了过去,把水槽灌上水,但骆驼只是嗅了嗅冰冷的井水,并不喝。它们必须喝下去,才能熬过未来十六天滴水不进、负重前行的日子。本·卡比纳和我回去整理行李,其他人负责让那些嘶鸣的动物轮流跪下去,在它们的膝头系上绳子,免得它们站起来,然后奋力把住骆驼甩动的脖子,把水顺着它们的嗓子强灌下去。本·卡比纳把留给阿里的大米和面粉单分出来。这次我们一共带了两百磅面粉——已经是能够驮运的极限、四十磅椰枣、十磅鲨鱼肉干,以及黄油、糖、茶、咖啡、盐、干洋葱和一些调味品。行李中还包括分量十足的两千个玛丽亚·特蕾西娅银币、三百发备用子弹、我的小医药箱,以及用十四只小皮水袋装着的五十加仑水。其中一些皮水袋漏得很厉害,但也没办法,从萨尔人那儿再也找不出多的水袋了。我估计,如果我们每人每天限量使用一夸脱的水,每天再用一夸脱水煮饭做咖啡,即使因为蒸发和渗漏丢掉一半的水,应该也是够的。这里的水很甜,完全不同于我们前一年带上的污水。当我们正在把物资分成重量合适的若干份时,萨利赫和萨德尔来了。值得高兴的是,他俩的骆驼看上去强健有力,喂养得很好。前一晚,我们已经做出决定,为了让骑乘的骆驼活下来,驮货的骆驼必须尽量负重,即使冒着到哈西前它们就会垮掉的风险。我希望就算我们在哈西的水井被阿拉伯人扣留了,两名萨尔人也能悄悄脱身,所以他们必须轻装上阵,如果必须驮些东西的话,也要驮最轻的。我履行了诺言,送给他们每人一支枪和五十发子弹。和他们一起来的同伴仔仔细细地把枪检查了一遍，没看出任何问题。此外，我已经送给穆罕默德和艾马伊尔每人一支枪和一百发子弹。本·加伯沙的步枪是我在赛温送给他的，而本·卡比纳的步枪是我去年给他的礼物。我自己用一支机动性很强的点0.303英寸口径步枪，这支队伍算得上装备精良了。

等其他人从水井回来，我们开始装载骆驼。太阳终于散发出一点热量，我的情绪也没那么低落了，同伴们高涨的情绪也鼓舞了我，他们一边干活儿一边说笑着。出发前，我们爬上了水井旁的一座石山。萨德尔的叔叔，一个裹着腰布、骨瘦如柴的老头，两只胳膊向前伸着，为我们再次指明前行的方向。蓬乱的头发、枯槁的面容和伸长的双臂，使他看上去像一名预言厄运的先知。听到他用平静的语调告诉我们，只要保证到达吉利达时，阿拉兹陡崖在我们的左侧，我们就不会走错，有些出乎我的意料。我站在他的身后，用手里的指南针测了一下方位。下山时，阿里说两天前亚姆人和卡拉卜人在阿尔附近又打了一仗，本·马阿鲁夫人已经决定逃离曼瓦克赫，明天去往马希阿。这就是有那么多阿拉伯人在水井旁取水的原因。

我们适时地出发了。骆驼的缰绳被人抓在手里，脚下跟跄了几小步，每名拉希德人的坐骑身后都系着另一峰备用骆驼，然后我们徒步前行。水井边的萨尔人停下手中的活计看着我们，我好奇他们私下会如何议论。阿里和我们一起走了一小段，然后拥抱了每一个人，返回了。旅程正式开始，大家伸出双手齐声道:"愿安拉助我。"

两个小时后,萨德尔指着几道骆驼留下的脚印说,前一天有人骑着五峰骆驼经过这里。一开始,大家怀疑是亚姆人,后来萨德尔和萨利赫确信他们是友善的卡拉卜人。穆罕默德让我猜猜哪道脚印是由最好的那峰骆驼留下的,我随便一指,大家都笑了,显然我选了最差的那峰。之后,他们开始探讨到底哪峰骆驼是最好的。虽然他们根本没见过它们,却能通过想象完美复原。艾马伊尔、本·加伯沙和萨德尔的意见统一,穆罕默德、本·卡比纳和萨利赫坚持说是另一峰。我不了解萨德尔和萨利赫,但我肯定艾马伊尔和本·加伯沙是对的,他们一直是比穆罕默德和本·卡比纳更好的识别骆驼的高手。并非所有的贝都人都善于导向或追踪,不过像穆罕默德这样两样都不精通的,也很少见。作为本·卡卢特的儿子,穆罕默德得到了众人的尊敬,他自己因此也过于自信,说实话,他是我的拉希德同伴中最不中用的。本·加伯沙或许是最出色的那位,其他人也倾向于仰仗他的判断,我也一样。毫无疑问,他是队伍中最杰出的骑手和射手,而且举手投足都显得十分优雅。他待人温和,笑容总是从脸上一闪而过,不过我怀疑他可以变得不顾一切且冷酷无情。此后不到两年,他就成了停战海岸地区最胆大妄为的法外之徒,欠下了十几桩血债,对此我毫不意外。他嘴唇很薄,目光坚定严肃,精打细算,毫无温情可言。我不是很喜欢他,但深知他能干可靠。能和贝都人一起旅行,已经是他们施与我的恩惠。他们可以随时杀死我,弃尸于流沙之中,然后带着我的财物远走高飞。

## 第十一章 第二次穿越"空白之地"

但我是如此地信任他们,从未想过他们会背叛我。

我们穿行于低矮的石灰岩丘陵间,快日落的时候,在丘陵北边的一道裂谷中扎营。拉希德人仍然不相信曼瓦克赫的萨尔人,艾马伊尔沿着来时的路往回走了很远,探察是否有异样,很晚才回来。本·加伯沙在我们上方的山崖躺倒藏好,瞭望着北方的平原,不论抢匪往东去还是往西走,那里都是极佳的快速通道。熬过了时刻保持警觉的一夜,拂晓时我们又上路了。太阳升起后不久,我们就看见了一条宽阔的、被踏出来的小径,是穆尔祖克和阿比达人两天前经过时留下的。

本·卡比纳和艾马伊尔留在后面,试图通过解读沙地上留下的混乱痕迹,了解有哪些牲畜被抢走了。我们往前走了几英里后,他们追了上来,竞相追逐,大笑着穿过平原。看上去他们的心情很不错,当本·卡比纳告诉我,他通过地上的痕迹,得知他的六峰骆驼中有两峰骆驼被抢走时,有些出乎我的意料。这两峰骆驼是他留给草原上的叔叔的,不幸中的万幸是,前一年他骑着穿越"空白之地"的加迈加姆,加上另外三峰骆驼,正和他的兄弟安然无恙地待在哈拜鲁特。他告诉我们都认出了哪些牲畜,不过脚印实在太杂乱了,只能认出走在群体边缘的一些。我一边听着,一边又想到贝都人生活在多么岌岌可危的状态中。环境把他们塑造成了宿命论者,他们认为太多事情只能听天由命。什么时候下雨,会不会遭遇抢匪、生病,都决定了他们是否将一夜之间失去所有,甚至丢掉性命。成百上千种天灾人祸,让他们无法为明天做准备。他们尽人事听天命,没有人像他们一样自食其力,如果灾祸将至,他们会平静地接受自己的命运,认为一切都是安拉的安排。

我们骑过砾石平原,前方,不知不觉中,草原完成了向扎扎沙漠[1]的过渡。中午时分,强劲的东北风寒冷刺骨,不过对我们来说是件好事,狂风抹平了脚印,确保我们不会被跟踪。大家加紧赶路直至夜幕降临,找到牧草的愿望已经落空,只能摸黑捡些柴火。按理说,天黑之后生火很危险,但我们又饿又冷,已经顾不上那么多了。大伙儿找到一处背风谷地,生了火围坐在一起,为这小小的温暖感激涕零。天刚蒙蒙亮,我们吃了点椰枣,喝了几口咖啡,太阳一出来就上路了。

又是阴冷的一天,好在没有什么风。前一两个小时我们步行,当有人不想再走了,就拉低骆驼的头,把一只脚踩在它的脖子上,轻松跃起,翻身上鞍。穆罕默德通常是第一个,而我总是最后一个,对我来说,多走一点就能少骑一会儿。其他人都能在跨着和跪着两种姿势间变换,我只会跨着骑,时间一长,驼鞍的硬边就会深深地硌进大腿内侧。

在接下来的两天中,我们一直行走在平旷坚硬的浅褐色沙地上,没有任何东西可给骆驼吃,也就没有理由在夜晚到来前停下。第二天,大家刚卸完骆驼,就看到一只公大羚羊径直朝我们走来。从它的方向看,我们正好和落日重合,很可能它把我们错认为同类。历史上,只有三个英国人亲手打到过阿拉伯大羚羊,我悄悄对本·加伯沙说让我来。四分之

---

[1] "空白之地"南端的沙漠。

## 第十一章 第二次穿越"空白之地"

一英里、三百码……公羚羊一直在向我们靠近。它像一头小驴那么大,毛色洁白无瑕,只有脸和腿有深色标记,我能看到它头上长长的犄角,有两英尺多那么长。只剩两百码时,它警觉地停住了。本·卡比纳低声叫我开枪。我缓缓扣下扳机。公羚羊一转身,跑了。穆罕默德气恼地嘟囔:"边儿都没擦到。"本·卡比纳大声说:"如果换成本·加伯沙,晚上我们就有肉吃了。"我只能说:"真是活见鬼了!"

后来我才知道,这次打偏很可能救了所有人的命。一年后,本·凯马姆在停战海岸加入了我们。他说,一年前他在焦夫的迈恩,有消息传来称,曼瓦克赫的一些拉希德人和一名基督徒正打算穿过"空白之地"。焦夫的长官叫赛义夫·伊斯拉姆·侯赛因,他是伊玛目亚赫耶的儿子。赛义夫听说后,派出两支达赫姆人的队伍追杀我们。其中一支有二十人,占领了沙漠边缘的一些水井,认为我们很可能会从那里经过,与此同时,另一支十五人的队伍进入沙漠追踪。本·凯马姆和他的同伴被关了起来,以防向我们通风报信。当时他认为我们必死无疑,后来,他看到达赫姆人穿过平原向城里走来,做好了听闻我们死讯的准备。突然,他发现他们不发一言,并没有唱起胜利之歌,显然,行动失败了。进入沙漠的队伍找到了我们两天前留下的踪迹,他们据此追了两天,但我们走得太快,他们怕再追下去水就不够了。据说在我们扎营的地方,他们发现了沙地上留有我们堆放钱袋的痕迹。如果我打中了那只大羚羊,为了风干羊肉,我们就要多耽搁一天,达赫姆人很可能因此追上我们。当时我们已经进入"空白之地"很远,觉得已经安全了,开始放松警惕。如果追杀我们的是亚姆人,很可能已经得手了,谁让达赫姆人惧怕进入"空白之地"呢?

之后三天,一路上只有间或出现的阿布、干枯的翅果或卡西斯——还是四年前的一场大雨留下的。我们身处盖阿米亚特[1],从东北到西南,并行着数条沙丘带。这些沙丘只有大约一百五十英尺高,但陡坡一面朝向我们,接连不断的爬升使骆驼筋疲力尽,何况它们已经六天没吃到什么东西了。离开曼瓦克赫时,我们的骆驼非常肥壮,让它们有了些对抗饥饿的本钱,但多余的体重在稠厚的沙地上也是额外负担。由于刚刚结束放牧期,它们背脊上的皮肉很软,不适合套上驼鞍。像这样突然长途负重跋涉,很容易产生背部水肿,进而发生溃烂。如果能找到牧草,且剩下的水还够支撑的话,我们很想让骆驼休息一天。由于缺乏经验,我购买的绵羊皮水袋一直严重渗水,里面盛的水已经用光了。现在山羊皮水袋也开始漏水,我们不停地检查渗漏的程度,虽然并没有什么意义。大羚羊和一种生活在"空白之地"的白色沙漠瞪羚在沙地上留下新鲜的蹄印,如果我们跟着蹄印走,一定能找到新鲜的牧草,但我们已经不能再延长行程了。

第六天下午,地形从沙丘带逐渐变成下降的缓坡,但从早上开始,我们已经翻越了十六座沙丘,有一峰骆驼累垮了,我们把它身上的负重卸下后,才能继续前进。本·卡比纳的

---

[1] 沙特阿拉伯南部沙漠。

## 第十一章 第二次穿越"空白之地"

骆驼肩部受了伤，跛着脚走，其他人的骆驼的情况也非常不妙。到哈西还要走十天，我开始担心大家是否能坚持下去。

第二天一早，一只经过沙漠的鹈鹕在沙地上留下一串笔直的脚印。在荒野中看到一只鹈鹕意味着什么？我试着回忆《圣经》上是怎么说的。艾马伊尔称五年前在穆格欣附近见过几只大鸟，大鸟的脚印和这些很像。他一边形容大鸟的样子，我们一边爬到了坡顶，眼前的滚滚沙漠竟然长满了绿色的卡西斯，沉甸甸的草穗有一英尺高。骆驼被解放了。这片草场决定了我们是否能撑到哈西，卡西斯既能让骆驼果腹，又能缓解它们的口渴。

我们在硬沙地上扎营，旁边的小沙丘刚好能挡住风沙。以下这一切构成了我们的家：两棵盘曲的阿布，其中一棵还断了枝，垂在地上；三丛卡西斯，旁边放着我的驼鞍袋；一坨骆驼粪和一条低矮的土埂，上面交错着蜥蜴爬过的痕迹；以及散落在四处的随行物品。附近的景观看上去都差不多，仅仅由于本·加伯沙一声令下"就停在那里吧"，我们就走过去停下，此时此刻，脚下的一小块土地暂时有了意义。这处营地因长有牧草而值得铭记，不过我总是能找到营地间的不同之处：篝火旁一些奇形怪状的树枝；本·卡比纳倒面粉的时候，撒在金色沙地上的白点；一条因为骆驼挣扎起身而紧绷的绳子。正是这些细节区分了营地，但它们实在太过琐碎，让人很快就记不清了。绝大多数营地在记忆中变得一模一样。

本·卡比纳和本·加伯沙正在准备吃的，其他人无所事事地晒着日光浴。开饭了，主食是加了糖和黄油调味的粥。

粥是一种费水的吃法，但看着骆驼把嘴里塞满多汁的牧草，大家心满意足，欣然决定奢侈一把。吃过饭，本·加伯沙和萨德尔外出打猎，日落时分空手而归。他们见到一群大约二十只大羚羊和很多沙漠瞪羚，但始终无法靠近。大伙认为已经没有遇袭的危险，决定放骆驼出去整晚吃草。第二天早上，有一峰骆驼走丢了，它的名字叫"红"，是所有运货骆驼中最好的。最后艾马伊尔花了两个小时把它找回来。无论牧草多鲜美，骆驼从不满足于待在原地，即使被拴住了腿也要往远处走走，期待找到更好的。"红"特别容易走丢，其他骆驼还会跟着它。本·卡比纳的骆驼和艾马伊尔的骆驼形影不离，而我的骆驼心仪"米尔里"——一峰丑陋的灰骆驼，我们在赖达特把它买来完全是由于它在产奶期。起初，虽然它的幼崽已经断奶，但它对人类取用它的奶是拒绝的。艾马伊尔把它的肛门缝上，告诉它，除非它回心转意，否则他是不会剪开的。此后，这峰骆驼每天可以产出一夸脱的奶。

贝都人会让骆驼安心哺乳大约六周，然后把骆驼奶子用口袋罩上，只有在早间和晚上挤奶前，才允许骆驼的幼崽吃奶。九个月后，贝都人就让幼崽断奶了。只要不和公骆驼交配，这峰母骆驼最长可以产奶四年。母骆驼一生可以生育十几次，能够为人类工作的年限长达二十年。如果有幼崽被宰杀，或是在断奶前死去，这些阿拉伯人会留下一块小骆驼的皮，挤奶前给母骆驼闻一闻，否则它是不肯下奶的。

这是一个清爽的早晨，微风和煦。几块积云从淡黄色变成白色，使蓝天更加深邃。艾马伊尔和本·加伯沙把骆驼牵

## 第十一章 第二次穿越"空白之地"

过来的时候，穆罕默德用挑剔的眼光检视着，然后下了结论："它们看上去好多了，应该能坚持到哈西，这是安拉的旨意。今年'空白之地'的情况不错，前面应该还能找到更多牧草，不过非常分散。"我们花了十分钟装好骆驼，出发的时候，我想，能够摆脱财务的负担，真是令人愉悦。

我们沿红沙地一路下坡，半个小时后到达草场的尽头。萨德尔告诉我，我们扎营的地方在整片草场的东缘，草场从东到西只有四到五英里长，稍不留神我们就错过了。又走了一会儿，众人发现了几个破了的鸵鸟蛋，本·卡比纳和艾马伊尔开始争论食用鸵鸟肉是否是禁忌。他们的争论无疑是一场纯学术研讨，因为鸵鸟在南阿拉伯半岛已经绝迹了超过五十年，据说在北阿拉伯半岛的锡尔汉河谷还幸存了几只。我在叙利亚的时候，一名贝都人跟我说，发生战争前，鲁阿拉人在锡尔汉河谷打到过一只鸵鸟，很可能他打死的是最后一只。我的同伴停下来，为我演示鸵鸟的脚印是什么样的，他们的祖父一辈就知道这种鸟了。我在苏丹见过很多非洲鸵鸟的脚印，非洲鸵鸟比阿拉伯鸵鸟体形大，不过类推来看，艾马伊尔在沙地上比画的形状是对的。汽车在南部沙漠的出现，让阿拉伯大羚羊和沙漠瞪羚横遭厄运，想来让人叹惋。更加不幸的是，相比沙丘聚集的地带，大羚羊更喜欢坚硬平坦的沙地和戈壁。由于它们不同于非洲的四个品种，估计很快就会灭绝于人类的枪口下。最近几年在沙特阿拉伯，就连瞪羚都变得罕见了。狩猎团坐着汽车扫荡平原，归来的时候，货车上满载着被撞倒或屠杀的瞪羚。

差不多每走一英里，我都会用指南针核对一下线路。骑在骆驼背上很难拿稳东西，无论是指南针、笔记本、铅笔，还是手杖、缰绳，特别是在它焦躁不安的时候。我已经是第二次把手杖弄掉了，本·卡比纳跳下来，捡还给我说："乌姆巴拉克，真是够了。如果换作我，一到家我就要和她离婚。"贝都人有一种说法，男人掉了手杖，预示着家里的女人已经出轨。

直到夜幕降临，我们没发现一处草场。深色的吉利达平原就在当晚营地的六英里外，清晰可见。本·代桑说，吉利达平原北接阿布·巴赫尔平原，阿布·巴赫尔平原再往北，就是横跨哈萨和贾布林的大平原。他还说，到了吉利达，意味着到哈西的旅途已经过半，不过，最困难的那段沙漠还要再往前。到时候，从哈西一路向南的阿拉兹陡崖，会在我们西面五十英里处。

第二天，我们开始穿越吉利达平原。粗沙粒和碎石覆盖着平原表面，被风打磨得很光滑，有些地方能看到小块角砾。这里石头的种类非常丰富，我能认出的有斑岩、大理石、流纹岩、碧玉、石灰岩。平原下层的石英聚合物有时会冲出地面，形成最高可达二十英尺的地垄，所幸很容易躲开。我们前进的速度很快，中午歇了两个小时，放骆驼去吃草。我走开一段距离坐下，因获得一会儿独处的空间而心情愉快，呆呆地望着毫无规律的阴影点缀着棕色平原。天地间没有任何移动的东西，万物静止，仿佛我们世界中被驱逐的静默都聚集到了这里。咖啡好了，本·卡比纳喊我回去。回到营地，穆罕

## 第十一章 第二次穿越"空白之地"

默德说："我们以为你去追大羚羊了。"我问："什么大羚羊？"然后，他用难以置信的目光看着我。我顺着他手指的方向看，马上发现深暗的平原上有十八个白点。本·卡比纳说："如果他们是阿拉伯人，而你就坐在那儿，对此毫无察觉，后果就是他们会过来割断你的喉咙。"贝都人向来保持机警，就算正在投入地争论什么，那双从不停歇的黑色眼睛，仍然不会放过周遭的一举一动，同时大脑事无巨细地记录着。他们从来不做白日梦。

一路上没有任何牧草，最后我们在一片空无一物的平坦沙地上住下了，到这里已经过了吉利达。我们在一天之内发现了二十八只大羚羊留下的脚印。下午，我正和本·加伯沙悄悄靠近前方的三只大羚羊，已经离得很近了，听到有人向我叫嚷。我环顾四周，发现萨利赫正在赶来。"他们一定是看到阿拉伯人了，叫我别开枪。"我想。萨利赫过来了，却说："注意，别让它们闻到你的气味。"我压低声音，恼火地说："我打猎的时候你还没出生呢。倒是你，发出这么大声音，要把它们吓跑了。"更让我生气的是,他坚持说大羚羊不怕声响——某些贝都人一直相信这种说法，简直不可理喻，同时很可能也解释了，为什么他们很少打到大羚羊。我不得不远距离射击。我看到自己瞄准的那只被击中了，不过还是让它们跑了，一只不剩。大家跑上前，看到了地上的血迹。等骆驼来了，我们开始追踪猎物，但大羚羊朝东南方向跑了，追了一会儿，其他人不愿意继续下去，说我们不能为此延长行程，往错误的方向走。我知道他们说的是对的，只能同意。

我们于两天后抵达了巴尼·马拉兹。巨大的沙丘在眼前展开，我才意识到旅程中最困难的部分刚刚开始。幸运的是，此地常年的风向与吉利达南部的沙漠不同，所以南坡较易攀登。即便如此，对这些疲惫的骆驼来说，仍然是严峻的考验，离开曼瓦克赫后，它们在十一天里只吃过一顿饱饭。如果这边的南坡像一年前的谢拜沙漠那么陡，我们决计是过不去的。每座沙丘都有三四百英尺那么高，而最高点的背后，是新月形的深谷。每翻过一座沙丘，都要花一个小时以上。沙丘的北坡是连绵的沙墙，勾连着座座山谷，每座山谷的宽度都超过两英里，随着阿拉兹陡崖渐次下跌，直到消失在东方的二十英里之外。旅程开始后的沙漠一直无聊透顶，第一次，沙丘呈现出一种可爱的金红色，虽然我又累又饿又渴，却从这些沙丘的形状中获得极大的慰藉。

穿过巴尼·马拉兹，我们就站在了哈德（had）草场的南缘。贝都人一般会在这里喂骆驼，但我们的骆驼实在太渴，吃不了草场上的植物。中午，我们遇到了几片阿拉伯人骑着骆驼留下的脚印，时间不超过一个星期，此后，我们派了两个人轮流在前方放哨。令人担心的是，任何阿拉伯人看到我们留下的脚印，都会知道我们从南方来。而强劲的北风把沙子灌进了我们的眼睛、耳朵，却没有抹去我们留下的脚印，更让人不安。谷底都是些光滑的石灰岩碎屑，留下的脚印格外清晰。

下午四点左右，我们决定不走了，这样做完晚饭，可以赶在天黑前把火熄灭。萨利赫留在原地警戒，其他人掉头向东，沿着下一座沙丘的丘峰走，而非翻越它。半个小时后，

## 第十一章 第二次穿越"空白之地"

我们在一处谷地卸了骆驼，放它们去吃草，低洼的地形让它们不至于暴露在天际线上。萨德尔和本·加伯沙放哨，穆罕默德照顾骆驼，其他人负责收集柴火、烤熟面包。天阴沉沉的，西边正在下一场大雨。

天黑后，我们安顿了骆驼，等着萨利赫归队。他回来已经是一个小时之后，报告说没发现任何被跟踪的迹象。我们吃了饭，在漫长的等待中，咖啡、面包、鲨鱼肉的肉汁……所有食物都凉了。风还在使劲刮着，接着开始下雨。我们不敢生火，说话也要压低声音。我正欲钻进睡袋的时候，本·加伯沙示意大家安静，指了指骆驼。所有骆驼停止咀嚼，盯着同一个方向。大家已经拿起枪，这些日子一直枪不离手，然后悄悄伏下来，爬到谷地边缘一探究竟。天太黑，什么都看不见，但骆驼还是盯着什么东西，现在它们的目光朝向我们的右侧。我一动不动地趴着，睁大眼睛想看清楚。影影绰绰，还是什么都看不清。本·卡比纳就趴在我身旁，我碰了碰他，他做了个手势，表示他也什么都看不到。我的衬衫已经湿透，冰冷的雨水顺着肋骨流下去，滴落在裸露的双腿上。骆驼不再张望，又专心致志地反刍起来。我仍然心神不宁："他们一定是转移到我们身后了。"艾马伊尔和本·加伯沙显然也是这么想的，他们一整晚游走在四周，确保大家安全。又过了几个小时，我爬回驼鞍袋旁取了一块毯子，为自己和本·卡比纳保暖。后半夜十分漫长，不过什么都没发生。

第二天早上，本·加伯沙找到了昨晚留下的脚印，原来是一只狼。穆罕默德气急败坏地说："天哪！我们坐在雨里一整晚，把眼珠子都要瞪出来了，竟然是为了看清一只狼！"本·加伯沙回答他："总比醒过来发现一把插在肋骨里的匕首要强。"

我们一身湿冷，在疲惫不堪中启程。晨间依然多云，一丝阳光都没有，太阳升起后，气温骤升，我愈加口渴难耐。我们又经过了一些阿拉伯人和他们的牲畜留下的脚印，都是两个星期前留下的。萨德尔和本·加伯沙先去探察前方的每一处山坡和谷地，确保安全后，再招呼我们过去。我们把打着颤的骆驼拽上沙丘，然后在下山的时候，又要尽力把它们从后面拖住，人和骆驼的脚像插入沙地的犁，沙子如泉水般滚滚而下。这份工作让人生厌，而且我总是觉得被什么人监视着。沙丘已经有五百英尺高，在每座山谷西面的尽头，都能看到阿拉兹陡崖深色的崖壁。九个小时后，我们停了下来，骆驼多一步也走不动了。一如既往，我们趁太阳落山前迅速做好饭，等着萨德尔警戒归来，然后在黑暗中进餐。第一次，周围生成了厚厚一层露水。大家睡得并不踏实，只要有骆驼摇晃一下，就会被惊醒。再次出发时天朗气清。两个小时后，一峰驮东西的骆驼一下坐在地上，罢工了。我们采纳了艾马伊尔的建议，往骆驼的鼻孔里倒了一点水，才让它活过来。抵达阿拉兹陡崖是下午一点，两个小时后，我们在石灰岩高原上的一条浅河道里驻扎下来。我们穿越了"空白之地"。

我在拂晓醒来，看见山谷中满是回旋的迷雾，迷雾上方是沙丘的剪影，向东方层层远去，逆光下如雄伟的山脉。天光是温柔的乳白色，沉默如一只易碎的碗，托起世间的静寂。

## 第十一章 第二次穿越"空白之地"

终于站在了"空白之地"遥远的另一端，回望来时的路，我的心里几乎溢满失落。

我们于三天后抵达哈西，中间向北经过了一片散落着石灰岩的戈壁。阿拉兹陡崖险峻的西坡在我们的左侧，坡底是三口济夫尔的浅井，再往北三十英里，在塞伯伊古城遗址间，是加里亚苦涩的深井。

根据萨德尔的说法，贝都人认为阿拉兹陡崖南端曼哈利的水井是巴尼·阿德人[1]留下的，再往南走一天的路程，就是被杰赫曼沙漠掩埋的阿德古城。不过，穆罕默德坚信，作为《古兰经》中提到的两座城市之一，阿德古城被埋在哈拜鲁特以北的风沙之下，其由于自大傲慢，受到了安拉的惩罚。他提醒我，路上是不是看到过很多会聚于此、清晰可辨的小径，拉希德人认为，那些曾经是通往阿德古城的道路。萨德尔指着西面几座比巴尼·拉姆赫人身处的沙漠还远的山峰，说山脚下是汉志。我告诉他自己两年前曾到过那里，当时骑的是驴。他们嘲笑了我，为此我们欢闹了一路。

离开沙漠的第二天，我们驻扎在哈努河的河床上，这条河一直流向加里亚。次日一早，我们沿着小径去往哈西，路上意外地遇到了八个骑着骆驼的亚姆人。他们的步枪挂在驼鞍上，而我们一直把枪拿在手里。我们离他们只有几码远。我看到本·加伯沙已经打开了步枪的保险栓。正对着我的是一名老者，虽然蒙着脸，我仍然能感到他憎恶的目光。双方

---

[1] 《古兰经》中记载过巴尼·阿德人，其城池被真主用风沙毁灭。

谁也不动，谁也不说话，气氛异常凝重。最后还是我说了："祝你平安。"他也按理向我问候。一个男孩小声问他："他们是米什加斯人吗？"老者直视着我们，骂回去："你不了解部落吗？你不知道什么是敌人吗？"穆罕默德说我们并无敌意，只是些从东边沙漠来的拉希德人，去觐见伊本·沙特国王。他还补充说，我们的大部队就在后面，建议他们相遇时多加小心。然后我们就走了。我想象了一下，如果在"空白之地"突袭他们，应该怎么处置俘虏。也许我们会拿走他们的枪和骆驼，放他们一条生路。二十分钟后，我们到了哈西。此时距我们离开曼瓦克赫已经有十六天了。

饮过骆驼，灌满皮水袋之后，我们从当地妇女那里得知，伊本·沙特派去看守水井的卫兵，随王子寻找一峰走丢的骆驼去了。萨德尔和萨利赫急于利用这个机会悄悄过境。骆驼的状况不错，我们让它们背上尽可能多的食物和水。当地妇女还说亚姆人一个星期前往西去了，所以现在南方的沙漠空无一人，我们只能祈祷她们是对的。为了不引起怀疑，我们告诉她们，一些人要回去找一峰两天前垮掉的骆驼。大家低声告了别，相互拥抱，然后萨德尔和萨利赫就离开了。他们平安抵达了曼瓦克赫，这是后来我在停战海岸从本·凯马姆那里听说的。

除了祈求命运带来最好的结果，直奔苏莱伊勒，我们别无选择。我们的骆驼亟需休息，食物也不够了，还失去了向导。就算我们蒙混过关，国王马上也会派出一支追击队。负责守卫水井的是一个亚姆人，他第二天回来后，丝毫不打算掩饰

## 第十一章 第二次穿越"空白之地"

对我们的反感。听说我是基督徒后，他甚至拒绝饮用我们准备的咖啡，管我叫异教徒，并声称我的穆斯林同伴为了金钱出卖了灵魂，甚至这句话都不足以形容他们所作所为的恶劣。实际上我们可以算是被捕了，两天后，我们和他一起到了苏莱伊勒。

这片沿达瓦西尔河谷展开的绿洲长两英里，包括五个小型村庄。去往埃米尔家的路上，我们经过了种有小麦和苜蓿的田地，正由畜力运水灌溉。村子的西面是椰枣树林，亚姆人带着我们走下狭窄盘绕的小径。有人问我们是谁，他轻蔑地回答："异教徒和他的仆人。"我们在埃米尔的房前停下，这是一间平顶泥屋，和其他的住所并无不同。

让我意外的是，埃米尔友善地接待了我们，他是个年轻的奴隶。他把我们带到村外一处有院子的房子，坚持让我们和他一起用餐，然后告诉我们，在得到伊本·沙特指示以前，我们只能待在苏莱伊勒。他和一个了解拉希德人的穆尔拉人家仆，还有两个年轻的无线电操作员，是村里仅有的对我们抱以善意的人。其他人则是极度保守的教徒，对我们的到来非常不快。老人会在我们经过的时候往地上吐口水，小孩跟在我们后面，取笑道："纳斯拉尼（*Al Nasrani*），纳斯拉尼。"这是这些阿拉伯人唯一知道的基督徒名字。晚上，我们买了些苜蓿，但只有穆罕默德的骆驼愿意吃。吃过晚饭，我们大致向埃米尔介绍了之前的旅程，他说："你能到这里简直是行了大运。要是以我的经验看，根本不可能有成功的机会。就在一个星期前，你们穿行的沙漠还到处是阿拉伯人。后来他们为了找到更好的草场，穿过阿拉兹陡崖向西去了。但凡有阿拉伯人看到你们，紧接着就会有通缉令发出，他们马上就会发现你们是从南部来的。作为对亚姆人和达瓦西尔人遭到的劫掠的报复，伊本·沙特国王已经许可其部落袭击米什加斯人，这些你们知道吧？这些部落被迫维持和平多年，一得到国王的授权，显得非常兴奋。很多支队伍已经出发了，更多的队伍做好了出征的准备。如果被他们中的任何人碰见，你们必死无疑，尤其是当他们发现你们当中有一名基督徒。这些部落是最后的伊赫瓦尼士兵，即使在平时受到约束的时候，你们也能发现他们有多么憎恨异教徒。"他看着我，摇了摇头，又说了一遍，"天哪，你们真是太走运了。"

他说的没错，我有点后悔出发前低估了危险。我觉得对同伴应负的责任更重了，他们明知这是九死一生之旅，仍然决定和我一起出发。

两天后，埃米尔来到我们的房间，他通过无线电收到了伊本·沙特国王的指示：拘留那个英国人，把他的同伴投入监狱。他没收了我们的步枪和匕首，叫我待在原地，同时留下穆尔拉家仆作为看守，然后让穆罕默德和艾马伊尔跟他走。他说，因为本·卡比纳和本·加伯沙正在放骆驼，可以到晚上再执行。我抗议他把我和同伴分开，并问他将如何处理这件事，他说必须服从国王的命令，但允许我给伊本·沙特发一封电报。

经过一番遣词造句，我拟就了一封电报，就我们穿过"空白之地"到哈西补水一事进行了说明。我希望得到国王的宽恕，如果他怪罪的话，我将独自承担全部责任，我的同伴一点也不了解他的国家，只是追随我，去我想去的地方，而我将他们带到了这里。

到了晚上，本·卡比纳和本·加伯沙带着骆驼朝村子走来。他们看上去心情很好，大笑着，相互开着玩笑。穆尔拉家仆允许我见他们一面说明情况。有些孩子看到我，叫道："国王要砍下基督徒和他的同伙的脑袋咯。"我情绪低落，一句话也说不出来。他们是那么信任我，而我不敢想他们之后的遭遇。相比其他人，他们是那么年轻，为此我更加自责。他们问了几个问题，然后本·卡比纳把手放在我的肩膀上说："别着急，乌姆巴拉克。如果安拉想救我们，一切都会好的。"

为了尽可能让我们高兴一点，傍晚时，埃米尔在他家准备了大餐，但仍然无法改变这个悲伤的夜晚。几个小时后，在半梦半醒间，房门被撞开了。一个高大的黑人奴隶晃着一副脚镣走进来，命令我赶紧起床和他走。当地的埃米尔来了。我跟着他穿过静悄悄的街道，来到苏莱伊勒埃米尔的住所。

房间里挤满了人。我向一名较为年长、长着大胡子的男人问候，他穿着一件棕色镶有金边的大衣，用同样正式的措辞回复了我的问候，然后示意我坐在他的对面。他的书记员是一个贼眉鼠眼、自以为是的奴隶，正在欺负艾马伊尔，我看到他的第一眼就充满了反感。"不要说谎，"每得到一个回答，他都会咆哮道，"你嘴里没有一句是真的。"终于，埃米尔问我从何处来、为什么来。我解释说，自己从哈德拉毛过来，打算探索一下"空白之地"，同时猎些大羚羊回去，后来水不够就来了哈西。我告诉他,和我一起的拉希德人毫不了解这里,也不知道我们会去往什么地方。他问我,如果是这样,我们是怎么找到哈西的。我说,菲尔比曾在地图上标出了哈西的位置,之前和我们在一起的两个萨尔人也知道哈西,他们曾经从纳季兰来过这边。我说,他们抵达水井后就返回了。我坚持自己应该是被责罚的人,为来到哈西负全责。

等咖啡和茶在众人手中绕了一圈,埃米尔说我必须和他去达姆,可以带上一个我的同伴。我选了本·卡比纳。我们两个爬上了埃米尔卡车的货斗,脚上仍然戴着镣铐。等埃米尔、他的书记员和司机上了车,我们向西驶去。天很冷,汽车开得很慢而且非常颠簸,本·卡比纳晕车了。在我俩等着上车的时候,他对我说,他们四个人要戴上枷锁的时候,传令官突然来了,问谁是本·卡比纳。我说,埃米尔允许我带上一个人,我就选了他。他却回答说:"你应该选穆罕默德,他最年长。"

我们来到另一个村庄,停在了一座城堡的门前。奴隶告知我们已经在达姆了。我们随埃米尔走进城堡,他吩咐做些茶和咖啡,再把炉火点起让大家暖暖身子。他说已经看过了我写给国王的电报:"别担心了,我确信没什么问题。"然后,他道了晚安,离开了房间。

那个奴隶又回来了,带了些睡觉用的被子。他问我们还要不要咖啡,我们说不用,他就自己退出了房间。火灭了,房间一片黑暗。一扇没关紧的窗户乒乒乓乓地响了一夜。

第十二章

# 从苏莱伊勒到阿布扎比

被释放后,我们计划向东走到停战海岸。我们到了莱拉,决定不用向导,自己找到去往阿布扎比的方向。

我们被软禁在城堡顶端的一间空屋里。早晨有人会送来面包和茶,除此之外,再也没人接近我们。已经上午11点了,本·卡比纳默不作声,情绪低落,把自己裹在毛毯里,我不知道他是不是睡着了。时而我会幻听,听到一种水井上辘轳发出的嘎吱声,然而看向窗外,除了单调的平原和干枯的灌木中随风盘旋的尘土,什么都没有。望向更远的地方,我能认出阿拉兹陡崖深色的崖壁。

失眠的夜晚显得格外漫长。几个月前的一幅场景在我的头脑中挥之不去,三个男孩坐在帖哈麦平原的某个村庄外,护理着包在脏布里被砍去右手的右臂,那条手臂搁在膝盖上,伤口显然已经化脓。他们受此责罚,仅仅是因为接受了一种被国王禁止的割礼方式。我永远忘不掉那些看上去如此柔弱的孩子,面庞因疼痛而抽搐,目光中充满了痛楚。有人告诉我,面对这种野蛮的刑罚,负责行刑的奴隶犹豫了,但男孩伸出手说:"砍吧,我不怕。"我躺在黑暗里,恐惧同样的惩罚将降临在本·卡比纳和其他人的身上,以儆效尤——绝不可未经允许把外国人带入沙特阿拉伯。如果我被送到吉达,他们的命运如何,便无从得知。

门开了,埃米尔走了进来,以上被证明只是我的胡思乱想。他微笑着,用轻松的口吻说:"我告诉过你没事的。阿卜杜勒·菲尔比替你向国王求了情,国王已经下令将你释放,准许你继续行程。"菲尔比已经成了穆斯林,在利雅得住了很多年,是王室的随从之一。我最近在伦敦见过他,也把自己旅行的计划和盘托出。几天后,他到莱拉跟我见面,告诉我到底发生了什么。

埃米尔问我计划去哪儿,好知会国王。我希望先到莱拉,再从那里穿到停战海岸。他说车已经备好,将把我送回苏莱伊勒。

我们沿着达瓦西尔河谷往下开,穿过了将阿拉兹陡崖和其北面图拜格山脉分隔的裂谷。阿拉兹陡崖在这里大约有八百英尺高。我们去了埃米尔在苏莱伊勒的房子,其他人已经在那里等我们了,他们在牢房里度过了一个寒冷的夜晚。本·加伯沙说:"我发誓,如果知道他们会这么对我,只要给我一支枪和一峰骆驼,他们永远也抓不到我。"不过,他们也为躲过一劫大松一口气。我们准备第二天出发去莱拉,食物

## 第十二章 从苏莱伊勒到阿布扎比

所剩无几,但大家一致认为最好到了莱拉再买,让骆驼少花些力气。

和埃米尔一起用餐的还有两个亚姆人,吃过饭,其中一个告诉我们,他是如何把本·杜艾兰杀死的。油灯只顾冒烟,光线惨淡,房间里鬼影幢幢,灶台烧完咖啡,余烬忽明忽暗,缕缕青烟钻进鼻孔里,带来阵阵酸楚。屋外,风渐起,撞击着不牢靠的房门。我一直看着他,那人讲故事的时候语速很慢,话与话间常有大段的空白。他身体前倾,偶尔用那只瘦弱的小手捋捋黑色的尖胡子。他的脸镶嵌在白色头巾的褶皱中,头顶用头绳系了一个简单的黑结。此人器宇不凡,毫无疑问属于沙漠阿拉伯人,热情而又简朴。

"当时快到中午了,"他回忆,"我的三个亲戚来到我的帐篷,他们卸了骆驼,然后我们一起开始喝咖啡。我宰了一只羊给大家吃,我儿子正在剥羊皮。突然,有枪声从南边传来,非常密集。我们发出了警报,然后跑去找自己的骆驼。大家正在装骆驼,一个小牧童跑过来,大叫:'我叔叔的营地被米什加斯人袭击了,是很多很多米什加斯人。'他叫我快点,萨利姆和我的侄子贾卜尔已经被杀死,所有的骆驼都被抢走了。我从附近召集了十二个人过去支援。接近我叔叔的帐篷时,我们看到五个米什加斯人——愿安拉诅咒所有的米什加斯人——跳上骆驼,跑了。他们只在身上裹了深色腰布,就连帐篷也不放过,其中一个人还拿走一块毯子。女人们围着我侄子的尸体恸哭——愿安拉怜悯他——等我们骑着骆驼从她们身旁跑过时,她们喊道,米什加斯人的大部队已经走了,带走了所有的骆驼,叫我们一定为她们报仇。我们追着前面视线内的几个人跑,到了一片长有灌木的低矮沙丘地带,我们追上了他们。他们停下来朝我们射击。那片平原像这里一样,毫无隐蔽之处,我们只能从北边借着一些沙丘的掩护接近。我们的一个兄弟被打死了,却看不到他们,你们明白吗?我们下了骆驼,穿过沙丘向他们跑去。双方展开激战。我们打死他们三个人,但又失去了一个弟兄,还有两人受了伤。我们又干掉他们中的一个,现在,他们只剩下一个人了。他藏在几座巨大的沙丘之间,只要我们有人移动,他就会开枪,而且弹无虚发。他打死了我们四个人,虽然我们知道他在什么位置,但还是看不到他。我觉得他离我们很近,和我们之间仅隔着一座丘峰。我和一个堂兄慢慢地向上爬去,接近沙丘顶端时,我的堂兄抬起头想看一眼,被子弹击穿了额头,倒毙在我的身旁。我看到了正在回弹的枪管,老天,离我趴着的地方还不到八步。我发现对方的枪卡壳了,于是拔出匕首,趁他还未起身扑了上去。我把刀插进他的脖子,杀死了他。他是个小个子,配有一支英式步枪。"

他不再多说,从墙角取来一支步枪,递给我:"就是它。当时,他脖子上还挂着一副望远镜。后来有人认出来,告诉我们他就是本·杜艾兰,那只'猫'。"

我说,一年前他和我一起旅行过,望远镜就是我送给他的。那个亚姆人说:"对,我们听说过你,一个和米什加斯人一起旅行的基督徒。我们认为那支步枪很可能也是你送给他的。"我说:"不,那支枪是他最近从哈德拉毛的政府营房抢

## 第十二章 从苏莱伊勒到阿布扎比

走的。"

大家沉默了一会儿,然后他说:"老天,他真是个汉子!他是个作战高手,我以为他会把我们全都给杀了。"在这场劫掠中,米什加斯人杀死了十四个亚姆人,抢走一百三十峰骆驼,自己损失了九人。"国王已经准许我们出击,愿安拉让我们夺回我们的骆驼,抢走更多的。以安拉之名,我们会杀死见到的每一个米什加斯人。你真是走运,到这里前没有让我们找到你。"

我们第二天一早离开了苏莱伊勒,那天是1月29日。到莱拉有一百六十英里远,从莱拉到停战海岸的阿布扎比至少还有六百英里,两倍于从这里到出发点曼瓦克赫的距离。八天后,我们到了莱拉。我们的骆驼疲惫不堪,穆罕默德的骆驼和三峰驮运行李的骆驼背部被驼鞍磨出了巨大的肿包。埃米尔曾在苏莱伊勒提醒过我们,一路上只有快到莱拉的地方能找到刺槐作为草料,因为秋天时下过一场小雨。

第一天下午,我们追上了赶着几百只白绵羊和黑山羊的两个亚姆人和一个达赫姆人,他们是去莱拉卖羊的。晚上,我们和他们住在一起,从他们那里买了一只山羊作为晚餐,并邀请他们一起享用。他们很和善,对我们穿越沙漠的旅行非常好奇。这个达赫姆人和他自己的部落结了血仇,所以和亚姆人住在一起。夏天时他在纳季兰,当时一个基督徒从阿卜哈到了那里,和当地埃米尔本·马德希待了两天。我告诉他,我就是那个基督徒,他被逗笑了。他说,曾在市场里远远地看见过我,不过当时我穿着不一样的衣服。他说的没错,当时我穿得像一名沙特人。分别时,他们告诉我们如何找到下一口水井。去往莱拉的路清晰可辨,这条路曾被菲尔比探明过,就标在我带着的地图上。

第二天下午乌云在西方集结,我没多想,问穆罕默德是否会下雨,他马上回答我:"只有安拉知道。"我应该在提问前料到这个答案,贝都人从来不对天气发表意见,天气是只有神明才能掌控的。我跟他说,英国的聪明人可以预测天气,这简直算一种渎神,他朗朗说道:"我向安拉寻求远离魔鬼的庇护。"

抵达莱拉前的最后两天非常冷,刮着北偏东方向的大风。我们穿行在毫无植被、缓缓向东下降的岩石高原上,直到接近城镇,地上忽然覆满了一种叫"拉哈斯"(rahath)的白色野花。这天我们很早就停下休息,第二天又推迟了出发时间,为的是让骆驼多吃一些。落日下,骆驼满足地卧着,不再因久未缓解的饥饿到处游荡,真是一幅让人欣慰的图景。离开曼瓦克赫后,这是它们第二次真正吃饱。我根本想象不到,我们又花了四十天才到阿布扎比,其间骆驼只吃了一顿像样的饱饭。天黑后,我们看到远处有汽车的灯光,后来只听见发动机空转的声音,显然陷车了。出于对汽车的反感——尤其是出现在阿拉伯半岛的汽车,我感到幸灾乐祸。

我们于次日下午走进了莱拉。这座色彩单调的小镇人口有大约四千,住在平顶的泥屋里。我们在埃米尔的住所前停下,一个奴隶让我们卸了骆驼,然后指引我们走进房间。房间是长条形的,昏暗不明,除了墙边铺着毯子的土坯长凳,一无所有。我们问候了埃米尔，他叫法哈德，年纪不小，长着一张苦瓜脸，裹在镶有金边的大衣里。他叫人准备了咖啡和茶，然后用尽可能简短的言语告诉我，阿卜杜勒·菲尔比乘车从利雅得出发，昨天就到了，见我未到，便出去找我。

在接下来的两个小时中，大家枯坐不语，虽然没有说出口，但埃米尔显然非常不欢迎我。傍晚时他离开了，我走到院子里舒展一下双腿。几只被蒙住头的猎隼站在那儿，我盯着它们，耳旁响起了召集祷告的声音。所有人都在往清真寺赶，剩下几个小孩围着我，斥责我这个从不祷告的异教徒，其中一个顽童还长篇大论地教育我。他们的敌意令人厌烦恼火，我只希望他们赶紧离开。

约一小时后菲尔比到了，我很高兴又见到了老友。找我的时候，他的车陷到了沙子里，原来我们前一晚看到的汽车灯光就是他的。他说："你给国王的电报抵达不久，我正巧去拜访他，听说你和你的同伴出现在苏莱伊勒，他非常生气。他问我认不认识你，并打算杀一儆百，警告日后打算擅闯的欧洲人。我本想为你解释两句，但他连说话的机会都不给我。我很担心你，决定最好写封信给国王把事情说清楚。第二天早晨我把信交给他，并说，作为朋友，我有义务替你求情。他和前一晚的态度截然不同，马上同意下令将你释放。"

埃米尔在家门口为菲尔比搭了帐篷，吃过晚饭，我俩在帐篷里一直聊到天明。

我向他抱怨了几句下午埃米尔的态度。菲尔比表示同情，但他认为我应该明白，对这些保守的瓦哈比派来说，基督徒是无法容忍的。他还分析到,在这个飞速变化的世界,正是因为他们对教旨严格甚至僵硬死板的遵守,才在一些偏远地区,保留下那些我俩认为阿拉伯人独有的宝贵品质。为了证明这些阿拉伯人何等清心寡欲,他给我讲了一个故事,一次,他和伊本·沙特国王坐在利雅得宫殿的房顶上,听到远处有歌声传来。国王震怒道:"安拉保佑!是谁在歌唱?"他派了一名侍者找出元凶。侍者领回了一个贝都少年,他刚刚赶着骆驼进了城。国王严厉地问他,是否知道歌唱意味着屈从于魔鬼的引诱,然后下令对他施以鞭刑。

菲尔比第二天就离开了,他急于去往加里亚,研究那些从未有欧洲人见过的遗迹。不过,我们还得在莱拉待上二十四个小时,埃米尔已经彻底不管我们了,连食物也不愿提供。我再也没见过他。我躲在帐篷里读书,时常有小孩偷看我,说几句侮辱的话然后跑开。我的拉希德同伴想买些补给,却因把异教徒带入村子,只能收获咒骂和口水。店主宣称,只有我们当着大家的面把钱洗一遍,才会收我们的钱。这些所谓的讲究,并不耽误他们抬高价码,最后,我还是从埃米尔的儿子那里得到一些面粉、大米、椰枣和黄油。穆罕默德希望埃米尔为我们找到一个去往贾布林的向导,但他回答:"我不会鼓励任何人与异教徒同行。"村民已经放出话,没有人愿意和我们走,并且诅咒我们渴死在沙漠里。他们是如此肯定,因为莱拉和贾布林之间很久没下雨了,路上我们不可能找到任何为我们指路的贝都人。一些人还恐吓我的同伴,问他们为什么不在沙漠杀了我,带走我的所有财物。本·卡比纳一直抱怨:"他们就是一群狗,一群狗娘养的。他们说你是异教徒,但你比这些穆斯林好上一百倍。"

莱拉是伊赫瓦尼运动的重镇之一,自诩伊赫瓦尼的人好战、虔诚,致力于伊斯兰教的净化与统一。该宗教运动目标是取缔贝都人围绕水井和绿洲建立的部落和定居点,这些极度保守的教徒认为游牧生活无法严格履行伊斯兰教习俗。按照他们的理解,合格的教徒应该一丝不苟地执行斋戒、祷告和洗礼。伊本·沙特曾借助过这股势力,后来伊赫瓦尼人站在了他的对立面,指责他放松了在宗教上对自己的要求,因为伊本·沙特禁止他们进入邻近的地区劫掠。1928年,伊本·沙特的军队在萨比拉战役中重创了伊赫瓦尼力量。这些守旧的狂热教徒,如今残存在莱拉和达瓦西尔河谷。

与仇恨相逢令人非常不快。这种恨凭空而来,所以特别丑陋,而且对我这种习惯宗教宽容的人来说,显得毫无道理。不过我又想,我身处的文明在这里一手酿就的新仇又好到哪儿去呢?它们基于肤色、国籍、阶层,让本就复杂的中东局势雪上加霜。早年间,伊斯兰教信仰未受挑战时,阿拉伯人有非常高的宗教宽容度。但对住在莱拉的人来说,我是来自异国文明的入侵者,他们把这种入侵的力量认作基督教。他们知道基督徒已经征服了伊斯兰世界的绝大部分,两种文明的碰撞,让他们珍视的信仰、习俗、文化,不复存在或被彻底改变。他们自然而然地把我当作那些创新发明的代表,并不了解我对它们的轻视,也不知道我有多愿意让他们的生活方式保留下来。

晚上，大家讨论该怎么办。贾布林大概在一百五十英里之外，我很有信心借助菲尔比在地图上的标注顺利抵达——地图上除了这条路，也没有别的什么了。一旦我失误，没能找到那片绿洲，队伍将迷失在哈萨以南空旷无水的沙漠地带。我建议由我带路，但他们显然不相信我能找到一个从没见过的地方，更何况这段旅途长达八天之久。

"我们不需要向导，我能找到路。"我说。

本·加伯沙问："怎么可能呢？你从来没到过这里。"

我解释道："阿卜杜勒·菲尔比在地图上标出了贾布林的位置。借助指南针，我就能找到。"

穆罕默德仍然充满疑虑："路上又没有地标，一路上要穿过的平原就像哈拉西斯平原一样开阔。这次和之前不一样，当时不需要向导，因为我们知道只要阿拉兹陡崖在左侧，一直走就能到哈西。萨尔人知道水井的确切位置，这回我们需要一名向导。"

我觉得上路后很可能遇到贝都人，但艾马伊尔表示怀疑："他们说那边什么都没有。很久都没下过雨了。"

我坚持说："相信我吧，我能找到贾布林。安拉在上，我也一点都不想渴死在沙漠里！"

本·卡比纳问我："要走多少天？"

"八天。"我回答。然后他说："和当地人说的一样。"

终于他们同意我做向导。本·加伯沙说："显然我们无法找到一名向导，而且安拉也不允许我们再待在莱拉了。我们只能将性命托付给乌姆巴拉克。"

## 第十二章　从苏莱伊勒到阿布扎比

我问是否能在贾布林找到阿拉伯人，穆罕默德说："我们一定能找到穆尔拉人。他们中总有些人会待在那儿。别担心这个了，乌姆巴拉克。你能把我们带到贾布林就谢天谢地了。"

我真心希望能在贾布林找到阿拉伯人。到时候我们需要补给食物，更重要的是，我们需要向导指明去往阿布扎比路上的水源。找不到向导的话，我们只能和疲惫的骆驼一起，在荒凉的"空白之地"北部束手无策。真是个让人高兴不起来的念头。

2月7日，我们离开了莱拉。所有储备包括六只装满的皮水袋、九十磅面粉、十五磅大米、三十磅椰枣和些许黄油、糖、茶，以及咖啡。埃米尔的儿子装作连这些都很难买到的样子。在贾布林的穆尔拉人那里，除了椰枣，我们很可能什么也买不到，所以在抵达阿布扎比之前，一定会度过一段非常饥饿的日子。我估计到阿布扎比至少需要一个月。大家决定每顿晚餐五个人分三磅面粉，只有在水井旁边，或者不缺水的时候，才能动用大米。椰枣是早餐，或者说他们的早餐，我现在对椰枣看都不想看。我们牵着骆驼出城的时候，有些阿拉伯人喊到，找不到路也不要回来。

根据我的日记，我们花了八天抵达贾布林，每天上路的时间不算长，只有两天走了八个小时。我印象最深的是迷雾笼罩的荒野，泛着晃眼的白光，不知道哪里是头、哪里是尾，永无休止。疲惫的骆驼让人心累，难以忍受，尤其是当它们磨破的蹄子踩到尖利的燧石，浑身都要抽动一下，山谷里、山脊上，这样的燧石到处都是。有时，我们会发现一条平整的小径，能暂时缓解一下骆驼的痛楚。如果方向与指南针所示不符的话，我又不敢多走，沙漠中没有任何地标，很难察觉走错了路。只需有八到十英里的偏差，我们就会错过贾布林，与一百五十英里相比，这样的偏差并不离谱。地图上标注的贾布林位置准确吗？虽然奇斯曼和菲尔比是非常严谨的人，两人均在长途跋涉后，确定了贾布林的位置，但我想不起来他们是用什么方法测量的。如果他们用的是指南针，很可能产生十英里的误差。

　　只要找到有灌木能生火的地方，我们就停下来过夜。骆驼会被放去找东西吃，它们由本能驱使，一瘸一拐地向南方家乡的方向走。等它们越走越远，想到一整天它们已经走了很多路，我就着急："得派人去把它们赶回来了。"如果我打算自己去，其他人就会跳起来说："我们去吧，乌姆巴拉克。"有时候我会坚持，然后他们出一个人陪着我，急匆匆地去追它们。为了减轻骆驼的负担，我们只带了很少的水，这些天总是又渴又饿。因为太渴，本就难吃的本·卡比纳式面包愈加难以下咽。天气非常冷，好几个晚上都能看到闪电，有时还伴随雷声，我心里祈祷千万别下雨，因为根本没地方躲。

　　之前几次旅行，我必须非常专注才能明白同伴在说什么；这次，虽然我的语言天赋有限，阿拉伯语说得还是磕磕绊绊，但在他们争论什么时，终于不用胡乱想些什么以掩饰听不懂的窘迫。我可以轻易跟上他们的思路。整整一天，本·卡比纳和穆罕默德都在争论两年前我在泰里姆给他们的那笔钱。当时本·卡比纳骑着穆罕默德的骆驼，因此穆罕默德拿走了本·卡比纳工钱的三分之二。想到当时本·卡比纳一贫如洗，我觉得这种行为太小气了，于是把我的想法说了出来。争论一直在继续，对话有时被愤怒的高音打断，却从不就此打住，说过的话被一遍遍重复。直到我们要停下过夜，他俩才收了声，然后愉快地坐在一起烤面包。另一日，本·卡比纳和艾马伊尔为各自祖父的功绩争个不休。本·卡比纳恶语相向："起码我的爷爷没在大庭广众下放过屁。"窘迫的艾马伊尔为这句极为不敬的话涨红了脸，他的爷爷已经过世二十年了。第二天，他们刚要为爷爷的事再吵上一架，我抗议了。他们惊讶地看着我说："这很消磨时间啊。"这倒是说得没错。

走到贾布林的两天前，我们穿过了代赫纳沙漠，该沙漠在这里约有十五英里宽。这道新月形的沙丘走廊，连接着"空白之地"与阿拉伯半岛北部的内夫得大沙漠。两个月前这里下过雨，雨水向地下渗入三英尺深，滋养出一片新长出来的幼苗。在这单调乏味的日子，与春天的伏笔不期而遇，令人满足。第八天上午，我们爬上了最后的沙脊。按照我的计算，应该能看到贾布林了。它就在那儿，笔直的前方，椰枣树林在哈基平原上投下深暗斑驳的阴影。我坐在一座古冢上休息，我实在太累了，其他人兴奋地说着话。之后，我们走到平原上，在一片刺槐林旁边找到了水井。

我们让骆驼喝了水，然后它们就解放了。虽然刺槐因长时间干旱叶片已经掉光，但骆驼总能找到些吃的。过去八天中，只有两次，我看到些骆驼能吃的东西，但我相信，当它们不惜体力踱步寻找，一定能有更丰盛的收获。本·卡比纳一定是注意到了我眼中流露出的怜悯，他说："它们的耐心无与伦比。世间还有比骆驼更具耐心的生灵吗？我们阿拉伯人爱它们，正是出于这一点。"

井很浅，水也是甘甜的。我的同伴脱下衬衫，用篮子舀起水相互泼洗，但我可不愿意迎着冷风洗澡，无论他们嘲笑还是鼓励。"来吧，乌姆巴拉克。"本·加伯沙喊道。每次艾马伊尔往他身上泼水的时候，我都能听到他倒吸一口冷气的声音，但他一点也不承认。他仍裹着腰布，湿透的腰布如雕塑上模拟衣料的石褶。阿拉伯人不喜欢在他人面前暴露身体，但他们的表现有点过头了。我曾和一些贝都人在幼发拉底河洗澡，他们光着身子在河畔追来跑去。

之后，穆罕默德和艾马伊尔外出寻找穆尔拉人。穿过代赫纳沙漠后，我们就进入了穆尔拉人的领地。穆罕默德非常确信能在绿洲范围内找到他们。穆尔拉是内志人的一个重要部落，人口在五千到一万之间，活动区域的面积和法国差不多。他们曾指引菲尔比穿越了"空白之地"，但他们熟知的区域有限，局限在"空白之地"的中部和西部。而拉希德人的活动范围非常广，从也门到阿曼，从佐法尔省到利雅得，还有哈萨和停战海岸，都能看到他们的身影。

穆尔拉人是沙特阿拉伯出名的追踪好手，很多人受政府雇佣，帮助政府追拿罪犯或者辨认脚印，比如在苏莱伊勒对我们表示友好的穆尔拉人。

我们用大米做了丰盛的一餐，无所事事地躺在篝火旁等其他人回来。本·卡比纳和本·加伯沙试图教会我一种游戏，

## 第十二章 从苏莱伊勒到阿布扎比

有点像跳棋,不过是用骆驼粪在沙地上玩。可能是他们的解释过于晦涩,也可能是游戏本身很复杂,至今我也没学会。

日落时分探路的其他人回来了,他们既没碰见阿拉伯人,也没发现任何刚踩出的小道。他们问我凭地图还能走多远。地图上唯一一座水井位于此地到阿布扎比的途中,名叫济卜伊,是托马斯在他穿越"空白之地"的伟大旅程快结束时标记的,位于卡塔尔半岛南部的洼地,距我们大约有一百五十英里远。济卜伊水井以东六十英里处,是穆提盐沼,盐沼向南横跨海岸和沙漠。奥夫曾告诉我,下过雨后,穆提盐沼会让骆驼寸步难行,但不会像在乌姆塞米姆流沙区一样被沙地吞噬。

我告诉大家最远可以走到穆提盐沼,但我既不能保证找到济卜伊水井,也不知道井水能不能喝。我隐约记得哈马德一年前在宰夫拉告诉我,穆提盐沼附近的水源都很糟糕。穆罕默德说,如果我能带大家走到穆提盐沼,他就能接着带大家走到阿布扎比。我对此表示怀疑,但我们必须上路了,留在原地只会让大家挨饿。其他人向我保证,走到穆提盐沼之前,一定能遇到穆尔拉人。

我们决定灌满十只水袋带走。这对驮运行李的骆驼是极为沉重的负担,但我们已经做好了牺牲它们的准备,以保全我们自己和身下的骆驼。三峰驮运行李的骆驼和穆罕默德坐骑的驼峰和肩部严重溃烂,驼鞍造成的水肿已经磨破,表皮全无,发出难闻的恶臭。艾马伊尔割掉了骆驼身上一块块坏死的脂肪和肌肉,他说这样对它们会好一点。骆驼似乎并不在意，我只希望手术不要太疼。为了骆驼，我的同伴时刻准备好由自己承受不适甚至磨难，同时不可避免的是，艰苦的生活让他们对任何疼痛保持无感。不仅对他人或者动物的苦难，沙漠的居民对自己所遭受的苦难同样显得麻木不仁。我记得在提贝斯提山脉雇用过一峰骆驼，骆驼的主人步行来找我，出发的时候，我发现他跛着脚。我问他怎么了，他把光着的脚给我看。最近一次去库夫拉的路上，他磨破了脚底板，现在他正在用露出的嫩肉行走。光是想想，我都快受不了了，而且，因为他需要钱，还建议徒步穿越山区。不过，阿拉伯人从来不会把麻木变成蓄意的残忍。对我的同伴来说，如果有人能从施虐中获得快感，简直匪夷所思。为了报仇，以命抵命，他们可以手刃一个手无寸铁的牧童，但绝不会施以折磨。亚丁的很多英国皇家空军认为，如果他们走进沙漠，将会被阿拉伯人阉了。但我相信没有阿拉伯部落会这么做，仅是这种念头本身就会让他们非常反感。我给同伴讲述达纳基尔沙漠见闻的时候，提到当地人杀死人后，割掉了死者的阴茎。同伴被震惊了，艾马伊尔憎恶地说："他们是禽兽，人是不会干出这种事的。"

我们穿过盐碱地，到了贾布林洼地的另一边。一场阵雨使这里的灌木活了过来，我们停下，让骆驼吃些东西。阵雨通常只能润湿几十英亩土地，范围小得令人难以置信。下午，我们经过了一片砾石平原，路上有不少脚印。快到晚上的时候，北边飘来一层灰色的薄雾，遮住了前方无尽的虚空。

吃完晚餐，穆罕默德坚持我们应该再吃点。我开玩笑地

## 第十二章 从苏莱伊勒到阿布扎比

建议道,他应该去买回些面粉,再带一只山羊回来。他嘟囔着,除非吃到更多的食物,没有人会再往前行一步。我问他,如果面粉吃完了怎么办,我们的储备刚刚够维持到目的地,现在提高每个人的配额是件很蠢的事。"安拉会帮助我们的。"他说。但我没有以利亚[1]式的虔诚,深表怀疑。我们吵得很凶,最后我站起身,让他们把所有面粉全吃光,然后就能恢复理智了。我气呼呼地睡觉去了,心想:"我和你们一样饿,但不像你们那样只顾眼前。"第二天,我们维持了原来的食物配额,没有人再多说一句话。

八个半小时后,我们到达了焦卜洼地的西缘,我希望这条路可以把我们带到济卜伊水井。当天烈日灼人。过去十天,每晚乌云集结,从远处传来电闪雷鸣,后来断断续续下了三天雨,接着又持续下了四天,通常是发生在夜间的雷暴雨。

真是悲催的几日。浑身湿透骑在骆驼背上,看着瓢泼的雨水被吸进沙地,身体极冷并且还很渴,简直让人发疯。我们不知道还能在哪儿找到水,水的配额再次缩减到每人每天一品脱。我们仅带着几只小罐子,可以接点雨水,但不可能为之奢侈地停下脚步。我的同伴很担心骆驼的情况,他们让我做好心理准备,也许某天早晨醒来,其中的几峰已经因严重溃烂引发的衰竭而死去。每天早晨,我都迫切地想知道它们是否还活着。

一天夜里,一场大暴风雨突然而至,从天黑后不久一直

---

[1] 《圣经》中的先知。

持续到清晨。空旷的平原毫无遮挡。我们只能蜷缩在地上，闪电划破层层乌云，雷声撼人心魄。我把毛毯和羊皮盖在睡袋上，这种方法前几夜很管用，我一直没被雨水打湿。但当晚的雨太大了，雨水因重量不再滑向一边，而是变成股股冰流涌向全身。有时雨暂时停了，我向四周看去，接连不断的闪电将天幕映成白昼，盖紧身子躺在旁边的同伴变成黑色的剪影，就像湿海滩上的坟头，还有那些湿透了的骆驼，屁股对着暴风雨的方向趴着。然后，我会听到鼓点般的闷响，雨又下起来了。我觉得，当晚我们一定会失去几峰骆驼，但第二天早上，它们全都活着。

　　天已破晓，到处都找不到能点着的干柴。我们再次从湿透的悲惨之夜切换成湿答答的难受之昼，同时，我们还要强迫不情愿的骆驼走进刮着风的绵绵细雨。这片土地长不出任何东西，偶尔能见到纠缠在一起的含盐灌木，灌木上饱满的绿叶给人一种讨厌的错觉，好像洼地肥沃丰饶，实际上，这里比周围的沙漠还要贫瘠。那天晚上，饿极了的骆驼找不到任何吃的，只好不顾第二天的腹泻之苦，吃下了这种灌木。我们把骆驼的尾巴绑在驼鞍上，以免它们把稀屎弹得衣服上到处都是。骆驼腹中空空，腹泻造成的失水会马上引发口渴。我们幸运地来到一处水井，硬沙地上的井口很浅，从远处只能靠周围的遍地遗屎分辨。我们尝了一下，发现水质糟糕难以下咽，但口渴的骆驼永远喝不够似的喝着。骆驼喝着水，一道苍白的阳光洒满湿润的平原，像一支悲伤的慢调乐曲。然后，又开始下雨了。本·卡比纳想尽办法点起了篝火，用

## 第十二章 从苏莱伊勒到阿布扎比

井水和大米做了很多饭，但过于难吃，大部分都剩下了。

第二天天气晴好，阳光烤干了我们的衣裳，终于让人暖和起来，我们的精神状态也好了许多。我的同伴唱着歌走在沙地上，看上去就像从退去的潮水中露出了头。他们是贝都人，而且下雨了，不是零星的阵雨，而是可能覆盖整片沙漠的倾盆大雨。"来自安拉的馈赠。"他们这样说，想到之后几年都有茂盛的草场，不由得兴高采烈。很难想象，仅仅三个月后，我走过的荒凉沙漠，将覆满开了花的灌木。在北极的漫漫寒夜，爱斯基摩人[1]还能数着日子，盼到太阳回归，但在阿拉伯半岛南部，贝都人从不知道春天何时到来。先不说降雨稀少，就算下雨，一年到头什么时候下，没人说得清。对这片留不住任何水和生命的土地来说，气温从极冷到极热，就完成了从冬天到夏日的转换。本·卡比纳说他一辈子只记得三次春天。这不多的春日，是贝都人生活中仅剩的温存，终于有那么几年，他们能放松些，无须为生存必需品而焦虑，如他们毕生所盼。我并不替他们可悲，其中蕴含的崇高感是无人能及的。

在路上，其他人聊起曾下过雨的年景，本·卡比纳说他一辈子都没见过这么大的雨。然后话题自然而然地转向六十年前发生在佐法尔省的大洪水。我在艾达姆河谷亲眼看见，洪水退去后，椰枣树的树干卡在十八英尺高的悬崖上，而河谷的宽度超过一千码。我们试想了一下，在炎热的夏季，要下多少天雨才能形成如此规模的洪水？如果这场雨发生在冬

---

[1] 对因纽特人的旧称。

季,寒冷中,人又能坚持多久?晚上又下雨了,就这样,雨断断续续地下了三天。

离开贾布林的第八天下午,我觉得差不多到济卜伊水井附近了,我又测量了一下北面两座石峰的位置,验证了自己的计算。一个小时后,我又测量了一下我们的位置,然后告诉大家已经离水井不远了。本·加伯沙在四分之一英里外沙地的低洼处找到了水井。他回来后说:"天哪,乌姆巴拉克,你是个真正的向导!"不过,我的满足感很快就被冲淡了,井水水质糟糕到无法饮用。渴极的骆驼却贪婪地喝起来。

水井附近长了些新鲜的卡西斯,我以为这预示着我们已经来到了草场边缘,第二天我们走了二十八英里,却一根草也没找着。雨又下了一整夜,我又湿又冷根本睡不着,同时因不知道接下来该怎么办而焦虑。大家已经决定先走到穆提盐沼,仍然抱有遇到当地阿拉伯人的希望,但迄今为止,附近毫无人类活动的迹象,我觉得继续往前走毫无意义。地图上只剩下阿布扎比了,中间是大约两百五十英里的空白,我们的水已经几近用光。

起床时,乌云密布,天空阴沉。大雨将至。我们用冰冷麻木的手指把骆驼装好,情绪低落地走在骆驼旁边,试图让身子暖和起来,湿长袍的下摆在腿上黏糊糊地扫来扫去。我几乎肯定这些骆驼无法再多撑一天。然后我们奇迹般地来到一片草场。草场只有几平方英里大,我们径直走了进去。骆驼只顾着吃,不肯挪动一步。我们站在那儿看着它们,本·加伯沙对我说:"这些草救了我们的命。"

## 第十二章　从苏莱伊勒到阿布扎比

第二天要穿过穆提盐沼。我们决定尽可能绕过这里连片的盐碱地，最近刚下过大雨，骆驼很可能陷入没过膝盖的盐沼。骆驼最不擅长在油乎乎的表面行走，于是我们在它们脚下系了绳结，增加抓地力。盐碱地被新月形的白色流沙分隔成三条通道。盐碱地表面是脏盐结成的硬壳，强烈的反光穿透我们眯缝的双眼，刺入脑壳深处。骆驼一脚脚踩破硬壳，挣扎着穿行在液状的污泥中。穿过盐碱地总共用时五小时——令人不快而焦虑的五个小时。

在盐碱地的另一端，我们扎营在波浪起伏、毫无生机的白色沙地上，就连含盐灌木在这里都活不下去，地上的残根像针一样扎入我们的脚掌。离开贾布林后已经十一天了，晚上，大家进行了一次长时间的紧急讨论。穆罕默德终于承认他对这里一无所知，而我的地图在抵达阿布扎比之前都是空白，面前还有两百英里的路要走。我们只剩下几加仑水，路上必须得到补给，但没有人知道沿着海岸是不是有水井。穆罕默德说我们应该会遇到贝都人，从离开莱拉起他就这么说，但走了三百五十英里后，一个也没见到。最后实在没办法，我建议尝试找到利瓦绿洲，距这里大概一百英里。我从来没去过那边，但一年前，为了给大家找些吃的，本·卡比纳从巴拉格水井出发，去过那里的三处定居点。他表示认同，如果我能带着大家走到利瓦附近的话，他就能认出沙丘的形状。不走运的是，我没有带自己绘制的罗盘定位地图。在手里的地图上，利瓦只是横在上面的几个大写字母，关于利瓦的一切都是道听途说，除了我，甚至没有欧洲人接近过那里。我对着地图苦苦思索,每当选定一个方向,由于各种各样的原因,我又觉得自己错了。其他人坐在一旁看着我在昏暗的光线下工作。每个人都明白,如果我们错过了利瓦,就不得不掉头返回"空白之地"。真是可怕的假设,但找到利瓦,似乎是我们唯一的机会。

第二天上午,穿过十二英里的平坦白沙,我们来到了绵延不绝的沙丘地带。沙丘带从西方由远及近依次显现,如银蓝色的波浪形墙壁,三到四英尺那么高,分别往南北方延伸,沿着一英里宽的橙红色坡顶消失在视野之外,而沙丘带的另一侧是层叠远去的山谷。沙丘逐渐变得高大,形态更复杂,发展成具有统一外观的高大"山脉",然后又渐次缩小,布满新月形的丘谷和深坑。在丘谷的陡坡一面,留下了雨水沿坡流淌的痕迹,有些地方,还能看到结了一层硬壳的沙地上,被冰雹砸出的小坑。我们在这里找到了牧草,还发现了野兔、耳廓狐、蜜獾和巨蜥的脚印。2月28日,我们在一座深谷的谷底发现了一口被填埋的水井。本·卡比纳爬到高处,冲我们喊:"我能看到利瓦的沙漠了。"我们也爬了上去,巨大的金色沙丘在我眼前展开,正是我们一年前看到过的。我们终于脱离了险境,但没有人就此感慨一番。穆罕默德只说了一句:"那些沙丘和加尼姆沙漠的没什么区别。"

第二天我们找到一口浅井,味道仍然不佳,但总算能喝。我们离开贾布林已经十五天,皮水袋里只剩下约两加仑的水。

3月4日,一个没有一丝风的炎热下午,我们抵达了巴拉格水井,途中经过了上次我和本·卡比纳饿了三天的山谷。

## 第十二章　从苏莱伊勒到阿布扎比

第二天上午，我们在利瓦的边境遇到一处规模不大的马纳西尔人营地，并说服了一个人作为我们前往阿布扎比的向导。他说，两个月前，三百名来自迪拜的抢匪突袭了离这里不远的一处马纳西尔人营地，以损失五人的代价，杀死五十二名马纳西尔人。之后，阿布扎比和迪拜的酋长达成了和平协议。我们在莱拉的时候就听说了这场袭击。

我们现在位于利瓦的西部边境，我们的向导说从这里往东再走三天，都是利瓦的范围。我希望能探索这片著名的绿洲，但骆驼和我们自己均已疲惫不堪。储备的食物差不多快吃光了，在当地除了椰枣什么也买不着，我们只能直奔阿布扎比。我只能寄希望于以后有机会再次回到这里。我们经过了古图夫人和扎乌菲尔人的定居点，紧贴着沙丘陡坡一侧的脚下，或是沙地上的低洼地带，由人工在盐碱地上种下椰枣树。树林被篱笆围起，沙丘顶上也筑了篱笆，试图阻止沙地的流动，在好几个地方，椰枣树的一截已经埋进了沙子里。显然这片树林得到了精心的规划和照料。四周没有其他作物，很可能是地表含盐量过高造成的。地下七到二十英尺处的储水量很丰富，也不难喝，只是味道寡淡了些。

巴尼·亚斯人居住在这里。他们住在由椰枣树树叶搭就的长方形小屋里，两三间小屋被一圈很高的篱笆围住，里面住着一家人。为了保持凉爽，选址通常在椰枣树树林上方的开阔地带。他们有自己的骆驼，养着几头驴、几只山羊。夏天时，很多人会去阿布扎比，作为潜水员加入采珍珠的船队。

我们于3月7日离开利瓦，到阿布扎比还有一百五十英里，不过终于有了向导。大家都非常疲惫，持续处于求生边缘的日子，让每个人都快熬不住了。每天的跋涉变得异常单调，大家再也没有精神为琐事争论不休。这些天陆续下了几场雨，有些还不小。

我们走到了海岸，然后沿着海岸一路东行穿过无人区。石灰岩山脊、白色的流沙、点缀着干瘪草丛的砾石平原，组成了全部图景。盐碱地伸向海洋，但黄色的薄雾让人分不清盐碱地与海相接的地方，颜色和反差都从环境中消失了。我们下到盐碱地上，向把阿布扎比与大陆分隔的小湾艰难前行，骆驼的四蹄在油腻的地上打着滑。一座石堡守卫着浅滩，我们涉水过海，在石堡外休息了一下后，出发进城。中午过后不久，我们到了。那天是3月14日，我们离开曼瓦克赫时是1月6日。

坍塌倒坏的城镇沿岸而建，一座大型城堡格外显眼。街上只有几棵椰枣树，旁边有一口水井，我们给骆驼喂水时，一些阿拉伯人好奇地打量我们。然后我们来到城堡，在墙外坐下，等着酋长从下午的小睡中醒来。

## 第十三章

# 停战海岸

我们离开阿布扎比到了布赖米,和扎伊德·本·苏尔坦共度了一个月的时光,然后前往沙迦。我从迪拜乘阿拉伯三角帆船去了巴林。

城堡大门紧闭,上着门闩,不见一人。我们卸了骆驼,躺在围墙投下的阴凉里睡觉。附近有些小型火炮,半截已经埋进沙子。周围垃圾满地,都是曾久坐于此的人留下的。观看我们饮水的阿拉伯人已经消失不见。以黄色的天空为背景,风筝在几棵残破的椰枣树上空盘旋,水井旁边,两只土狗正卖力交配。

晚上,从后门出来一个阿拉伯少年,他走了几步,开始蹲下撒尿。等他撒完尿,穆罕默德问他,酋长们是不是"坐着"——"准备好接见"的阿拉伯式表述。少年回答:"还没有。"穆罕默德让他转达,从哈德拉毛来了个英国人,正在等着见他们。少年说:"那个英国人在哪儿?"穆罕默德指着我说:"就是他。"

半个小时后,一个灰白胡子的阿拉伯人走出来,问了我们几个问题,然后就回去了。过了一会儿,他又走出来,请我们进屋。我们爬上楼梯,走进一个铺着地毯的小房间,阿布扎比的统治者谢赫布特和他的两个弟弟希扎和哈利德正坐在那里。他们穿着沙特风格的服装:白色的长衫、镶着金边的披风,白色的头巾垂在面庞两侧,用一根黑色的羊毛绳加以固定。谢赫布特的匕首饰有黄金。我们进屋后,他们站起身,众人向他们问候并握手,谢赫布特邀请我们落座。他看上去苍白、瘦弱,身材和普通人一样矮小,黑色的胡须修剪得很齐整,一双大眼睛乌黑乌黑的。他表现得很谦恭,甚至算得上友善,但我能感觉到他的冷漠。他话语轻柔,动作缓慢审慎,似乎天性容易激动,但在强忍着。我怀疑他疑心病很重是事出有因,昔日十四名阿布扎比统治者中,只有两人寿终正寝。其中八人死于谋杀,四人在家族成员谋反后被驱逐。希扎和谢赫布特截然不同。他体形庞大,生性快活,一把又黑又厚的胡子遮住了大半个胸口。哈利德身上最引人注意的是掉落的门牙,他喜欢用舌头去戳留下的黑洞。

谢赫布特叫了咖啡,由身着藏红色衬衫的侍者准备。喝完咖啡,我们又吃了些椰枣,然后谢赫布特问起了我们的旅程。后来,我提到去年曾到过利瓦郊外。希扎说:"我们从一些阿瓦米尔人那儿听到传言,说有一个基督徒到过那边,但我们一直不肯相信。我们不相信一个基督徒可以在不被发现的情

## 第十三章 停战海岸

况下来去自如。你知道，贝都人的消息不怎么可靠。我们一直觉得他们说的是十六年前穿越'空白之地'的托马斯。"

然后，谢赫布特议论了一下发生在巴勒斯坦的战事，最后以对犹太人的毁谤收尾。本·卡比纳不明所以，悄悄问我："谁是犹太人？他们是阿拉伯人吗？"

会见结束，酋长们陪我们来到一座市场附近破败的大房子。我们爬上摇摇晃晃的楼梯，房间四壁空空，为了迎接我们的到来，地上铺了地毯。谢赫布特命令两个侍者照料我们，然后说我们一定累了，第二天上午他再来看我们。我问他骆驼怎么办，他说他已经派人把骆驼送到沙漠吃草，我们需要的时候，会送还给我们。他补充说，骆驼不会游荡太久，我们走了那么远的路，一定要在这里休息好。他冲我笑了笑："只要你待在这里一天，这里就是你的家。"

天黑后，家仆送来一大盘羊肉和米饭，各种小盘子里装着椰枣和蜜饯。吃完饭，仆人和我们坐在一起聊天，毫无拘束。在阿拉伯半岛，家仆也是家庭中的一员，他们和主人在社会地位上并无差别。

市场上的商人和进城的贝都人都过来打听消息。一盏摔破的马灯冒着烟，但总归释放出些许光亮。此情此景惬意融洽，我们不用再赶路，想吃的时候吃，想睡的时候睡，实在令人愉悦。我想，为什么人们要把家里堆满家具呢，像这样保持一种简单到极致的状态更合我意。

我想起两年前自己骑着一头驴迎着日落走进泰夫，和我一起的有两个阿拉伯同伴，另外三个半裸的也门朝圣者是半途加入的。我们一行从也门边境出发，一路穿过山区走了很远，之后遇到一处为朝圣者准备的驿站，大部分房间已经住满，我们找到一间空着的，正对庭院。我们把房间打扫干净，铺上自己带着的毯子并借来一盏灯。其中一个也门人从市场上带回了食物——烤肉、米饭、切片面包、酸奶、西瓜，还有甜甜的黑葡萄。吃过饭，邻居过来串门，聊天解闷儿。那时，我有了需要的一切：食物、住所，以及长途旅行后好伙伴的陪伴。第二天上午，我去拜见国王的孙子、现任泰夫的长官。我本期望得到一场体面的阿拉伯式招待，但出于好心，他安排我住进了刚刚落成的"酒店"，房间里摆设着维多利亚风格的家具，墙上挂着装裱好的印刷品——苏格兰湖区或者瑞士牧屋。电灯、电扇一应俱全，苏丹仆人端上罐头食品。我的两个同伴被安排住在别的地方，酒店里住着一些埃及人，他们是从开罗来的城里人——我和他们毫无共通之处，连他们说的话我都听不懂。我又寂寞又无聊，浑身不自在，并且对阿拉伯人如此热衷于模仿西方的生活方式非常惊讶。

我们在阿布扎比待了二十天，这是一个人口只有两千的小镇。酋长们每天上午都会来探望，他们从城堡漫步而来，谢赫布特走在两个弟弟前面一点，黑披风让他显得很庄重，后面是一队佩戴武器的家仆。我们会聊上一个多小时，喝点咖啡，吃些甜品，等他们走后，我们或是去逛市场，盘腿坐在小店里，一边喝咖啡一边闲谈，或是去海滩游荡一番，观看当地人为之后的采珠季节做准备。他们填补好阿拉伯

## 第十三章 停战海岸

三角帆船的缝隙，并涂上一层鲨鱼油保养船身，孩子们在海浪中嬉戏，渔民正把收获带上岸边。一次，他们带回一只陷入渔网的小儒艮，也可能是海牛，大约有四英尺长，样貌极丑，看上去可怜又无助。当地人说它肉味鲜美，表皮可以做成凉鞋。

很多造访者毫不见外，把我们的住所当成自家，常常一待就是一宿。只需把披风往身上一裹，就和我们一起睡在地板上。其中一个叫巴克希特·达海米的访客是拉希德人。两年前，他曾是酋长的家仆之一，因在针对迪拜的战争中表现英勇而声誉卓著。我在南部海岸的时候就听说过他的事迹。他穿着一件黄色衬衫，戴棕色头巾，三十岁左右，不高也不矮，身体瘦弱，且面色发黄，两只眼睛离得特别近，和我们一起待了三天。我的拉希德同伴对他非常信服，常常引用他说过的话，不过我对他印象不佳。听说我要去布赖米，他要和我们一起走，但我已经和谢赫布特说好，让他先行出发，给谢赫布特在布赖米的兄弟扎伊德·本·苏尔坦送口信，告诉他我们正在来的路上。达海米后来给我惹了麻烦。

我急于进入阿曼腹地，一年前在艾因河谷等待其他人从伊卜里返回时，斯泰贡曾为我描述过那里。从布赖米出发，是我前往阿曼的最佳契机，希望扎伊德能为我提供帮助。现在进入阿曼季节上有点晚了，何况我需要休息。由于和阿拉伯人一起生活了太长时间，我绷紧的神经无法放松。不过至少我可以先到布赖米，更全面地了解一下阿曼。

离开阿布扎比时，和我一起的有四个拉希德同伴，还有一个谢赫布特在 4 月 2 日提供的向导。到布赖米大概有一百英里远,一共走了四天。我们食物充足,困乏全无,而且这里的牧草很棒。希扎借给我骑的骆驼极好,这些布法拉酋长拥有许多来自阿曼的良种。阿布扎比的阿拉伯人总是看不上我们的骆驼,拿它们和酋长家的做对比,直到本·加伯沙被激怒了:"你们酋长的骆驼的确很棒,美丽非凡,我是贝都人,当然明白它们的好。但那些骆驼中,没有一峰可以胜任我们刚完成的旅程。"然后他们就不吱声了,他们知道这个愤怒的少年没有说错。

阿拉伯半岛无人不知,阿曼海岸地区的巴提奈骆驼速度极快且乘坐舒适,但它们必须被人工喂料,只吃椰枣,当食物和水短缺的时候,就完全派不上用场了。阿曼腹地的瓦希伯人拥有一种叫巴纳特·法尔哈的名驼,翻译过来是"欢乐的女儿"之意;杜鲁人拥有一种同样著名的品种巴纳特·哈姆拉,意为"红的女儿"。这两种骆驼都比巴提奈骆驼耐受力要强,但拉希德人说,即使是它们,也无法活着穿过"空白之地"。

抵达布赖米的前一晚,我心满意足地躺在地上,看着本·卡比纳烤着放骆驼时找到的羊肚菌。这些蘑菇口感香滑,非常美味。这里还能找到松露,味道更佳。本·加伯沙偷偷挠我的脚心,我本能地一脚踢出,正中他的太阳穴,他倒了下去。我着急地俯身查看,本·卡比纳说:"他没事。他就是被踢倒了。"几秒钟后,本·加伯沙坐起身,责怪我说:"你为什么要谋杀兄弟?"我表示抗议。他笑了:"别傻了,我当

## 第十三章 停战海岸

然知道那只是个意外。"我问本·卡比纳："如果我真失手把本·加伯沙踢死了,你会怎么办?"他想都没想就回答:"我也会把你杀了。"我争辩说只是意外啊,他露齿而笑:"并没有什么区别。"他是在开玩笑,但我知道无论是谋杀还是意外,贝都人都会奉行以命抵命。有时,当他们平静下来,也会接受抵消血债的赔款,尤其是过失杀人,但他们的第一反应绝对是复仇。在阿布扎比时,我们见到一个手掌被子弹打穿的拉希德人,他是在劫掠巴尼·基塔卜人时受的伤。穆罕默德告诉他:"等乌姆巴拉克一回国,我们就去替你报仇。我们会从巴尼·基塔卜人中抓来一个和你年纪差不多的男孩,往他的手心开一枪。"

第二天上午,我们来到穆韦吉赫,布赖米绿洲上的八个小村落之一,扎伊德就住在这里。走出红色沙丘来到砾石平原,我看到了他的要塞,这是一座巨大的方形围场,其泥墙高达十英尺。而在要塞右侧一道破败的墙后,有一个尘土飞扬、椰枣树参差生长的花园,半掩在沙丘之中。越过椰枣林看去,大约十英里远,五千英尺高的哈菲特山耸立着,形似野猪的背脊。从要塞上,视线及至远处,阿曼山脉淡蓝色的轮廓隐约可见。大约三十个阿拉伯人坐在要塞前的一棵刺槐下。我们的向导手指前方告诉我:"酋长正等着见客。"我们在离要塞三十码处让骆驼伏好,然后带着步枪和手杖走过去。我向他们行了问候礼,并和扎伊德交换了消息。他三十岁左右,孔武有力,留着一把棕色的胡子,看上去热情而机智,目光坚定似能洞穿一切,态度平和但不容置喙。扎伊德的穿着很简单，一件米黄色的阿曼式衬衫，外面罩了一件没系扣子的马甲。黑色头绳和包裹头巾的方式，让他显得与众不同，头巾两端垂在肩上，而不是按照当地风俗在头上缠好。他佩戴着匕首和弹药带，步枪放在身旁的沙地上。

我早就期待能见到他。在贝都人中，他是个鼎鼎有名的人物，人们喜欢他的亲切和平易近人，他的人格魅力、敏锐的判断和强健的体魄，都是他备受尊崇的原因。人们用仰慕的语气说："扎伊德是一个真正的贝都人。他了解骆驼，能像我们一样骑骆驼，枪法好，又知道如何战斗。"

一个家仆替我们拿来了坐毯，扎伊德自己坐在沙地上。然后，家仆开始例行准备咖啡和椰枣。扎伊德问起了我的旅程，比如走了多远、用过哪几口井，或者贾布林什么样，还有我们在莱拉和苏莱伊勒遇到的沙特阿拉伯人。他对沙漠了如指掌，当我告诉他一年前自己曾经过杜鲁人的领地时，他显得非常感兴趣，并惊讶于杜鲁人竟然准许我过境。我说当时自己乔装成叙利亚商人，他大笑道："如果是我，马上就能戳穿你。"他提到布赖米的另一个村子里来了一个叫伯德的英国人，试图说服当地部落允许一家公司勘探石油。我推测那个英国同胞进展甚微。

三年前我见过迪克·伯德，当时他还是巴林的政务长官。他对阿拉伯文化很感兴趣，同情阿拉伯人的境遇，后来我们成了朋友。但如果让当地部落把我和一家石油公司联系起来，我进入阿曼的可能性就微乎其微了。所以，我决定在布赖米时和扎伊德而非伯德待在一起。

## 第十三章 停战海岸

下午晚些时候，一个家仆告知午餐已经好了，我们一起进入了要塞。我们穿过一扇小门进入门廊，一些人坐在低矮的土坯长凳上，均携带着武器。就在几个月前，他们还处于战事当中。看我们进来，他们站起了身。穿过门廊是一座沙地庭院，养着一只温驯的瞪羚，以及一峰正处于发情期、生人勿近的公骆驼。扎伊德带我们走进门廊左侧的空房间，房间很大，靠两扇朝庭院开启的地面小窗采光。扎伊德和我们一起用餐，午餐非常丰盛，有肉、有米饭，配以椰枣和凝乳，还有盛在碗里的酸奶。

我和扎伊德一起待了将近一个月。

每天上午，等我们用过以茶和面包为主的早餐，一个家仆会过来告诉我们酋长"坐着"。我们就过去找他。有时扎伊德会坐在门廊的长凳上，大多数时候，他喜欢待在要塞大门外的树下。他会叫人送上咖啡，然后我们就坐在那里一直聊到午餐时间。不过，谈话的时候常常被访客打断，其中有从"空白之地"或者沙特阿拉伯来的贝都人、从阿曼来的部落族人，或者是阿布扎比的谢赫布特派来的信使。有人造访时，所有人都会起身迎接，之后扎伊德会邀请他们落座，听他们的消息。我每每会观察他们着装的方式和驼鞍的样子，猜测他们从何处来。如果他们是拉希德人或者阿瓦米尔人，就会坐在我的同伴身旁，我的同伴会向他们询问自己在南边的亲戚近况如何。他们与扎伊德的来自巴尼·亚斯和马纳西尔部落的家仆有显著区别，更强壮也更优雅。

时而，一个阿拉伯人从人群中站起来，直接在扎伊德面前坐下，用手杖猛击地面以得到大家的注意，他打断大家说："扎伊德，从我这儿被抢走的那些骆驼怎么办呢？"扎伊德也许话正说到一半，他会停下来，倾听对方的诉苦。大部分怨言都是关于骆驼的。经常有人坚称某个法外之徒抢了他的骆驼，而这个法外之徒很可能就和大家坐在一起。很多法外之徒都是扎伊德的座上客，对他来说，把这些人留在身边，总好过放他们到敌对酋长的要塞里。本·加伯沙坐在我身旁，两膝间夹着步枪，枪不离手的他很快就成了法外之徒中的一员。他对每一次诉苦都兴趣盎然。双方会发生激烈的争吵，其间经常被打断，不过他们已经习惯了。扎伊德并不想得罪法外之徒，也不想失去公正的声名。他常会运用高超的技巧，使判决让双方满意。

我记得其中一件事，女人逃离丈夫跑回娘家，她的弟弟们要求她的丈夫马上提出离婚。对方说，除非女人一家返还所有的聘礼，否则不可能。鉴于女人已经和他同居多年，男人的要求并不公平。扎伊德和在座的几名老者商量了一下，然后宣布女方家庭应该返还男方一半的聘礼。还有一次，一个马纳西尔人开枪打死了妹妹，我们坐在屋里时听到了枪声。原来女孩被扎伊德的一个巴尼·亚斯家仆勾引通奸。除了我的拉希德同伴，所有人都认为她的哥哥做得对。本·卡比纳对我说："可怜的姑娘，杀死她实在太残忍了。"第二天，扎伊德做出判罚，勾引者被施以鞭刑。

造访的贝都人在离开前会索要礼物，很多人正是为此而

## 第十三章 停战海岸

来。有趣的是，我发现不仅是我，扎伊德同样也对他们的纠缠感到厌烦。一些住在南部海岸的拉希德人认为，如果能从伊本·沙特那里要来什么，骑行一千四百英里去利雅得打个来回也是值得的。一年后，本·卡比纳和本·加伯沙从布赖米去往马斯喀特。时值盛夏，他们的骆驼已经累得不行了，我本以为在我回去前，他们会让骆驼好好休息一下。在马斯喀特，他们每人从苏丹那里领到了十先令。的确，他们本想在回到布赖米的路上抢几峰骆驼，但他俩太出名，所有人都得到了警报。即便如此，他们也不认为这五百英里是徒劳的。

作为谢赫布特的代理人，扎伊德控制着布赖米的六个村庄。另外两个归顺于马斯喀特的苏丹，同样承认苏丹权威的，还有定居在从伊卜里到穆桑达姆半岛北部之间的山地部落。虽然从地理上看，这些山地部落完全是独立存在的。伊卜里和南方的阿曼腹地，由伊玛目管辖。伊玛目的势力主要集中在山区和城镇，但对于居住在"空白之地"周边草原上、由杜鲁人和瓦希伯人组成的强大贝都部落，伊玛目就鞭长莫及了。伊本·沙特对穆提盐沼另一侧的穆尔拉人拥有绝对控制权，有时会派官员向住在宰夫拉的贝都人收缴税款。最近，利瓦的贝都人被巴尼·亚斯人驱逐，后者奉酋长为君主，结束了沙特阿拉伯瓦哈比派对布赖米长达八十年的占领。如今，那里仅剩若干沙特阿拉伯奴隶贩子，这种生意在扎伊德管辖之外的两个村庄仍然兴盛。

每位停战地区的酋长都有一支从部落招募的武装力量，但只有谢赫布特能对这些部落发号施令，他通过外交手段而非武力来维护自己的权威。停战海岸地区和布赖米都没有为巩固酋长权力而设的常备部队。当时停战阿曼自卫队[1]还未成立，英国皇家空军虽然在沙迦设有机场，但仅作为飞往印度的中转站。

扎伊德最近忙着帮伯德完成和周边地区酋长间永无休止的讨论。伯德过去常常驱车前往穆韦吉赫，扎伊德自己也有一辆车，而在沿海地区，在迪拜之外，这两辆是你能找到的最近的车了。伯德为人友善但生性多疑，他怀疑我受雇于他的竞争对手。有部落成员来访时，我会注意跟他保持距离。我不喜欢任何石油公司，担心由其一手造成的社会巨变和分裂。

伊拉克石油公司已经同马斯喀特的苏丹以及停战海岸的酋长们签订协议，揽下布赖米周边地区的勘探开采权，伯德的工作是说服各个部落接受这份协议。这份工作并不简单，扎伊德对布赖米南部没有管辖权，苏丹目前在那边的权力也是有名无实，且没有派驻任何得力的代理人。贪欲顿生的酋长，吵嚷着声称自己拥有独立主权，部落成员也幻想着，如果不承认归属于任何权力，自己可以获得更优厚的条件。以上情况对我进入阿曼有弊无益，看上去我将错过进入阿曼的最佳时间。

---

1 Trucial Oman Scouts，1951年英国人发起的准军事组织，最初叫Trucial Oman Levies，为停战诸国（后来的阿拉伯联合酋长国）服务，是阿拉伯联合酋长国防御力量（U.D.F）的前身。

## 第十三章　停战海岸

阿曼腹地是东方最神秘的人类居住地之一。1835 年，韦尔斯特德[1]第一次造访，两年后，法国植物学家奥谢·埃卢瓦追随了韦尔斯特德的脚步。1876 年和 1885 年，迈尔斯上校作为英国驻马斯喀特领事，完成了两次横贯阿曼的长途旅行。1901 年，珀西·考克斯[2]爵士从布赖米出发，向南走到尼兹瓦，最后抵达马斯喀特。

阿曼的主要居民是伊巴济派，他们属于哈里吉特派的一支，于第四任哈里发阿里在位期间从伊斯兰世界出走，并对伊斯兰世界的其他人发出谴责。伊巴济派认为，应该通过选举确定伊玛目或者宗教领袖。从 1744 年开始，阿曼一直被阿勒布·赛义德王朝统治，马斯喀特的现任苏丹就来自这个家族。阿勒布·赛义德成功地建立起世袭制度，但对选举原则的践踏使国民对王朝统治长期不满。1784—1856 年间，阿曼的海上力量迅速崛起，海外征战无往不胜，其中最重要的当属在桑给巴尔的胜利，再加上首都从鲁斯塔格迁往靠海的马斯喀特，阿勒布·赛义德家族在内陆地区的权力被大大削弱，与外国达成的协定和来自外界的干涉，使部落的不满累积至临界点。1913 年，加法里和哈纳维两个派系同时起义，选举萨利姆·本·拉希德·赫儒西作为伊玛目。马斯喀特的苏丹一夜之间丢掉了对内陆地区的控制权，到了 1915 年，这位伊

---

[1] 此处应指詹姆斯·雷蒙德·韦尔斯特德（1805—1842），印度海军上尉，19 世纪 30 年代探访过阿拉伯半岛广大地区。

[2] 珀西·考克斯（1864—1937），曾任不列颠印度陆军军官、中东殖民地事务办公室负责人。

玛目已经成为能够威胁马斯喀特的力量。但伊玛目的部队在马特拉赫郊外遭到了英国军队的重创。伊玛目本人于1920年被杀，由穆罕默德·本·阿卜杜勒·哈利利继任。同年，阿曼酋长代替伊玛目，与苏丹签署了《西卜条约》，苏丹在约定下同意不再干涉阿曼的内部事务。

现任伊玛目穆罕默德·本·阿卜杜勒年事已高，他是个极端保守派，对苏丹和所有欧洲人充满敌意。因此对欧洲人来说，1948年的阿曼腹地，远比在一百多年前韦尔斯特德的时代更难接近。韦尔斯特德和三位后继者均受到马斯喀特苏丹的保护，当时内陆的部落还承认苏丹的权威。

我把想法告诉扎伊德，他许诺等我秋天回来时帮我实现。不过他提醒我，不要把计划告诉任何人。我已经学聪明了，传播一件事最行之有效的方法，就是在发誓保密后，把实情告诉一两个阿拉伯人，这件事就连我的拉希德同伴都不知道。扎伊德提议用车把我送到海边，不过我说骑骆驼就行，这样能多和同伴们待一阵子。于是他说把"加扎拉"（意思是"瞪羚"）借给我骑，这下我高兴了，这峰骆驼在阿曼家喻户晓，也许在整个阿拉伯半岛，都算得上最优秀的。穆罕默德说："如果有贝都人骑过'加扎拉'，那可有的吹了。"

5月1日，我们离开了穆韦吉赫，扎伊德派了四个家仆与我们同行，因为要经过巴尼·基塔卜人的领地，而他们正在和拉希德人打仗。我们沿着"空白之地"的外缘向北走，和山脉的走向平行。这里风光迷人，多条河道从山脚流向"空白之地"，没入其中。河道里长满了加夫和刺槐，都是骆驼爱

## 第十三章 停战海岸

吃的东西，还能为我们提供阴凉。天气已经变得很热了。我们一路磨磨蹭蹭，我一点也不愿意走到沙迦。我和本·加伯沙一起打野驴，竟然打到两头。它们看上去和我在达纳基尔沙漠见到的完全不同，一点也不优雅，毫无活力，后来大英博物馆才认出它们是另一种曾被人圈养过的野驴[1]。我们的匕首已经钝了，剥皮变成件苦活儿。正值晌午，艳阳高照，石质平原上毫无遮蔽，大家还没有带水。

待在穆韦吉赫时，我和本·卡比纳、本·加伯沙，还有两个扎伊德家仆在哈菲特山脚下住了一个星期，我曾上山打到过塔尔羊。之前从未有欧洲人见过阿拉伯半岛上的塔尔羊，虽然这个名字是1892年贾亚卡尔博士[2]取的，仅凭他在马斯喀特买到的两张羊皮。塔尔羊很像山羊，短粗的犄角相当厚实，为了打到它们，我使出了吃奶的力气。我们的位置比营地高四千英尺，周围遍布陡坡——或者用"峭壁"一词更合适，并且附近没有任何水和植被。塔尔羊喜欢天黑后在山脚处进食，但我们仅见的几只，都活动在接近山顶的位置。阿拉伯人打到两只母羊，我们还捡到了一只公羊的头骨。出发前，大家用生牛皮做了凉鞋，否则根本不可能爬上这些嶙峋的石灰岩。

我们于5月10日抵达沙迦。一行人绕过机场，一路都

---

1 之前作者以为打到的是wild ass，后来确认是feral donkey。二者翻译成中文都是野驴的意思，区别在于，wild ass一直处于野生状态，而feral donkey属于被人类圈养过，由于被放生或者逃跑，变为在野外生活。
2 此处应指阿特马兰·S. G. 贾亚卡尔（1844—1911），印裔英军军医，爱好动物学。

是成堆的空罐头、碎玻璃瓶、成卷的生锈电线和飘扬的纸屑。一台发电机在远处轰鸣，吉普车咆哮着跑过，留下难闻的汽油味。我们走进海滩上的一座破败的阿拉伯小镇，它看上去和阿布扎比一样毫无生气。区别是这座小镇污秽不堪，堆满了别的什么地方生产的大量垃圾。对我来说，一辆被阳光晒得油漆起泡的废旧汽车，远比之后经过的骆驼尸体更加骇人。我和停战海岸的政务长官诺埃尔·杰克逊住在一起，安静舒适的房间让我暂时忘记了上午的怨气。之后，他带我参观了皇家空军的食堂，听大家讲话的时候，房间一角的无线电响了起来，酒保为大家端来了饮料。这些军官对贝都人的生活一无所知，就像本·卡比纳或者本·加伯沙也不会理解他们的生活一样。从一个世界到另一个世界，现在简单得像换件衣服，但我充分意识到，我处在两种生活之间，面临被同时抛弃的危险。当我身处同胞之间，总有一个面目模糊的身影在我身边，用一双挑剔的、难以忍受的眼睛看着他们。

我和同伴在沙迦告别，期待四个月后与他们重逢。之后，我去迪拜投奔了爱德华·亨德森，战争期间我和他在叙利亚共事过，现在他为伊拉克石油公司工作，为即将开始的石油开发做准备。不过至今仍无开工迹象，这很不错。他住在一座阿拉伯式的大房子里，能俯瞰将城市一分为二的港湾。迪拜是停战海岸最大的城市，拥有大约两万五千人口。许多当地船只停泊在港湾里，或是搁浅在海滩的淤泥中，其中有来自科威特的波姆（*boom*）、来自苏尔的萨姆布克（*sambuk*）、

## 第十三章　停战海岸

焦勒包特（jaulbaut），甚至有一艘威武的巴吉拉（baghila）[1]，高高在上的船尾雕着花。我在那条巴吉拉刻有浮雕的船板上，认出代表基督徒的缩写 IHS[2]。毫无疑问，是从葡萄牙大帆船上抄来的，我很好奇这些华丽的字母从那以后到底被复制了多少次，甚至连最后的涡卷形装饰和花饰都一模一样。指挥官阿伦·维利尔斯[3]曾经乘坐波姆完成了从桑给巴尔到科威特的航行，他认为世界上只剩下两到三艘巴吉拉。对英国人来说，这些船都叫"dhow"（阿拉伯三角帆船），但阿拉伯人都快忘记这个名词了。阿拉伯三角帆船曾特指游弋于此的战舰，每艘战舰能携带最多四百人和四十到五十门火炮。迈尔斯最后见到这种船是在巴林，"绘有两层炮口"。

光着身子的孩子们在浅滩上玩耍，人们划着船在港湾中来来回回，从岸边的巷口接上乘客。巷子两旁是高耸的珊瑚砖建筑，顶上建有方形风塔，饰有好看的石膏构件。沿海的房屋多种多样，背后藏着由巷道连成的苏格。摊位上货品堆积如山，商人们挑个空当盘腿坐下，整个人都没在黑影里。市场上各色人等熙熙攘攘：显得虚弱苍白的是阿拉伯城里人；贝都人总是枪不离身，他们目光敏锐，神情傲慢；还有黑奴、俾路支人、波斯人和印度人。我注意到一群人来自卡什加部落，他们最大的特征是头上的毡帽，还有一些从亚丁乘萨姆布克

---

1　均为传统木制帆船类型。
2　IHS 是希腊文"耶稣"的前三个字母，常用作基督徒的标志。
3　阿伦·维利尔斯（1903—1982），澳大利亚作家、冒险家、航海家，以对帆船时代的记录而闻名。

而来的索马里人。此时此地,时光停留在过去。人们仍然把安逸和礼仪放在首位,重视人与人之间的交流,而非依赖电影和无线电过着二手的生活。我想马上融入他们,但碍于自己穿着欧洲人的衣服。当我穿街过巷时,很清楚他们视我为闯入者,我也觉得自己并没有比那些游客好多少。

我本可以在沙迦乘飞机去巴林,最后我选择登上一艘阿拉伯三角帆船。原本四天的航程最后用了十一天。当地人管船长叫"瑙哈达"(*naukhada*),我们的瑙哈达是个老头,近乎全盲,大部分时间都睡在船尾。大副是一个活力满满的黑人,他将眼前所见一一告诉瑙哈达,然后瑙哈达会告诉他该驶向何处。有一次他半夜把老头叫醒,问老头该怎么办。瑙哈达发出了指令,但大副说:"叔叔,你在胡说!"老头嘟嘟囔囔地又回去睡觉了。第一天夜里起了大风,海浪涌上了甲板,我晕船严重。我们不得不到波斯湾暂避,一待就是三天,风后来倒是小了,但风向不对。等风的时候,又有七艘阿拉伯三角帆船加入了我们,它们是能够远洋航行的波姆,正在从桑给巴尔回科威特的路上。他们的瑙哈达划着小船来做客,我们用米饭、椰枣和一条刚叉上来的大鱼招待了他们。他们喝了茶,一边轮流吸着水烟,一边向我们描述他们的旅程。不过我听不太懂,有些用词没听过。等到了风,我们向巴林起航。看着那些大船在身旁乘风破浪,真让人兴奋。它们是世界上最后的仅靠船帆驱动的长途货船,很快就会成为历史。

就在马上要看到巴林的时候,风停了。我们在平滑的海

## 第十三章 停战海岸

面上漂了四天。短暂的春天已经过去,天空中一丝云彩也没有,潮湿的热浪像一块湿毛巾一样紧紧把人裹住。偶尔经过的微风就像猫爪一样搅乱了海面,等我把目光转过去,又死一样平静了。存水的铁罐锈迹斑斑,里面的水难以下咽,暖得像温过的茶。我已经吃腻了用腐坏黄油调味的米饭和椰枣。船员们拥有令人羡慕的阿拉伯绝技——无事可做之时进入昏睡状态,他们躺在遮阳棚下,陷入无休止的睡眠。我又读了一遍 H. A. L. 费舍尔的《欧洲史》(*History of Europe*),身边只有这一本书。

乘坐阿拉伯三角帆船完全是出于想体验一把阿拉伯水手的生活。阿拉伯人曾是伟大的航海家,驾驶帆船抵达过从印度到东印度群岛间的广大地区,实际上也许他们走得更远。我们刚刚驶离的停战海岸,曾被人们恐惧地称为海盗湾。19世纪早期,就在这片海域,朱阿斯米海盗和英国巡航舰[1]打了一仗,双方不相上下。但还有更深层的原因驱动着我:人类生产的机器已经遍布世界,这种旅行方式能让我离开它们更久一点。况且经历本身带来的愉悦比我花费的时间更持久。我一生都痛恨机器。我还记得上学时,最讨厌读到有人飞越了大西洋,或是驾车横穿撒哈拉沙漠的消息。早在那时,我就意识到快速舒适的交通工具将抹平世界的多样性。

对我来说,探险是一件很个人的事。我既不是去阿拉伯半岛的沙漠采集植物标本,也不是去绘制地图,如果做了,

---

[1] frigate,又称三桅快速战舰,是18—19世纪世界上最先进的战舰之一。

也是顺便而为。我心里清楚，写下甚至仅仅讲述自己的旅程，都将玷污最终的成就。经历沙漠旅行的磨难，和沙漠居民成为伙伴，都是为我自己寻得内心的平静。我为旅程设立了目标，虽然目标本身无足轻重，但完成目标必须值得所有的努力和牺牲。南极点是地球上最特殊、最难接近的坐标，斯科特历尽千辛万苦，只为了在那里站上几分钟。他和同伴在返程中遇难，临死之时，他们也未曾怀疑是否值得。所有人都知道珠穆朗玛峰上什么都没有，就算在当下这个物欲横流的时代，也不会有人问："攀登珠峰的意义何在？登顶对大家有什么好处？"即使在今日，人们也知道，世上有些体验是无法用利益来衡量的。

过程比目标本身更重要，过程越艰难，从旅程中收获的越多。会有人觉得坐缆车到山顶比爬上去更有成就感吗？现代发明铺平了所有的道路，也许这就是我厌恶它们的原因之一。无氧攀登珠峰即便失败，也好过背着氧气登顶，我的天性就是这样。如果登山者可以使用氧气瓶，为什么他们不让飞机空投补给，或是直接坐着直升机降落？如果仅出于违反体育道德的考虑，拒绝任何机器辅助，就把探险拉低到了体育运动的层次，如同在肯尼亚游猎，猎手被允许开车寻找猎物，但必须下车射击。我从来不曾考虑开车穿越"空白之地"。幸运的是，在我旅行的时代，那是不可能的事。如果到了可以开车穿越的时代，我却坚持使用骆驼，结果就是把一场冒险变成噱头。

后来，一阵风拂过水面，水波荡漾开来。大副叫醒了熟睡的船员。他们用力拉起风帆，一边跺脚一边喊着劳动号子。新鲜的风拂过我们身边。

5月28日，我们到了巴林，又老又瞎的瑙哈达张满船帆，驶入拥挤的泊位。我们的船滑过起伏的水面，停在距一艘阿拉伯三角帆船不到二十码的地方，那艘大船一个星期前曾和我们一起停泊在波斯湾。

## 第十四章
## 布赖米假日

我返回布赖米，去了利瓦绿洲，然后和扎伊德一起鹰狩。

10月底，我从英国返回迪拜。穆萨利姆·本·凯马姆从也门过来和我会合，他已经帮助拉希德人和达赫姆人达成了新一轮为期两年的停战，正在亨德森的家里等着我。他告诉我，我们穿越"空白之地"去往苏莱伊勒时，也门国王手下的伊玛目派出两支达赫姆人分队阻截我们。"我到纳季兰时，听说你在苏莱伊勒被关起来了。在纳季兰接待过你的埃米尔本·马德希，说你能到苏莱伊勒是个奇迹，如果你们在'空白之地'碰到亚姆人，他们一定会杀死你们。"我问起了他们和塞穆德的阿比达人之间的战斗，得知萨利姆·本·毛特劳格受了伤，但后来痊愈了。他问我是否记得萨利姆·本·毛特劳格的兄弟穆罕默德，然后告诉我他被一峰公骆驼咬伤了。当晚，那

## 第十四章 布赖米假日

峰骆驼向在篝火旁坐着的一名老人和一个孩子发起攻击，把两个人都咬死了，穆罕默德试图将骆驼击毙，却被咬碎了膝盖骨。他还告诉我，阿瓦兹死于肺结核。阿瓦兹曾陪我去过泰里姆和穆卡拉，他是个招人喜欢的小伙子，也是名出色的猎手，打到的大羚羊超过四十只。我很高兴有本·凯马姆做伴，当时他陪我去泰里姆，我就发现他是个有趣又随和的人。他非常聪明且冷静可靠，去过很多地方，是称职的向导，加上成熟的谈判技巧，使他在沙漠部落间树立起很高的个人威信。

10月27日，我们坐汽艇离开迪拜前往阿布扎比。我本来想10月31日去布赖米，但夜里下了大雨，一觉醒来，大多数岛屿都被淹没了。谢赫布特建议我们至少在阿布扎比多留一天，我们前面的路上有盐碱地，多等一天可以让地面干一点。我和本·凯马姆于11月1日出发，骑着借来的骆驼，四天后抵达穆韦吉赫。扎伊德又安排我住进之前住过的房间。他说："本·卡比纳、本·加伯沙和艾马伊尔昨天晚上在'空白之地'边缘的一处阿瓦米尔营地过夜，他们一听到你的消息就会赶来。穆罕默德已经去了达卡卡。你不在的这段时间，他们过得不错，到处偷了不少骆驼。"

他们到穆韦吉赫的时候已经很晚了，我和本·凯马姆已经上床睡觉，突然有人重重地敲门，本·卡比纳和另外两个人走了进来。本·卡比纳说："我们才知道你来了。上午我们抢巴尼·基塔卜人去了。"我们重新生了火，本·凯马姆做了咖啡，其他人回去取驼鞍袋。他们向本·凯马姆询问家人和朋友的近况，催他回忆南方最近发生的每一件事，以及所有的细节，然后就此展开长时间的讨论。之后，他们把自己做过的事告诉我们。一整个夏天，他们都在找巴尼·基塔卜人和其他部落的麻烦，还当过当地酋长的雇佣兵。现在，他们每个人都有好几峰骆驼。我一边听他们聊天，一边思考这个地区长期处于不稳定局势的原因。同伴的经历恰恰证明，充满猜疑和敌意的酋长们，要依赖不怎么靠得住的贝都人维护手中的权力。为了赢得部落的支持，酋长们对他们殷勤有加、出手大方。没有人能获得绝对的控制权，也没有人能凌驾于贝都人之上，甚至没人敢去尝试一下，以免紧急时刻失去贝都人的人心。所以，这片土地上法外之徒横行，除了背负血债和敌对部落的报复，他们不必担心受到任何惩罚。这些法外之徒非常清楚，酋长绝不愿与他们为敌，所以他们抢完一个村，还能大摇大摆地在村中出现，是否会受到热情的接待，取决于他们所在部落的实力和位置，以及他们个人在江湖上的声名。一旦有被激怒的统治者将他们扣留，马上就会有其他的酋长要求将他们释放。这些酋长为了博得他们的好感，会声称他们处于自己的保护之下。

目前，时局掌控在两个敌对的家族手中，双方分别是阿布扎比的布法拉和迪拜的本·马克图姆。经过几年断断续续的冲突，两个家族间达成了停战协议，就我所知，双方的关系并无改善。他们对彼此的憎恨和戒备，源自也门部落和尼扎尔部落结下的由来已久的恩怨，今日的研究证明，他们应该分别属于哈纳维派和加法里派的一支。古老的恩怨让阿曼经历了数个世纪的分裂，而在北方，世仇让建立一个有效政

## 第十四章 布赖米假日

府的构想成为泡影。

第二天上午,本·卡比纳向我求情,让我释放一名年轻的"赛义德",他叫艾哈迈德·本·赛义德·穆罕默德,来自哈德拉毛的加斯姆,目前和另一个同伴被关押在布赖米两个村庄之一的哈马萨,属于扎伊德的领地。他说,那两个人被卖给了大奴隶贩子阿里·穆里,阿里·穆里从哈萨出发,刚刚抵达这里。本·卡比纳还补充说,为了让"赛义德"屈服,他们把他打得很惨。我推测,"赛义德"和他的同伴应该是在从新加坡返回的路上遇到了船难,随后被一艘阿拉伯三角帆船救起,来到了停战海岸,他们在那里被绑架,最后被带到了哈马萨。本·卡比纳说:"先知的后代被当成奴隶卖,简直太耻辱了。你一定得帮忙,将他释放。你还记得在加斯姆时,一名'赛义德'招待我们吃午餐吗,就是第一次我们去哈德拉毛的时候?那个人是这名年轻'赛义德'的叔叔。他们绝对知道他不是奴隶,否则他们不会只收二百三十卢比就把他俩卖了。"我知道,很多在哈马萨被卖的奴隶实际上是俾路支人、波斯人,或是被绑架的阿拉伯人。我还知道,奴隶贩子购买一个奴隶的价格在一千到一千五百卢比,如果奴隶是年轻黑人,价格更高。一个阿拉伯或波斯女孩比女黑人值钱得多,要三千卢比左右。阿里·穆里为"赛义德"和他的同伴只出了这么点钱,说明他已经料到将他们脱手非常困难。

几天后,哈马萨的酋长造访扎伊德。我建议他释放那两个年轻人,他们的家在哈德拉毛,我认识他们的家人,他们家还有一名"赛义德"。他不太情愿地说,如果让他们走的话,他会损失很多钱,但我让他确信,这么做是值得的。后来,我听说那两个人被释放了,他们去了沙迦,当地的政务长官安排人把他们送回了哈德拉毛。

在进入阿曼之前,我非常想去利瓦探寻一番。扎伊德建议我带上一个叫本·塔希的拉希德老头作为向导。他说:"你会喜欢他的。他人很好。最近几年他金盆洗手了,得到了大家的尊敬,但他年轻时曾是恶名昭彰的法外之徒。南阿拉伯半岛的部落他一个都没放过,偷走了大量骆驼。沙漠中的每个角落和泉眼他都知道。你那些朋友都知道他,没有人不知道他。"后来,我向本·卡比纳问起本·塔希,他说:"这可是个好主意啊。让我们带上本·塔希吧,他可是个很棒的老头,可以带我们去任何想去的地方。他住在山南面的帐篷里,十天前我还跟他住在一起。"

灰胡子的本·塔希披散着灰色的头发,他有一张坚毅的四方脸,目光雪亮,身体结实,显得孔武有力,比我想象的要年轻。尽管黑发不再,他看上去仍然坚忍,可以挨过任何苦难。他爽快地同意和我们一同前行。

11月14日,我们离开了穆韦吉赫,花了一整月横穿利瓦,最远到过宰夫拉,一年前我们去过那里。这是一场轻松愉快之旅。沙地如同花园一般,长满茂密的蒺藜,足有三英尺高,深绿色的叶片覆盖着明黄色的花朵;一串串的天芥菜属的"卡里阿"(karia)在贝都人眼里,是喂骆驼的上等货;还有卡西斯和很多别的植物——繁多的选择让骆驼对它们根本提不起兴趣。

## 第十四章 布赖米假日

我从扎伊德那里借来一条萨路基犬，但它太小了，连一只成年野兔都逮不住，只是偶然逮到了一只不满周岁的小兔。我的同伴很嫌弃它，觉得根本不值得把它带上，他们对它本来抱有很高期望。但他们会逗它玩，允许它躺在毯子上，并从他们的盘子里饮水。穆斯林认为狗是不洁之物，但贝都人不把萨路基犬当作狗。一个叫萨利赫的中年拉希德人，带着他的儿子一直跟我们走到了宰夫拉，就逮兔子一事来说，他儿子比萨路基犬好使多了。他自己放骆驼时，他儿子就去抓兔子，每次都能带回来三四只。为了躲避沙漠中盘旋的鹰，野兔通常在沙地上打个浅洞藏进去，男孩的任务就是把它们一只只都薅出来。有一次我们骑着骆驼，看到一只黄褐色的老鹰捕获了一只成年狐狸。我们把这大鸟赶跑了，狐狸的皮毛仍然完好，我保存了狐狸皮，后来送给了伦敦的博物馆。

我们在拉哈马水井周围发现了人和骆驼留下的脚印。同伴说是阿里·穆里留下的，随行的大篷车装着四十八个带往哈萨的奴隶。美国的石油公司为沙特阿拉伯带来了大量财富，对奴隶的需求与日俱增，价码也水涨船高。他们说，阿里不仅贩卖奴隶赚了很多钱，光是倒卖布赖米骆驼就赚得盆满钵满了。

我们在一口浅井停了下来。本·卡比纳对我说："你不在的时候，我们在这里和几个巴尼·基塔卜人打了一仗。我们抢走了他们十二峰骆驼。当时正是仲夏，天气极热。我们正在给骆驼喂水，我们催它们催得太紧，它们已近渴疯了。然后，我们看见追兵来了，他们有八个人，我们有六个，包括两个阿瓦米尔人。你看到那座高高的沙丘了吗？看！我们把骆驼留在井边，从这边向沙丘上跑去。我们知道巴尼·基塔卜人会从另一侧爬。天哪！我觉得心脏都快蹦出来了。我刚爬上去，发现一个巴尼·基塔卜人就在下面几码远。我朝他开枪，他滚了下去，看不见了。剩下的人带着伤员跑回骆驼。我们又朝他们开了好多枪，但风太大，总是射偏。因为要照顾伤员，他们不会再追我们了。"

两天后，我们在一口水井附近扎营，来了一个不速之客，他叫法斯瓦特·阿朱兹，翻译过来就是"巫婆的私处"。早上，萨利赫父子继续往前走了，其他人牵着骆驼去水井喝水，我坐在散落一地的行李中间写日记，一时看不到他们。一天刚刚开始，天气还冷。突然我听到一声枪响，有人喊："敌人！敌人！"萨利赫父子越过沙丘，飞快地向我跑来。我一句话也说不出来。很快，其他人从水井赶回来。他们半裸着，只穿了腰布，挂着弹药带和匕首。他们一定是在挖井的时候，把衣服脱在了旁边。本·卡比纳从骆驼上滑下，让我的骆驼伏好："快点，乌姆巴拉克，跳上去！"我转身去拿驼鞍袋，但本·卡比纳催我："快点！快点！"于是我抓上一块毛毯，铺在驼鞍上，一跃而上。其他人已经冲过去了。我不知道我们是在逃跑，还是在做别的什么。我大声问本·卡比纳，但和其他人一样，他过于激动，以至于语无伦次。骆驼跑了起来，我几乎要摔下去，身上的每一处关节都深受折磨。我的胯下只有一副驼鞍的架子，骆驼忽上忽下，在迷宫一般的沙丘中穿梭。其他人逐渐慢了下来，我也控制住了骆驼。萨利赫说：

"他们有四个人,带着八峰偷来的骆驼。他们一定是巴尼·基塔卜人,骆驼是从宰夫拉的拉希德人那里抢来的。"

五分钟后,我们找到了他们的脚印。他们的速度很快,但偷来的骆驼拖了后腿。本·凯马姆笑了:"他们跑不掉了。"本·加伯沙喊道:"我们要杀了他们。愿安拉诅咒这些巴尼·基塔卜人。"本·塔希挥舞着手杖喊着:"要是我手里有枪,让你们认识一下谁是本·塔希。"老头手里只有一把匕首。萨利赫叫儿子回去照看我们留在原地的东西。男孩拒绝了,急于参与到这场激动人心的追击中。但他的父亲很坚决:"照我说的做。回去!马上回去!"最后,男孩留在了原地,目送我们远去。本·凯马姆对我说:"他们会回头往北去。你、我还有本·塔希跟着他们的脚印走,其他人试着半路堵截。"本·卡比纳大声说:"这次别打歪了,乌姆巴拉克!"然后,他和本·加伯沙、艾马伊尔和萨利赫掉转骆驼,向左边去了。

两个小时后,本·塔希说:"他们累了。你发现没有,骆驼已经迈不开腿了。"我希望其他人没有离我们太远。本·塔希手里没枪,本·凯马姆的那支老马提尼步枪开过一两枪后总是卡壳。脚印突然往东转去,本·凯马姆说:"他们看到我们的人了,但愿他们真的看到我们的人了。"过了一会儿,我们看到了敌人。他们在一英里开外,四个骑手赶着面前一群骆驼。我们已经把低矮的沙丘甩在身后,冲下点缀着蒺藜、坚实的红色沙坡。我们快马加鞭,很快向他们逼近。他们把骆驼赶下洼地,但并没有从另一端冒出来。本·塔希说:"他们停下了。赶紧下来爬过去,确保他们在射程之内。我过去看看他们到底是谁。"

我和本·凯马姆让骆驼在一处低洼地带伏好,快速绑上了它们的膝盖,以免它们站起来,然后爬上一座沙丘,方便从高处观察对方。我们向丘峰匍匐前进,透过一丛蒺藜,我瞄向对方。下方两百码处伏着三峰骆驼,我看到两个人趴在一座小沙丘后面。第三个人没有下骆驼,他离我们大约有四百码远,赶着偷来的骆驼。我看不到第四个人,不知道他是不是能看到我。本·凯马姆在我右手几码远的地方。本·塔希边喊话边骑过去,本·凯马姆对他比画着,我大概拼出了几个词:"拉希德人……阿瓦米尔人……朋友……否则是敌人。"对方回应了,本·凯马姆说:"他们是自己人,从马纳希勒过来。"之前我没看到的那个人从灌木丛后面站了起来,走上前和本·塔希交谈,然后本·塔希骑了回来。他说:"那是尤马安。"我知道尤马安·本·杜艾兰是"猫"的兄弟,"猫"一年前死于亚姆人之手。他是这片地区最狠的角色。春天时,我在扎伊德的要塞见过他,和他的兄弟一样,他个头不高,目光游移不定。我们走过去,向他们问候,又交换了消息。骆驼是从马纳西尔人那里抢来的。马纳希勒人是拉希德人的盟友,马纳西尔人和我们没什么关系,但本·凯马姆悄悄对我说:"给他们二十五里亚尔,让他们把骆驼还回去。这样做,扎伊德会很高兴。"但尤马安拒绝了我的提议,他也知道我们不可能硬抢。他们骑上骆驼,说完"再见",走了。后来,我们回到穆韦吉赫,告诉扎伊德发生过这么一场追击,他说:"天哪,乌姆巴拉克,如果你干掉了尤马安,我所有的骆驼任你选。

## 第十四章 布赖米假日

他是所有土匪中最让人头疼的一个。"

其他人一小时后赶到了，对方改变了去向，和他们擦身而过。我们开玩笑说，他们抛弃了我们。抢匪并不是巴尼·基塔卜人，这让他们很失望，因为巴尼·基塔卜人和拉希德人之间还有未偿的血债。他们本指望能得到对方的骆驼，另外根据部落习俗，对方抢来的骆驼也归他们了。本·卡比纳遗憾地说："我本想能分到两峰骆驼。"我取笑道："你一峰也得不到。在你出现前，我们已经把人杀掉，把骆驼分了。"

我们原地扎营，艾马伊尔、本·加伯沙和萨利赫带着骆驼回去取东西，第二天上午才回来。

我们围着篝火聊天，天太冷睡不着。我问本·凯马姆，阿拉伯人抢来骆驼后会怎么分，他说："我们把抢来的骆驼分成几份，一峰上等骆驼与两到三峰普通骆驼价值相当。然后，我们抓阄，按抓到的顺序依次挑选骆驼。一般来说，骆驼会被平分，有时候领头人或者地位比较高的酋长能多拿一份。在阿曼部落，人们可以要求留下自己俘获的骆驼，不参与平分。不过，只有当他得到了一峰上等骆驼时才会这么做。"

我又问他如何分配缴获的步枪，他回答："如果一个持枪者被杀了，那么他的枪归杀他的那个人所有。如果是对方投降收缴来的，就和所有的战利品一起平分给大家。当有人把逃跑的敌人拿获时，对方的武器和骆驼就成了他除了自己那份之外多得的。"

我们现在位于利瓦的外缘，向西穿过椰枣树林和一些小型定居点，这些定居点很像我春天时在扎乌菲尔和古图夫人见到的。我很高兴大家走得很慢，我和本·塔希摔跤的时候断了根肋骨，骑骆驼的时候疼得要命。到了宰夫拉郊外，萨利赫父子和大家告别，和他们一起离开的还有本·卡比纳，他去宰夫拉找回几峰留在那边的骆驼，不过保证在穆韦吉赫归队。我们其余的人向北一直骑到海边，然后掉转方向往回走。12月14日，我们回到了穆韦吉赫。

回到扎伊德的要塞前，大家已经饥肠辘辘，期待当晚吃一顿大肉。这次路程不长，我们就没多带上一峰骆驼，而且为了减轻骆驼的负担，我们也没带什么食物。所以最后两天，我们基本靠骆驼奶过活。这里的沙漠中骆驼很多，倒是不用发愁骆驼奶的来源。晚饭前，四个巴尼·亚斯人访客被带到我们的房间里，同我们一起进餐。大家坐下来吃饭时，那四个人连米饭都没动，当着所有人的面，探身各从盘子里取走一整块，放在自己面前的垫子上。其余的人只能分剩在盘里的头和碎肉。我被这种行为震惊了，相比住在沙漠里的贝都人，这些住在沙漠边缘的巴尼·亚斯人和马纳西尔人太没有教养、太自私了！

吃完饭，房间里来了很多扎伊德的家仆，其中几个人手腕上落着隼。据说，驯服一只野隼，英国人要用五十天，而阿拉伯人只需要两到三个星期。因为他们隼不离手，驯隼人无论去哪儿，都会把隼带上。吃饭的时候，他让隼站在左手手腕上；睡觉的时候，他让隼栖在脑袋旁边的隼台上。他还会不停地抚摸它，和它说话，给它罩上头罩或者把头罩取下来。

屋子里都是人，一些为一峰骆驼的归属争论不休，另一

## 第十四章 布赖米假日

些在回忆一场袭击或者背诗。空气中烟尘弥漫，有从煮咖啡的灶台上升起的，有从忽明忽暗的油灯里飘出的，同刺鼻的本地烟草味混在一起，格外浓重。忽闪的光线下，一只雄隼安静地站在身旁人左手手腕的皮手环上。我问他，这只隼养了多长时间。"一个星期。它很棒。等着吧，扎伊德一定最喜欢它。"他轻抚着它的头说。房间里的隼都属于游隼，阿拉伯人称之为"沙欣"（shahin）。我问他会不会养猎隼——阿拉伯人所谓的"胡尔"（hurr），我在莱拉埃米尔的庭院里见过。他说："如果能的话当然会，它们很难得也非常昂贵，是游隼两倍的价钱，大概一百卢比吧。"我换算了一下，相当于八英镑。他继续说："内志人偏爱猎隼，内志地区全是空旷的砾石平原，而猎隼的视力比游隼更好。我个人更喜欢游隼。它们更敏捷，胆子大，而且更加顽强。"他举起手中的隼让我欣赏，叫着它的名字："济卜！济卜！"意思是"狼"。

我问他怎么得到它的，他说："扎伊德叫我给谢赫布特捎信，去阿布扎比时，我在盐碱地上看到一只游隼。第二天，我和朋友带着一只经过训练的鸽子回到那里。我在鸽子腿上系了根细线，线的另一头绑在一块石头上。然后，我们在那里等着。隼出现了，我放飞了鸽子，自己赶紧藏起来。等隼杀死了鸽子，我们赶忙回去，把隼赶走。之后，我们在死鸽子的下风处挖一个浅坑，大概和我们到那堵墙差不多远。我趴在坑里，让朋友在上面盖些灌木，做完这些他就跑开了。过了一会儿，隼回来找鸽子，我拉着细线慢慢地把鸽子往我藏身的地方拽。你听明白了吗？很好。等隼离我足够近的时候，我就一把抓住了它的腿。"

我问他为什么隼看不到他的手,他说:"很简单。游隼总是面风而站,况且它正忙着撕碎那只鸽子呢。"

扎伊德走了进来,所有人起身表示尊敬,等大家落座,有人给扎伊德端上咖啡。一个巴尼·亚斯人说:"扎伊德,今早我在布·萨姆尔附近看到两只'胡巴拉'(hubara)。"另一人说:"上个星期我看到三只。""胡巴拉"就是波斑鸨,一种和母火鸡差不多大的鸟,初冬时,它们从波斯、伊拉克和叙利亚来到阿拉伯半岛,某些会留下繁衍,大多数于春季离开。扎伊德曾告诉我,他的手下前一年发现过三个波斑鸨的窝。他又问起隼,有人说:"希扎上个星期又抓住两只,正在送来的路上。明天他们该到了。"现在正是游隼过境的时节,是海岸地区捕隼的好时候。在鹰狩开始前,扎伊德需要更多的隼。他说:"很好。如果万事齐备,我们将在四天内出发。"然后,他对我说:"你一定要来。"我一直想参与鹰狩,欣然同意。

上午,扎伊德忙着检查驼鞍袋、绳子和皮水袋,下令让人在当地市场上购买食品,并把骆驼从牧场赶回来,然后检阅了他的游隼军团。他说,其中一只毛色发暗,要给它喂糖水来清肠;另一只太瘦,吩咐家仆给它加喂蛋和奶。他还观看了训练一只隼追返饵,这只隼是十天前捕到的,所有人都认为它可以出征了。随后,三个阿拉伯人带着希扎送的两只隼到了。其中一只仍被蒙着眼睛,一条穿过下眼睑的棉布两端向上提起,在头顶打一个结,隼就什么也看不到了。到了喂食的时间,扎伊德让带隼过来的人揭开眼罩。另一只是雄隼,

## 第十四章 布赖米假日

折断了一根飞羽,扎伊德用一副由瞪羚角做成的夹板把羽毛固定好。最后,他在它们的喙上刻下自己的标记。

四天后,扎伊德说:"我们今晚出发。我觉得这次外出前后要一个月。我们会在西南方的'空白之地'狩猎,那里有很多牧草和水井。贝都人说,现在那边有大鸨。"

下午我们从要塞出发,经过了椰枣树林。扎伊德安排运送行李的骆驼先行,他已经下发指令,晚上在"空白之地"的边上扎营。我们骑着骆驼,在砾石平原上慢跑,身旁是二十五个扎伊德的贝都家仆,其中一些人手腕上还带着隼。他们唱起"塔格鲁德"(tagrud),一种在骆驼慢跑时唱的行军调。大家对鹰狩季的开始期待已久,情绪高涨,就像昔日苏格兰人盼着"十二日"[1]一样。

日落时我们抵达了营地。火烧般的卷云如飘浮的炽热蒸汽,衬得沙丘只剩下黑黢黢的剪影。奴隶捡来灌木,堆起防风带,篝火在灌木背后熊熊燃烧。晚间很冷,大家很快便聚到火堆旁取暖。我们呷着咖啡,有人用研磨咖啡的铜臼敲出一段节奏,招呼大家到附近来。一个贝都家庭加入了我们,不久,他们的骆驼穿过漆黑的沙地朝我们走过来,后面跟着几个破衣烂衫的长发男孩。几只山羊已经被开膛破肚,几口大锅在火上煮着米饭。顷刻,牧童来到火光照亮的地方。其中一人端着一碗骆驼奶,上面浮着一层泡沫,在和大家坐在一起等待开饭前,他把这碗奶送到扎伊德面前。他们说,在

---

[1] 每年的8月12日,是狩猎松鸡开始之日,被称为"光荣的十二日"(The Glorious Twelfth)。

水井附近发现了五只大鸨刚刚留下的脚印，在附近的沙漠中也发现了一些，不过是两天前留下的。扎伊德冲我说："但愿明天能吃到大鸨的肉。"

第二天，我们起得很早。有人牵回了骆驼，把它们安置在篝火旁边，我们就在其中插空和衣而睡。夜里气温很低，每个人都把自己裹得严严实实。扎伊德问我是否介意骑"加扎拉"，我迫不及待地答应了。本·凯马姆一边上紧肚带、调整好驼鞍带和绵羊皮的位置，一边说："你从来没骑过这样的骆驼。"我告诉他，春天时我骑着它去了趟沙迦。等太阳升起，我们拿上步枪和手杖，准备出发。驯隼人把八只游隼从隼木上举起，另外叫上三只萨路基犬。晨露很重，游隼看上去湿淋淋的。我们站在骆驼身后，扎伊德看我已经准备好，把膝盖顶在驼鞍上，骆驼本能地站起，他一跃而上。大家向沙漠出发了。我们一边走一边搜寻着地面。预计会在沙丘与沙丘之间，而非沙丘上，发现大鸨留下的脚印。我以为大家会保持安静，但我早该想到，贝都人的词典中就没有"安静"一词。每个人都在大声交谈，如果有人落后了，为了赶上队伍，便赶骆驼紧跑几步，自然而然就唱起了行军曲。突然，一个在队伍左侧的阿拉伯人示意大家发现了新鲜的脚印，就在大家把骆驼掉转向他时，大约四百码外，一只大鸨腾空而起，翅膀上的白色条纹在红色的沙地上格外醒目。一个驯隼人摘掉游隼的眼罩，将其放飞。游隼飞在离地面几码高的地方，大鸨开始爬升，游隼很快就追上了它。它们变成视线中两个模糊的小点，很快就消失不见了。有人喊："逮到了！"大家骑着骆驼跑了过去。

滑下沙坡,爬出洼地,然后飞奔过平地,我开始意识到这峰骆驼是多么非凡。光是让自己不要摔下去,我已经无暇他顾,而我身旁的驯隼人腕子上还用脚带固定着他们的隼。

我们来到一处洼地,游隼正撕扯着奄奄一息的猎物。一个人滑下骆驼,掀开大鸨的头骨,把脑仁给隼吃了,然后用沙子把大鸨埋了起来,最后把一脸茫然的游隼重新拴回手腕上。我们都下了骆驼。扎伊德指着地上一些油滑的污迹说:"你看到那些腐液了吗?大鸨会向敌人喷射这种液体。溅到隼的眼睛里可造成暂时失明,溅到隼身上会把羽毛弄得一团糟,这只隼整整一天都不能再飞了。"我问一只游隼一天最多能逮到几只大鸨,他说:"最好的游隼一天能逮八九只,不过它们每在地面捕猎四次,就要到空中捕猎七次。"他指着沙地上羽毛蹭出的痕迹,足有二十五码。"你可以看到它们的战斗多么激烈,有时候大鸨可以用翅膀将游隼击晕。"

我们继续前行,惊起了沙地低洼地带的一只大鸨。游隼一追上它,它就落地了。游隼俯冲了两次,然后在大鸨身旁降落,扑向猎物,试图用鹰爪将对方擒住。大鸨展开尾巴,用翅膀猛击游隼。一看到游隼升空,萨路基犬就出发了,它们及时赶到,帮助游隼获得了胜利。完事后,游隼把狗撵跑了。等我们赶到时,三只狗躺在大鸨的尸体旁边,游隼正在撕碎猎物。

在扎伊德宣布吃午饭前,我们又猎获了两只大鸨和几只野兔。野生游隼是不逮兔子的,但阿拉伯人发现,对于刚刚驯服的游隼，让它们从猎兔子开始比直接猎大鸨更容易。通常由萨路基犬逮兔子，不过在接下来的三个星期中，我经常看到游隼先得手，把萨路基犬追逐的猎物据为己有。

大家烤上面包，把两只没有褪毛的大鸨埋在热灰里烘熟。一只乌鸦在头顶盘旋，嘎嘎直叫。扎伊德说："让我们看看游隼会不会逮乌鸦吧。去年成功过一次。"但被放飞的游隼仅仅发动了几次徒劳的攻击，乌鸦一翻身就躲过了。吃完饭，我们继续前行，很快又发现了一只大鸨，就在不到五十码的地方。扎伊德把隼的眼罩摘下，但隼一动不动。他抬头看了看，指着四只在高空盘旋的老鹰说："它是怕它们。"我们又发现了第二只大鸨，这次游隼起飞了，与此同时，一只老鹰向它扑过来，鹰唳像炮弹划过空气时的呼啸。游隼慌忙逃回，甚至撞在扎伊德的胸口上。老鹰放弃大鸨向游隼发起进攻，出乎我的意料。扎伊德安抚着这只受了惊的隼："就差一点。好吧，我们只能继续往前走，有这些鹰在这儿，多停留一阵也没什么意义。"

下午晚些时候，我们看到八只大鸨飞出山谷。大家很兴奋，把狗拴好，慢慢向它们靠近，有史以来第一次，竟然没有人弄出声响。一只游隼已经被摘去头罩，马上发现了地上的大鸨，但起飞后，游隼来来回回在低空盘旋，却丢掉了目标。驯隼人只能将其召回。继续向前走。几百码远的地方，两只大鸨飞起，另一只游隼起飞了，追上其中一只，把它赶到地面后成功捕获。我们留在原地，游隼的主人过去收拾残局。其余的大鸨就在附近，但在我们发现它们后，它们一一惊逃。

## 第十四章 布赖米假日

我们吓跑了最后一只大鸨,于是放了狗。每次大鸨一落地,萨路基犬就扑上去,大鸨只能再次飞起。最后,大鸨决定在空中赌一把,看是否能逃脱游隼的追击。两只鸟展开了大范围的追逐,游隼猛攻,大鸨闪躲。大鸨不紧不慢地扇动翅膀,看上去速度很慢,而游隼显然全力以赴。经过我们头顶正上方时,游隼发起了最后一次俯冲,但还是失手了,只撞上了一团空气。然后,它飞了回来。

天黑后许久,我们才唱着歌回到营地,又累又冷,但对首日告捷相当满意。大家围坐在篝火旁,回顾白天的鹰狩。我躺下来,头顶上是璀璨繁星,耳边是骆驼不绝如缕的呼噜声,我很高兴参与了一场传统的鹰狩,而不是像在内志那样坐在车里。

一个月后,我们回到了穆韦吉赫。本·卡比纳已经从宰夫拉回来了,正在等我,但本·加伯沙和艾马伊尔都不愿意再远行。他们希望留在布赖米,继续抢巴尼·基塔卜人的骆驼。因此,我新添了两个阿瓦米尔成员。年轻的马哈勒哈勒总是不急不慌,长了一张令人愉快且足够坦诚的脸,上面有轻微的得过天花的痕迹。贾巴里年纪大一些,瘦瘦高高的,长发超过肩膀,一嘴胡子让他看上去像《圣经》里走出的人物。他缺了一颗门牙,不知是什么时候丢的。

我们试图将行程保密,但所有人都在刺探和猜测我要去哪儿、我此行的目的是什么。很多人暗中阻挠,一些人出于对基督徒的憎恨,另一些人是因为我没答应带上他们,还有不少人是因为我的同伴是他们的仇敌。迪拜酋长的儿子拉希德憎恶布法拉家族的所有人，而且嫉妒扎伊德在部落中的影响力，他终于发现了一次羞辱扎伊德的机会——恶语中伤他的客人。他认为我可能会去阿曼，便派信使致信布·沙姆斯人、杜鲁人，甚至伊玛目，警告说我打算穿越他们的领地，还为我的旅程编造了各种不良动机。掌管布赖米南部的布·沙姆斯酋长因此给扎伊德捎了口信，禁止我进入加法里。我们还听说杜鲁人也打算阻止我通过。我春天在阿布扎比见过的巴克希特·达海米，宣称我们的队伍归他所管，但我一直不喜欢这个人，便拒绝了。他大怒，下令他的部落绝不许和我同行，我的同伴决定对他的威胁视而不见。他恶狠狠地发誓，一定会在沙漠中"解决掉"我们。我们假装满不在乎，告诉所有人，我们准备穿过"空白之地"中部返回哈德拉毛。有些人问我："如果是那样，为什么你不买适合沙地行走的骆驼？你买的所有骆驼都是为了去山区的，显然你要去阿曼。"扎伊德悄悄派了一个叫哈迈德的迈赫拉家仆去找萨利姆·本·哈拜鲁特，他是一个尤努巴大部落的酋长，扎伊德希望说服他在杜鲁郊外的加赛瓦拉水井和我们碰面。他说："萨利姆能带你穿过杜鲁地区抵达伊兹，因为尤努巴和杜鲁都是加法里派。我会让你带上一封信给住在伊兹的亚斯尔。他是尤努巴最重要的人物，去年在我这里住过。我待他不薄，他应该会帮这个忙。你也许能进入阿曼，但天知道你要怎么从那里出来。"

第十五章

# 乌姆塞米姆流沙区

　　我计划探访阿曼，作为我在阿拉伯半岛南部旅行的终章。我和拉希德人一起穿过了杜鲁人的领地，找到了流沙区，最终抵达了南部海岸。

1949年1月28日，我们六个人离开穆韦吉赫，两峰备用的骆驼负责驮运食物和水。前两天，我们先往西走，意在避开住在"空白之地"东缘的布·沙姆斯人，也为了让所有遇到的人确信，我们要去哈德拉毛，而非阿曼。

2月6日，我们抵达加赛瓦拉，发现了住在附近的哈迈德和萨利姆留下的脚印。哈迈德我认识，个子矮，皮肤黑，喜欢穿一身白。萨利姆人到中年，不高也不矮，喜欢穿棕色衣服。虽然他俩都有贝都血统，但各自在沙漠边缘的村庄里生活多年，安逸的生活让他们不再坚忍如初。直觉告诉我，如果我想穿过"空白之地"的话，他俩最好一个也别带。但在阿曼，我希望他们能派上用场。我的同伴很不信任他们，因为加法里派不值得被信任。

当我第一次走进沙漠时，伴随我的是慌张和恐惧，周围的一切是那么陌生，如果和同伴走散的话，我将永远迷失在沙丘组成的迷宫中。现在，和拉希德人一样，我把"空白之地"视为庇护所，敌人永远无法得知我们的行踪。我一点也不愿意离开这里，但没办法，我们必须离开"空白之地"，向东穿过杜鲁平原，以免走到乌姆塞米姆流沙区的另一边。

冯·弗雷德是第一个提到南阿拉伯半岛流沙区的欧洲人。他声称，1843年在哈德拉毛北侧的"空白之地"发现了一处危险的流沙区，名为巴赫尔·萨菲。伯特伦·托马斯对此表示怀疑，认为冯·弗雷德发现的是乌姆塞米姆流沙区，他自己从向导那里听说过这个名字。冯·弗雷德声称看到流沙区的地方，就在我穿越"空白之地"时的路上，我确信他的话是错的。我问过很多贝都人，他们都听过巴赫尔·萨菲。有些人认为巴赫尔·萨菲就是乌姆塞米姆流沙区，另一些人认为说的是穆提盐沼，还有一些人认为说的是内志的某个地方，但没有任何人提到哈德拉毛北侧的"空白之地"。我认为，巴赫尔·萨菲的传说很可能出自贝都人关于乌姆塞米姆流沙区的故事。我决心利用这次机会，确定流沙区的位置。我很确定它就在这里——哈德拉毛以东七百五十英里。

大家商量后，决定在沿着乌姆塞米姆流沙区东缘往南走之前，在艾因河谷中离我们最近的水井再补充一次水。我本人是不赞同的，怕遭遇杜鲁人，但萨利姆非常自信，认为他

## 第十五章　乌姆塞米姆流沙区

可以带我们安全通过他们的领地，长时间缺水跋涉后，拉希德人也急于让骆驼歇一下。我只能少数服从多数。

三天后，我们抵达了艾因河谷，在靠近地表处找到一口不大的清泉。一些杜鲁人就住在附近，我们希望不要惊动他们，把皮水袋灌满后就走。但天气非常冷，刮着北方吹来的大风，几峰骆驼还在流血。我们怕顶着风走它们很快就不行了，留在这里，至少有些灌木能让它们避避风。

第二天一早，我们看见一队人马走过来，大约二十人的样子，每两个人骑一峰骆驼。他们在二百码开外跳下骆驼，一道低矮的土埂为他们稍微挡住些风。显然，他们是一支追击队，我们遇到麻烦了。本·凯马姆问萨利姆："他们是谁？"萨利姆答："惨了！那是苏莱曼·本·哈拉斯和其他杜鲁酋长。"他注视了他们一会儿，然后说："来吧，哈迈德，我们最好先去探探情况。"

杜鲁人起身向他们问候，然后他们坐下，围成一圈。很快，有人提高了嗓音。我觉得应该过去，但本·凯马姆说："先待在这儿。让萨利姆和哈迈德解决吧，他们是加法里派。"与此同时，又来了些杜鲁人，其中包括斯泰贡和他的儿子阿里，两个人朝我们走来。本·卡比纳开始做咖啡，有人为他们端来一盘椰枣。大家试图用行李挡风，但很快盘子里就被灌满了沙子。

老斯泰贡说："酋长们决定禁止任何基督徒出现在自己的领地，但两年前你和我一起住过，是我的朋友。无论酋长们会怎么说，我们父子俩都会带你去你想去的任何地方。"我谢了他,然后问他当时是否知道我是谁。"不知道,"他回答,"我们一直猜你是谁,从哪儿来,但绝想不到你是基督徒。"等喝完咖啡,他说:"来,跟我们去见酋长。"我们带上枪,跟了过去。我和同伴向杜鲁人行了礼,他们现在大约有四十人之众,站成一排,大家相互一一握手。交换完最新消息后,我们在他们面前坐下,斯泰贡和阿里坐在我的身边。萨利姆和本·哈拉斯继续一场争论。萨利姆气愤地说:"杜鲁人已经承认尤努巴人可以作为拉比阿,你们凭什么阻拦我们?"本·哈拉斯回击道:"部落的习俗不适用于基督徒。"他身材粗壮,眼球因愤怒而充血,姿态咄咄逼人。老斯泰贡发话了:"本·哈拉斯,你为什么要多事呢?这个人没有恶意。他在部落中无人不知,声誉也很好。我认识他,你不认识。他曾和我一起住了十天,一点问题都没有,相反,他还帮了我的忙。他是我的朋友。"哈迈德不失时机地插话道:"乌姆巴拉克是扎伊德的朋友。他和部落一起生活了很多年,他和其他基督徒不一样,他是我们的朋友。"但本·哈拉斯叫道:"那就把他送回扎伊德身边。这里不需要他。至少把他送到加赛瓦拉,不要再走这条路,否则我们会杀了他。"老斯泰贡身体前倾,生气地说:"你没权利这么说。安拉在上!无论你和其他酋长有什么意见,我都会带他穿过这片土地。你阻止不了我。"我看看拉希德人。他们插不上什么话,沉默不语,眼珠子在不同的说话人身上游移。本·塔希拿手杖在地上戳了个洞,除此之外,大家一动不动,面对着敌对者,非常在乎是否保持了尊严。其他人都加入了争吵,斯泰贡的五个亲戚也站起身加入我们。本·哈

## 第十五章　乌姆塞米姆流沙区

拉斯让所有人安静，大声宣布："我们的土地上不接待任何异教徒。愿安拉诅咒你，萨利姆，是你把他带到这里的。"他身旁的几个人附和着。这场争论无休无止，越来越多的杜鲁人骑着骆驼赶来，加入人群。每个人都有话要讲，一说就滔滔不绝，而且常常把讲过的事反复讲。为了做出挑战权威的姿态，萨利姆把他的头巾扔到地上，现在，他光着头坐在寒风中，一团团的沙子迷了我们的眼。最后，本·哈拉斯身边的两个人把他叫到一旁。他们回来后没好气地说："好吧，你可以带着基督徒沿着乌姆塞米姆的边缘往南走，直到离开这里。但你们不能从我们的任何一口水井中取水。"人群很快就散了，大家都急着回到营地避寒躲风，只有斯泰贡父子陪着我们。看到苏莱曼等人离开，本·凯马姆说："你绝不能相信杜鲁人，太多和他们一起旅行的人被他们暗算过。"我想起两年前第一次进入杜鲁领地时，奥夫也说过同样的话。我不知道返回的时候怎么办。除非我们从山区走，否则无法避开这里。

第二天上午，风停了。我们把所有的皮水袋灌满。和我一起上路的斯泰贡认为，后面在阿迈里找水时，我们还会遇到更多的阻拦。我请他带我们沿着乌姆塞米姆的边缘走，以便我能看到流沙区。他说："没问题。但那里并没有什么可看的。"

我们在无边的沙石地上前进，这里遍布碎裂的石灰岩，几乎没有任何植被，直到抵达祖阿格提河谷，才看到多年干旱蹂躏下零星存活下来的草木。远方，黄褐色的大地与灰蒙蒙的天空模糊了界限，这是一种纯粹的单调，没有任何东西——哪怕是一根树枝、一块石头——打破这种单调。斯泰贡对我说:"到了,这就是乌姆塞米姆。"

两年前,我和奥夫坐在黑暗中,探讨穿越"空白之地"的路线时,他第一次提到了流沙区,我至今记得当时自己激动万分。现在,它就在我的眼前,而我是第一个看到它的欧洲人。地面上是白色的石膏粉末,覆盖着一层混有沙子的盐壳,偶尔有阿拉德枯死的枝条破壳而出。这些零星的灌木意味着地下深处是坚实的大地,再远处,那些颜色略深的地表,表明下方是流动的沼泽。我往前走了几步,斯泰贡把手放到我的胳膊上:"别再靠近了,很危险。"我很好奇,问他到底有多危险。他向我保证,曾经有人死在这里,包括一支阿瓦米尔人的突袭队,然后他又把亲眼看到一群山羊消失在地表的故事讲了一遍。

我们在阿迈里补给了水,当地的杜鲁人并没有干涉。为了把我这次绘制的地图和三年前在穆格欣以东的塞赫迈沙漠绘制的地图连起来,我很想去乌姆塞米姆以西的加尔巴尼阿特沙漠走一趟,以前还有杜鲁人告诉我那边有很多大羚羊。其实不用说这么多,拉希德人对此非常支持,他们认为在那边可以找到喂骆驼的草场。哈迈德则表示反对,他认为自己和萨利姆此行是去加赛瓦拉,而不是在无水区游荡,那里除了苦日子什么都没有。他们希望带我到伊兹的亚斯尔。萨利姆已经成了麻烦。几天前,他突然要求多付钱,否则不会再往前走一步。我们没理他,装上骆驼兀自走了。那次之后他也没多说什么,但我怀疑这次是他暗中搞鬼。我一点也不喜欢他,很想把他甩掉,但拉希德人提醒我,他已经知道我们

## 第十五章 乌姆塞米姆流沙区

的全部计划，如果我这么做，当我们进入阿曼时，他一定会全力阻拦。我同意了，最后，本·凯马姆把他和哈迈德拉到一旁，说服了他们。

斯泰贡将返回营地，就此和我们道别。离开之前，他为我们找到一个阿法尔向导，负责把我们带到瓦希伯。阿法尔向导建议我们从乌姆塞米姆南端穿过。我们一点也不愿意进入流沙区，但他保证这条路线很安全，而且能少走很多路——鉴于下一口水井很远，这一点也很重要。我们拂晓时出发，走了三个小时，路面腻滑，每次只能走出几英尺，每个人都全力帮助骆驼保持平衡，一旦它们摔倒，很可能摔断骨头。地表的盐壳经不住我们的重量，大家常常踩破硬壳，陷入乌黑黏稠的淤泥中，腿上的划伤愈发刺痛。困在泥潭中的骆驼不断地想停下，我们只能又拖又拽，抽打着迫使它们前进，唯恐它们陷得太深出不来。战时，曾有整支车队被加塔拉洼地的流沙吞没，想起这些，我非常不安。其他人显然也很紧张，本·卡比纳说出了大家的心声："但愿下面的硬地撑得住，我可不想死在泥巴里。"一道石灰岩石垄表示我们已经走出了流沙区，踏上了坚实的安全地带，这段时间过得无比漫长。"空白之地"就在我们面前：广阔、暖色的沙丘，点缀着骆驼喜爱的草场。

晚上，大家商量哪里能找到大羚羊，但一直无法达成一致。我开玩笑说，有人一定会"读沙"吧。本·卡比纳回答："没有，我们中间没人会。"但本·塔希说："你怎么知道？我就是'读沙'专家，从来不会说错。来，我演示给你看。"他用手在面前抹出一片平地，然后用两根手指戳出一排小洞，并做标记把它们分成几组。他口中念念有词，时不时地捋下胡子，数了数每组小洞是奇数还是偶数。之后又在地上比比画画，擦去所有的小洞，重来一遍，仍然念叨着什么。我见过很多次阿拉伯人"读沙"，本·塔希的方法看上去并没什么特别。其他人目不转睛地看着。最后他宣布："南边靠近塞赫迈沙漠的地方有大羚羊。"这和他之前的看法一模一样。本·卡比纳一直认为该往西走，马上反问："你是怎么算出来的？"其他人都表示怀疑，很快老头就承认，他对此一窍不通。"至少我看上去像那么回事吧。"他咯咯地笑。本·凯马姆问我："你想去哪儿，乌姆巴拉克？"我说："我们往南走吧，也许本·塔希说的是对的呢。"其他人表示赞同。

我们向南骑了五十英里，来到塞赫迈沙漠的边缘，地上确实有大羚羊刚留下的脚印，但视野内一只也没有。在靠近塞赫迈山的地方，我们遇到了一个阿法尔少年，他的骆驼都被尤马安偷走了。少年骑着一匹半大的小马，循着对方留下的脚印找去，但身上剩下的水已经不多了。我们让他回去多叫几个人，他不愿意，于是我们给了他一点水并祝他好运，但心里明白，就算他追上了尤马安也无计可施。他的皮带里只有三发子弹，手里的古董步枪显然也是靠不住的。

九天后，我们抵达了位于瓦希伯边陲的法赖。途中我们在穆盖巴拉补给了水，这口位于哈卢夫北缘的水井很少有人使用，水质比我之前见到的都要差。找到水井的前一晚，我们的水就用光了，由于我们的阿法尔向导在沙丘中迷了路，

## 第十五章 乌姆塞米姆流沙区

找井很是花了些工夫。这里的沙丘大概三四英尺高,向导说他十年前经过的时候不是这样的。在我看来,在过去的两天中,这些隆起的沙子是平原上唯一的地标。

在法赖,人们忙着喂骆驼喝水,还有驴和一群群绵羊与山羊,人群中包括瓦希伯人、尤努巴人和哈拉西斯人。一个瓦希伯少年认出本·卡比纳的骆驼就是他几个月前被偷走的那峰,我有点紧张,但本·凯马姆说没事,按照部落习俗,本·卡比纳已经出钱买下了骆驼,少年失去了对骆驼的所有权。但这峰骆驼是少年最心爱的,急于将它赎回,经过一番讨价还价后,本·卡比纳把骆驼还给了他,并以此换得了早就看上的另一峰更好的骆驼。过了一会儿,少年带着一只小耳廓狐回来了,他当天上午抓到了这个小家伙,现在作为礼物送给我。小狐狸非常可爱,只有九英寸长,全身白色,长着一副大耳朵。我觉得喂养困难,不太想带上它,但和我们一起的阿瓦米尔人贾巴里自告奋勇,保证能找到足够的老鼠和蜥蜴喂它吃。两天后,中午停下休息时,我们发现装小狐狸的布口袋空了。贾巴里坚持返回上一处宿营的地方寻找"我们的小伙伴",当他两手空空回来的时候,其他人显得很沮丧。我感到很惊讶,贝都人很少多愁善感,就算对人也是一样。

在法赖的当晚,一个瓦希伯老人找到我们。两年前,他和他的朋友同我们在豪希度过了愉快的一晚,当时我们还宰杀了哈兹米阿。他邀请我们去他的营地,但要往哈勒法因河谷上方走一段,而我们要去河谷下游,到靠近海岸的地方,所以谢绝了他的邀请。他还请求加入我们,但他年事已高,身体又虚弱,我们建议由他的表弟艾哈迈德代替。艾哈迈德和本·凯马姆差不多年纪,长得也很像。他最近和一大群瓦希伯人去利雅得卖过骆驼。在回来的路上,队伍染了病,高烧不断,最后死了十一个人。他后来告诉我们,丧宴持续了好多天,宰杀了大量的牲畜。我第一眼看到艾哈迈德就喜欢上了他。他和我们见到的所有瓦希伯人一样,热情而友好,还有很强的个人魅力。我的拉希德同伴也喜欢他,本·卡比纳说:"回到穆韦吉赫前,让我们说服他留下吧。"

在靠近南部海岸的哈吉,我们又补充了水。这里我们应该能看到马西拉岛,我可以借此确定方位,但风太大,空气中充斥着厚厚的沙尘。前一天我们把买来的一峰骆驼宰了,它的一只脚上生了很大的脓疮,不过本·凯马姆说不影响其他部位的肉。我太饿了,顾不上挑剔。我们把一条条生肉挂在灌木丛上晒干,令人生气的是,肉上粘住的沙子越来越厚。

第十六章

# 瓦希伯沙漠

我从南部海岸出发,去了瓦希伯沙漠,然后在伊玛目的准许下,经过阿曼返回布赖米。

我们沿着"空白之地"的边缘行进,从波斯湾到印度洋,完成了对阿拉伯半岛南部的横穿。我已经对这种旅行方式非常适应了,但从这里经阿曼返回,需要更多外交上的技巧,而非身体上的耐受力。

我把自己的想法告诉艾哈迈德:往北走到巴萨河谷,然后沿着山脚返回穆韦吉赫。这条路线将带我穿过期待已久的瓦希伯沙漠,它和"空白之地"之间,隔着一片超过一百五十英里宽的砾石平原。艾哈迈德说:"我自己没去过那里,我是亚哈希夫人,我们居住在平原上。不过我可以从希亚人中找到能够胜任的向导,他们属于我们部落的另一支,在沙漠中生活。"

他继续说:"在瓦希伯地区,你想去哪里都可以。我们是你的朋友，乌姆巴拉克，没有人会阻拦你。但住在山下的人就不同了，如果他们发现了你的身份，肯定会找你的麻烦，就像杜鲁人那样。他们受伊玛目的统治，如果未经许可放你过境，恐怕会受到伊玛目的责难。在沙漠中，我们可以像抢劫团伙那样秘密潜行，避免在水井附近出现，从而带你穿过敌对部落的领地。但在山区这一着儿行不通，山区没什么回旋的余地，只能借助现成的小径，而这些小径会穿过村寨，我们不可能不被人看到。我会尽可能带你走远一点，但只能带你和一个你的同伴。我们骑上最好的骆驼，比所有的消息都快一步。小分队还有利于避人耳目。其他人留在哈勒法因河谷，等我们从巴萨河谷返回后就和他们会合。但你怎么从这里去穆韦吉赫我就不知道了。不过，可以等我们回来后再说。"

第二天，我们进入安达姆河谷，这里离哈勒法因只有几英里，然后沿着河谷向北走，两天后到达了纳菲。这片宽阔的谷地被森林覆盖，如果不是干旱，看上去应该和一座公园差不多。艾哈迈德为我们找到了一个叫苏尔坦的希亚人，他同意带我们穿过沙漠去巴萨河谷。我决定和本·卡比纳组成小分队，本·凯马姆很想去，我劝他留下负责剩下的人。我们商定在哈勒法因河谷以北处会合，据说那边的草场比这里更好。

我从苏尔坦手里租了一峰精力充沛的骆驼，本·卡比纳骑自己的，苏尔坦和艾哈迈德的骆驼都很不错。我们骑着四峰阿拉伯半岛上最好的骆驼，必要时，可以走得又快又远。最初的一段路，是零星散布着红沙的砾石平原，在间或出现

## 第十六章 瓦希伯沙漠

的石灰岩平台间,能看到很多瞪羚,不过很难接近。随着我们越走越远,沙地越来越厚,直到覆盖了所有的石灰岩表面。第二天,我们走到了塔维哈里安的水井,约有八十英尺深。附近有一些瓦希伯人,他们带着驴而不是骆驼。为了避免尴尬的问询,喝完水我们就赶忙离开了。我们开始沿着山谷向北骑行,山谷只有半英里宽,两旁是高度一致的沙丘,大概两百英尺高。这些山谷有一种有趣的特征,每两英里就会隆起一块硬沙地。谷底的沙子呈锈红色,而两旁的沙丘是蜜黄色的,随着我们向北深入,这两种颜色变得越来越浅。晚上,我们爬到高处的沙丘上扎营,眼前是波浪起伏的沙丘和零星长有阿布的新月形洼地。

第二天上午,我们走了三个小时,本·卡比纳突然叫道:"那是谁啊?"我迅速扭过头看,发现只是个小男孩才放下心来。他正朝我们急匆匆地赶来,我们停下来等他。他身着白色衬衫,戴着白色头巾,腰里别着匕首,看上去大概十一岁的样子,还不到四英尺高。和我们交换了消息后,他挡在我们面前,伸出一只胳膊说:"你们不能再往前走了。"我心里说:"该死,难道我们就这样被一个孩子拦住了?"其他人没有说话。男孩重复道:"你们不能再继续走了。"然后,他指着五六英里开外的沙丘说:"你们一定要到我的帐篷里来。我会宰一峰骆驼作为午餐,用油脂和肉招待你们。"我们谢绝了,告诉他在太阳落山前还有很长的路要赶,不过他很坚持。最后,男孩让步了:"这样不好,但我能怎么办呢?"我们向前走去,男孩问:"你们见过一峰怀孕的灰色老骆驼吗?"艾哈迈德说:

"没有。"他想了一会儿,又说:"从这里往回走不远,我们看到过一峰未成年骆驼的脚印,再往前,还见过另外三峰骆驼的脚印,但没有一峰是怀着孕的。"苏尔坦问:"它的脚印有什么特征吗?"男孩回答:"它的两条前腿有点内拐。"本·卡比纳叫道:"对!你们还记得在上一座山谷里,看到过它的脚印吗?就是刚刚走过一片浅色沙地的地方。显然,它从我们右侧爬上坡,吃了一些卡西斯。就在那些破败的阿布之前不远。"其他人表示赞同,认为那峰就是男孩走失的骆驼,然后告诉他应该去哪儿找——大约在三英里之外。我再次被他们下意识的观察力折服。当时,他们正在争论最近发生在尤努巴人之间的一场杀戮是对是错,完全没把注意力放在周围的环境上,现在,他们能回想起每一条经过的路上的骆驼脚印。苏尔坦说:"愿安拉助你尽快找到它。脚印很新鲜,应该是日出后不久留下的。"男孩谢过我们,转身去了山谷。我们目送他离去,在红色沙漠的衬托下,他的衣服显得愈发洁白。苏尔坦说:"艾哈迈德,你还记得老萨利赫吗?他去年秋天死的。这个男孩就是他的儿子,是个好孩子。"

两天后,我们在沙丘顶上扎营,这里高出巴萨河谷两百英尺。山谷大约有六英里宽,另一端的边界是一条狭窄的沙漠,再远处是一些低矮漆黑的山丘,在光秃秃的哈杰尔地区特别显眼。尽管起了雾,我还是能看到,这片地区东缘靠近大海的地方,矗立着加兰山[1]的主峰。苏尔坦为我指明了几个

---

1 阿曼山名,位于瓦希伯沙漠北部。

## 第十六章 瓦希伯沙漠

村庄的位置,我用指南针测量了一下它们的方位。村庄坐落在黄色的平原上,大部分由棕榈树环绕,清晰可辨。我叫本·卡比纳过来看,告诉他我看到了一些贝都营地。但他忙着整理驼鞍上的衬垫,开玩笑地回应道:"那些贝都人和我有什么关系?他们又没杀了我的父亲。"我走到篝火旁,坐在他身边,在他的帮助下,记下路上见到过的植物的名字。

艾哈迈德和苏尔坦信守承诺,带我穿过沙漠来到巴萨河谷。我希望他们不再坚持直接返回,和我们留在哈勒法因河谷的同伴会合,而是先带我向西穿过山脚下的村庄。我把想法告诉给他们,艾哈迈德回答:"我们会尽可能地带你转遍这里,但从现在起,绝不能有人发现你是基督徒。"

早上出发的时候,苏尔坦提醒我:"遇到阿拉伯人时,你别说话。"我问:"那你怎么介绍我呢?"他答道:"取决于对方是谁。"本·卡比纳指着我的手表说:"把表取下来,我会藏在我的衣服里。"

我们走出山谷,来到一个叫巴萨·巴迪亚的地方。一座沙丘脚下,半埋着一个废弃的村庄,苏尔坦说:"总有一天,沙漠会吞噬这座山谷。就在几年前,这座村子里还有人住。"我们又经过了另外几个村庄,有两三个已经完全废弃,剩下的也在废弃的边缘。苏尔坦解释道,这一切都是由于地下沟渠"阿夫拉贾"(*aflaj*)[1]正在失效。这种阿拉伯地区特有的灌溉系统很可能是从波斯传入阿曼的,每隔十码打一口竖井,

---

[1] 原理类似于中国新疆地区的"坎儿井",适用于极端干旱地区的灌溉。

所有竖井用一条地下渠连通。地下渠往往长达数英里，如何在黑暗中不借助任何仪器，保持挖掘的水渠平行于地面，是很高超的技术。我能看到几条地下渠在何处穿越平原，地面上有堆起的土垄标示它们的位置。

我们还在步行的时候，碰到了几个阿拉伯人——三个男人和一名少年，全都携带武器，带着一队满载货物的骆驼。我们停下来，和他们聊了两句。我注意到他们用吉卜赛人似的黑眼睛审视着我们，每次都会扫到我身上，从不多看我一眼，但不放过任何细节。其中一个脸颊上有疤的中年人问苏尔坦："他是俾路支人？""是的。他从苏尔来，打算买几个奴隶，然后去尼兹瓦。"四双眼睛又上上下下打量了我一遍。这是我们此行几次偶遇中的第一次，每次我都觉得自己太过显眼，不发一言地看他们交换消息，高高在上，觉得时间过得特别慢。我时刻做好被揭穿的准备，但我意识到，这场旅行的有趣之处，不在于亲见这片地区，而是在这样一种状态下来到此地。

从我们站的地方，能看到坐落在远处山谷里的村落哈斯，苏尔坦坚持认为我们应该避开。"我们不能碰到萨利赫·本·阿西艾，"他说，"他是哈斯的酋长，也是所有哈纳维派的领袖。他会马上发现你的真实身份，就算他不追究，也对我们非常不利，你出现在这里的消息很快就会传播开去。"为了绕过哈斯，他带着我们从沙漠北端进入一片由丘陵组成的迷宫，这里崎岖而贫瘠，颜色千奇百怪，有红、黑、石蓝，还有一种发污的白色。我们在丘陵地带走了两天，最后到了位于安达姆河谷支流的哈布斯村。食物已经所剩无几，苏尔坦和本·卡

## 第十六章 瓦希伯沙漠

比纳去穆宰比的市场采购,我和艾哈迈德留在村外。其间,有若干人沿路而来,大声向我们问候,所幸没人走过来和我们攀谈。如果他们和我们说上几句话,停留的时间长一些,很可能会碰到返回的苏尔坦和本·卡比纳,从而引起他们更多的好奇。艾哈迈德告诉我,村里住着伊玛目派驻在此的代表,我知道,如果我引起了别人的怀疑,会被遣送到尼兹瓦。一个小时后,其他人带回了椰枣和咖啡。他们说,除此之外村子里什么都没有,还抱怨了昂贵的物价。我们继续前行,走入山谷,经过了另外几个村庄。河谷边缘零星散布着棕榈树和小花园,由溪流灌溉,溪水两侧的夹竹桃开满了花。

这天是一个星期以来的第一个晴天。我能看到一万英尺高的绿山的顶峰,和西北方七十英里开外考尔山熟悉的轮廓。我们被山脉和山峰环抱,我时常会停下,测量它们的方位,并简单画下它们的样子。所有这些山里,只有绿山在地图上有所显示。

苏尔坦说,从这里开始,我们必须转向南走,去和其他人会合。两天后,当我们走近安达姆河谷的一口水井时,我被一峰极为出众的骆驼吸引,它背上有全套驼鞍。井边站着一个高个子男人,身上棕色的衬衫已经褪了色,镶边的羊毛头巾松垮地缠在头上,正在和给羊群喂水的两个男孩和一个女孩说话。我还注意到他,匕首上的银饰非常精致。艾哈迈德小声告诉我:"他是亚哈希夫人的酋长阿里·本·赛义德·本·拉希德。"我们向他行了礼,他说:"看来你平安回来了,非常欢迎。你的同伴离我的营地不远,他们都很好,一直在等你。我们明天回去，今晚我们就在附近和俾路支人住在一起。走了这么远，你们一定又累又饿。"然后，他问艾哈迈德："你们遇到麻烦没？"他的目光坚定深邃，一只有点歪的大鼻子带出两条深深的法令纹，已经灰白的胡须乱蓬蓬的，厚嘴唇上长着两撇精致的小胡子。这是一张和善的面孔，没有丝毫极端教徒的那种神态，却拥有毋庸置疑的权威。贝都酋长不养家仆，无法下令让他人执行。在贝都人的社会中，讲求人人平等，每个人都极为独立，憎恶任何形式的专制。酋长只是相对最受尊敬的那个人，他的威信建立在个人品格的基础上，取决于他为人处世的能力。酋长在部落中的地位，很像委员会中的主席。我总是听人说阿里的影响力很大，看着他便知道所言非虚。

艾哈迈德取来阿里的骆驼，我们一行五人往附近的俾路支人营地骑去。我们将在那里过夜。到营地是下午四点，但直到晚上十一点，我们面前才摆上一大盘硬得咬不动的肉和椰枣。

大约二十个男子和少年围聚在我们的篝火旁。和仅着腰布的佐法尔人习惯不一样，这里无论长幼，一律穿着衬衫。阿里曾告诉我，他们是波斯俾路支人的后代，由于和瓦希伯部落生活了太长时间，现在算作该部落中的一支。他们只会说阿拉伯语，所以对我来说，分不清他们和瓦希伯部落其他支系的区别。

和平时一样，本·卡比纳把步枪攥在手里。阿里注意到了这个动作，他说："没关系，孩子，你可以把步枪放在旁边。

## 第十六章 瓦希伯沙漠

感谢伊玛目,愿安拉使他长寿,是他让这里得到了和平。这里和你们的沙漠不一样,沙漠里总是会发生劫掠和杀戮。"

第二天晚上,在哈勒法因河谷靠近巴里达水井的地方,我们同其他人会合了。自分别已有十天,十天中,我们骑行了将近二百五十英里。阿里非常希望我们去他的营地,再沿着河谷走几英里就到了。我们劝他当晚留下和我们一起过夜。本·凯马姆设法买到一只山羊,等我们用完晚餐,已经后半夜了。次日,我们一整天都待在阿里的帐篷里。帐篷只有十二英尺长,由黑山羊的羊毛织成,看上去像是用一棵小树撑起来的简易避风所。贝都部落没有贫富之分,大家用同样的方式生活,穿同样的衣服,吃同样的食物,最穷的人自认为和最富的人过得一样好。

根据当地习俗,初次见面,我们和阿里的两个妻子一一握手。等我们吃完饭,她们加入进来,我们一边喝咖啡,一边和她们聊天。离开帐篷之前,她们制作了一小碟黄色的香油,闻起来像琥珀,由芝麻、藏红花和一种叫"瓦里斯"(*waris*)的东西做成(她们告诉我的)。我们用手指蘸了香油,涂到脸和胡子上。我只在瓦希伯人和杜鲁人那里见过这种仪式,本·卡比纳告诉我,他接受割礼之前,也涂过类似的东西。

阿里提醒我们,北方的加法里派已经得知我到了瓦希伯,决定阻止我穿过他们的领地。他说:"别想着可以像之前那样悄悄溜过去,他们正等着你呢。为什么不沿着海岸线走到马斯喀特,然后继续走巴提奈一线?"这样的话,意味着我要放弃此行最主要的目标——探访阿曼腹地。况且,我一点也不想见马斯喀特的苏丹。第一次完成在这片地区的穿越后,我曾在萨拉拉见过他,当时他还是挺有风度的。现在,我又瞒着他来了第二次,他肯定会大发雷霆。我告诉阿里,扎伊德让我把一封信交给亚斯尔,让他帮助我,而且我问阿里,亚斯尔是否能把我带回穆韦吉赫。"可以,"他说,"我觉得亚斯尔可以带你过去,但我不确定他是不是愿意。他可不想得罪伊玛目。"

和我们一起扎营的还有几个瓦希伯人,有些住着帐篷,其他人就待在用树干和树枝搭成的住所里。接下来三天,我们走出哈勒法因河谷,路上经过了很多瓦希伯人,他们正在水井旁喂牲口喝水。在我看来,瓦希伯人比杜鲁人更优秀,这是一种难以解释的判断,就像我认为拉希德人比拜特·卡西尔人出色得多。拉希德人的生存条件比拜特·卡西尔人艰苦,也许正是这种艰苦造成了他们之间的差异,但瓦希伯人和杜鲁人生活在同一片地区,面临的自然条件也差不多。我怀疑,两个部落的差别要追溯到很久以前两个祖先的不同。

接近阿达姆村时,我让哈迈德替我把扎伊德的信交给亚斯尔。这个小小的村庄坐落在马扎马尔山脉和萨拉哈山脉之间的夹缝中,两条山脉从砾石平原上拔地而起,向西呈新月形绵延三十英里,从哈勒法因一直到阿迈里。我手里没有测量山高的仪器,但估计萨拉哈山脉有三千英尺高,马扎马尔山脉的高度在一千五百英尺左右。山上的石灰岩经过长年风化,已经没有任何显著特征,裸露的岩石表面一点植被也没有。两座山都呈圆拱形,我遗憾地想到,地质学家通常把这种外

## 第十六章 瓦希伯沙漠

观和地下的石油联系起来。我也从未想过，仅仅八年后，一家石油公司就在距这里不到四十英里的费胡德建起一片营地，还修建了机场，并开始钻探石油。

第二天在塔维亚斯尔，我们在马扎马尔山脉以北扎营。我们和哈迈德说好在这里相见。晚上，一个上了年纪的村民加入了我们，脸上带着一副拒人千里之外的表情，胡须凌乱——根据伊巴济派的习俗，从未修剪过。我们为他准备了咖啡，还给他端上了一盘椰枣。一喝完咖啡，他就开始了漫长的祈祷，祈祷完毕，他就坐在那儿，一言不发地捋着胡子。吃完晚饭，本·塔希想活跃一下气氛，结果却很尴尬。我们的客人突然站起来，声称本·塔希在取笑他。大家感到震惊，发誓说不是这样，他是我们的客人，我们只想让他高兴。本·凯马姆想缓和一下事态，假称本·塔希自从几年前从骆驼上摔下来以后，脑子就一直不太好使。那人还是不依不饶，最后所有人都生气地说："穆斯林和异教徒同路，总会出这样的岔子。"本·塔希马上说："虽然我对教义懂得不算多，但我无论如何也不会在祈祷的时候一直挠屁股。"等那人骑着骆驼消失在夜色里，其他人说："谢天谢地，他走了。"但我有点焦虑，怕他会找我们的麻烦。

为了等哈迈德，我们在原地多留了一日。我不知道如果亚斯尔拒绝帮助我们，我该怎么办，然后又有点后悔派哈迈德去送信，觉得如果我们走得快一点，很可能就神不知鬼不觉地溜过去了。我们在此地停留了太长时间，无论结果如何，我还是可以回到瓦希伯的。

本·卡比纳坐在旁边补衣服。衣服的布料已经磨得很薄，昨天哗啦一下从肩膀处整个撕开了。我不耐烦地说："你为什么不穿新衣服呢？"他没说话，低着头继续缝线。我又问了他一遍，他头也没抬说："我没有新衣服。"

我说："几天前，我看到你包里有一件新的，上面缝着红线。"

"我把它送人了。"

"送谁了？"

"苏尔坦。"

"天！你自己穿着块破布，为什么要把衣服送人？"

"他问我要。"

"该死。我已经送过他一件很棒的礼物。说真的，你就是个傻瓜。"

"你的意思是，我应该拒绝吗？"

"当然。我们可以多给他几个钱。"

"当我向你要钱的时候，你可没有给我。"

他说得没错。有好几次，他把从我这里借来的钱给了向他索要的人，最近两次，为了阻止这些人没完没了的索求，我拒绝把钱给他，他以后自己可能会需要。我告诉他，等到了穆韦吉赫就把钱给他，在抵达穆韦吉赫前，这些钱可能我自己要用。他可以把责任都推给我，告诉其他人是我不给他钱。

我抱怨道："如果我们见到了亚斯尔，这一身破布可真得体啊。"

他很生气："我把自己的东西送人，还需要经过你同意？"

下午晚些时候，哈迈德回来了，同行的还有亚斯尔和另

## 第十六章 瓦希伯沙漠

外三个阿拉伯人。亚斯尔一袭白衣，裹着一块镶边的大头巾，戴着匕首和弹药带，拿着一支 0.45 英寸口径马提尼步枪。他身形肥硕，不成比例的身躯十分惹人注意，走路拖着步子，一把大胡子中已经有几缕出现了灰色。后来哈迈德告诉我，我的到来使亚斯尔处于一种尴尬的境地。因为伊玛目已经下令，如果我走这条路，就把我缉拿归案。看在扎伊德的信的分儿上，亚斯尔认为有义务见我一面。他一来就摆明说没有伊玛目的许可，不能带我去穆韦吉赫，但他第二天上午要去尼兹瓦见伊玛目，他的儿子将同时把我们带到尼兹瓦到伊兹中途的丘陵地带。我认为，如果去了那边，而亚斯尔未能从伊玛目那里得到通行许可，我们将插翅难飞。我问其他人是怎么想的，本·凯马姆说："如果你想回到穆韦吉赫，只能相信亚斯尔。"因此，我把亚斯尔拉到一旁说："扎伊德是我非常好的朋友，他告诉我，只有你，作为在这里最有影响力的酋长，能带我安全地穿过阿曼。我现在带着扎伊德的信求助于你。我把自己交给了你，你要我做什么，我就做什么。"然后，我给了他两百个玛丽亚·特蕾西娅银币作为见面礼。他答道："跟着我的儿子走吧。明天晚上我们再见，愿安拉相助，让我能从伊玛目手里拿到给你的许可。"

我们在距尼兹瓦不到十英里的地方扎营。尼兹瓦城被一道石脊挡住了，看不见，这样的石脊在我们和绿山山脚之间还有很多，整片地区变得支离破碎。该山的名字意为"绿山"，鉴于那些光秃秃的陡坡和绝壁与周遭并无不同，显得过于名不副实。当天的能见度非常高，我可以看到整条山脉。山脉在我们面前延伸了五十英里，表面刻满了巨大凹痕——一条条紫色色带披散在淡黄色和影青色的背景上。绿山是一整条连续的石脊，不断隆起的山石和尖锐的山峰，让人无法确定哪一座才是真正的主峰。从波斯湾到印度洋，在四百英里的大地上，它以海拔一万英尺成为地理上的最高点。

艾哈迈德叫出了目力所及的每一座城镇和村庄的名字。他指向山脚下刚进入视野范围内的一座城镇说："那是比尔加特·毛济，苏莱曼·本·哈姆亚尔就住在那里。他是巴尼·里亚姆族的酋长，所有加法里派的首领。绿山是属于他的。人们说，山上有常年流淌的泉水，还有森林和丰盛的果实。山上特别冷，曾经有上过山的阿拉伯人告诉我，冬天的时候，山上会下一种白色的粉末，像盐一样。不，不是冰雹，冰雹我们在山下见过。"我问："苏莱曼会允许我上山吗？"他答："谁知道，也许吧。人们说，他是马斯喀特基督徒的朋友。不过，伊玛目不会让你见到他的，伊玛目不相信苏莱曼。"停顿了一会儿，他又说："如果你能顺利抵达比尔加特·毛济，我觉得苏莱曼会带你进山的。除了他，没有人会带你去那里。"

亚斯尔傍晚时回来了，和他在一起的还有几个阿拉伯人。在去尼兹瓦的路上，他碰到了伊玛目派去抓我的马队。他设法让马队先返回尼兹瓦，在一场激烈的争论后，劝服了伊玛目，让我得到了返回穆韦吉赫的许可。伊玛目还派了个人过来，作为他的代表。我本以为将见到一位臭着脸的保守派，当亚斯尔把我介绍给一个幽默而友好的老头时，我放心了。亚斯尔还说服了一名杜鲁酋长和我们一起走，他的名字叫胡艾希

## 第十六章 瓦希伯沙漠

勒，拥有亚斯尔所缺乏的魅力。有伊玛目的代表，以及来自尤努巴、杜鲁和瓦希伯的拉比阿同行，就没什么可担心的了。

到穆韦吉赫之前的八天中，我一直忙个不停。在沙漠的时候，除了行进路线，没什么可往地图上标记的，但在这里，实在有太多的细节要记录。除了绿山的大致范围和几座稍大城镇的位置，我手中的地图上什么都没有。眼下已经不需要隐藏身份，我可以大大方方地测量方位和写写画画。

考尔山的前面有一座巨大的淡色岩石拱壁，穿过拱壁时，我们遇到了三个骑骆驼的男人。其中一人身材不高，戴着一块巨大的白色头巾，那张脸总让人觉得他在为什么事生气。他是伊卜里令人生畏的长官里盖希。当时，我和本·卡比纳、本·凯马姆和两个阿瓦米尔人走在后面。里盖希先碰到前面的人，提醒亚斯尔那名基督徒就在附近出没，而他正赶往尼兹瓦，向伊玛目报告。听说我就在队伍中时，他十分震惊，离开时没多说一句。后来，伊玛目的代表向我形容以上场景时，止不住咯咯笑。本·凯马姆见到里盖希时问候了他，并且出于礼貌，问他是否需要帮忙。里盖希狠狠地给了他的骆驼一下，答道："如果你想让我高兴的话，就不会把基督徒带到这里了。"

当晚，我们住在伊卜里城外，听说本·加伯沙和一个拉希德人一个星期前已经进了城。他们见到了里盖希。里盖希公开羞辱了本·加伯沙，可能是由于他是出了名的土匪，更可能是由于他是我的同伴。本·加伯沙大怒，摔门而去。天黑后，他偷袭了里盖希的咖啡师——咖啡师是阿拉伯家庭中的重要一员——威胁他说，如果弄出声响就马上杀了他，然后带着他出了城。在城外，他把咖啡师绑起来驮在骆驼身上，叫醒了一个农民，对他说："我是本·加伯沙。明天一早告诉里盖希，作为对他侮辱的回敬，我绑走了他的仆人，并打算把他在哈萨卖掉。"

见到本·加伯沙后，他告诉我，里盖希打算付五十个银币把仆人赎回去。我问他答应了没有。"不可能。我捎话给他，这个咖啡师太没用了，当我去向地方长官表达敬意的时候，他给我上咖啡了吗？不过在沙特阿拉伯，他还是能卖个更好的价钱的。"最后，里盖希付了很可观的一笔赎金。

我们从伊卜里向北沿着山脚向哈菲特山骑去，经过了巴尼·基塔卜人和布·沙姆斯人的领地。这两个部落原本打算阻止我，但现在我身旁有伊玛目的代表，以及来自尤努巴、杜鲁和瓦希伯的拉比阿，他们只能放我们过去。4月6日，我们抵达穆韦吉赫。自1月28日离开扎伊德的要塞后，我们一共骑行了一千一百英里。

第十七章

# 正在关闭的大门

出于探访绿山的急切心情，我于次年重返布赖米，但在山区被阿曼伊玛目劝返。我离开了阿拉伯半岛。

我于1949年11月从英国返回阿拉伯半岛，打算完成杜鲁地区的地图，如果可能的话，再去一下绿山。在穆韦吉赫，我找到了本·卡比纳和他同父异母的兄弟穆罕默德·本·卡卢特、本·加伯沙、本·塔希和阿瓦米尔人贾巴里。遗憾的是，本·凯马姆回佐法尔省去了。其他人随时可以出发，但本·卡比纳提醒我，杜鲁人将拒绝我再次入境。在扎伊德的帮助下，我找来了一年前和我一起的杜鲁酋长胡艾希勒。同伴表示，有了这位杜鲁人中最负名望的酋长，杜鲁人不会再找我的麻烦。六个星期后，胡艾希勒来了，我们正在穆韦吉赫以西的"空白之地"鹰狩。经过漫长的讨论，他答应带我穿过杜鲁地区去往比尔加特·毛济。苏莱曼·本·哈姆亚尔住在那里，只有他能带我去绿山。

离开穆韦吉赫十天后,我们吃完早饭,正在给骆驼上鞍,本·哈拉斯来了。我可不想再见到他,他正是一年前阻拦我的那名酋长,对我充满敌意。酋长带着一大帮杜鲁人,命令我们马上原路返回。前一天晚上,我睡觉翻身的时候,被一只蝎子叮到了肩膀,然后我本能地用手一摸,手上又被叮了一下。那天夜里不见月亮,四下漆黑。我叫醒身边的本·塔希,但老头嘟囔着说:"我觉得是一只老鼠。"然后倒头又睡了。现在伤口已经不疼了,但我觉得天旋地转,非常难受,毫无耐心听这些可气的杜鲁人没完没了地吵闹。他们争吵了一整天,直到第二天上午,他们仍然拒绝放我们过境。胡艾希勒气极了,我很少看到一个人如此暴怒。突然他吼道:"不管你们会怎么说怎么做,本·哈拉斯,我们要继续往前走了。"然后迈开大步去取骆驼。本·卡比纳和本·加伯沙把我叫到一旁,本·加伯沙说:"听我说,乌姆巴拉克,胡艾希勒已经气得失去了理智,如果你跟他去会有麻烦的。这些该死的杜鲁人是认真的,如果我们执意往前走,他们会开枪。第一个死的就是你。为什么为了看他们的地方就赔上性命?这么做对你有什么好处吗?还不如我们劫掠来得值呢。愿安拉惩罚这些加法里小人!"到目前为止,我一直没怎么说话,但这时我叫住胡艾希勒,建议他去找杜鲁人最大的酋长阿里·本·希拉勒,拿到我的旅行许可,其他人留在原地等他回来。胡艾希勒曾跟我说,阿里·本·希拉勒对我有好感。最后,胡艾希勒和其他杜鲁人同意了我的提议,但我听到本·哈拉斯抱怨道:

## 第十七章 正在关闭的大门

"就算有一百个阿里·本·希拉勒允许,这个基督徒也不能穿过我们的领地。阿里算老几,给我们下命令?"

胡艾希勒走了,说三天后回来。本·哈拉斯和他的跟随者去了附近的营地。晚上,阿法尔的一名酋长来到我们的营地,随他而来的还有一个瓦希伯人和一个哈拉西斯人。他们听说我们在杜鲁人这里遇到了麻烦,作为哈纳维派,特意过来支援我们。他们保证在胡艾希勒回来前,会一直和我们待在一起。天气已经变得特别冷,狂风从东北方袭来。

三天后,本·哈拉斯来了,由于胡艾希勒没能按时返回,他要求我们马上离开。其实双方都知道,在这么冷的天气里,胡艾希勒是不可能上路的。接下来是两天无穷无尽的争吵。杜鲁人看上去并无恶意。他们承认,我在他们的领地上活动时,并没有做什么坏事,但仍坚持说,如果放我进入,会有其他基督徒闻风而至,开着汽车到处寻找石油,并企图将他们的土地据为己有。杜鲁人内部的不和也进一步加剧了事态的复杂程度。我面前的杜鲁人与马哈米德部落多年来纷争不断,而酋长们正来自部落的马哈米德支系。本·哈拉斯本人也来自马哈米德,但他非常嫉妒阿里·本·希拉勒和胡艾希勒,迫切希望削弱对方,从而增加自己的权力。

为了转移他们的注意力,为胡艾希勒赢得更多时间,我提议举办一场骆驼大赛,并拿出十个玛丽亚·特蕾西娅银币当作奖金。为了赢钱,也为了显摆一下骆驼,在试图让我提高奖金未果后,他们同意了。本·哈拉斯的骆驼最棒,轻松赢得了比赛。虽然比赛后杜鲁人的表现近乎热情,但阿法尔的酋长还是建议我们离开，他坚信他们正在谋划着把我们全杀了。他说，他们计划先邀请胡艾希勒的三个同伴加入一场讨论，伺机缴械，然后向我们发动袭击。和所有的杜鲁人一样，他们憎恨拉希德人。本·哈拉斯还说过，杀死一个基督徒积下的功德，堪比去麦加朝圣，麻烦甚至比后者更少一些。

晚上，本·哈拉斯来到我们的营地。他说："基督徒明早必须离开。我们一致决定，他绝不能再多留一日。"他拒绝了我们端来的咖啡，迅速离开。等他走后，本·加伯沙为我们每个人都倒了咖啡，他环视我们居住的洼地，说："如果明天这个时候我们还在这儿，就要背水一战了。"本·塔希同意他的说法："我们必须走了，我们没有机会了，但安拉做证，我一定会回来把那峰骆驼从本·哈拉斯手里抢走。他不配拥有它。"我的同伴确信杜鲁人并非虚张声势。虽然我保持异议，但我完全仰仗他们，只能遵从他们的意见。穆罕默德问我："你怎么想，乌姆巴拉克？"我说："我们最好一早离开这里。"

胡艾希勒在"空白之地"重新与我们会合的时候，我们已经向西走了八十英里。阿里·本·希拉勒已经同意我经过他们的领地，当时胡艾希勒一直待在阿里的营地，风停以后才能返回。我很生气他没能早点回来，但为了避免引起不快，也没多说什么。他答应带我们一早出发去阿迈里河谷。

此时风向已转成南风，但第二天，东北风又回来了。狂风再起，寒流从中亚的冻土高原袭来，卷起周围沙丘的沙子，漫天浑浊，泛着红光。周围找不到遮蔽之处，我们一整天就

## 第十七章 正在关闭的大门

坐在那里，任凭飞起八英尺高的沙粒像锉刀一样划在皮肤上、眯进眼中、钻进鼻子和耳朵、夹在牙缝里。随着时间流逝，这种痛苦几乎达到了难以容忍的程度。直到日落风停，满天繁星点亮之后，我们才有了喘息之机。第二天早晨，我发现丘峰的形状发生了些许改变，但总体而言，沙丘的外观未受任何影响。和撒哈拉沙漠的沙尘暴比起来，阿拉伯半岛南部算得上微风和煦了。我曾在去提贝斯提山脉的路上遇到过一场风暴，比在"空白之地"遇到的任何一次都猛烈得多。就算在这里，沙尘暴也可能是致命的，本·塔希给我讲过一个故事，一队追击抢匪的拉希德人进入一片陌生的沙地，风暴来了，抹去了地上所有的脚印，最后他们死在了里面。

我们穿过"空白之地"往回走，然后经过了一片眼熟的砾石平原。在阿斯瓦德河谷，我们遇到了一些杜鲁人，其中一人正在发烧。我判断他可能得了疟疾，给了他奎宁和阿司匹林。第二天，本·卡比纳也病倒了，症状和之前那个人很像。为了让他休息，我们没有再往前走。又过了一夜，本·加伯沙、本·塔希和胡艾希勒的一个杜鲁手下相继发病。水已经不够了，我们只能放慢速度继续前行。到达阿迈里的前一晚，我自己也开始发烧，头疼欲裂。没水了，我们不可能停下。第二天，我病得实在厉害，连待在骆驼上都困难，仍然坚持用指南针测量方位，记下走过的距离，同时还要记录下路上每条河道的名字，否则我的绘图计划就泡汤了，而且不可能再有第二次机会。我们又用了五个小时才到阿迈里。靠近水井时，一些杜鲁人朝我们开火，胡艾希勒赶紧上前和他们解释。

他们从本·哈拉斯那里得到警告，称我们会从这个方向过来。一开始，他们对我们充满敌意，不过胡艾希勒设法劝服他们准许我们通过。两天后，我的烧退了，当时我已经顾不上他们怎么说、怎么做了，唯一的想法就是赶紧离开。我觉得大家是得了流感。后来，我们听说阿曼暴发了一种传染病，还死了几个人。这是我在阿拉伯半岛的几年间，唯一一次生病。

三天后，我们在伊兹西南方十英里处的山脚下扎营。胡艾希勒和贾巴里去塔努夫找苏莱曼·本·哈姆亚尔，问他是否能见我。又过了三天，他们回来了，说苏莱曼邀请我去比尔加特·毛济。在回来的路上，他们发现抗议的声音已经传开。当他们想在巴赫拉赫停下吃饭时，当地人将其拒之门外。胡艾希勒马上派人回去找苏莱曼，请求他前来支援，同时加紧往回赶。他还说，伊玛目派出的人马紧随其后，建议我们穿过山谷，在马穆尔的村庄住下，那边属于他的管辖范围。在村子里，我们遇到了几个一年前跟过我的尤努巴人，还有一些瓦希伯人，邀请我们前往他们的家乡。

第二天上午，负责看管骆驼的守卫报告说，镇上一支上百人的武装力量正在附近的河道集结。没过多久，其中的四个人来到我们的营地。他们的指挥官是伊玛目家里的奴隶，称伊玛目已经下令，让我们马上离开，否则杀无赦。胡艾希勒告诉他，我们将留在原地，直到等来苏莱曼的回复。他们表示强烈反对，过了一会儿，有声音叫道，应该把我杀了去领赏。我们警告他们不要轻举妄动，有谁胆敢接近，我们就开枪。我身边有来自杜鲁、尤努巴和瓦希伯的拉比阿，我认

## 第十七章 正在关闭的大门

为他们不太可能真正动手。形势越来越紧张，千钧一发之际，信使回来了，说苏莱曼·本·哈姆亚尔正在赶来的路上。下午，苏莱曼·本·哈姆亚尔来了，在马穆尔村搭起了临时营地。扎堆而建的棕榈草棚和三间泥屋组成的小清真寺，是这个小村子的全部建筑。我去见了他，他的人和伊玛目的人一起挤满了院子。他是个大块头，面色憔悴，胡须又黑又长，披着一件棕色镶有金边的大衣，质地精良，白色长袍纤尘不染，头上的克什米尔头巾价值不菲，脚上还穿着凉鞋，匕首上的装饰是金的。他给我的印象并不亲和，而是非常强势。从他的举止和家仆的反应来看，他不是那种被众人推举出的部落酋长，而是一名说一不二的专制君主。等我一享用完椰枣和咖啡，他就把我带进清真寺，在入口处安排了卫兵，并下令所有人不得靠近。对于伊玛目阻拦我前往比尔加特·毛济赴约，他非常生气，而前来见我也是逆旨而为。我怀疑，如果他把我带上绿山的话，会面临和伊玛目之间更严重的冲突。我常听人提起，与大多数狭隘保守的阿曼城里人不同，他对西方的发明非常感兴趣，并且准备把它们投入使用。这些反传统的举动和他昭然若揭的野心引起了伊玛目的警惕。

交谈过后，我马上发现伊玛目对他的怀疑绝非空穴来风。我们紧挨着坐在一小块祈祷用的地毯上，他靠过来，压低声音说，希望英国政府承认他是绿山山区的君主，就像停战海岸地区的酋长那样。我告诉他，这个忙我帮不了，因为我只是个旅行者，没有任何官职，来到这里只是为了探访绿山山区。他说："如果你能满足我的要求，等你再回来的时候，我将带你去你想去的任何地方。"我说,营地已经被伊玛目的人包围,离开这里可能有些困难,他说:"明天你就走,明天一整天我都在这儿,确保不会有人追击你们。"

离绿山这么近却只能打道回府,让我非常失望,我本可以在这里发现很多东西。我很清楚,明年再来尝试也不会有什么结果。在沙漠中旅行遇到阻挠时,我们总能找到办法克服,有时是利用不同部落间的敌对关系打通前路;如果不得不折返,也可以从另一条路绕行抵达目的地。陪伴我的拉希德人都是贝都人,沙漠就是他们的家,就算在陌生之地甚至敌对部落的地盘也毫无畏惧。但无论是绿山山区还是当地居民,他们对其都毫无了解。甚至从穆韦吉赫出发前我就想到,只有得到苏莱曼·本·哈姆亚尔的许可,我才能进入山区。我见到了他,然后他拒绝了。

十天后,我们回到了穆韦吉赫。最后几日,为了避开紧盯我们的布·沙姆斯人,我们日夜兼程。我和扎伊德住了几天,然后带着本·卡比纳和本·加伯沙去了迪拜——我知道自己不会再回来了,离开阿拉伯半岛前,希望他们能一直陪着我。去迪拜的路上,有一处为开采石油而建的工地,距海岸很近。我们在工地停留了一夜,正是我在阿曼的时候,这座工地拔地而起。工地的负责人告诉我,他们已经准备好钻油了。

在迪拜,我们和爱德华·亨德森以及他的助理罗纳德·考德雷一起,住在靠近港口的房子里,令人高兴的是,这里变化不大。石油工地不许本·卡比纳和本·加伯沙与我分享多余的帐篷,因为分给我的帐篷属于"欧洲人专用",因此我和他们在"当地人专用"的帐篷里住了一宿。亨德森和考德雷对待他们就像对待所有的客人一样，分了一个房间给我们住。亨德森问我应该准备什么食物，我建议他就和平时一样。等我们去吃午餐时，我对本·卡比纳说："我和你们在沙漠的时候，吃住都和你们一样，现在你们是我们的客人，应该适应我们的习惯。"他们仔细观察我们如何使用刀叉，然后自己开动起来，竟然没有遇到任何麻烦。相比大部分第一次用手吃饭的英国人，他们泰然自若得多。后来，我对他们说："这里的主人希望你们过得习惯，曾问我你们喜欢吃西餐还是阿拉伯餐。"本·卡比纳笑着回答："的确，如果能吃上习惯的饭菜，我们肯定会更舒服一点，但是，乌姆巴拉克，如果太麻烦的话，就别再提了。我们不了解你们的习俗，你要帮我们适应，就像我们在沙漠中帮你一样。"

晚上，我们在河对岸和迪拜的酋长共进晚餐。载我们过河的伙计问我需不需要原地等候，我告诉他十点钟回来就行。等我们回到下船的地点时，本·加伯沙突然说："乌姆巴拉克，我们犯了大错。"我问他出了什么事，他回答："我们忘了给同伴带吃的回来了。"我毫无头绪，问他什么意思，他说："就是那个用船载我们过来的男孩。"我向他保证，城里的习惯和沙漠里的习惯不一样，男孩肯定没期待我们带吃的回来，但本·加伯沙摇头："我们是贝都人。他是我们的旅伴。难道他没有载我们过河吗？然而我们把他忘了。这是我们的失误。"

在迪拜的第一天，本·卡比纳不小心把自己关在起居室里了,他大声捶墙,直到引起我的注意。很快,他们就把这里当家了,摆弄起无线电,也玩起了亨德森的留声机。亨德森和考德雷的脾气太好了,我的同伴天刚亮就起床了,为了开玩笑,一大早就冲到他们的房间里敦促道:"起来祈祷!起来祈祷!"还用手杖敲他们的床。

一天早上吃早饭前,他们从集市回来,情绪激动。他们系上弹药带,告诉我一个亲戚被沙迦的酋长抓走了,必须马上去救他。我问他们打算怎么去十二英里外的沙迦,本·加伯沙说:"我们打算雇一辆车,给我们一点钱,你知道雇车需要多少钱。"我建议他们等一下,亨德森上午要往沙迦方向派一辆货车,他们可以搭车去。但他们毫无耐心:"我们可等不了,必须现在就走,马上。让亨德森现在就派车吧。"我问:"谁被抓了?我认识他吗?他叫什么?"本·卡比纳说:"我不知道他的名字,但他是我们的一个亲戚。这还不够吗?""他是拉希德人?"我问。"不,他是沙赖菲人。"到目前为止,我对部落之间的血缘关系已经很了解了,知道沙赖菲是非常不起眼的一个部落,和拉希德人之间连远房亲戚都可能算不上。但本·加伯沙说:"有什么关系?亲戚遇到了麻烦,我们必须鼎力相助。难道你让我们弃他于不顾吗?乌姆巴拉克,没有别人能帮他了。"

他们搭货车离开,晚上就回来了。原来,那人在他们抵达沙迦之前就被释放了。

由于是乘车来到迪拜,不用再担心骆驼,他们对这种全新的生活体验非常满意,打算待上一阵。等他们回到沙漠时,这些都是不错的谈资。同时，他们发现终日饱食而坐的日子很快活，不用做任何事，闲了就去逛市场或者到商店里闲聊。我问本·卡比纳在这里定居如何，他说："不行。这里没有人应该过的生活。有什么事可做吗？"我发现晚上他们聊天的时候，话题总是围绕着沙漠，而不是白天看到的那些东西。

经常有人问我："为什么贝都人要住在沙漠里，像你描述的那样，忍受如此险恶的环境？为什么他们不能离开沙漠，找个容易生存的地方？"我的回答很少有人相信："生活在那里是他们的选择。"显然，叙利亚强大的贝都部落随时可以强占沙漠边缘农民的土地并定居下来，但他们仍保持着在沙漠中游牧的状态，是因为他们珍视这种生活方式。住在大马士革的时候，夏天，我经常拜访在城外水井旁安营扎寨的鲁阿拉人。他们非常希望我参加一年一度的迁徙。第一场秋雨过后，草场变得丰茂，他们会从南方出发，一直走到内志。他们说，只有在沙漠里，一个人才能获得自由。一定是出于同样的对自由的寻求，曾经征服埃及的阿拉伯军队穿过尼罗河河谷，走进广袤的沙漠，把绿色的田野、棕榈树林、阴凉和流水，以及所经城镇中拥有的一切奢侈浮华，一一甩在身后。

我知道自己不会再回来了，便建议本·卡比纳和本·加伯沙等天气转凉就返回南方的家乡。他俩手上血债累累，我怕他们在此久留会招来杀身之祸。第二年，我听说本·卡比纳找回骆驼后回到了哈拜鲁特，本·加伯沙还留在停战海岸，名声越来越差。亨德森写信给我，他某天早上被吵醒，发现本·加伯沙待在门前，怀里躺着一位受了重伤的人，向他寻求庇护。他俩刚刚在城郊抢了骆驼。亨德森把伤者送到巴林的医院,本·加伯沙也跟着去了。两年后,我看到政务长官发回的报道,称沙迦的酋长终于成功缉拿"臭名昭著的土匪、塞西杰曾经的伙伴本·加伯沙",而且决定加以严惩,以儆效尤。很快我又听说,酋长收到来自拉希德人和阿瓦米尔人的最后通牒,马上把他放了,才放了心。

一天晚上,接任诺埃尔·杰克逊的政务长官过来吃饭。他把我叫到一旁说:"塞西杰,有件事让我很为难。马斯喀特的苏丹,赛义德·赛义德·本·提穆尔殿下,要求我们取消你的马斯喀特签证。政务长官已经要求我处理此事。恐怕你得把护照交给我了。"我回答:"没事,我明白。但你要知道一件事,我从来没有什么马斯喀特签证。"

整整一顿饭,我们都在拿"去尼兹瓦的签证"这个梗开玩笑。我明白,持有签证很快就会成为旅行的前提,即使去"空白之地"也不例外。就算现在,我也被禁止再回去了。如果想进入"空白之地",我不得不从海边的某个地方出发,然后我既不能进入阿曼,也不能进入佐法尔省。即使我回到停战海岸,我的出现也会让当地的政务长官很难堪。去年,亚丁政府听说我正计划另一场旅行后发来电报,表示为我个人安全着想,建议我不要进入沙特地区。虽然我对这些地方既没有政治企图,也没有经济野心,但包括美国石油公司和沙特政府在内,没人相信我只是为了满足个人爱好。上一次是我最后一次进入"空白之地",我的沙漠生活已经结束了。在沙漠中,我找到了我所期盼的一切,今后它们再也不会重现。

## 第十七章　正在关闭的大门

让我痛苦的并不仅仅是这种个人的伤感，还包括我已经意识到，我曾经与之一起生活、一起旅行，并从他们身上获得无比满足感的贝都人，正在迎来他们的末日。有些人相信，把他们从艰苦、穷困的沙漠生活中解放，引领他们进入安全无忧的物质世界，会让他们生活得更好。我不相信。我会永远记得那些不识字的牧民，拥有远超我的慷慨、勇气、坚忍、耐心和快活的天性，对比之下，我无数次自惭形秽。我从来没在其他人群中如此自卑过。

最后一天晚上，本·卡比纳和本·加伯沙正在把购置的物品绑好，考德雷盯着他们的两只小包袱说："那是他们的全部家当，太可怜了。"我知道他的意思，我以前也时常这么想。但我知道，对他们来说，最大的危险并不在于生活的苦难，而是放弃这种生活后内心的空虚和挫败。悲剧在于，选择权已经不在他们手里了，经济发展终将把他们赶进城市，成为游荡在街头巷尾的"低技能劳力"。

吃完早饭，货车来了。我们最后一次相互拥抱。我说："一路平安。"他们齐声答道："安拉保佑你，乌姆巴拉克。"他们爬上一堆汽油桶，旁边坐着一个穿着粗布工作服的巴勒斯坦难民，满身油污。几分钟后，车一转弯，他们就消失在视野中。考德雷送我到沙迦的机场，此时我的心情还是愉快的。然而，当飞机爬升到城市上空，扭身冲向大海时，我感受到被放逐的滋味。

# 书中植物的阿拉伯名和学名

| 阿布 | abal | *Calligonum sp.* |
| 艾勒吉 | ailqi | *Dipterygium glaucum Decne.* |
| 阿拉德 | arad | *Salsola cyclophylla Bak.* |
| 比尔坎 | birkan | *Limeum arabicum Friedr. and L. indicum Stocks* |
| 加夫 | ghaf | *Prosopis spicigera L.* |
| 哈德 | had | *Cornulaca monacantha Del.* |
| 哈姆 | harm | *Zygophyllum spp.* |
| 哈尔马勒 | harmal | *Rhazya stricta Decne.* |
| 伊利布 | ilb | *Ziziphus spina-christi (L.) Willd.* |
| 卡里阿 | karia | *Heliotropium digynum (Forsk.) Aschers ex C. Christens.* |
| 卡西斯 | qassis | *Cyperus conglomeratus Rottb.* |
| 拉哈斯 | rahath | *Eremobium aegyptiacum (Spreng.) Hochr.* |
| 里姆拉姆 | rimram | *Heliotropium Rotschy (Bunge) Gürke* |
| 萨丹 | sadan | *Neurada procumbens L.* |
| 萨夫 | saf | *Nannorrhops aribica Burret* |
| 沙南 | shanan | *Seidlitzia rosmarinus (Ehrenb.) Boiss.* |
| 扎赫拉 | zahra | *Tribulus spp.* |

# 各旅程主要参与者

1945—1946 年
从萨拉拉到穆格欣
萨利姆·塔姆泰姆 ⎫
苏尔坦　　　　　　⎬ 拜特·卡西尔部落
穆萨利姆·本·塔夫勒 ⎪
马卜克豪特　　　　⎭

从萨拉拉到哈德拉毛
苏尔坦　　　　　　⎫ 拜特·卡西尔部落
穆萨利姆·本·塔夫勒 ⎭
穆萨利姆·本·凯马姆 ⎫ 拉希德部落
萨利姆·本·卡比纳　 ⎭

1946—1947 年
第一次穿越"空白之地"
萨利姆·塔姆泰姆　　　⎫
苏尔坦　　　　　　　　⎪
穆萨利姆·本·塔夫勒　⎪
马卜克豪特　　　　　　⎬ 拜特·卡西尔部落
本·图尔基亚　　　　　⎪
本·阿瑙夫（本·图尔基亚之子）⎪
赛义德　　　　　　　　⎭

萨利姆·本·卡比纳 ⎫
穆罕默德·奥夫 ⎪
艾马伊尔 ⎬ 拉希德部落
马赫辛 ⎪
萨利姆·本·毛特劳格 ⎪
本·舒阿斯 ⎭

从萨拉拉到穆卡拉
本·卡卢特
穆萨利姆·本·凯马姆
穆罕默德
（本·卡卢特之子，萨利姆·本·卡比纳同父异母兄弟）⎬ 拉希德部落
萨利姆·本·卡比纳
萨利姆·本·加伯沙
萨利姆·本·毛特劳格
马卜克豪特 ⎫
本·图尔基亚 ⎬ 拜特·卡西尔部落
本·阿瑙夫 ⎭
本·杜艾兰（外号"猫"）⎬ 马纳希勒部落

1947—1948年
第二次穿越"空白之地"
萨利姆·本·卡比纳 ⎫
萨利姆·本·加伯沙 ⎬ 拉希德部落
穆罕默德 ⎪
艾马伊尔 ⎭
萨利赫 ⎫
萨德尔 ⎬ 萨尔部落

1948—1949年
前往利瓦
萨利姆·本·卡比纳 ⎫
萨利姆·本·加伯沙 ⎪
穆萨利姆·本·凯马姆 ⎬ 拉希德部落
艾马伊尔 ⎪
本·塔希 ⎭

穿越阿曼
萨利姆·木·卡比纳
穆萨利姆·本·凯马姆 } 拉希德部落
本·塔希

贾巴里
马哈勒哈勒 } 阿瓦米尔部落

哈迈德 } 迈赫拉部落

萨利姆·本·哈拜鲁特
亚斯尔 } 尤努巴部落

艾哈迈德
苏尔坦 } 瓦希伯部落

胡艾希勒 } 杜鲁部落

1949—1950 年
阿曼之行
萨利姆·本·卡比纳
萨利姆·本·加伯沙
穆罕默德
本·塔希 } 拉希德部落

贾巴里 } 阿瓦米尔部落

胡艾希勒 } 杜鲁部落

# 译名对照表

## A

阿贝盐湖 salt lake of Abhebad
阿比达 Abida
阿比西尼亚 Abyssinia
阿卜尔 Al Abr
阿卜哈 Abha
阿布·巴赫尔 Abu Bahr
阿达伊马拉 Adaaimara
阿德南 Adnan
阿杜巴达湖 Lake Adobada
阿尔罕布拉宫 Alhambra
阿法尔 Afar
阿夫拉贾 aflaj
阿赫·阿尔·哈达拉 Ahl al Hadara
阿季曼 Ajman
阿卡基 Akaki
阿拉伯三角帆船 dhow
阿拉兹 Aradh
阿莱维 Alaiwi
阿勒布·赛义德 Al bu Said

阿勒颇 Aleppo
阿里 Ali
阿鲁西 Arussi
阿马尔吉德人 Amarjid
阿马拉 Amara
阿迈里 Amairi
阿姆哈拉语 Amharic
阿萨巴河谷 Wadi al Ahsaba
阿萨勒盆地 Assal basin
阿萨伊马拉人 Assaaimara
阿斯卡尔 askar
阿斯瓦德 Aswad
阿瓦米尔人 Awamir
阿瓦什河 Awash
阿瓦兹 Awadh
阿西尔省 Assir
埃利乌斯·加卢斯 Aelius Gallus
埃卢瓦，奥谢 Aucher Eloy
艾达姆河谷 Wadi Aidam
艾哈迈德 Ahmad

译名对照表

艾马伊尔 Amair
艾瓦赫 Aiwah
艾瓦特 Aiwat
艾因 Al Ain
安达姆河谷 Wadi Andam
安提诺乌斯 Antinous
安祖尔 Andhur
奥夫 Auf
奥古斯都 Augustus
奥萨 Aussa

**B**

巴, 拉舒德 Ba Rashud
巴达耶特人 Badayat
巴都 Bahdu
巴尔达伊 Bardai
巴赫尔·萨菲 Bahr al Safi
巴赫拉赫 Bahlah
巴吉拉 baghila
巴加拉人 Bagara
巴拉格 Balagh
巴里达 Barida
巴纳特·法尔哈 Banat Farha
巴纳特·哈姆拉 Banat al Hamra
巴尼·阿德人 Bani Ad
巴尼·基塔卜人 Bani Kitab
巴尼·拉姆赫人 Bani Ramh
巴尼·马拉兹人 Bani Maradh
巴尼·亚斯人 Bani Yas
巴萨·巴迪亚 Batha Badiya
巴萨河谷 Wadi Bath
巴士拉 Basra
巴提奈 Batina
巴伊 Bai
白尼罗河 White Nile
柏柏尔人 Berber
拜伦, 罗伯特 Robert Byron
拜什河谷 Wadi Baish
拜特·加坦人 Bait Qatan
拜特·卡西尔人 Bait Kathir
拜特·克哈瓦尔人 Bait Khawar
拜特·穆桑人 Bait Musan
拜特·萨阿德人 Bait Saad
拜特·伊玛尼人 Bait Imani
鲍德温 Baldwin
贝都人 Bedu
本·阿卜杜勒·哈利利, 穆罕默德 Muhammad bin Abdullah al Khalili
本·阿尔拜恩, 马卜克豪特 Mabkhaut bin Arbain
本·阿瑙夫 bin Anauf
本·阿西艾, 萨利赫 Salih bin Aisa
本·代桑 bin Daisan
本·杜艾兰 bin Duailan
本·哈姆 bin Ham
本·哈姆亚尔, 苏莱曼 Sulaiman bin Hamyar
本·汉纳, 哈马德 Hamad bin Hanna
本·加伯沙, 萨利姆 Salim bin Ghabaisha
本·卡比纳, 萨利姆 Salim bin Kabina
本·卡赖斯, 达克希特 Dakhit bin Karaith
本·卡卢特 bin Kalut
本·凯马姆, 穆萨利姆 Musallim bin al Kamam
本·拉维 bin Lawi

本·拉希德·赫儒西，萨利姆 Salim bin Rashid al Kharusi
本·马阿鲁夫人 bin Maaruf
本·马德希 bin Madhi
本·马克图姆 bin Maktum
本·迈加勒 bin Maiqal
本·毛特劳格，萨利姆 Salim bin Mautlauq
本·努拉，阿卜杜勒 Abdullah bin Nura
本·舒阿斯 bin Shuas
本·苏尔坦，扎伊德 Zayid bin Sultan
本·苏莱曼，阿里 Ali bin Sulaiman
本·塔夫勒，穆萨利姆 Musallim bin Tafl
本·塔纳斯 bin Tanas
本·塔希 bin Tahi
本·提穆尔，赛义德·赛义德 Saiyid Said bin Timur
本·图尔基亚，萨利姆 Salim bin Turkia
本·希拉勒，希拉勒 Ali bin Hilal
本特，西奥多；本特，梅布尔 Theodore and Mabel Bent
比安奇，古斯塔沃 Gustavo Bianchi
比尔加特·毛济 Birkat al Mauz
比尔克 Birk
比利牛斯山 Pyrenees
俾路支人 Baluchis
波姆 boom
伯德，迪克 Dick Bird
伯纳德上尉 Capitaine Bernard
博斯科恩，迈尔德梅·托马斯 M. T. Boscawen

布·沙姆斯人 Al bu Shams
布法拉 Al bu Falah
布莱克，瓦尔·弗伦奇 Val ffrench Blake
布赖米 Buraimi
布鲁斯 Bruce

**D**

达尔富尔 Darfur
达哈勒 Dahal
达海米，巴克希特 Bakhit al Dahaimi
达赫姆人 Dahm
达卡卡 Dakaka
达鲁 Daru
达纳基尔沙漠 Danakil desert
达瓦西尔河谷 Wadi Dawasir
大马士革 Damascus
大熊星座 Bear
代赫纳 Dahana
道蒂，查尔斯 Charles Doughty
德·蒙弗雷，亨利 Henry de Monfried
德哈拉 Dhala
德鲁兹山 Jabal al Druze
德西埃 Dessie
迪芬河谷 Wadi Difin
迪基勒 Dikil
迪克逊，哈罗德 Harold Dixon
迪普伊，夏尔 Charles Dupuis
蒂布 Tibbu
蒂哈马 Tihama
丁卡人 Dinka
栋古拉 Dongala
杜鲁人 Duru

译名对照表

**E**
俄斐 Ophir
恩图曼 Omdunnan

**F**
法哈德 Fahad
法赖 Farai
法斯瓦特·阿朱兹 Faswat at Ajuz
法希尔 Fasher
法亚 Faya
凡塔利 Fantali
菲茨杰拉德，维西 Vesey FitzGerald
菲尔比，哈里·圣约翰 Harry St John Philby
费胡德 Fahud
费舍尔，赫伯特·艾伯特 H. A. L. Fisher
冯·弗雷德 Von Wrede
弗尼，约翰 John Verney
富加马 Fughama

**G**
盖阿米亚特 Qaimiyat
盖达 Ghaidat
盖达·迈赫拉 Ghaidat al Mahra
盖哈丹人 Qahtan
盖勒·巴·亚明 Ghail ba Yamin
戈登-卡明 Gordon-Cumming
戈贾姆 Gojam
格胡敦河谷 Wadi Ghudun
格拉布，约翰·巴戈特 John Bagot Glubb
格洛斯特 Gloucester
古图夫人 Qutuf

**H**
哈巴 Khaba
哈巴卜 Habab
哈巴沙 Habasha
哈拜鲁特 Habarut
哈德拉毛 Hadhramaut
哈德良 Hadrian
哈多兰 Hadoram
哈基 khaki
哈吉 Haij
哈拉海什 Harahaish
哈拉西斯 Harasis
哈勒法河谷 Wadi Halfa
哈勒法因 Halfain
哈勒法因河谷 Wadi Halfain
哈利德 Khalid
哈卢夫 Huquf
哈鲁 Halu
哈马萨 Hamasa
哈迈德 Hamaid
哈姆杜·乌加 Hamdu Uga
哈纳维 Hanawi
哈萨 Hasa
哈萨玛非 Hazaramaveth
哈提姆人 Hatim
哈西 Hassi
哈兹米阿 hazmia
海尔·塞拉西 Haile Selassie
海格-托马斯，戴维 David Haig-Thomas
汉伯里-特尼森，罗宾 Robin Hanbury-Tenison
豪尔·本·阿塔里特水井 Khaur bin Atarit Well
豪尔·萨巴哈 Khaur Sabakha

豪塔 hauta
豪希 Haushi
亨德森，爱德华 Edward Henderson
侯恩河谷 Wadi Hun
胡阿提姆 Khuatim
胡艾希勒 Huaishil
胡莱亚 Hulaiya
胡穆姆人 Humum

J

基德尤特 Kidyut
基斯米姆垭口 Kismim Pass
吉巴 jibba
吉本 Gibbon
吉布提 Jibuti
吉达 Jidda
吉拉 Jira
吉利达 Jilida
吉利吉特人 Kharijites
吉赞 Jizan
吉扎 Jiza
济卜 Dhib
济卜伊 Dhiby
济夫尔 Zifr
济加尔 Dhi Qar
加巴 Ghaba
加尔巴尼阿特 Gharbaniat
加法里 Ghafari
加拉 Qarra
加兰 Jaalan
加里非哥 Galifage
加里亚 Qariya
加利卜 Ghalib
加迈加姆 Qamaiqam
加尼姆 Ghanim

加赛瓦拉 Qasaiwara
加斯姆 Qasm
加塔拉 Qatara
加扎拉 Ghazala
贾巴里 Al Jabari
贾卜尔 Jabr
贾布林 Jabrin
贾迪德 Jadid
贾尔比卜 Jarbib
贾纳济勒 Janazil
贾亚卡尔，阿特马兰·S. G. Atmaram S. G. Jayakar
焦卜 Jaub
焦夫 Jauf
焦哈里 Jauhari
焦勒 Jaul
焦勒包特 jaulbauts
杰济拉棉花工程 Gezira Cotton Scheme
杰克逊，诺埃尔 Noel Jackson

K

喀喇昆仑山 Karakoram
喀土穆 Khartoum
卡布斯 Qaboos
卡拉卜人 Karab
卡拉哈里 Kalahari
卡什加 Kashgai
卡西尔部落 Al Kathir
考德雷，罗纳德 Ronald Codrai
考尔山 Jabal Kaur
考克斯，珀西 Percy Cox
库尔德斯坦 Kurdistan
库夫拉 Kufra
库图姆 Kutum

译名对照表

**L**
拉比阿 rabia
拉哈马 Lahamma
拉姆 Rum
拉斯·鲁尔·塞格德 Ras Lul Seged
拉希德人 Rashid
拉伊 Rai
莱拉 Laila
赖巴德 Rabadh
赖达特 Raidat
朗文，马克 Mark Longman
劳伦斯，T. E. T. E. Lawrence
里盖希 Riqaishi
里扬 Riyan
丽盖娅，瓦利阿 Walia Riqaiya
利恩，O. B. O. B. Lean
利瓦 Liwa
猎户星座 Orion
裂谷 Rift Valley
鲁阿拉人 Rualla
鲁卜哈利 Rub al Khali
鲁斯塔格 Rustaq
罗德里克 Roderic
绿山 Jabal al Akhadar

**M**
马·沙迪德 Ma Shadid
马安 Maan
马哈勒哈勒 Mahalhal
马哈米德人 Mahamid
马赫辛 Mahsin
马克斯韦尔，韦德伯恩 Wedderburn Maxwell
马拉卡勒 Malakal
马纳加沙 Managasha

马纳西尔人 Manasir
马纳希勒人 Manahil
马斯喀特 Muscat
马特拉赫 Matrah
马西拉 Masila
马西拉岛 Masira Island
马希阿 Makhia
马扎马尔 Madhamar
玛丽亚·特蕾西娅银币 Maria Theresa dollars
迈恩 Main
迈赫拉，古姆赛特 Gumsait Mahra
迈赫拉人 Mahra
麦多布山 Jabal Maidob
麦加 Mecca
麦因人 Minaean
曼哈利 Mankhali
曼瓦克赫 Manwakh
昴星团 Pleiades
梅特兰，亚历山大 Alexander Maitland
米尔里 mirri
米卡埃尔尼格斯 Negus Michail
米拉·穆罕默德 Miram Muhammad
米什加斯 Mishqas
米坦河谷 Wadi Mitan
米娅 Mia
摩尔，盖伊 Guy Moore
摩苏尔 Mosul
莫德拉 Modra
莫里斯，詹姆斯 James Morris
穆尔拉人 Murra
穆尔祖克 Murzuk
穆尔祖克亚塔拉卜塔 Murzuk ya talabta

穆盖巴拉 Muqaibara
穆盖尔 Mughair
穆格欣 Mughshin
穆罕默德·雅尤 Muhammad Yayu
穆卡拉 Mukalla
穆里,阿里 Ali al Murri
穆泰尔 Mutair
穆提盐沼 Sabkat Mutti
穆韦吉赫 Muwaiqih
穆辛格,维尔纳 Werner Munzinger
穆宰比 Mudhaibi
穆宰勒 Mudhail

N
纳比胡德 Nabi Hud
纳季兰 Najran
纳斯拉尼 Al Nasrani
纳特闻水井 Bir Nattun
尼兹瓦 Nazwa
瑙哈达 naukhada
内夫得 Nafud
内斯比特,刘易斯·马里亚诺 L. M. Nesbitt
内志 Najd
尼格罗人 Negro
尼罗特人 Nilotics
尼扎尔 Nizar
纽比,埃里克 Eric Newby
努埃尔人 Nuer
努里斯坦 Nuristan
努拉 Nura
欧韦纳特 Uainat
欧云 Aiyun
丕林岛 Perim

Q
奇斯曼,罗伯特·厄内斯特 Robert Ernest Cheesman
恰卡 Chaka
青尼罗省 Blue Nile Province

S
萨阿德,谢赫 Sheikh Saad
萨卜伊阿 Sabyia
萨德尔 Sadr
萨尔人 Saar
萨海勒 Sahail
萨加莱 Sagale
萨拉哈 Salakh
萨拉拉 Salala
萨利赫 Salih
萨姆布克 sambuks
塞纳乌 Sanau
塞伯伊人 Sabaean
塞赫迈 Sahma
塞琉西 Seleucid
塞卢斯 Selous
塞穆德 Thamud
赛温 Saiwun
赛义德 Said
桑福德,丹尼尔 Daniel Sandford
沙 shah
沙哈拉 Shahara
沙迦 Sharja
沙赖菲 Sharaifi
沙马尔人 Shammar
闪 Shem
闪米特 Semite
上尼罗省 Upper Nile Province
示巴 Sheba

斯塔克，弗蕾娅 Freya Stark
斯泰贡 Staiyun
斯图尔特，罗瑞 Rory Stuart
苏德 Sudd
苏尔 Sur
苏尔坦 Sultan
苏格 suq
苏莱姆 Sulaim
苏莱伊勒 Sulaiyil

**T**

塔格鲁德 tagrud
塔迦伯 Tagabo
塔利卜 Talib
塔米斯 Tamis
塔姆泰姆，萨利姆 Salim Tamtaim
塔穆迪克语 Tamudic
塔朱拉 Tajura
泰夫 Taif
泰姬陵 Taj Mahal
泰里姆 Tarim
汤姆森，W. P. G. W. P. G. Thomson
特伦查德勋爵 Lord Trenchard
提贝斯提 Tibesti
提洛可 Tieroko
停战海岸 Trucial Coast
托勒密 Ptolemy
托马斯，伯特伦 Bertram Thomas

**W**

瓦德迈达尼 Wad Medani
瓦哈比派 Wahabis
瓦里斯 waris
瓦希伯人 Wahiba
韦尔斯特德，詹姆斯·雷蒙德 James Raymond Wellsted
维利尔斯，阿伦 Alan Villiers
温盖特，奥德 Orde Wingate
沃德，罗兰 Rowland Ward
沃森，格雷厄姆 Graham Watson
乌姆巴拉克 Umbarak
乌姆卜劳莎 Umbrausha
乌姆海特 Umm al Hait
乌姆塞米姆 Umm al Samim
乌瓦洛夫 Uvarov
武恰恰 Wuchacha

**X**

《西卜条约》Treaty of Sib
西努埃尔区 Western Nuer District
希巴姆 Shibam
希赫尔 Shihr
希拉勒 Hilal
希卢克人 Shilluk
希罗多德 Herodotus
希木叶尔人 Himyarite
希苏尔 Shisur
希亚 Hiya
希扎 Hiza
锡尔汉河谷 Wadi Sirham
谢拜沙漠 Uruq al Shaiba
谢贝利河 Webbi Shibeli
谢尔谢尔 Chercher
谢赫布特 Shakhbut
谢泼德 Sheppard
辛克莱，詹姆斯 James Sinclair
兴都库什山脉 Hindu Kush
匈奴王阿提拉 Attila

## Y

亚的斯亚贝巴 Addis Ababa
亚丁 Aden
亚哈希夫 Yahahif
亚喀巴 Aqaba
亚姆人 Yam
亚述 Assyria
亚斯尔 Yasir
耶尔穆克河 Yarmuk
伊巴济人 Ibadhi
伊本·贾拉维 Ibn Jalawi
伊本·沙特，阿卜杜勒·阿齐兹国王 King Abd al Aziz ibn Saud
伊卜里 Ibri
伊赫瓦尼 Akhwan
伊兹 Izz
以利亚 Elija
以实玛利 Ishmael
英格拉姆斯，哈罗德 Harold Ingrams
尤马安 Jumaan
尤努巴人 Junuba
约坦 Joktan

## Z

宰夫拉 Dhafara
宰迈赫 Zamakh
泽祖拉 Zarzura
扎格哈瓦 Zaghawa
扎乌菲尔人 Dhaufir
扎扎沙漠 Uruq al Zaza
朱阿斯米 Juasimi
朱列蒂，朱塞佩·玛丽亚 Giuseppe Maria Giulietti
祖卡拉 Zuquala
祖鲁 Zulu
佐法尔 Dhaufar

# 明室
Lucida

照亮阅读的人

| 主　　编 | 陈希颖 |
| --- | --- |
| 副 主 编 | 赵　磊 |
| 策划编辑 | 赵　磊 |
| 特约编辑 | 闫　烁 |
| 营销编辑 | 崔晓敏　张晓恒　刘鼎钰 |
| 设计总监 | 山　川 |
| 装帧设计 | 里　易 |
| 责任印制 | 耿云龙 |
| 内文制作 | 丝　工 |

版权咨询、商务合作：contact@lucidabooks.com

上海光之室文化传播有限公司　　　　Shanghai LUCIDAbooks Co., Ltd.

**图书在版编目（CIP）数据**

阿拉伯之沙 /（英）威尔弗雷德·塞西杰著；陈晞译 . -- 北京：北京联合出版公司，2025.6. -- ISBN 978-7-5596-8379-3

Ⅰ . I561.65

中国国家版本馆 CIP 数据核字第 2025C4H250 号

北京市版权局著作权合同登记号 图字：01-2025-1450 号

## 阿拉伯之沙

| 作　　者： | ［英］威尔弗雷德·塞西杰 |
|---|---|
| 译　　者： | 陈　晞 |
| 出 品 人： | 赵红仕 |
| 策划机构： | 明　室 |
| 策划编辑： | 赵　磊 |
| 特约编辑： | 闫　烁 |
| 责任编辑： | 徐　樟 |
| 装帧设计： | 里　易 |

北京联合出版公司出版
（北京市西城区德外大街 83 号楼 9 层　100088）
北京联合天畅文化传播公司发行
北京市十月印刷有限公司印刷　新华书店经销
字数 259 千字　880 毫米 ×1230 毫米　1/32　13 印张
2025 年 6 月第 1 版　2025 年 6 月第 1 次印刷
ISBN 978-7-5596-8379-3
定价：79.80 元

**版权所有，侵权必究**
未经书面许可，不得以任何方式转载、复制、翻印本书部分或全部内容。
本书若有质量问题，请与本公司图书销售中心联系调换。
电话：（010）64258472-800

ARABIAN SANDS

Copyright © 1959, 1984, 1991 BY WILFRED THESIGER

Simplified Chinese edition copyright

© 2025 by Shanghai Lucidabooks Co., Ltd.

All rights reserved